Van

Olive Schreiner

Van man tot man

Roman

Bewerkt, aangevuld met een toegevoegd
hoofdstuk en een nawoord door J.M. Coetzee

Vertaald uit het Engels door Peter Bergsma en
Anna Helmers-Dieleman

Cossee
Amsterdam

PRELUDE

De moeder van de meisjes lag in barensnood. Buiten was alles stil op het zoemen van de bijen na, waarvan sommige nu en dan de half verduisterde kamer wisten binnen te komen. Door het deels geopende raam kwam de geur van de sinaasappelbomen en van de bloemen in de tuin daarachter, samen met het rijke droge aroma van een warme Afrikaanse zomerochtend. De moeder kreunde van de pijn.

Oude Ayah, de Khoi-vrouw, stond naast het bed met gevouwen handen, en de aderen op de rug daarvan tekenden zich af als koorden. '*O ja, God! Wat zal ons nou zeg?*' zei ze en ze herschikte de zwarte omslagdoek om haar schouders. Het raam stond een centimeter of tien open en de jaloezieën waren neergelaten tegen de warmte. De moeder kreunde.

Aan de grenen tafel in de eetkamer zat de vader des huizes met zijn hoofd in zijn handen Swedenborg te lezen, maar de woorden drongen niet echt tot hem door. Nu en dan wierp hij een blik op de klok boven de open haard. Het was kwart voor tien, en erg stil in huis.

Op de keukenstoep stond Rebekah, hun dochter van vijf. Ze keek naar de intens blauwe lucht, en daarna naar de eenden die rondwaggelden over het erf en de korsten oppikten die zij ze had toegeworpen. Ze droeg een kort jurkje van roze katoen met een witte, onder de knieën dichtgeknoopte broek en een wit *kapje* met een flap die bijna tot haar middel reikte. Ze nam het kapje af en keek weer naar de lucht. De stilte had iets drukkends. De Fingo-meiden waren naar hun hutten gestuurd, op één na die water warm maakte in de keuken, en de Fingo-kinderen speelden een eind verderop voorbij de veekralen. Het voelde als zondag.

Rebekah zuchtte en keek voor de derde keer naar de saffierblauwe lucht. Het zou een erg warme dag gaan worden. De boerderij stond op de uitloper van een berg en de doornbomen op de vlakte beneden glinsterden al in de zon. Even later zette ze haar kapje weer op en liep langzaam het trapje af en de lege ruimte over die als boerenerf diende. Ze kwam door lage struiken voordat ze een plek vlak achter de kraal bereikte waar het vlak en kaal was; de bovenste grondlaag was weggespoeld en een ronde plaat van glad, ongeschonden steen lag bloot. De struiken waren net hoog genoeg om haar vanaf de vijftig meter verderop gelegen boerderij aan het zicht te onttrekken.

Op haar tenen liep ze de stenen plaat op. Precies in het midden daarvan was ze een huis aan het bouwen. Het huis was rond als een toren, een halve meter hoog en een kwart meter in doorsnee, gebouwd van platte, zorgvuldig opeengestapelde stenen. Op de benedenverdieping was een ingang van vijf centimeter hoog. In de muur van de bovenverdieping zat een deurtje; een ladder van stokken, waaraan overdwars kleinere stokken waren bevestigd, leidde ernaartoe. Ze bouwde het huis voor muizen. Een Fingo-jongen had haar eens verteld dat hij een stenen huis had gebouwd en dat toen hij daar de volgende dag langskwam er een muis de voordeur uit rende. Daar had ze veel over nagedacht; ze zag voor zich hoe de muis in dat huis woonde en de voordeur in- en uitging; dus bouwde ze uiteindelijk dit. Ze maakte het twee verdiepingen hoog zodat de familie muis op de benedenverdieping kon wonen en boven haar graankorrels kon opslaan. Een grote platte steen diende als dak voor de benedenverdieping, en een andere platte steen als dak helemaal bovenop. Op de benedenverdieping had ze een mostapijt gelegd waarop ze konden slapen, en boven graankorrels waaraan ze zich tegoed konden doen.

Ze naderde het huis heel stilletjes en gluurde door het deurtje naar binnen. Er was niets te zien behalve het bruine mos. Ze ging op de steen ervoor zitten. Ze verwachtte half dat de muizen zouden komen, en wist half dat ze dat nooit zouden doen.

Kort daarop haalde ze enkele platte gepolijste stenen uit haar zak die ze rond de bovenkant legde bij wijze van torentje, en ze hing de ladder recht. Het was te warm om meer stenen te gaan zoeken. Met gekromde handen in de vorm van een muisje kroop ze naar de deur en liet de muis naar binnen gaan. Daarna ging ze rechtop zitten. Het werd nu snikheet; door de zon die op het steen brandde verschenen er zweetdruppels op haar voorhoofd. Ze mocht niet tot zo laat in de zon blijven.

Ze luisterde aandachtig: ze had het merkwaardige gevoel dat er in het huis iets gaande was.

Bij het passeren van het eetkamerraam gluurde ze naar binnen. Haar vader was daar niet, maar zijn bril en zijn opengeslagen boek lagen nog op de tafel. Er was niemand in de keuken, waar vlammen knapperden in de haard en water uit de tuit van de ketel spetterde. Toen trof een geluid haar oor, zwak, vreemd. Terwijl ze de lange gang in liep werd het geluid luider en duidelijker. Het kwam uit de slaapkamer van haar moeder. Ze klopte op de deur, drie korte, dringende klopjes. Binnen klonk geschuifel, waarna de deur op een kier ging.

'Toe, wat is er aan de hand? Ik wil naar binnen!'

Iemand zei: 'Mag ze binnenkomen?' Een zwakke stem antwoordde: 'Ja, laat haar maar binnen.'

Haar moeder lag in bed, haar vader stond ernaast. Een vrouw die ze nooit eerder had gezien zat in de verste hoek met iets op haar schoot. Oude Ayah vouwde wat linnen doeken op.

Rebekah liep regelrecht naar de onbekende vrouw in de hoek.

'Vraag haar maar of ze je laat zien wat ze heeft, Rebekah,' zei haar vader.

De vrouw sloeg een grote bruine omslagdoek open, met een witte eronder. Zelfs in het schemerlicht kon ze er een rood gezichtje uit zien steken, met twee tegen de borst gevouwen handjes.

'Maakte dít dat geluid?' vroeg ze.

De vrouw glimlachte en knikte.

Haar vader kwam naar haar toe. 'Geef het maar een kus, Rebekah. Het is je zusje.'

Rebekah bekeek het stilletjes. 'Nee, dat wil ik niet. Ik vind het niet lief,' zei ze langzaam.

Ze draaide zich om en liep naar het bed, waarin haar moeder met haar ogen dicht lag.

Oude Ayah fluisterde iets tegen haar vader. Samen verlieten ze de kamer.

De onbekende vrouw boog zich over haar moeder heen en zei iets. Haar moeder knikte. De vrouw maakte wat ruimte naast haar en legde het witte bundeltje neer, met het hoofdje op de arm van haar moeder. Haar moeder deed haar ogen open en glimlachte flauw; ze trok de gewatteerde deken hoger als om het af te schermen.

Rebekah liep naar de deur. De kruk was te hoog voor haar. 'Wilt u hem voor me opendoen?' vroeg ze. De vrouw liet haar naar buiten.

Haar vader en oude Ayah kwamen de logeerkamer uit. Oude Ayah draaide de deur op slot en stak de sleutel in haar zak. Ze gingen weer naar de slaapkamer van haar moeder.

Rebekah pakte haar kapje van waar ze het had neergelegd en ging naar buiten. De zon brandde; zelfs van de stenen leek een rood waas op te stijgen. Ze rilde van de hitte.

Terwijl de grond door haar schoenzolen heen brandde stak ze het erf over naar haar platte stenen plaat. De kristallen in de muren van het muizenhuis glinsterden in het zonlicht. Ze ging zitten, trok haar rok zorgvuldig onder zich en keek. Ze wist dat ze daar niet mocht zijn, ze wist dat het stout was, maar ze liet zich graag verzengen door de hitte.

Na een poosje begonnen zich zweetdruppels onder haar ogen te verzamelen. Haar gezicht werd rood, haar slapen klopten. Ze voelde de hitte door haar katoenen jurkje heen haar armen schroeien, en ze vond het prettig.

Maar tegen halftwaalf was de hitte zo hevig geworden dat ze het niet meer uithield. In haar oren klonk een zingend geluid als van een cicade. Ze stond op en keerde terug naar het huis. Ze maakte de luiken voor het raam van de logeerkamer los. Het raam was zo laag dat ze het daarna gemakkelijk omhoog kon schuiven om naar binnen te klimmen.

Binnen was het heerlijk koel en bijna donker. Dit was haar lievelingskamer in het huis, waar ze altijd naartoe ging wanneer ze veilig en alleen wilde zijn. Er kwam nooit iemand. De bedden werden gewoonlijk pas opgemaakt als er logés kwamen, er lagen alleen matrassen en kussens op. Onder één bed bewaarde ze de kist met haar dierbaarste speelgoed.

Ze trok de jaloezieën een stukje op om licht binnen te laten, en toen trof iets haar oog. Op de tafel in het midden van de kamer lag iets met een wit laken eroverheen.

Ze trok een stoel bij de tafel, klom erop en tilde het laken op. Eronder lagen nog een laken en een kussen; en, met het hoofdje op het kussen, in smetteloos wit gestoken, lag een baby.

Na een poosje liet ze het laken vallen, maar sloeg het terug zodat het gezichtje en de handjes van het baby'tje onbedekt bleven.

Wat sliep het vast! Ze tuurde naar het gezichtje. Er was een merkwaardige gelijkenis tussen haar eigen kleine, scherp getekende gelaatstrekken en die van de baby. Ze stak een vinger uit en raakte een van de handjes aan. Het was erg koel.

Ze sloeg de baby een tijdje gade, klom toen van de stoel en liep naar de kleerkast waarin de mooiste kleren voor naar de stad hingen. Met enige moeite haakte ze een met bont afgezette rode cape van haarzelf los, klom weer op de stoel en legde de cape over de voetjes van de baby.

Ze boog zich er dieper overheen. Boven op het hoofdje zat een massa donzig zwart haar; ze boog haar hoofd nog verder en raakte, ervoor wakend dat de baby wakker werd, met haar wang het haar aan en kuste het.

Ze wachtte lange tijd, doodstil, maar de baby verroerde zich niet. Nadat ze haar schoenen had uitgedaan liep ze op haar tenen naar het bed en trok haar kist eronder vandaan.

Deze kist, een oude zeepkist, bevatte een bonte verzameling spullen. Bovenop lagen een gedroogd apenvel en een groot alfabetboek met gekleurde plaatjes. Daaronder diverse doosjes en zakjes: in sommige zaten stenen, één zat vol felgekleurde kevers en sprinkhanen die ze dood had opgeraapt, in een andere zat, helemaal alleen, een groot kristal, verpakt in watten met een touw eromheen. Op de bodem lag een bruine steen, langwerpig en bijna een halve meter lang. Deze had poppenkleertjes aan en een omslagdoek om. Ernaast lag een poppetje uit de winkel met roze wangen en vlasblond haar, dat

Rebekah voor haar laatste verjaardag had gekregen. Het had geen omslagdoek en lag met het gezicht omlaag.

De steen had ze al twee jaar en ze was er dol op. De pop uit de winkel was hooguit interessant.

Dan was er nog een ronde Bosjesmansteen met een gat in het midden, die ze naast de kraal had opgeraapt, en een platte leikleurige steen met de indruk van een gefossiliseerd blad, die ze op het pad naar de berg had gevonden.

Helemaal onder in de kist, in een hoek, lag een naaidoosje met een zilveren vingerhoed en naalden en garen erin, dat ze ronduit fantastisch vond, plus twee felgekleurde doosjes met chocola en pepermunt die ze voor kerst had gekregen, maar te mooi vond om leeg te eten. En een hoofd van koningin Victoria, uit het klatergouden beeldmerk van een sardineblikje gesneden, dat ze in wit papier had gewikkeld.

Met grote voorzichtigheid haalde ze alle spullen uit de kist en beraadde zich een tijdje. Ten slotte koos ze het alfabetboek, de Bosjesmansteen, de zilveren vingerhoed met een kaartje naalden, het hoofd van koningin Victoria en een chocolaatje. Ze legde de rest van de spullen terug in de doos en klom weer op de stoel. Op het kussen links van het babyhoofdje legde ze de vingerhoed en het kaartje naalden. Rechts legde ze de Bosjesmansteen en het klatergouden hoofd van koningin Victoria. Zachtjes liet ze het alfabetboek onder het dubbelgevouwen armpje van de baby glijden. Nadat ze het zilverpapier aan de ene kant van het chocolaatje had teruggevouwen, duwde ze de andere kant in het gesloten knuistje, zodat het onbedekte deel vlak bij het mondje was. Daarna bleef ze, met haar handen gevouwen voor zich, voldaan naar dat alles staan kijken.

Na een poosje stapte ze van de stoel en ging op de kist zitten wachten tot het kind wakker zou worden. Over haar gezicht liepen strepen stof en transpiratie; ze was heel erg moe. Ze leunde met haar hoofd tegen het bed.

Om halftwee was het etenstijd, maar oude Ayah kon het kind nergens vinden. Omdat ze zich herinnerde dat ze op het heetst van de dag soms achter de piano of op de vliering van de wagenloods kroop en in slaap viel op een plek waar niemand haar kon vinden, hield oude Ayah wat eten voor haar warm op een tinnen bord in de oven.

Na het middageten ging iedereen liggen. Alle jaloezieën werden neergelaten en er was geen ander geluid in het huis dan het gezoem van vliegen in de verduisterde kamers.

Alleen oude Ayah sliep niet. Vandaag naaide ze een band van grof wit katoen in een lange jurk van babyformaat, met een gesteven strook ruches op het voorpand. Ze zat te werken in de eetkamer met de jaloezieën een klein stukje opgetrokken om licht binnen te laten.

Toen ze klaar was, ging ze naar de logeerkamer en deed de deur van het slot.

Het eerste wat haar opviel was dat de jaloezieën die ze dicht had gelaten gedeeltelijk waren opgetrokken. Ze liep naar de tafel. Het laken was van het babygezichtje gehaald. Eromheen op het kussen lagen een steen, een vingerhoed, naalden, een afbeelding. Onder het armpje lag een boek, en in het handje stak een chocolaatje. Ze keek om zich heen. Rebekah zat op haar kist aan het voeteneind van het bed met haar hoofd op haar armen, in diepe slaap.

Ze schudde aan de schouder van het kind. Rebekah opende haar ogen en keek haar dromerig aan.

'Wat doe je hierbinnen? Kon je niet zien dat als de deur op slot was je niet naar binnen mocht?' zei oude Ayah in het Kaaps-Hollands dat ze altijd sprak.

Rebekah keek verdwaasd om zich heen. Toen wist ze het allemaal weer en ze stond op.

'Wat ben je toch een verschrikkelijk stout, ondeugend kind, om de vliegen zo binnen te laten! Wat was je aan het doen?'

'Toe, niet zo hard praten,' fluisterde Rebekah. 'Straks wordt het wakker!'

'Lieve heer!' zei oude Ayah. 'Wat zou je moeder zeggen als ze wist dat je hier met dat gezegende kindje aan het spelen was! Ondeugd dat je bent, hoe durf je het aan te raken!'

'Het is van mij, ík heb het gevonden!' zei Rebekah.

Oude Ayah kwam dichter naar de tafel.

'Toe!' Ze keek met grote glanzende ogen op naar de vrouw, zoals een teef kijkt naar wie er aan haar puppy's komt. 'Toe, raak het niet aan! Ik wil niet dat het wakker wordt!'

'Mijn god!' zei oude Ayah. 'Dat kind is gek. Hoe kan het nou van jou zijn? Het is van je moeder!'

'Het is van míj,' zei Rebekah. 'Ik heb het gevonden. Mietje heeft haar baby in haar hut gevonden, en Katje haar baby achter de kraal. Mijn moeder heeft de hare, die zoveel huilt, in de slaapkamer gevonden. Deze is van míj!'

'Lieve heer, lieve heer!' riep oude Ayah. 'Dit is het kindje van je moeder, zeg ik je! Ze heeft er twee gekregen, en dit kindje is dood. Ik heb het hier zelf neergelegd.'

Rebekah staarde haar sprakeloos aan.

'Dit hier is dood. Het zal haar ogen nooit meer opendoen, het kan niet ademen.' Ze trok het alfabetboek onder het babyarmpje vandaan, pakte het chocolaatje uit het handje en haalde de spullen van het kussen. 'Hier,' zei ze, 'pak aan!'

Rebekah raakte de babyvoetjes aan. Een kilte kroop langs haar arm omhoog, zelfs door het laken heen.

'Kind, wat is er? Hier... pak je schoenen!'

Ze duwde de schoenen in Rebekahs hand. Maar Rebekah liet ze van tussen haar vingers op de vloer glijden. Oude Ayah duwde de schoenen met kracht weer in haar hand. 'Pak aan, zeg ik, en scheer je weg! Laat je gezicht wassen en je haar doen. En zeg Mietje dat ze je een schone jurk en schort geeft. Wat zou je moeder wel niet zeggen als ze je als zo'n lelijk, vies schepseltje zag!'

Nadat ze haar gezicht had laten wassen en haar haar had laten borstelen, en een schone jurk en boezelaar had aangedaan, ging ze naar de eetkamer, waar oude Ayah een bord warm eten voor haar klaar had staan. Ze voelde zich beter nu ze weer schoon was.

De hitte buiten was nog steeds drukkend. Er kwam maar een schilfertje licht door de kieren in de jaloezieën en de blauwe vliegen zoemden overal rond. Ze had niet veel honger en speelde met haar eten, maar al het water in haar beker dronk ze op. Toen pakte ze haar kapje en haar prentenboek en liep de *voorstoep* op, waar zelfs de sinaasappelbladeren er gekruld en slap bij hingen.

In de boomgaard was alles stil en bruin. De perzikbomen lieten hun halfrijpe vruchten vallen, en aan de vijgenbomen langs de muur waren de bladeren opgekruld. Midden in de boomgaard stond een grote perelaar met een knoestige stam. Het gras onder de boom was hoog. Ze liep er vele malen omheen, het gras vertrappend als een hond, en ging toen op haar rug liggen. Het was alsof ze in een nest lag, met dat hoge gras om haar heen.

Het was heel fijn. Het bladerdek boven haar hoofd was zo dicht dat je de lucht nauwelijks kon zien. Ze gaapte behaaglijk. Voorbij de buitenste randen van de boom, als je door halfdichte ogen keek, kon je drommen onweerswolken zien, die als schepen door het blauw voeren. Ze keek er een poosje naar; toen pakte ze haar boek.

Het boek viel uit zichzelf open aan het begin, bij de bladzij voor de B. Bob, een jongen met een rood gezicht, keek door de bovenste lus van de letter B. Bij zijn voeten stond een biggetje met een krulstaart. In de verte waren velden en een draaikruis en een kronkelpad over de heuvels. Op de voorgrond stond een mijlpaal waar onkruid omheen groeide, en eronder was geschreven: 'B is voor Bob en Biggetje.'

Ze had het boek al zo lang als ze zich kon herinneren. Ze was er heel netjes op geweest, op de bladzij met Bob en zijn Biggetje na, die sleets was aan de randen. Dat was haar lievelingsplaatje. Elke keer als ze het zag wilde ze er verhalen bij verzinnen. Ze had er al een lang verhaal bij gemaakt: over dat mensen niet aardig waren voor Bob en dat hij niemand had die van hem hield behalve zijn biggetje, en dat ze samen wegliepen, via de weg over de heuvel, en mooie dingen zagen aan de andere kant.

Ze hield meer van dit boek dan van haar nieuwe boeken. Maar vandaag betekende de bladzij voor de B niets, ging er niets van uit.

Ze keek omhoog naar de drommen witte wolk. Ze verblindden haar; ze deed haar ogen dicht.

Kort daarop verzon ze een verhaal: een van de wolken was een schip waar ze op voer, en al varend kwam ze uiteindelijk bij een eiland, waar het schip stopte. Op de oever stond een vrouw in prachtige kleren, een en al goud en zilver. Toen ze aan wal stapte, kwam de vrouw naar haar toe, maakte een buiging en zei: 'Ik ben koningin Victoria. Wie ben jij?'

Rebekah antwoordde: 'Ik ben de kleine koningin Victoria van Zuid-Afrika.'

Waarna ze een buiging voor elkaar maakten.

De koningin vroeg haar waar ze vandaan kwam. Ze antwoordde: 'Uit een land ver ver hiervandaan. Niet zo'n héél fijn land. Het is niet altijd fijn daar.'

De koningin zei: 'Ik heb vele eilanden die mij toebehoren, maar dit eiland behoort niemand toe. Waarom kom je hier niet wonen? Niemand zal je ooit een standje geven, en je kunt doen wat je wilt.'

Rebekah zei: 'Dat zou ik heel graag willen, maar eerst moet ik mijn boeken van het schip halen.' Toen ze terug was met haar boeken zei ze tegen de koningin: 'Hier is een kist met cadeautjes die ik heb verzameld voor de mensen die wonen op de boerderij waar ik woonde: voor mijn vader en moeder en de bedienden en de Fingo-kinderen... en zelfs voor oude Ayah. Wilt u die alstublieft aan ze geven als u erlangs vaart?' En de koningin zei dat ze dat zou doen. 'Vaarwel, kleine koningin Victoria!' zei ze. En Rebekah zei: 'Vaarwel, grote koningin Victoria!' En weer maakten ze een buiging voor elkaar, en de oude koningin voer weg op het schip waarmee Rebekah gekomen was.

Toen was ze helemaal alleen op haar eiland. Het eiland telde veel grote bomen en struiken, gras en tijm en vergeet-mij-nietjes groeiden tot aan de waterkant. Ze liep een stukje verder en kwam bij een rivier met bomen aan weerskanten, en daarin zwommen twee zwanen. Ze had vroeger een boek met een plaatje van een zwaan die in een meer zwom, en ze had altijd gedacht dat ze vast zou doodgaan van blijdschap als ze een echte zwaan zou zien – en hier waren er twéé!

Verderop langs de rivier kwam ze op een plek waar de bomen laag boven het water hingen. Aan een witte struik, die zo laag hing dat hij het water bijna raakte, zag ze een spierwitte peul bijna zo lang als haar arm, als een erwtenpeul, maar dan helemaal bedekt met mat zilver. Ze reikte omlaag en probeerde haar te plukken. De peul was best zwaar, maar brak ten slotte af, en ze ging met de peul in haar schoot op de oever zitten.

Ze duwde van onder naar boven met haar vinger op de naad, en de peul barstte open als een acaciapeul. Er lag een baby'tje in. Het was roze en bloot. Ze probeerde het eruit te tillen, maar het zat met een gekruld vliesje vast aan de peul, zoals acaciazaadjes.

Ze verbrak het vliesje en tilde het kindje eruit. Daarna wikkelde ze het in haar boezelaar, legde het hoofdje op haar arm en droeg het naar huis.

Toen ze thuiskwam voedde ze het kindje met melk uit een piepklein flesje, zoals je een lam met de hand voedt, en daarna wikkelde ze het in een zachte witte omslagdoek, legde het in haar bed en ging ernaast liggen. Ze hield het dicht tegen zich aan en streelde het haar. 'Ga maar slapen, baby'tje,' zei ze. 'Je zal wel doodmoe zijn deze eerste dag. De wereld is zo groot. Morgen laat ik je alles zien en vertel ik je erover. Als je 's nachts wakker wordt, baby'tje,' voegde ze eraan toe, 'wees dan niet bang, roep mij maar gewoon. Ik zal dicht bij je zijn. En als je de klok hoort tikken, denk dan níét dat het iets verschrikkelijks betekent, dat is niet zo! Ik zal hem laten ophouden als je er treurig van wordt. Ik zal een chocolaatje onder je kussen leggen waarop je kunt sabbelen als je je eenzaam voelt. Vind het maar níét erg dat je op de wereld bent gekomen, baby'tje. Ik zal voor je zorgen!'

Ze wilde opstaan van het bed, maar herinnerde zich toen dat er nog andere dingen moesten worden gezegd, en ze ging weer liggen.

'Als je groter bent leer ik je vermenigvuldigen en spellen, want je kan niet groot worden als je dat niet kunt. De Fingo worden groot zonder dat ze leren vermenigvuldigen of spellen, daarom zou het fijn wezen om een Fingo te zijn. Als je iets moeilijks moet leren, bid dan of God je helpt: soms doet hij dat, soms niet. Doet hij het niet, dan is dat omdat je niet goed hebt gebeden.'

Er volgde een lange pauze.

'Baby'tje, zal ik je een verhaal vertellen? Ik heb het zelf bedacht.

Er was eens een klein meisje, en dat ging wandelen in de bush. En in de bush hoorde ze iets *pof – pof – pof* doen! En ze keek om zich heen, en daar lag een pofadder. En ze zei: "O Pof-poffie!"

En de pofadder zei: “Kom maar mee, liefje!”

En het kleine meisje zei: “Maar Pof-poffie, ik ben een beetje bang!”

En de pofadder zei: “Wees maar niet bang, liefje. Ik bijt nooit kleine meisjes!” En de pofadder nam haar mee naar een gat in de muur waarin al haar kleine pofaddertjes zaten. En ze zei: “Steek je hand er maar in en haal er een paar uit. Ze hebben kleine gifzakjes, maar die gebruiken ze niet. Ze eten alleen gras en zand, met af en toe een drupje melk.”

En ze stak haar hand erin en haalde de pofaddertjes eruit, totdat haar boezelaar er vol mee zat. En ze zei: “Ik zal niet vergeten ze een drupje melk te komen brengen als ik dat heb!” Daarna stopte ze de kleintjes terug in het gat en wenste de pofadder goedemiddag, en de pofadder wenste haar ook goedemiddag en ging slapen onder een steen.

En dat is het eind van het verhaal.

Maar het is maar een verhaaltje, baby’tje. Je kan niet echt de bush ingaan om met dieren te praten. Ze begrijpen je niet, nog niet. Mijn vader heeft eens een luipaard mee naar huis genomen uit de bush die ze hadden gevangen met een val. Ik vond het zielig voor hem, want hij keek zo treurig. Dus bewaarde ik mijn vlees tijdens het middageten en bracht het naar hem toe toen de anderen sliepen. Maar toen ik mijn hand toestak met het vlees, probeerde hij me te bijten. Dat heb ik tegen niemand verteld.

Baby’tje, was het geen mooi verhaal dat ik je heb verteld? Als ik je een geheim vertel moet je beloven dat je het aan niemand doorvertelt. Ik ben iemand die verhalen maakt. Ik schrijf bóéken! Toen ik klein was, toen ik nog niet kon schrijven, krabbelde ik mijn verhalen met een stok in een schrift. Maar toen ik groter werd en leerde schrijven, schreef ik echte boeken, een hele kamer vol!

Baby’tje, weet je wie Charles is? Hij is de jongen die met me komt spelen. Hij vertelt me verhalen, en ik vertel hem verhalen, en we lopen samen op en neer. Hij is wat ouder dan ik. Hij is geen échte jongen, weet je! Ik heb hem verzonnen. Hij is de prins-gemaal van Zuid-Afrika, en ik ben de koningin.

Ik hou niet van échte jongens. We hadden er een keer twee op bezoek. Dat waren mijn neven. Frank was de grootste. Toen ik hoorde dat ze kwamen, wilde ik met ze spelen en ze al mijn spullen laten zien, maar dat heb ik toch maar niet gedaan. Frank lachte me uit en noemde me Stouterikje. Hij liep achter me aan als ik alleen wou zijn en zei dan: "Haha, juffie! Ik heb je gevonden!" Hij zei dat ik met hem zou moeten trouwen als ik groot was, maar ik zei dat ik dat nooit zou doen.

Baby'tje, ik ben zo blij dat jij een meisje bent! Ik hou niet van jongens, echte jongens. Ze lijken een beetje op de Fingo. Jan is een Fingo die getrouwd is met Mietje, onze Fingo-meid, en hij sloeg haar altijd. Ik ben blij dat ik niet de vrouw van een Fingo-man ben.

Baby'tje, het spijt me zo dat ik je eten uit een flesje moet geven. Fingo-vrouwen hebben melk voor hun baby's, koeien en schapen ook, maar ik ben meer als de vogels.

Zo, sla nu je armen stijf om moeders hals, en hou moeder goed vast.'

Op dat moment deed ze haar ogen halfopen en keek om zich heen. Boven haar was de perelaar. Ze richtte zich langzaam op totdat ze zat. Overal in de omtrek zag ze het verdorde gele gras, en de uitgedroogde perzikbomen met hun verschrompelde bladeren en kwijnende gele perziken. Alles was bruin en droog; ze rekte zich uit en gaapte.

Plotseling zag ze, niet ver weg, een troep varkens die kennelijk door een gat in de muur was gekropen en zich nu tegoed deed aan het gevallen fruit. Scheldend en tierend stormde ze achter ze aan, zwaaiend met haar kapje. De varkens krijsten en knorden en stoven alle kanten op. Ze achtervolgde ze totdat ze allemaal door een gat in de plaggenwal waren gejaagd. Daarna ging ze op de wal staan en schreeuwde ze na totdat ze verdwenen achter de veekralen.

De ergste hitte van de dag was voorbij en de atmosfeer van de middag werd bekropen door een zoele nevel. Terwijl ze dromerig stond uit te kijken over de vlakte onder de boerderij, waar de doornbomen groeiden, zag ze in de verte, bij het stuwbekken met de wilgen, menselijke figuurtjes. De voorste van hen – was het Lang Jan de Fingo? – droeg iets op zijn schouders. Daarna kwam haar vader, dan twee

Fingo-jongens met wat eruitzag als schoppen. Ze waren zo ver weg dat ze het niet goed kon zien, en de zachte gele nevel gaf alles een dromerig aanzien.

De figuurtjes verdwenen uit het zicht achter de wilgen.

Plotseling riep vanuit de richting van het huis een scherpe stem: 'Kom van die wal af, kind! Wie gaat daar nou staan met niks op haar hoofd! Straks word je nog zo zwart als een Fingo. Zet als de dónder je kapje op!'

Het was oude Ayah, die naar de achterdeur was gekomen om water op het varkensvoer te gooien.

Rebekah klom van de wal, maar zette haar kapje niet op. In plaats daarvan bond ze het met zijn lange koorden om haar middel en ging terug naar de perelaar. Alles leek een beetje kaal en leeg; er viel niets te beleven.

Weer kwam haar het beeld voor ogen van haar moeder die in bed lag met het hoofdje van de baby op haar arm, een beeld dat ze al de hele dag van zich af probeerde te zetten. Ze zag het borduursel onder aan de mouw van haar moeders nachtjapon. Ze zag hoe haar moeder de gewatteerde deken hoger trok om het babyhoofdje af te schermen. Ze probeerde aan iets anders te denken.

Er liep een voetpad door het gras onder de perelaar, hard aangestampt en vlak, dat nergens naartoe leidde. Ze liep dit pad op en neer, slepend met haar voeten. Toen viel haar oog op een witte bol die aan de schors van de perelaar kleefde. Ze trok hem eraf en peuterde hem open met behulp van twee stokjes. Er zaten grijze dingetjes in die spinneneitjes hadden kunnen zijn. Ze wilde ze net nader onderzoeken toen haar aandacht werd getrokken door een rij als soldaten marcherende zwarte mieren die allemaal een roze eitje meevoerden. Een paar centimeter verderop was nog een rij mieren, die waarschijnlijk terugkwamen voor nog meer eitjes. Even later stormde een reusachtige mier, zoals de mieren die de stam van de perelaar op en neer renden, het pad op en nam een van de minuscule miertjes tussen zijn kaken. Met een stok probeerde zij ze van elkaar te scheiden, maar de grote wilde niet loslaten.

Plotseling keek ze op: ze had het griezelige gevoel dat er iemand naar haar keek! Ze keek om zich heen, maar er was niets te zien. Ze zette een stap, en terwijl ze dat deed zag ze de kop van een gele cobra. Het lichaam ging grotendeels schuil in het gras, maar zijn kop stak erbovenuit en hij keek naar haar. Was hij daar de hele middag al geweest?

Langzaam richtte ze zich op, terwijl ze naar hem bleef staren. Hij staarde naar haar terug zonder met zijn ogen te knipperen. Toen begon hij te bewegen, *kronkel... kronkel... kronkel...* als een vrouw die in een stijf gesteven jurk loopt. Star van ontzetting sloeg ze hem gade.

Ze was niet bang voor slangen. Toen ze drie was had ze eens een slang mee naar huis genomen in haar boezelaar, als een schat, en had daar straf voor gekregen. Sinds ze begreep wat het waren, was ze er niet bang meer voor. Toch waren ze een nachtmerrie voor haar geworden. Ze bedierven haar wereld. *Kronkel... kronkel... kronkel...* gleed hij door het gras in de richting van een gat in de plaggenwal, terwijl zijn twee meter lange lijf achter hem aan slingerde.

Ze pakte haar boek en zette het op een rennen. Volgens de regels had ze iemand moeten roepen om de slang te doden. Maar op de voorstoep bleef ze roerloos staan. Haar hart bonsde zo hevig dat ze het kon horen. Ergens voelde ze zich door en door slecht, haast alsof ze zélf als een slang *kronkel... kronkel... kronkel* door het gras was gegleden. Ze had het gevoel dat de hele wereld door en door slecht was. Toen haar hart niet meer zo heel luid klopte, deed ze de deur open en ging naar binnen.

Hoewel de zon al bijna onderging had niemand eraan gedacht de jaloezieën op te trekken. Zelfs met de deur open was het schemerig in de voorkamer. Aan de muur hingen ingelijste afbeeldingen van koningin Victoria en de prins-gemaal in vorstelijk ornaat. Maar vandaag sloeg ze daar geen acht op. Ze haalde haar leerboek uit een la en ging zitten om de tafel van zes te oefenen, die ze die ochtend had moeten leren. Steeds opnieuw herhaalde ze bij zichzelf:

Zes keer zes is... zesendertig
En zes keer zes is... zesendertig.

Het zachte, afnemende avondlicht kroop over de sinaasappelbomen achter de deur.

En zes keer zes is... zesendertig.
En zes keer zes is... zesendertig.
En zes keer zes is... zesendertig.
En zes keer zes is... zevenendertig.
En zes keer zes is... zevenendertig.

Zo dreunde ze het een tiental keren op, een honderdtal keren, soms goed, soms fout, en al die tijd staarde ze dromerig door de open deur naar buiten, haar hoofd volkomen leeg. Toen stopte ze ermee. Er was haar een licht opgegaan! Ze wist opeens wat die figuurtjes betekenden die ze over de vlakte had zien lopen. Ze wist opeens wat Lang Jan daar droeg, ze wist waarom haar vader achter hem liep en waarom de twee Fingo-jongens een schop over hun schouder hadden. Met absolute zekerheid wist ze dat als ze naar het stuwbekken achter de wilgen zou gaan, ze een heuveltje aarde zou aantreffen, met daaronder de baby uit de logeerkamer.

Zelfs in de eetkamer werd het nu donker, al lag die op het westen. Ook hier was het doodstil. Dit was gewoonlijk een moment voor beroering en bedrijvigheid: haar moeder deelde rantsoenen uit en de herders en meiden die uit de hutten waren gekomen om hun eten te halen stonden lachend en kletsend bij de deur van de voorraadschuur. De Fingo-meiden die in het huis werkten waren gewoonlijk het luidruchtigst, terwijl de kinderen die op enig ander moment niet in de buurt mochten komen op de keukentrap op hun moeder stonden te wachten. In de melkkraal kon je de mannen tegen de koeien en kalveren horen schreeuwen, en naar elkaar horen roepen; en de honden voelden de opwinding en blaften. En boven alles uit was de stem van oude Ayah te horen, die op schrille, hoge toon bevelen schreeuwde waaraan niemand ooit gehoor gaf. Maar vanavond was het doodstil: je hoorde alleen het geloei van koeien en het geblaat van schapen. De mannen hielden zich koest. De rantsoenen waren 's ochtends vroeg al uitgedeeld. De kinderen was gezegd dat ze weg moesten blijven bij de achterdeur.

Ze kon nergens heen behalve naar de kamer van haar moeder, en dat wilde ze niet. Ze ging op een bank tegen de muur zitten. Toen het donkerder werd vloog een vleermuis door het raam naar binnen, fladderde heen en weer en vloog toen weer naar buiten.

De twee dienstmeisjes kwamen binnen uit het melkhuis, elk met een emmer melk. In de bijkeuken lachten en babbelden ze op zachte toon.

Kort daarop kwam oude Ayah binnen vanuit de slaapkamer van haar moeder. 'Waarom zit je hier helemaal alleen in het donker, kind?' vroeg ze. Ze liep de bijkeuken in en kwam terug met een kom brood met melk en een kroes pure melk, die ze neerzette naast de bank.

Rebekah begon te eten. Ze had niet beseft dat ze honger had. Ze at gulzig.

In de bijkeuken gaf oude Ayah de meiden ervan langs omdat de melkemmer lekte. Een van de meiden hield een aangestoken kaars omhoog terwijl de andere op talk kauwde om de scheur mee te dichten.

'Hoe is de baby, oude Ayah?' vroeg de meid die de kaars vasthield.

'Een mooi kind,' zei oude Ayah zonder op te kijken. 'Zo zal ze er nóg vier maken.'

'Waar heeft die daar de hele dag uitgehangen?' vroeg de meid, met een knik in de richting van Rebekah.

'God mag het weten,' zei oude Ayah. 'Ik heb haar amper gezien. Je kan net zo goed een stokstaartje proberen te volgen van zijn ene hol naar het andere.'

'Kijk haar nou toch!' zei de eerste meid. 'Kijk haar eens schransen! Ze probeert de lepel erbij op te eten.'

'*Sij's een snaakse kind!*' zei oude Ayah.

Rebekah bleef dooreten, zonder op te kijken. Het kwetste haar dat ze over haar praatten alsof ze een stenen muur was.

Toen ze de scheur in de emmer hadden gedicht, verdwenen de meiden naar de keuken. Zodra ze weg waren duwde Rebekah de kom opzij. Ze was erg moe. Ze keek strak naar de talgkaars. Deze brandde rood en flakkerde terwijl de motten en nachtvliegen eromheen fladderden. Het leek zo lang geleden dat ze die morgen was opgestaan. Haar oogleden begonnen te zakken. Het was haar bedtijd, maar niemand die haar dat kwam zeggen.

Plotseling zat ze kaarsrecht en luisterde gespannen. Uit de slaapkamer van haar moeder kwam een luide jammerkreet. Ze sprong van de bank en bleef stokstijf staan. Haar toch al pipse gezicht werd doodsbleek.

Er viel een korte stilte, gevolgd door een nieuwe kreet, en nog een en nog een, elke luider en langduriger dan die ervoor. Haar handen balden zich tot vuisten, haar keel zwol op, de aderen tekenden zich af als zweepkoorden. Weer klonk er een kreet, ditmaal zwakker. Ze vloog door de donkere gang naar de kamer van haar moeder. De deurkruk was te hoog voor haar. Met handen en voeten beukte ze op de deurpanelen.

'Laat me erin! Laat me erin! Ik wil naar bínnen!'

Oude Ayah deed de deur open en probeerde haar terug te duwen.

'Laat me erin! Laat me erin!' Ze hoorde alleen het jachtige stromen van bloed in haar eigen oren. 'Jullie maken het dood, net als het andere! Laat me los!' En ze klampte zich vast aan oude Ayahs rokken.

Uit het bed kwam de slaperige stem van haar moeder die vroeg wat er loos was.

'Vraag niet aan mij wat er loos is!' riep oude Ayah verbolgen. 'Vraag het aan de Vader van alle Kwaad! Dit kind is gek!' Ze ontworstelde haar rokken aan Rebekahs greep en duwde het kind de kamer in.

De kaars naast het bed wierp haar licht vol op haar moeder, die met het babyhoofdje in de holte van haar elleboog lag. Om de tocht door het open raam tegen te houden hadden ze er een gewatteerde deken van rood katoen voor vastgepind met leeuwen en palmen erop. De deken wierp een zacht rood licht over moeder en kind.

'Alleen God weet wat dit kind bezielt!' zei oude Ayah. 'Als ze mijn kind was, zou ik haar niet in een huis binnenlaten waar respectabele mensen wonen. Ik zou haar met een ketting aan een apenpaal vastmaken en haar almaar rondjes laten rennen. Dan kan ze kafferbonen eten als een baviaan en klimmen en schreeuwen zoveel als ze wil!'

'Waarom maakte je zo veel kabaal, Rebekah?' vroeg haar moeder vriendelijk. 'Dacht je dat iemand de baby iets aandeed?'

Rebekah zei niets. Het bloed trok nu weg uit haar hoofd en ze voelde zich slap.

'Om zo iemands kleren te verfrommelen! Kan een mens niet eens een kind wassen zonder dat dit wilde beest gaat brullen en dansen?' Oude Ayah streek haar gekreukte rok glad.

'Wil je de baby zien, Rebekah?' vroeg haar moeder.

Wankel liep Rebekah naar het voeteneind van het bed.

'Als je wilt, mag je erop klimmen,' zei haar moeder slaperig.

Rebekah klauterde op het bed en bleef daar zitten kijken, met haar handen om haar knieën.

'Het is aan het drinken, hè moeder?' zei ze ten slotte.

'Ja.'

'Het is úw baby'tje, hè moeder?'

Haar moeder knikte.

'Het móét drinken,' zei Rebekah. 'Het móét melk krijgen, toch moeder? En het is uw baby'tje, toch?'

Haar moeder gaf geen antwoord. Ze was in slaap gevallen.

Stukje bij beetje stak de baby een handje onder de flanellen omslagdoek vandaan. Langzaam opende ze haar vingertjes, strekte ze een voor een, balde ze toen tot een vuist. Rebekah keek er aandachtig naar. Na een poosje stak ze een hand uit en raakte met een wijsvinger het babyhandje aan. Daarna leunde ze achterover, zonder haar ogen af te wenden.

Om halftien kwam oude Ayah terug met een kruik en een kolenkomfoor om de watergruwel 's nachts warm te houden.

'*Mij vaderland!*' riep ze uit. 'Je ligt nog niet in bed! Blijf je hier zitten tot morgenochtend?' Ze maakte aanstalten om de kruik bij de voeten van de moeder te leggen. 'Wat mankeert dat kind? Waarom kan ze niet naar bed gaan zoals andere kinderen? Je kan om drie uur in de ochtend binnenkomen en dan zit ze rechtop in bed, in het donker, tegen de spinnen te praten.'

'Moeder,' zei Rebekah, langzaam en duidelijk sprekend, alsof haar woorden met zorg waren voorbereid. 'Moeder, wilt u úw baby'tje een tijdje bij mij laten slapen?'

'Nee, schat,' zei haar moeder. 'Het is te klein. Je kunt het niet bij jou laten slapen, nog niet.'

'Bij jou laten slapen!' zei oude Ayah. 'Dat lijkt me niet, nee! Je zou het nog doodmaken!'

'Ik zou er heel voorzichtig mee zijn,' zei Rebekah, haar ogen strak op haar moeder gericht. 'Ik zou er niet bovenop gaan liggen of het laten vallen. Ik wil er alleen maar voor zorgen en het dingen leren.'

'Wat je leren noemt!' zei oude Ayah. 'Je wil haar alleen maar leren om net zo'n ondeugende wildebras te worden als jijzelf. We zullen zorgen dat ze niet met je speelt en jouw wilde gedoe niet aanleert.'

'Ik wilde haar niks verkeerds leren. Ik wilde haar niet eens leren om een hekel te hebben aan jou.'

'Een hekel aan mij! Dat mag ik hopen! Wat krijgen we nou? Waarom zou je haar leren een hekel aan mij te hebben?'

Rebekah richtte haar blik op oude Ayah. 'Omdat ík een hekel aan je heb!'

'Kibbel niet zo met haar, Ayah,' zei haar moeder. 'Dat kind slaapt half, ze weet niet wat ze zegt. Vooruit, van het bed af, Rebekah, tijd om te gaan slapen. Je krijgt de baby niet mee.'

Rebekah bleef roerloos zitten, terwijl tranen opwelden onder haar oogleden. 'O, ik kan er niet tegen!' zei ze. 'Wat moet ik doen, wat moet ik doen?' Ze wiegde heen en weer. 'Ik wilde er zoveel van houden! Al mijn spullen... mijn Bob-boek... mijn stenen... O, hadden jullie me er maar van laten houden!' Het bed schudde, maar er vielen geen tranen. 'Het heeft geen zin...! Ik heb het geprobeerd, ik heb het geprobeerd...! O, was ik maar dood!'

Zelfs oude Ayah deed er nu het zwijgen toe.

'Dat kind slaapt echt voor driekwart,' zei haar moeder. 'Ze heeft een lange, vermoeiende dag achter de rug, aldoor maar rondrennen zonder dat iemand naar haar omkeek. Ze is nog maar een hummel, al is ze nog zo vroegwijs. Ga van het bed af, Rebekah, dan zal oude Ayah je uitkleden.'

Rebekah liet zich van het bed glijden. 'Ik kan me zélf wel uitkleden,' zei ze.

Haar ledikant stond in de hoek van de kamer. Met haar ogen nog dicht knoopte ze haar kleren een voor een los en liet ze op de vloer vallen, totdat ze in haar witte hemd stond, met nog bevende schouders. Oude Ayah bracht haar haar nachtjapon. 'Een snaakse, snaakse kind!' mompelde ze.

Rebekah liet de nachtjapon over haar hoofd glijden, begaf zich met uitgestrekte hand op de tast naar haar ledikant, klom over de zijkant en ging liggen. Het beven was niet opgehouden, het was alsof er een man huilde.

'Daar kan ik niet tegen,' zei haar moeder. 'Straks gaat ze de halve nacht zo door. Ik ken dat kind. Ik denk dat ze van alles droomt. Neem de baby, Ayah, en leg die bij haar... eventjes maar. Het is een lange dag geweest en ze is doodmoe.'

Oude Ayah schudde bezwerend haar hoofd, maar deed wat haar gezegd werd. Ze pakte de baby en sloeg haar doek om haar heen, droeg haar daarna naar de andere kant van de kamer en maakte plaats voor haar naast Rebekah. Rebekah strekte haar arm uit. De Khoi-vrouw legde de baby erop en trok de deken over beiden heen. Daarna verliet ze de kamer om de nachtlamp en de watergruwel te halen.

Het oudere zusje liet haar hand onder de omslagdoek glijden totdat ze het handje van de baby vond. Ze verstrengelde haar vingers zachtjes met de piepkleine babyvingertjes. Ze trok het piepkleine lijfje dicht tegen zich aan.

Na een poosje klonk er een vreemd, trillend geluid, alsof iemand probeerde te zingen, maar er kwam niets uit. Daarna was alles stil.

Toen oude Ayah een kwartier later terugkwam, was iedereen in de kamer in diepe slaap. Ze probeerde de baby weg te halen, maar toen ze de deken terugsloeg zag ze dat de handen van de zusjes zo verstrengeld waren en dat de arm van het oudste zusje zo stijf om het jongste heen was geslagen, dat het onmogelijk was die weg te halen zonder beiden wakker te maken.

Ze schudde haar hoofd en trok de deken weer omhoog. Ze blies de kaars uit, zette de nachtlamp op de vloer en trok zich stilletjes terug, waarbij haar gedaante een lange schaduw op de muur wierp. Bij de deur draaide ze zich om en keek de kamer in. De nachtlamp wierp diepe schaduwen in de hoek waar de kinderen lagen.

EEN

Weggestopt tussen de ribben van een berg in de Oostprovincie van de Kaapkolonie ligt een stille, boomrijke boerderij. De eigenaar van deze boerderij, al vijfentwintig jaar, was een Engelsman, een heerschap met een ruwe en onbehouwen manier van doen. Een man die gesteld was op zijn boeken, op zijn bomen, op zijn land; die weinig geneigd was tot spreken, veel geneigd tot nadenken, en die zelden verderging dan zijn eigen grenspalen. In alle eerlijkheid was er weinig om iemand te verleiden verder te gaan: de buren waren ongeletterde, *velskoen*-dragende Nederlanders, of even ongeletterde Engelse kolonisten, en ze vielen hun buren niet vaak lastig met een bezoekje, iets waar niemand rouwig om was behalve de vrouw van de boer, die van een levendig en sociaal slag was, en die zich nog over de komst van een oude *Boertante* kon verheugen.

Het was een rustig, eentonig leven. De boer zelf, zijn vrouw, hun kinderen en een twintigtal Khoi- en Fingo-bedienden vormden de volledige lijst van bewoners van de boerderij – althans wat de menselijke bewoners betreft, want aan wild dierlijk leven was er geen gebrek. In de bush die de berghellingen bedekte waren luipaarden, die 's nachts naar beneden kwamen en lammeren meenamen uit de veekralen. In de hoge bomen in de bush zaten grijze aapjes met lange staarten, zwartsnavelduiven en *kokkeviets,* die de hele dag door krijsten en floten. Op de rotsen die de bergtop bekroonden klommen en vochten troepen bavianen. En beneden in het dal tussen de doornbomen zaten stokstaartjes en schildpadden en hazen, die af en toe een bezoekje aan de boerenvelden brachten. De hele dag lang kon je vanuit de open ramen van het huis een glimp opvangen van de schapen tussen het lange gras op de berghelling of beneden op de vlakte, of, heel ver weg, bewegende stippen ontwaren, geiten die zich tussen de doornbomen door bewogen.

De hele dag lang stonden de glazen deuren en ramen open. Daardoorheen kwam de geur van oranjebloesems uit de oranjerie, en uit de tuin daarachter de geur van stokrozen en dahlia's en goudsbloemen en wonderbloemen, die een bed van kleur vormden. In de lente hing er de zoete geur van bloesem uit de boomgaard voorbij de bloementuin. In de zomer, met Kerstmis, was de vlakte een zee van goud door de gele bloemen van de doornbomen, waarvan de honinggeur opsteeg naar het huis. En in de herfst hing er de zwakke, zure lucht van de vijgen en perziken die op de grond vielen, waarvoor de Fingo-kinderen door de spleten in de muur glipten om zich eraan tegoed te doen, en de varkens ook.

Over de *nek* strekte zich de weg vanuit de stad uit. Hij slingerde heen en weer, heen en weer, een streep wit tussen de doornbomen. Op de vlakte verdween hij helemaal, tot hij weer tevoorschijn kwam in de buurt van de *mielievelden* en langs het stuwbekken met de wilgen. Bij dat stuwbekken zaten de kikkers op warme zomeravonden graag te kwaken. Bertie, de jongste dochter van de boer, vond het heerlijk om ze te horen als ze 's avonds in bed lag – dat zei ze tenminste – maar Rebekah, haar oudere zus, zei dat het een droevig geluid was dat deed denken aan toen je een kind was, lang geleden. Bertie – Kleine Bertie, zoals ze haar noemden – was nog maar vijftien jaar en twee maanden oud, dus zij had niet zo'n lang langgeleden om aan te denken, terwijl Rebekah twintig was en al een keer een bezoek aan Kaapstad had gebracht en al heel veel wist en heel veel had gelezen, waardoor het misschien lang geleden leek dat ze een kind was. Voor Bertie was haar kindertijd nog als de dag van gisteren, ook al kon ze al bij de sinaasappels waar geen andere vrouw op de boerderij bij kon, en kwam haar kin tot boven haar vaders schouder. Dus voor haar was het avondlijke gekwaak van de kikkers net zo aangenaam als het geloei van de koeien wanneer die 's avonds van de berghelling naar beneden kwamen.

Bertie was een fluwelig schepsel met lange wimpers, die zo ver achterover krulden dat ze haast tegen haar rechte wenkbrauwen aan kwamen. Haar voorhoofd was laag en breed, en haar haar hing eroverheen in donkerblonde krullen, waarin je stuk voor stuk een vinger had kunnen steken. Maar wat het meest opviel waren haar grote ronde bruine ogen en zijdezachte wangen.

Rebekah daarentegen was een kleine vrouw met fijn, donker haar, golvend en met een scheiding in het midden. Haar gezicht was heel wit, behalve wanneer ze bloosde, en dan leek het alsof het bloed door de huid heen zou branden. Je kon altijd de aderen in haar slapen zien. Toen ze een kind was klopte haar hart soms zo snel dat ze dacht dat het uit elkaar zou springen. Dan rende ze achter het bed en knielde en herhaalde bij zichzelf de hymne:

Kalmeer me, mijn God, en houd me kalm!
Laat Uwe uitgestrekte vleugel
Zijn als de schaduw van Elims palm...

Maar tegenwoordig hoefde ze zelden nog om kalmte te bidden: ze was altijd in de weer met haar boeken en haar microscoop en haar verzamelingen insecten en stenen, en anders was ze wel aan het werk in de keuken of de melkkamer, of haar vader aan het helpen op de boerderij.

En nu, over precies één dag, ging ze trouwen met haar neef Frank, die uit Kaapstad was gekomen om haar mee te nemen. Frank was lang en groot en blond en fors, met blauwe ogen en een dun snorretje. Hij rookte sigaren en droeg smetteloze hemden en boorden, of ze nu wit waren of gestreept en gekleurd.

Hij had Rebekah al als vrouw gewild sinds hij als jongen van elf samen met zijn ouders uit Engeland was gekomen om familie in Zuid-Afrika te bezoeken. Tien jaar later was hij naar Zuid-Afrika teruggekeerd en had zich in Kaapstad gevestigd om een filiaal van het bedrijf van zijn vader te leiden. Vier jaar lang had hij jaarlijks de boerderij bezocht, en elke keer had hij Rebekah gevraagd om met hem te trouwen, maar ze had altijd geantwoord dat ze dat niet kon doen. Tot ze hem plotseling, tot ieders verbazing, had geschreven dat ze het wel zou doen.

Dus ging ze morgen trouwen. Er was al voor het bruiloftsontbijt gedekt in de eetkamer aan de achterkant van het huis, met een wit kleed eroverheen gespeld om het stof weg te houden. Ze ging trouwen in een lila zijden jurk, en haar vader en moeder en Bertie en de bedienden zouden er allemaal bij zijn, in de grote voorkamer, met koningin Victoria en de prins-gemaal die vanuit hun lijsten aan de muur op hen zouden neerkijken.

Als het aan Rebekah had gelegen was er helemaal geen feest geweest en was ze in haar blauwe tuinjurk getrouwd, maar haar moeder en Bertie zeiden dat een bruiloft zonder die dingen geen bruiloft was, en zelfs de bruidegom had moeten lachen bij het idee.

Aangezien Rebekah geen kerkdienst wilde, zou de ambtenaar uit de stad komen om hen te trouwen. Frank vond het prima: hij zei dat het op het platteland, waar niemand zag wat je deed, niet uitmaakte. Maar hij had het niet graag op die manier gedaan in de stad, waar iedereen er commentaar op zou hebben gehad.

Frank was de enige man die Rebekah ooit ten huwelijk had gevraagd, behalve zijn broer, John-Ferdinand, die ze twee jaar eerder had ontmoet tijdens haar bezoek aan Kaapstad. John-Ferdinand had haar gevraagd, maar ze had hem afgewezen. Op dat bezoek na, en een enkel bezoekje aan de kust met haar moeder toen ze een kind was, had ze de boerderij nooit verlaten, behalve om naar het dichtstbijzijnde dorp landinwaarts te rijden voor een dagje winkelen. Daar leken de winkelbedienden en jonge zakenlui zo ver van haar wereld af te staan dat ze nauwelijks wist wie ze konden zijn. De jonge bankbediende had zichzelf een keer op de boerderij uitgenodigd en er een dag en een nacht doorgebracht. Maar ze had alleen het woord tot hem gericht om te vragen of hij nog een kopje thee wilde – ze had de middag in haar eentje doorgebracht in de kloof. Het verslag dat de bankbediende deed van zijn bezoek moedigde andere jongemannen niet bepaald aan om er eens langs te gaan. Alleen Rebekahs moeder vermoedde waar hij voor was gekomen.

Rebekah had nooit een bal of theater bezocht, of een beleefdheidsbezoekje afgelegd. Haar wereld was heel klein, behalve als het om boeken ging.

Nu, op deze dag, waren zij en Bertie de logeerkamer in orde aan het maken, want Berties huisonderwijzer kon ieder moment aankomen, om Bertie onder zijn hoede te nemen als Rebekah weg was. Bertie zelf had ongeveer evenveel honger naar boeken en onderwijs als een handlam naar wortels: als het wortels aangeboden kreeg, at het die bij wijze van spreken onder dwang, uit angst je te kwetsen, maar onder andere omstandigheden niet. Zowel Rebekah als haar vader zei echter dat ze meer moest studeren.

Deze huisonderwijzer was een verfijnde jongeman uit Engeland, die per advertentie om een betrekking op een boerderij had verzocht waar hij in ruil voor drie uur per dag lesgeven kost en inwoning zou ontvangen. Niemand had hem met eigen ogen gezien, maar hij had goede referenties, en volgens Rebekah waren mannen in de regel betere leerkrachten dan vrouwen. En er was niemand op de boerderij die het advies van Rebekah in twijfel trok.

Het was middag. Bertie stond voor het raam van de logeerkamer en zette dahlia's en lelies in een rank groen glas. Rebekah zat geknield achter haar en speldde een witte bedrok om het bed. Buiten was de vlakte vol gele bloesem, want de doornbomen stonden in bloei. Af en toe ging Bertie ver uit het raam hangen om over de vlakte uit te kijken, en trok zich daarna weer terug. Er viel niets te zien, behalve de vlakte die lag te schitteren in de middagzon en de witte weg over de nek.

'Misschien heeft Jan te veel gedronken en de wagen laten kantelen, of misschien heeft hij pech gekregen,' zei ze.

'Het is nog geen vier uur,' zei haar zus.

Bertie zette de bloemen op de schouw en stond er even naar te kijken. 'Denk je dat hij ze mooi zal vinden, Rebekah?'

Precies op dat moment slaakten de drie jonge Fingo, die Bertie op de bovenste sport van de vlieringladder op de uitkijk had gezet, een reeks uitzinnige kreten. Bertie liet de bloemen die ze nog in haar hand had vallen en stoof de kamer uit. Rebekah ging verder met het spelden van de bedrok. Tegenwoordig leek ze nauwelijks nog ergens opgewonden over te kunnen worden, zelfs niet wanneer ze een nieuwe bacterie onder haar microscoop aantrof of wanneer een van haar entloten uitliep, of wanneer er een nieuw boek arriveerde uit de stad – dat waren de dingen waar ze het meest om gaf.

Bertie stak haar gezicht om de deur. 'Rebekah, kom toch naar hem kijken! Hij is net aangekomen! Hij is zo leuk en klein! Hij is nauwelijks groter dan jij! Ik dacht dat ik bang van hem zou zijn, maar dat ben ik niet! Hij is kleiner dan ik, hij heeft gitzwart haar en boven zijn oor een klein krulletje als een drakenstaart, en hij glimlacht de hele tijd. Kom toch naar hem kijken!'

Rebekah was de laatste plooi aan het vastspelden.

'O, kom nou, Rebekah! Hij is vader en moeder een hand aan het geven. Hij komt het trapje al op!'

Ze rende weer weg. Rebekah richtte zich op van haar knieën en bukte daarna weer om de bloemen bij elkaar te rapen die Bertie in haar haast had laten vallen. Ze keek om zich heen of de kamer gereed was. Dat was hij.

In de voorkamer, aan het eind van de bank, zat een mannetje dat zeker niet ouder oogde dan vijfentwintig, ook al had hij in zijn papieren vermeld dat hij vijfendertig was. Hij zat met zijn handen tussen zijn knieën, maar hij glimlachte en ging staan toen ze binnenkwam. Zijn voorhoofd was rond en puilde uit, en glom alsof het geolied was. Zijn neus was klein en rond op het uiteinde na, waar een plakje van leek te zijn afgesneden zodat er een afgeknot puntje overbleef. Terwijl Rebekah hem de hand schudde, dwaalden zijn rusteloze kraaloogjes van haar af. Toen ze vertrok ging hij weer zitten en praatte verder met de moeder van de meisjes, die aan haar naaitafel zat. Bertie, die te opgewonden of te verlegen was om binnen te komen, gluurde door een kier van de eetkamerdeur.

Omdat er in de eetkamer al voor het bruiloftsontbijt was gedekt, hadden ze hun vieruurtje in de werkkamer aan de voorkant, die uitkwam op de voorstoep. Daar verzamelde de hele familie zich, behalve Frank, Rebekahs neef, die op een rieten mat onder de sinaasappelbomen lag te roken en Bertie zijn thee daar had laten brengen. In zijn smetteloze grijze pak, met een wit overhemd en zonder vest, zag hij er piekfijn uit. Hij las een boek met een geel omslag. Zijn pointer, die hij had meegenomen voor het geval er nog gejaagd zou worden, lag bij zijn voeten met haar hoofd op haar poten.

Onder het lezen tilde hij zijn hand op, pakte de hond bij de oren en trok haar dichterbij. Ze schrok even, maar legde haar neus op zijn arm. Na een tijdje, toen hij zijn kopje leeg had gedronken, legde hij zijn boek neer, richtte zijn grote maar niet onelegante lichaam op en kuierde naar het huis, het theekopje in de hand.

De anderen hadden hun vieruurtje inmiddels op en waren weggegaan, behalve Rebekah, die dromerig bij het raam zat en sterretjes sneed uit de sinaasappelschil op haar bord. Ze was al op sinds vijf uur 's ochtends, druk met het huishouden en de voorbereidingen voor de volgende dag, en ze was moe.

Er kwam een vlaagje sigarenrook door het open raam. 'Helemaal alleen?' vroeg Frank. Hij zette het lege kopje op tafel. 'Kom toch onder de sinaasappelbomen zitten. Het is daar heerlijk koel.'

'Dat kan niet. Ik heb te veel dingetjes te doen als we morgen om elf uur willen beginnen.'

Hij vouwde zijn armen op de vensterbank en trok zwijgend aan zijn sigaar. 'Wat zie je er mooi uit in die jurk,' zei hij. Ze droeg een witte mousselinen jurk met een blauw mouwloos jasje dat de taille vrij liet. 'Dat jasje staat je goed. Het laat je smalle taille goed uitkomen. Zo'n lief klein *ting-ting-kie*!' Hij stak een grote, zachte, goedgevormde hand uit en liet hem heel even zachtjes op haar taille liggen. Hij blies een dun wolkje rook naar haar toe, hij wist dat ze daarvan hield.

Ze verzamelde de theekopjes op een dienblad. Er lag een stille tevredenheid in zijn blik terwijl hij naar haar keek.

'Wat vind je van de nieuwkomer?' vroeg hij, terwijl hij zijn sigaar uit zijn mond nam en tussen zijn wijs- en middelvinger hield.

'Ik mag hem niet.'

Frank moest lachen. 'Hij is niet aantrekkelijk. Ik wed dat hij kokosolie in zijn haar smeert. Je kunt een man een hele hoop zonden vergeven, maar dat niet.' Hij nam een lange trek van zijn sigaar. 'Vind je het ook niet een beetje gevaarlijk?'

'Wat?' Rebekah keek vlug op.

'Ach, om hem elke dag bij Bertie te laten zitten. Denk je eens in:

sessies van drie uur lang, met alleen een tafel om ze uit elkaar te houden en Franse werkwoordjes om ze bij elkaar te brengen. Het is voor iedere jongeman – zelfs iedere oude man – gevaarlijk om op armslengte een bos dansende krullen als die van Bertie te hebben.'

'Ik denk –' zei Rebekah.

Zacht blies hij over de tafel een wolkje rook naar haar toe – het bereikte haar niet – en hij lachte. 'O, ik weet precies wat je gaat zeggen: mannen moeten les kunnen geven aan vrouwen en vrouwen aan mannen. Maar dit is de Hof van Eden niet... nog niet. Over een jaar of twee, drie is Bertie de mooiste vrouw van heel Afrika. Heb je niet gezien hoe ze zich heeft ontwikkeld in het halfjaar sinds ik hier voor het laatst was?'

Voordat Rebekah antwoord kon geven stak Bertie haar hoofd om de deur om te zeggen dat oude Ayah wilde dat Rebekah kwam kijken of de cakes gaar waren, waarna ze er weer vlug vandoor ging. Rebekah tilde het dienblad op.

'Dus je komt niet bij me onder de bomen zitten? Moet ik dan helemaal in mijn eentje gaan zitten luieren? Wat ben je toch een druk ting-ting-kietje! Goed, laat maar. Morgen!' Hij wierp haar een handkus toe en ging weg, op de voet gevolgd door de hond. Met een zachte, welluidende tenor zong hij:

Vijf zwarte jongetjes, die dronken een glaasje bier,
Eentje stikte in het schuim, toen waren er nog maar vier.

Hij ging op zijn mat onder de sinaasappelbomen liggen terwijl Rebekah ging kijken of de cakes niet aanbrandden.

Het was negen uur 's avonds. Rebekah zat buiten op de stoep. Het was een donkere avond. Kevers gonsden tussen de druivenbladeren aan de muur en om haar hoofd. Ze zat met haar rug naar de voordeur. Een rechthoek van licht viel over de stoep en wierp een zwak schijnsel op de stammen van de sinaasappelbomen verderop.

Een tijdlang zat ze in het donker voor zich uit te kijken en tuurde toen achterom door de open deur. In de kamer kon ze in de schommelstoel in de achterste hoek haar moeder zien zitten, schommelend, glimlachend en met haar hoofd knikkend – uit de maat – terwijl Percy Lawrie, de nieuwe huisonderwijzer, pianospeelde. Met een elleboog op de piano en haar ogen strak op Lawries gezicht gericht, zodat ze bij een beweging van zijn hoofd de bladzijde voor hem kon omslaan, stond Bertie. Op de bank lag Frank, haar geliefde, met een grote arm over zijn voorhoofd naar de muziek te luisteren, die mooi was. En in de kamer erachter kon ze nog net haar vader zien zitten, lezend aan de kale grenen tafel, met zijn grijze baard tegen zijn borst gedrukt.

Ze keek naar hen, en keek toen weer weg. Dit stille, vredige leven… waarvoor liet ze het achter? Vanavond, nu het bijna te laat was, nam ze de oude weegschaal ter hand en begon de kwestie opnieuw af te wegen. Waarvoor liet ze het achter, dit leven waarin het juiste om te doen toevallig ook het makkelijkste en aangenaamste en meest voor de hand liggende was, waarin je niet in tweestrijd stond tussen 'ik wil' en 'ik moet' – een leven waarin er genoeg voor anderen te doen viel om je een dankbaar gevoel van voldoening te geven en er intussen toch ruimte overbleef om ongestoord een eigen leven te leiden. Een kalm, vredig leven waarin de rumoerige, kwebbelende, bezorgde, zorgwekkende wereld maar één keer per week naar binnen sloop via de postzak van de man die de brieven en kranten uit de stad bracht. Een leven waarin nieuws uit de buitenwereld naar je toe kwam met een frisheid die het nooit zou kunnen bevatten voor diegenen die leefden in de haast en het tumult van de grote stromen des levens. Een leergierig leven waarin je uitzonderlijk veel te weten zou kunnen komen over planten en vreugde zou kunnen vinden in stenen en insecten. Een bedachtzaam leven waarin je in het hart van boeken zou kunnen sluipen, zoals alleen kon als de wielen van het dagelijks leven kalm en zachtjes maalden. Een leven waarin lijden verwaarloosbaar was en plezier, zelfs als het grijsgetint was, kalm en constant. Waarvoor liet ze dat achter?

Weer staarde ze achterom de kamer in, en daarna voor zich uit in het donker. Aan die kant leek de weegschaal inderdaad door te slaan. Aan de andere kant had je… wat? Een vage, onstilbare honger.

Boeken, zwarte kevers, goed uitgevoerde taken: ze had het allemaal geprobeerd, en ze stierf van de honger. Was het dan daarvoor – voor datgene waar de blauwe en paarse bergen ver weg over fluisteren als ze zeggen: 'Kom! Kom! We hebben je datgene te geven waarvan je niet afweet! Kom toch naar ons!'? Of was het een stem vanuit die oerdiepte van de natuur die, voordat de mens de mens was, van beest tot beest riep en van soort tot soort? Een stem die, door de eeuwen heen, en ondanks de grote Chaldeeuwse vloek 'Met smart zult gij kinderen baren', de mensenvrouw over een enkel pad heeft geroepen?

In de zitkamer lag haar neef Frank met zijn grote, stevige arm in de grijze mouw van zijn jasje slaperig over zijn voorhoofd geslagen, zijn volle, welgevormde lippen bijna in een glimlach. Elke keer dat hij haar de afgelopen vier jaar de vraag had gesteld, had ze besloten dat ze niet met hem mee kon gaan. Hoe was het gekomen dat zijn gezicht een halfjaar geleden plotseling constant bij haar was, en – zelfs 's nachts – ook zijn handen en zijn zachte, zoete stem?

Ze keek naar de duisternis en wist terwijl ze daar zat dat ze, als ze opnieuw moest beslissen en helemaal vrij was om te beslissen, precies dezelfde beslissing zou nemen als ze had gedaan.

De tijd verstreek. De anderen trokken zich in de eetkamer terug voor de koffie en namen de lampen mee. Zij bleef achter in het donker, met alleen een flauwe streep licht vanuit de eetkamerdeur.

Toen kwam Bertie naar buiten met een kop koffie voor haar, zich op de tast over de ongelijke stoep begevend. 'Ik kan je haast niet zien, zo verblind zijn mijn ogen door het licht.' Ze ging dicht naast haar zus op het trapje zitten. 'Ik hoop dat de Fingo-kinderen me morgen heel vroeg komen roepen, voordat het licht is. Wil jij me wakker maken als zij het niet doen? Ik wil de bush in om meer bessen en klimop te halen.'

Ze stak haar hand door de arm van haar zus en liet hem in haar schoot liggen. 'Rebekah, als ik je iets vertel, moet je het aan niemand doorvertellen, hoor! Hier komt het: we hebben een bóóg gemaakt, verderop in de bush, en net voordat je gaat trouwen brengen we hem hierheen, de Fingo-kinderen en ik, en maken we hem vast boven de voordeur. En dan moeten jij en Frank eronderdoor naar buiten lopen! Tegen niemand zeggen, hoor: het zal zo'n verrassing zijn! En aan de bovenkant maken we een papieren zak met rijst vast, en als jullie dan naar buiten komen, prikt eentje er met een lange stok in en valt alle rijst over jullie heen. Franks boord en overhemd zullen vol rijst zitten, en jouw jurk ook, maar dat vind je niet erg, toch?'

Ze pakte het lege koffiekopje van Rebekah aan en liet haar hand in de hare glijden, zodat hun handpalmen tegen elkaar aan lagen.

'Weet je wat er vanavond gebeurde, Rebekah?' Ze leunde dichterbij. 'Frank liet me jouw trouwring passen. Ik ging naar de keuken om hem aan oude Ayah te laten zien, en toen ik hem afdeed viel hij onder de houtstapel, en toen hadden we zo'n moeite om hem te vinden! We moesten al het hout weghalen. Oude Ayah was boos op me. Ze zei dat het ongeluk bracht om andermans trouwring aan te passen. Als je dat deed, zei ze, zou je zelf nooit trouwen, en zou je het allerverschrikkelijkste ter wereld overkomen. Ze wilde me niet vertellen wat. Dat is maar een *geloofje*, toch, Rebekah? Rebekah, wat ís het allerverschrikkelijkste wat iemand zou kunnen overkomen?'

'Het hangt ervan af om wie het gaat,' zei Rebekah, die nog steeds in haar eigen gedachten verzonken was, maar haar zus tegen zich aantrok.

'Wat zal het fijn zijn om te trouwen,' zei Bertie. 'Maar als ik ga trouwen, wil ik liever niet zo ver weg van de boerderij. Ik zou graag met iemand trouwen met een boerderij in de buurt. Dan zou jij me elk jaar kunnen komen opzoeken, en ik zou jou kunnen komen opzoeken. Het lijkt me zo fijn om getrouwd te zijn. Maar ik zou liever een helemaal witte jurk hebben om in te trouwen, geen lila zoals de jouwe.' Ze legde haar hoofd op de schouder van haar zus. 'Ooit zal ik vast wel gaan trouwen. Alleen weet ik niet wie ik hier in de buurt zal vinden om mee te trouwen. Misschien komt er wel iemand langs van ver weg, zoals Frank. Rebekah, mag ik je binnenkort komen opzoeken?'

'Ja, lieverd, zodra je wat meer hebt geleerd, kom je voor een hele poos naar me toe, een halfjaar of een jaar als je wilt.'

Bertie zweeg en liet haar wang zachtjes op de schouder van haar zus rusten, en haar kruin tegen de wang van haar zus.

Nadat Bertie weer naar binnen was gegaan, kwam Rebekahs geliefde de stoep op. 'Waar is mijn Braverikje? Helemaal alleen in het donker, zoals gewoonlijk?' Hij zocht haar met zijn handen en tilde haar overeind. 'Wat ben je toch een ongezellig schepseltje! Kom, dan wandelen we wat.' Hij stak haar hand door zijn arm en trok haar blauwe omslagdoek om haar heen. Ze liepen op en neer over de lange stoep, waarbij haar hoofd amper tot zijn schouder kwam.

'Frisjes vanavond,' zei hij.

Een tijdje later kwam Rebekahs moeder hun welterusten wensen. Ze stapten samen verder.

'Ik moest maar eens naar bed,' zei Rebekah na een poosje. 'Ik moet vroeg op.'

'Maak jezelf niet te moe. We hebben een lange dag reizen voor de boeg.' Hij trok haar tegen zich aan. Ze stonden voor de deur, vol in het schijnsel van de lamp. Hij drukte haar handen tegen zijn lippen, eerst de linker, daarna de rechter, en fluisterde haar heel zacht iets toe. Haar wangen kregen dezelfde kleur als de lichtroze anjer die ze voor het eten in zijn knoopsgat had gestoken.

'Slaap wel, mijn kleintje! Mijn koningin! Mijn lief!'

In een wonderlijke, liefkozende opwelling ging ze plotseling op haar tenen staan en drukte haar gezicht tegen het zijne.

'Wat is er? Wil je iets zeggen?'

Ze zei niets, maar hij meende de zachte aanraking van haar lippen tegen zijn nek te voelen. Daarna sloop ze er snel vandoor.

In haar kamer stak ze een kaars aan, zette hem op de tafel en ging op haar bed zitten. Het raam stond open en het pikkedonker leek de kamer binnen te komen vanuit de bush en de kloof daarachter. Dit was vijftien jaar haar kamer geweest, vanaf de dag dat ze uit de kamer van haar moeder was verhuisd om het kinderbedje aan de nieuwe baby te laten.

Nu was de kamer kaal en ontmanteld. In één hoek stonden twee kisten, ingepakt en dichtgebonden, met haar bagage voor de reis van morgen. Boven het kleine tafeltje zaten sporen op de muur waar een boekenkast was weggehaald. Toen haar vader die pas voor haar had opgehangen, was het nog maar één plank met een paar kinderboeken erop. Maar geleidelijk was hij naar boven toe uitgebreid tot er planken hingen met in totaal wel vijftig of zestig boeken. In de hoek had een hoge matglazen vitrinekast gestaan, waarin ze haar fossielen en insecten en haar microscoop had bewaard. Die was ook ingepakt. Boven het hoofdeinde van haar bed zat een vierkante plek op de muur, met gaatjes van vier kopspijkers. Toen ze zes was had ze in een oud exemplaar van de *Illustrated London News* een korrelige afdruk van Rafaëls *Madonna della Sedia* gevonden, die ze had uitgeknipt en daar opgehangen. Niemand had haar verteld dat het een geweldig schilderij was, maar als ze naar de jonge Johannes keek en de omkijkende baby met zijn handje tegen de borst van zijn moeder, en de moeder met de gestreepte doek om haar hoofd die op hem neerkeek, ging er een golf van stille vreugde door haar heen die geen enkel ander beeld haar kon schenken. Ze noemde het 'míjn schilderij'. Nu was het van de muur afgehaald en bij haar andere spullen gestopt om mee te nemen naar haar nieuwe thuis.

Ze zat op de rand van het bed en keek uit het raam. Een merkwaardige zwaarte leek plotseling op haar neer te dalen. De vlam van de kaars werd lang en rood, en de pit boog mee met de zachte avondbries die ertegen blies. Ze doofde hem, pakte daarna de lamp op en liep naar Berties kamer.

Bertie lag in bed met haar armen boven haar hoofd. De mouw van haar nachtjapon was omlaag gezakt en toonde haar arm, opvallend rond, smal bij de pols, vol boven de elleboog. Een knoop bij haar nek was losgegaan en toonde haar bleke ranke hals. Hoewel het raam openstond en de avondlucht binnenkwam, had ze blosjes op haar gezicht. Het kussen was bedekt met een wirwar van donkerblonde krullen.

Toen Bertie als heel klein kind naar die kamer was verhuisd, had Rebekah bijna elke avond bij haar gelegen om haar in slaap te zingen. Toen ze ouder werd sloop Rebekah nog steeds naar binnen en ging naast haar liggen om met haar te praten en haar te strelen voordat ze in slaap viel. Vanavond zette Rebekah de lamp op de vloer en knielde naast het bed. Ze legde haar hoofd op Berties borst: het was alsof zij vanavond degene was die wilde worden gestreeld. Maar Bertie sliep door, diep en kalm.

Even later kwam Rebekah overeind en deed het raam een stukje dicht zodat de bries minder vol op haar zus zou blazen. Op een stoel had Bertie de lila zijden trouwjurk uitgelegd die Rebekah de volgende dag zou dragen, met de witte tulen sluier eroverheen. De oranjebloesems zouden 's morgens vroeg worden verzameld. Naast de jurk, over een andere stoel, hing de mousselinen jurk die Bertie zelf zou dragen.

Rebekah pakte de lamp en ging terug naar haar kamer. Door het open raam kon ze de bavianen hoog op de berghelling tegen elkaar horen blaffen en brullen.

Ze kleedde zich langzaam uit. Toen ze haar nachtjapon aanhad haalde ze een envelop onder het kussen vandaan en maakte hem open. Hij was bruin en versleten, maar het adres was nog leesbaar. Hij bevatte de eerste brief die Frank na zijn bezoek zes maanden geleden aan haar had gestuurd, nadat ze hem had geschreven om te vertellen dat ze van gedachten was veranderd en met hem zou trouwen. Ze las de brief opnieuw: 'Mijn lieveling! Mijn eigen lieveling! Mijn enige lieveling!' Ze had er sindsdien altijd mee onder haar kussen geslapen.

In de envelop zaten ook delen van latere brieven. Ze haalde ze eruit en bekeek ze nauwkeurig. Ze hoefde ze niet te lezen: ze kende ze uit haar hoofd. Ze kuste ze een voor een, stopte ze terug in de envelop en legde hem weer onder het kussen. Ze stapte in bed en deed het licht uit, maar twee uur later lag ze nog steeds wakker. Ze kon de bavianen nog steeds horen, schreeuwend en ruziënd op de berghelling.

De volgende dag trouwde Rebekah.

TWEE

Nadat Rebekah de oude boerderij had verlaten leek alles enige tijd uit het lood en van de wijs, maar algauw hervond het leven zijn draai en vervolgde soepeltjes zijn weg. In de bush koerden de zwartsnavelduiven tegen elkaar en de kokkeviets riepen. De aapjes met hun lange staart klommen in de bomen en gleden omlaag langs de apentouwen. De hazen en stekelvarkens bezochten 's nachts de akkers. Nu en dan, tijdens heel donkere nachten, kwam de luipaard naar beneden om door de veekralen te sluipen. Slangen maakten hun nesten en brachten hun jongen groot in de moestuin en onder de stuwbekkenwanden. De enorme steenplaat lag op warme dagen nog altijd te bakken in de zon. De valdeurspinnen maakten nog altijd deksels voor hun nesten en voerden die met witte zijde, en deden ze open en dicht, hoewel er geen klein kind geduldig met een hartstochtelijk geïnteresseerde blik zat te wachten om ze open of dicht te zien gaan. En 's avonds openden de avondbloemen op de bergflanken hun aalbruine kelk en verspreidden hun rijke zoete geur tot in de verre omtrek, al was degene die er twintig jaar lang tussen had rondgelopen, als kind en als vrouw, er niet meer.

Als de vader zijn wijze tengere dochter miste wanneer hij naar de akkers toog om te zien hoe een nieuwe tarwesoort erbij stond, en hij niemand had om hem goede raad te geven over zijn enten en griffels, of om nieuwe remedies tegen veeziekte met hem te bespreken, dan liet hij daar niets over los, maar begroef zich dieper dan ooit in de bladzijden van zijn Swedenborg. En als de moeder haar oudste dochter miste op bakdagen en in de moestuin en op dagen dat de rantsoenen werden uitgedeeld, dan putte ze niettemin grote troost uit het feit dat ze nu een nieuw onderwerp had om over te klagen.

Oude Ayah zei dat alles was misgegaan sinds het vertrek van juffrouw Rebekah, en dat er niemand was die orde op zaken kon stellen of wist hoe dingen moesten gebeuren. Maar ze bereidde hun maaltijden, voer als vanouds uit tegen de Fingo-kinderen en schudde voortdurend haar hoofd over het geschutter van de mensheid in het algemeen.

Bertie miste haar. De eerste nachten na haar vertrek huilde ze zichzelf in slaap. Maar zelfs in haar geval maakte de tijd het een en ander goed. Er heerste grote opwinding wanneer de man met de postzak de nek over kwam met lange wekelijkse brieven van Rebekah waarin ze hun vertelde over haar nieuwe huis en de meubels en de tuin. Zo nu en dan waren er pakketjes met stroken mousseline of zijde om kapjes of schorten van te maken voor Bertie of haar moeder, en prullaria voor oude Ayah en de bedienden. Dit alles verschafte het leven een nieuw opwindend element en het was iets om naar uit te kijken.

En dan was er de nieuwe huisonderwijzer. Iedereen op de boerderij was op hem gesteld, behalve misschien de vader van de meisjes, en hun vader maakte zijn afkeer – als hij die al koesterde – kenbaar door in 's mans nabijheid nog minder te spreken dan gewoonlijk.

Hun moeder was op hem gesteld. Hij kon urenlang naar haar zitten luisteren terwijl ze klaagde over haar moeilijke leven en het huis in Engeland beschreef dat ze als jong meisje had verlaten. Het was een eenvoudige plattelandspastorie geweest, maar bezien door de vertekenende nevel van vijfentwintig jaar Afrika hadden de luxe en schoonheid ervan almaar grotere proporties aangenomen. De onderwijzer kon prachtige wandspreuken schilderen, verluchtigd met randen die kopieën waren van de bloemen die Bertie hem bracht. Hij schilderde er een om in de slaapkamer van hun moeder te hangen, voor haar verjaardag, voorzien van een rand van rozen en lelies en met de spreuk: 'Zalig zijn de reinen van hart.'

Bertie was op hem gesteld. Het was hem om het even of ze zich herinnerde wat hij haar had geleerd, en hij kon prachtige, dromerige muziek spelen, vooral op zondagmiddagen, terwijl Bertie, die anders nooit lang rustig kon blijven zitten, gehurkt in een hoekje luisterde met haar kat op schoot en zachtjes huilde, waarom wist ze niet.

Wanneer de drie lesuren voorbij waren hielp hij haar vaak in de bloementuin, waarvoor ze zorgde sinds Rebekah weg was omdat Rebekah er zo dol op was. In de bush hielp hij haar met de aanleg van een tuintje met wilde bloemen, die volgens hem beter daarboven in hun natuurlijke grond zouden gedijen dan in de oude aarde van de boerderijtuin beneden. Zij en hij gingen vaak kijken hoe alles groeide. Dat was iets nieuws voor Bertie, die niet zo dol op de bush was geweest als Rebekah en zich er maar nauwelijks in had gewaagd.

Toen kwam de herfst. De gentianen en strobloemen op de bergflank waren doodgegaan, de doornbomen op de vlakte waren bedekt met langwerpige zaaddozen en hun doorns werden glanzender wit. Sinds het vertrek van Rebekah was er niets belangwekkends gebeurd op de boerderij, behalve dat er een lichting Fingo-bedienden was vertrokken en een nieuwe hun plaats had ingenomen. En de kalkoenen en ganzen en kippen hadden flink gebroed, zodat het erf wemelde van de kuikens. En hun moeder had twee ketels heerlijke zeep gezied.

De winter ging voorbij en de lente kwam, tien maanden nadat Rebekah was weggegaan. Toen kwam het nieuws dat ze een kind had gekregen. Hun moeder huilde. Oude Ayah huilde ook en zei dat ze zeker wist dat die bedienden in Kaapstad het huis zouden laten verslonzen terwijl Rebekah ziek op bed lag. Hun vader zei: 'Rebekah? Rebekah? Heus waar?' en liep de verste akkers in. En Bertie begon eerst te lachen en toen te huilen en rende daarna weg om het nieuws aan haar onderwijzer te vertellen. Daarna hernam alles zijn loop.

Op een middag, na haar dutje, zat hun moeder te naaien aan haar werktafel. De deur naar de stoep stond open, en door de opening kon ze Percy Lawrie, de huisonderwijzer, zien zitten lezen. Na verloop van tijd kwam Bertie van het erf en ging bij hem zitten op de rand van de stoep, waarna ze haar kapje afdeed en zich er koelte mee toewuifde.

Ze keek op naar haar onderwijzer. 'U bent toch niet boos op me, meneer Lawrie?' vroeg ze.

De onderwijzer keek op van zijn boek en daarna met één onrustig zwart oogje in de richting van de open deur waarachter hij haar moeder kon zien zitten.

'Nee, juffrouw Bertie, natuurlijk niet.'

'Want u zei –'

Hij maakte een plotselinge beweging. 'Juffrouw Bertie, een bij! Er zit een bij vlak bij uw voorhoofd!'

Ze schudde haar hoofd: 'Ik vind bijen niet erg.'

Er ging een moment voorbij. 'Meneer Lawrie, ik zou het niet kunnen verdragen als u boos op me was. Ik vind het naar als wie dan ook boos op me is, zelfs de bedienden! U hóúdt toch van me?'

Ze keek naar hem zoals een jong hondje naar het gezicht van een baasje kijkt dat het half vreest beledigd te hebben.

'Ik ben zeker niet boos op u, juffrouw Bertie! Daar heb ik geen reden voor. U doet uw lessen heel goed.'

'Bertie!' riep haar moeder vanuit de zitkamer. 'Ga alsjeblieft even kijken of de gans haar kuikens wel naar het stuwbekken laat gaan. Zorg dat ze ze niet terugjaagt naar het ganzenhok. Vlug een beetje.'

Bertie stond met tegenzin op en liep om het huis heen naar het erf.

Korte tijd later deed haar moeder de keukendeur open en zag Bertie daar zitten met haar schort vol kleine gansjes: ze had ze gevoerd en wilde ze net naar het stuwbekken gaan brengen, aangezien de zwarte moedergans weigerde ze de weg te wijzen. De gans draaide rusteloos om haar heen, bezorgd om haar broed.

'Bertie,' zei haar moeder enigszins onzeker, 'ik wil met je praten.' Ze aarzelde even en vervolgde toen: 'Ik hoorde je zonet, toen je op de voorstoep zat, tegen je onderwijzer praten. Ik was niet helemaal ingenomen met hoe je tegen hem sprak, lieverd.'

Bertie keek op naar het gezicht van haar moeder. 'Ik wilde niet onbeleefd tegen hem doen,' zei ze. 'Maar vandaag na het middageten, toen u en vader gingen rusten, vroeg hij me mee te gaan om naar onze planten in de kloof te kijken, en dat wilde ik niet omdat ik ook wilde rusten. Daar leek hij nijdig over, maar ik wilde niet onbeleefd zijn.'

'O, je was niet onbeleefd tegen hem, lieverd,' zei haar moeder nerveus. 'Daar gaat het niet om.' De bruine ogen die opkeken naar de hare brachten haar van haar stuk. 'Je was volstrekt beleefd tegen hem. Maar weet je, Bertie, meisjes en vrouwen vragen niet aan volwassen mannen of ze van ze houden. Je bent niet echt klein meer, Bertie, ook al noemen we je Kleine Bertie. Maar het is niet erg, lieverd,' voegde ze er haastig aan toe toen ze de verbazing op Berties gezicht zag, 'zolang je dat maar niet meer aan een man vraagt, lieverd... aan welke man dan ook. Zo, en breng dan nu die gansjes maar naar het bekken.'

Ze draaide zich om en ging haastig het huis binnen. Met de gansjes in haar schort liep Bertie langs de wagenloods in de richting van het bekken, terwijl de zwarte moedergans bezorgd volgde.

Het was ongeveer tien dagen later dat haar moeder weer zo'n migraineaanval kreeg waardoor ze soms dagen achtereen aan bed was gekluisterd. Om harentwille werd gezorgd dat het doodstil bleef in huis. Zelfs de hanen werden weggejaagd bij de achterdeur omdat hun gekraai haar stoorde. Bertie staakte haar lessen en verzorgde haar, bracht haar kommen soep of gruwel die ze had gemaakt. Ze stuurde de Fingo-kinderen weg als ze te dicht bij de boerderij speelden, ze hield alles op orde als een ervaren huisvrouw. Zelfs oude Ayah gaf toe dat ze zich in Rebekahs afwezigheid als een uitstekende huisvrouw ontpopte, al zou ze nooit toegeven dat ze even goed was als haar zus. Voor haar moeder was het bijna een plezier om in bed te liggen en haar zachtjes in en uit te zien trippelen met gruwel of soep of verse bloemen, in haar witte mousselinen jurk.

Op de ochtend van de vierde dag voelde haar moeder zich wat beter en viel ze in een diepe slaap. Rond halftwaalf werd ze wakker en bleef liggen wachten tot Bertie kwam. Maar het was stil in huis: Bertie had geen nieuwe bloemen in de vaas gezet en haar ook geen citroenlimonade gebracht. Een halfuur lang bleef ze zich liggen afvragen wat er aan de hand was. Daarna, toen de stilte benauwend werd, stond ze op, kleedde zich deels aan en liep de gang in. Geen ziel verroerde zich in het huis, en ook was er geen geluid te horen behalve de stemmen van de mannen in de verte die tegen hun ossen riepen terwijl ze de mielievelden ploegden.

In de keuken zag ze oude Ayah voor het vuur staan, bezig restjes fijn te hakken voor de soepketel. Ayah zei haar dat ze Bertie sinds het ontbijt niet meer had gezien, de baas was naar de verste mielievelden vertrokken en de Fingo-meiden waren de melkbussen gaan omspoelen bij de fontein.

Ze keerde terug naar haar kamer, maar deed toen, omdat ze geen rust vond, de deur open van de kamer die vroeger van Rebekah was en nu van Bertie. Daar zat Bertie, met haar armen gevouwen op de kaptafel en haar hoofd op haar armen. Omdat ze dacht dat ze sliep, legde haar moeder een zachte hand op haar schouder. Bertie tilde haar hoofd op en draaide zich om naar haar moeder. 'Ben je ziek, liefje?' vroeg ze. Bertie zei niets. In haar ogen lag de blik van een gekweld dier, de sprakeloze angst van een wezen dat zijn eigen pijn niet kan begrijpen.

Maar in die blik zag haar moeder niets anders dan de tekenen van ernstige migraine. 'Je bent ziek, liefje,' zei ze, 'je bent heel erg ziek! Ga maar liggen en laat me je voeten toedekken met een plaid.' Ze pakte Berties arm en begeleidde haar naar de rand van het bed. Bertie bewoog zich moeizaam. 'Je hebt de afgelopen dagen te veel hooi op je vork genomen, te veel voor mij gezorgd. Laat je voeten niet zo hangen, liefje... zo ja... dat is beter! Die heb je van mij, die verschrikkelijke hoofdpijn. Die had ik voortdurend toen ik jong was.' Ze liet de jaloezieën voor het raam zakken. 'Blijf maar stilliggen. Ik ga oude Ayah zeggen dat ze je warm water brengt voor je voeten. We zullen meneer Lawrie vragen naar mevrouw De Wet te rijden voor wat blauwe-gomboombladeren, die doen wonderen bij zulke migraineaanvallen.'

Ze holde de kamer uit, volkomen vergetend dat ze zelf ziek was geweest. Bij de keukendeur kwam ze oude Ayah tegen en vertelde haar wat Bertie scheelde, waarbij ze de blauwe-gomboombladeren noemde. Oude Ayah zei dat ze een van de jonge Fingo-mannen te voet zouden moeten sturen om die te halen. Waarom? Omdat rond halfelf die ochtend de heer Percy Lawrie was teruggekomen uit de bush en had aangekondigd dat hij stante pede naar de stad moest rijden voor de post, in eigen persoon, en het enige paard in de stal had meegenomen.

Toen er een jonge Fingo was gevonden en heengezonden, stookte oude Ayah het vuur op om water te verwarmen en ging de vrouw des huizes terug naar Bertie met een glas citroenlimonade. Maar Bertie lag met haar gezicht naar de muur alsof ze sliep en verroerde zich niet toen ze werd aangesproken, dus liep haar moeder stilletjes de deur weer uit.

Om acht uur die avond kwam het paard terug uit de stad, bereden door een onbekende jongeman die in de arm was genomen door meneer Lawrie. Bij de post zat een brief van hem waarin hij uitlegde dat er bij zijn aankomst in de stad een brief op hem wachtte van zijn familie in Engeland, met de mededeling dat zijn moeder ernstig ziek was en hem graag nog wilde zien voordat ze stierf. Hij was daarom genoodzaakt de eerste postkoets naar de Algoabaai te nemen om de stoomboot naar Engeland nog te kunnen halen. Het speet hem dat hij niet naar de boerderij kon terugkeren om afscheid te nemen. Ze hoefden zich niet te bekommeren om kleren, muziek of boeken die hij had achtergelaten, maar mochten die weggeven. Evenmin hoefden ze zich te bekreunen om zijn laatste halvekwartaalsalaris, aangezien hij was vertrokken zonder ontslag te nemen. Hij dankte hen voor al hun vriendelijkheid. Hij had geen speciale boodschap voor Bertie, maar hoopte door allen met genegenheid herinnerd te worden.

Zodra ze de brief had gelezen haastte ze zich naar Bertie om haar het nieuws te vertellen. Bertie had avondeten geweigerd. Ze had zich uitgekleed en lag nog in bed, met haar gezicht naar de muur. Haar moeder nam plaats in de schommelstoel naast het bed, waar ze al schommelend met tussenpozen huilde. Het was altijd eender, zei ze: een ongeluk kwam nooit alleen. Eerst was zij ziek geworden, toen was het Berties beurt en nu was de goede, geliefde onderwijzer in zo'n staat van vertwijfeling vertrokken!

Bertie zei niets. Haar moeder vroeg of ze veel pijn had. Nee, zei ze, alleen in haar hoofd, en ze drukte haar gezicht dieper in het kussen.

Midden in de nacht, toen ze dacht dat ze haar dochter bitter had horen huilen, stond ze op en ging naar Berties kamer. Maar Bertie lag doodstil, schijnbaar slapend. Dus ging haar moeder weer weg, zichzelf voorhoudend dat het de roep van de uil moest zijn geweest die elke nacht terugkeerde om te zien of er nog een loslopende kip te verschalken was.

De volgende ochtend vroeg, voordat er iemand op was, stond Bertie op, kleedde zich aan en wandelde naar de kloof. Toen ze terugkwam ging ze meteen naar haar kamer, waar ze ging liggen en de hele dag niets tot zich nam, behalve wat thee.

's Avonds kwam een Fingo-herder, die in de bush was geweest op zoek naar een paar geiten, terug met de mededeling dat Berties wildebloementuin was vernield: alle planten waren met wortel en al uitgerukt en de aarde was vertrapt. Maar toen haar moeder dit aan Bertie ging vertellen, reageerde ze niet, maar bleef met halfgesloten ogen liggen.

De volgende dag stond ze op de gebruikelijke tijd op en verklaarde dat ze beter was, dat ze geen hoofdpijn meer had. Maar ze at nauwelijks iets, ze was zo wit als een doek en ze had kringen onder haar ogen. Oude Ayah en haar moeder waren het erover eens dat ze ernstig onwel was geweest.

De dagen verstreken. Ze verrichtte haar huishoudelijke taken als vanouds, maar bleef bleek en zwijgzaam, sprak maar zelden tegen iemand en had nergens belangstelling voor. Zodra haar werk ten einde was keerde ze terug naar haar kamer en sloot de deur. Naar de mening van haar moeder had ze te hard gestudeerd, maar oude Ayah hield het op de ziekte waaraan meisjes rond hun zestiende begonnen te lijden. Ze adviseerde in melk gekookte saffraanwortel.

Een of twee keer meende haar moeder 's nachts opnieuw zacht gehuil te horen. Maar toen ze naar Berties kamer ging was alles rustig, dus besloot ze dat het uilen op het dak moesten zijn.

Tweemaal begon Bertie aan een brief aan Rebekah, maar beide keren verscheurde ze hem, en hij werd nooit verstuurd.

Over de klein uitgevallen huisonderwijzer repte Bertie met geen woord, al had haar moeder het voortdurend over hem, zich afvragend waarom hij niet opnieuw geschreven had voordat hij uitvoer vanuit Port Elizabeth, en of zijn moeder nog tot de levenden zou behoren wanneer hij in Engeland arriveerde. Alle stukjes muziek die hij had achtergelaten, met zijn naam erop, verdwenen een voor een, net als de wandspreuken die hij had geschilderd, met de lijsten van strobloemen die hij Bertie had helpen maken. Alleen in de slaapkamer van haar moeder hing nog de spreuk met de geschilderde rand van lelies en rozen. Verder herinnerde niets in het huis nog aan zijn aanwezigheid.

Een maand of twee na zijn vertrek, rond halfvijf in de middag, na een uitzonderlijk drukkende dag, barstte er een onweer los. Bliksem flitste, donderslagen knalden vlak boven het dak, de regen kwam met bakken uit de hemel totdat de wagenloods niet meer te zien was. Het stroompje dat door de kloof omlaag klaterde werd een kolkende, schuimende rivier. Alle voetpaden veranderden in stromende beken.

Gedurende dit alles lag Bertie in de beslotenheid van haar kamer. Maar vlak voor het schemeruur, toen het onstuimige weer ten einde was, ging ze naar buiten, liep om het huis heen en ging op de ruwe stenen stoep zitten, met haar gezicht naar de ondergaande zon. Alle aarde was schoon en fris gewassen. Al waren de voetpaden geen stromende beken meer, in alle holten in de harde grond stonden nog plassen, en het water dat over de bedding van de bergstroom raasde was nog te horen.

Ze leunde achterover. Een rijke, aromatische geur steeg op uit de opgefriste aarde. Ze trok haar witte omslagdoek dichter om haar gezicht en bleef naar de natte wereld zitten staren. Aan het eind van de vallei beneden de boerderij ging de zon onder. Het hele westen was een bloederige vuurrode sluier, het hele oosten een lichtrode reflectie daarvan. Op het oppervlak van het stuwbekken met de wilgen, in de ramen van de boerderij, in de plassen op de weg, op de natte bladeren van de doornbomen, overal werd de zon weerspiegeld. De vlakke stukken en lagere heuvels aan de andere kant van de vallei hadden allemaal een rode toets, net als de hoge bergen. Een merkwaardig gevoel overviel haar. Het was alsof er een reusachtige sterke hand werd uitgestoken die haar hart vastpakte, haar hart dat trilde en zo zwaar was, en het stevig vasthield. Een vreemde vredigheid daalde over haar neer. Was er niet een macht die de schijn kon wekken dat het verleden nooit had bestaan, die ‘ik heb het gedaan’ even nietszeggend kon maken als 'ik heb het gedroomd'?

Ze bleef naar die doorweekte wereld zitten staren. De enorme hand leek zich uit te strekken en haar te strelen.

Langzaam verstierf het vuurrood totdat er alleen nog een zwakke gloed van over was, die bleef hangen aan de andere kant van de vallei.

Haar vader passeerde haar op zijn terugweg van de schapenkralen. Hij legde een hand op haar schouder.

'Het wordt laat en koud,' mompelde hij.

Ze stond op en volgde hem het huis in.

Toen ze die avond naar bed ging was ze niet doodsbang voor de kamer, zoals de laatste tijd. Het was alsof de reusachtige hand een boog over haar heen vormde: ze kroop eronder en was veilig. Ze trok de deken hoog op, klemde haar arm om het kussen alsof het een mens was en trok het dicht tegen zich aan. En toen ze in slaap viel sliep ze tot de ochtend zonder wakker te worden.

DRIE

Doornkloof verwachtte bezoek, en het levensbloed roerde zich in haar gezapige oude aderen. Van de versleten stoelen en karntonnen op zolder tot het servies in de voorkamerkast, alles werd overhoopgehaald en geschrobd en geboend en opgeknapt. Zelfs de varkensstal werd gewit en kreeg een nieuwe trog, en de veekraalmuren werden opgehoogd met doornboomtakken.

Want de gasten die Doornkloof verwachtte waren talrijk en belangrijk, en het was gepast zich van haar beste kant te laten zien. Zelfs de Fingo-kinderen die de hele dag in hun blootje midden in de oude veekralen ronddansten, wisten dat er iets ongebruikelijks stond te gebeuren en kwamen bij het huis bedelen om afgedankte kleding, papieren kragen of oude schoenen om zich mee op te dirken. De Fingo-meiden waren de hele dag druk aan het schrobben en poetsen, lachen en kwetteren. De vrouw des huizes draafde de hele dag rond om instructies te geven, en oude Ayah liep te vitten en met haar tong te klakken. Griet, het jonge Bosjesman-meisje dat Bertie kortgeleden van haar dronken moeder had gekocht voor een paar oude schoenen en een fles wijn, vloog van hot naar her en liep opzichtig met haar gele onderrokken te pronken, luidkeels te praten en de Fingo-meiden te tarten. Bertie zelf stond iedere ochtend voor dag en dauw op om sinaasappels en vijgen te verzamelen om in te maken en was de hele dag in de weer met het bereiden van jams en amandeltaart.

Vier hele jaren waren verstreken sinds Rebekah was getrouwd, en nu kwam ze voor het eerst op bezoek, samen met haar drie kinderen, van wie de oudste drie jaar en drie maanden oud was en de jongste een baby van acht weken. Ze was bijna gestorven tijdens de laatste bevalling en kwam naar huis om een tijdje uit te rusten.

Hoewel ze elke week schreef, werden haar brieven de laatste tijd steeds korter: ze leek altijd wel een kind te krijgen of er een te voeden, of andere beslommeringen te hebben. Haar man zou niet meekomen, schreef ze: zijn zaken bonden hem aan Kaapstad, en daarna ging hij op een zesweekse jachttrip naar de westelijke Karoo. Maar de broer van haar man, John-Ferdinand, zou haar wel vergezellen. Hij was vanwege zijn gezondheid uit Engeland naar Zuid-Afrika gekomen en voornemens een boerderij te kopen en zich daar te vestigen. Hij wilde zijn oom advies vragen over de keuze van een plek.

En ze zouden nóg meer bezoek ontvangen: een dame uit Engeland die fragiel was en door Engelse familieleden aan hun zorg werd toevertrouwd. Maar niemand wist veel over haar of had enig idee hoe ze zou zijn.

De opwinding op de oude boerderij was groot, alles was in rep en roer.

En toen, op een zaterdagmiddag, konden ze de wagen die ze naar de kust hadden gestuurd om Rebekah op te halen over de nek zien komen. Ze verzamelden zich allemaal bij de achterdeur om hem op te wachten. De moeder van de meisjes moest huilen. Bertie zou graag haar kapje hebben opgezet om Rebekah tegemoet te rennen door de doornbomen, maar dacht dat haar moeder liever zou hebben dat ze haar gezamenlijk ontvingen.

Eindelijk stopte de wagen voor de keukendeur. De eerste die uitstapte was Rebekah zelf. Ze leek kleiner, kinderlijker dan ooit, met haar bleke gezicht en de grote, acht weken oude baby op haar arm. Terwijl haar moeder haar kuste en huilde, reikte de voerman eerst een stevige, blonde jongen van twee aan en daarna een jongen van drie die op Rebekah leek en zijn gezicht verlegen in haar rokken verborg. Iedereen kwam dicht om Rebekah heen staan. Bertie tilde het middelste zoontje op, overdekte hem met kussen en rende met hem naar het huis. Hun moeder nam de baby uit Rebekahs armen en moest weer huilen. Oude Ayah pakte de lange witte jurk van de baby vast en moest ook huilen. En intussen stelde Griet alles in het werk om het verlegen jongetje zover te krijgen dat hij zijn moeders jurk losliet en zich door haar liet dragen. Hij hield zijn gezicht echter zorgvuldig afgewend.

Iedereen ging zo op in Rebekah en haar kinderen dat niemand haar neef John-Ferdinand opmerkte, die de wagen te voet was gevolgd en nu ook was aangekomen. Hij was een lange, slanke man met een klein, fijn getekend gezicht, dikke zwarte krullen en ogen van zo'n buitengewoon donkere kleur blauw dat ze behalve bij bepaald licht zwart leken. Hij had lange, taps toelopende vingers en doorschijnend bleke handen.

Alleen de vader van de meisjes merkte hem op en liep naar hem toe om hem de hand te schudden en te zeggen dat hij blij was hem te zien, waarna hij ervandoor ging om instructies te geven voor de ossen en John-Ferdinand alleen achterliet bij de witgeverfde steenoven die uit de muur van de keuken stak.

In een donker pak en met een zwarte vilten hoed op zijn hoofd stond John-Ferdinand haast elegant met zijn elleboog tegen de oven geleund en keek hoe de wagen werd uitgepakt. De Fingo-meiden waren uit de hutten aan komen lopen en sleepten nu matrassen, kussens, kisten, trommels en pakketten uit de wagen, die ze opstapelden of het huis in droegen, almaar lachend, rennend en pratend, terwijl Griet met schelle stem deed alsof ze orders gaf, de wagen in- en uitschoot en smulde van de verwarring.

Bertie, die naar de vorderingen kwam kijken, zag hoe John-Ferdinand daar in zijn eentje stond en een eenzame en veronachtzaamde indruk maakte. Met zijn ernstig voor zich uit starende, diepblauwe ogen deed hij haar denken aan een plaatje in haar geschiedenisboek: Koning Charles I op de avond voor zijn executie. Ze liep naar hem toe, maar werd toen plotseling verlegen en maakte bijna rechtsomkeert. Hij stapte echter op haar af om haar te begroeten.

'Jij bent mijn nichtje Bertie, toch? Ik geloof niet dat je al geboren was toen ik hier voor het laatst was, eenentwintig jaar geleden.' Hij sprak op ernstige toon en stak een bleke hand uit. Bertie nam hem verlegen aan. 'Ik heb van mijn broer en zijn vrouw veel over jou gehoord. Ik denk dat ik je overal had herkend als ik je was tegengekomen.'

Bertie zei niets, aarzelde even en zag toen een grote trommel op de bok van de wagen klaarliggen om het huis in te worden gedragen, draaide zich ernaar om en pakte hem.

Haar neef deed een stap naar voren. 'Die is te zwaar voor jou,' zei hij, en hij nam hem heel vriendelijk en ernstig van haar over. Hun handen lagen vlak bij elkaar op de trommel. Ze zag hoe bruin, ruw zelfs, haar handen waren in vergelijking met de zijne. Snel verborg ze haar rechterhand in haar schort en volgde hem naar de keuken, waar hij de trommel op de tafel zette. Ze bedankte hem, en hij ging weer naar buiten.

Die avond, terwijl Rebekah op het bed in de logeerkamer haar kinderen in slaap lag te sussen, kwam Bertie binnen. Ze was veranderd sinds de tijd dat Percy Lawrie haar onderwijzer was. Haar weelderige donkerblonde krullen waren van achteren bijeengenomen in een knot, waardoor de lijn van haar slanke, gewelfde nek en brede schouders, en haar smalle ronde hoofd beter uitkwam. Ze was, zoals Frank had voorspeld, een magnifieke vrouw geworden, maar ook stil: de luidruchtige vrolijkheid van de vroege meisjesjaren was geweken, en ze sprak en bewoog zich wat zwaar. Ze zou haast majestueus zijn geweest als ze niet die kinderlijke gezichtsuitdrukking had gehad, en een wat onzekere, wat weifelende manier van lopen, gevolg van het feit dat haar voeten eigenlijk te klein waren voor haar lichaam. Haar volle blos was perfecter dan ooit, maar in haar ogen lag een vleugje weemoed, alsof ze een eeuwigdurende vraag stelden. De hoeken van haar smalle maar weelderige mond waren wat verder ingetrokken dan vroeger, haast tot een kalme halve glimlach.

In een witte mousselinen jurk met blauwe strikken langs de voorkant stond ze aan het voeteneinde van Rebekahs bed. Het oudste jongetje lag achter zijn moeder met zijn armen om haar nek, en haar baby lag aan haar borst. Het mollige jongetje met de blauwe ogen lag al te slapen in zijn ledikantje in de hoek.

Ze kroop op het bed en legde haar hoofd zachtjes op de knie van haar zus. 'Het is zo fijn om je hier te hebben, Rebekah,' zei ze. 'Het lijkt zo lang geleden sinds...' Ze ontblootte de voetjes van de baby en nam ze in haar hand. 'Wat zijn ze mooi! Zo zacht, zo warm!' Ze drukte haar wang ertegenaan en legde daarna haar hoofd weer op Rebekahs knie.

Met haar vrije hand streek Rebekah Berties haar glad. 'Word je hier af en toe niet eenzaam, Bertie?' vroeg ze.

Bertie glimlachte, de zachte, dromerige glimlach die haar gezicht zelden helemaal verliet. 'Nee,' antwoordde ze. 'Soms heb ik wel het gevoel dat ik naar Kaapstad zou willen om bij jou en de kinderen te zijn, en soms heb ik het gevoel dat ik ergens heen zou willen om mensen te zien en zo en bij andere mensen te zijn. Maar aan de andere kant denk ik dan: nee, het is beter om hier te zijn, veilig, omsloten door de vertrouwde bergen.' Een licht verontruste blik bekroop haar gezicht. 'Het is niet omdat ik niet bij jou wil zijn, Rebekah. Ik verlang er altijd naar om bij je te zijn, net zoals toen ik klein was.'

Ze waren een tijdje stil. Het jongetje met zijn armen om zijn moeders nek was net in slaap aan het vallen.

'Rebekah,' fluisterde Bertie, 'kijkt neef John-Ferdinand altijd zo ernstig?'

'Ja, er kan niet vaak een glimlachje af. Ik heb hem nog nooit horen lachen.'

'Blijf mijn haar maar strelen, Rebekah, dat vind ik zo fijn. Vind jij het niet fijn als mensen je aanraken – ik bedoel, als je ze graag mag?' En daarna voegde ze eraan toe: 'Hij is heel erg slim, hè?'

'Hij heeft een goede opleiding genoten aan de universiteit.'

Bertie streelde de voetjes van de baby. 'Vind je hem niet prachtig, Rebekah?'

Aanvankelijk dacht Rebekah dat ze de baby bedoelde. Toen begreep ze het. 'Ja, in zekere zin. De meeste mensen zouden het met je eens zijn. Zijn schoonheid raakt mij niet.'

'Hij geeft me zo'n angstig gevoel, Rebekah. Hij is niet vrolijk zoals Frank, die altijd lacht en grapjes maakt. Geeft hij jou geen angstig gevoel, Rebekah?'

'Nee.'

'O!' zei Bertie, en ze bleef stilliggen.

Even later kwam Griet tegen Bertie zeggen dat de melk was gebracht en dat het tijd was om het avondeten klaar te maken, waarna hun moeder binnenkwam en in de schommelstoel naast het bed ging zitten en aan Rebekah vertelde hoeveel groter haar problemen waren vergeleken met vroeger: de dienstmeisjes deden minder dan ooit, hun vader was nog zwijgzamer en antwoordde als je met hem probeerde te praten alleen met 'hm-hm'. Bertie was een lief, braaf kind, maar ze verwende Griet en had net als haar vader weinig zin om te praten. Wat moest Rebekah blij zijn met een man die altijd in was voor een praatje en een lach. Wat fijn om in een stad te wonen waar je brood kon kopen dat al gebakken was, en allerlei dingen die je op een boerderij niet kon krijgen. Ze jeremieerde maar door totdat Bertie hen kwam roepen voor het avondeten.

Een paar avonden later, toen ze met haar man in bed lag, hij met zijn boek open op zijn borst en de kaars op het kastje vlak naast zijn hoofd, merkte ze op: 'Rebekah is écht veranderd, hoor.'

Van onder zijn dikke staalgrijze snor maakte haar man een geluid waaruit niet viel op te maken of hij luisterde.

'Als je tegen haar praat is het altijd alsof ze aan iets anders denkt en je niet echt hoort. Ze is anders, heel anders dan vroeger.'

'De zorgen des levens,' mompelde hij als antwoord, nog steeds verdiept in zijn boek, maar inmiddels slaperig.

'Wat voor zorgen heeft zij nou?' vroeg zijn vrouw. 'Al heeft ze niet zo'n makkelijk leventje als wanneer ze met John-Ferdinand was getrouwd. Ik vraag me weleens af waarom ze niet met hém is getrouwd, gezien de twaalfduizend pond die hij van zijn tante heeft geërfd, terwijl Frank niets anders had dan zijn zaak. Maar al met al had ik ook voor Frank gekozen. Hij is zo groot en sterk, en het gaat hem voor de wind, zegt Rebekah. Natuurlijk heeft ze al die kinderen en maar één dienstmeisje, en een tuinhulp, en geen kindermeisje. Ze moet en zal zelf voor de kinderen zorgen... Ze werkte altijd al harder dan ieder ander, en klaagde nooit. Maar het is net alsof ze er met haar hoofd niet bij is. Zelfs als ze...'

Maar inmiddels was het boek van haar man op zijn borst gevallen en ademde hij zwaar. Ze doofde het licht.

Gedurende de dagen die op Rebekahs komst volgden kregen de vrouwen in het huis niet veel van John-Ferdinand te zien. Soms ging hij uit rijden met zijn oom om boerderijen in de buurt te bekijken en te zien of er een tussen zat die hem beviel, en als hij thuis was ging hij vaak met een boek de bush in en kwam pas terug voor het middageten. Na het middagdutje en de thee ging hij doorgaans een eindje wandelen.

Tijdens de maaltijden praatte hij soms wat met Rebekah en haar vader over boeken. Hij was Tennysons *De val van Camelot* aan het annoteren en had altijd een potlood in zijn zak. Zijn tante was bang dat hij zich eenzaam voelde en bood hem het geweer aan om te gaan jagen. Maar hij antwoordde dat hij niet aan jagen deed, en achteraf voelde ze zich beschaamd, alsof ze iets verkeerds had voorgesteld.

Na de eerste tien of twaalf dagen begon hij echter meer van zijn tijd in en om het huis door te brengen. In de ochtenden ging Rebekah onder de sinaasappelbomen zitten met de baby op haar arm terwijl haar zoontjes rondkropen en de naar beneden dwarrelende bloesems opvingen en in haar kraag stopten of er hoopjes van maakten op de rieten mat. Bij haar voeten zat Bertie, die erwten dopte of fruit schilde en kletste over de wilde kat die haar complete laatste broed kalkoenen had gestolen of over de man op de naburige boerderij die de plek van de grenspalen wilde aanvechten. En soms gebeurde het dat Bertie plotseling opkeek en John-Ferdinand vlak achter hen zag staan, die met zijn handen op de kop van zijn wandelstok op hen neerkeek. Dan viel ze meteen stil en dopte haar erwten of schilde haar fruit in stilte terwijl John-Ferdinand een paar woorden wisselde met Rebekah en doorliep naar de tuin. Hij bracht ook meer tijd door in de eetkamer aan de achterkant, lezend aan de tafel. Bertie passeerde hem elke keer als ze al doende heen en weer liep tussen keuken en aanrechtkeuken.

Op een ochtend, terwijl ze in de aanrechtkeuken op haar knieën *beskuit* zat te maken – het deeg zat in een houten trog en ze moest bij het kneden op een voetkrukje knielen omdat ze zo lang was – keek ze om en zag hem in de deuropening staan, met zijn ernstige ogen op haar gericht, zijn fijngevormde hoofd een beetje scheef.

'Rebekah is hier niet,' zei ze snel en verlegen. 'Ze is naar de tuin. Moeder is in de provisiekamer.'

‘Dank je, maar ik zoek geen van beiden.’ Hij kwam een stap naderbij. ‘Mag ik binnenkomen en naar jou kijken?’

Hij nam plaats op een omgedraaide houten karnton en leunde naar voren om te kijken. Er was een lok van haar haar ontsnapt, die in een krul over haar voorhoofd hing. Haar mouwen waren omgeslagen tot boven de ellebogen. Over haar jurk heen droeg ze een spierwit schort van grove katoen.

Ze legde een houten plaat over de trog, brak een homp deeg af en begon die vorm te geven door hem alle kanten op te draaien, terwijl haar wangen steeds meer roze kleurden. Eerst probeerde ze slangenkrullen te maken, maar die braken te vaak bij het draaien. Daarna probeerde ze dubbele bollen te vormen, maar die wilden niet aan elkaar blijven plakken. Ze probeerde nog drie of vier vormen en was zich ervan bewust hoe dom John-Ferdinand haar moest vinden, aangezien ze niet eens in staat was om fatsoenlijke beskuit te maken. Ze zou het nog niet zo erg hebben gevonden als die krul niet over haar voorhoofd had gehangen; ze kon hem niet wegduwen omdat ze deeg aan haar handen had.

Ten slotte lagen de bakplaten vol. Met een blozend gezicht kwam ze overeind. Al die tijd had John-Ferdinand niet één keer gesproken. Hij kwam ook overeind. ‘Ik ga een wandeling maken in de kloof,’ zei hij. ‘Wil je met me mee?’

‘Ik? Ik weet niet... mijn handen zitten onder het deeg.’

‘Maar die kun je wassen,’ zei hij, bijna glimlachend.

Bertie riep naar het keukenmeisje dat ze de bakplaten kon komen halen. Daarna ging ze naar haar kamer, trok haar beste witte jurk aan en zette een groot wit kapje op met rondom borduursel. Zonder een woord tegen iemand te zeggen verlieten zij en John-Ferdinand het huis en gingen op weg naar de kloof.

Eerst liepen ze door de strook doornbomen waarvan de zaaddozen zich net aan het vormen waren en de nieuwe groene doorns al wit en hard werden. Hier en daar hing een rank kamperfoelie. Ze liepen voorbij de grote ronde *kuneebome*, in de diepten waarvan je vogels kon horen rondhupsen ook al kon je ze niet zien. En verder, de echte bush in, waar de lange woudbomen recht omhoog groeiden tot hoog boven de bedding van de bergstroom, een stilte creërend waarin de spechten erop los timmerden en er altijd schaduw was. Hier was de aarde bruin van de zaden die de kafferbomen hadden afgeworpen. Uit de oevers staken wortels waar de Fingo geneesmiddelen van maakten.

Ze staken de bedding van de bergstroom over waar het water, dat nu met het droge weer niet meer dan twee vingers diep was, tussen de rotsen liep en hier en daar heldere poeltjes vormde. Aan de overkant, waar de berghelling abrupt omhoogliep, werd het pad steiler. Ze namen het smalle voetpad dat de Fingo-meiden uithakten wanneer ze hout gingen halen. De namnams en jasmijnstruiken vormden aan weerszijden een dikke muur, en de wilde aspergeplanten lieten lange zwaaiende armen omlaaghangen.

Na een tijdje kwamen ze bij een deel waar olijfbomen dicht opeen groeiden tussen gevallen, met droog mos bedekte rotsblokken. Voor hen was een kleine open plek: er lagen twee reusachtige brokstukken die eeuwen geleden uit hun behuizing in de steile rotswand moesten zijn gevallen, bedekt met mos en licheen. De ruimte ertussenin was kaal, op een egaal tapijt van mos en klaverzuring na, hier en daar afgewisseld door varenblad en zoet geurende berggeraniums met piepkleine bloesempjes.

John-Ferdinand brak een tak scharlakenrode geranium af en maakte zo een klein heuveltje vrij. 'Ga daar maar zitten,' zei hij. 'Dit is mijn salon, ik kom hier vaak.'

Ze ging zitten. Hij ging languit aan haar voeten liggen op het mostapijt.

'Wat is het hier fijn,' zei ze.

'Ja.'

Ze deed haar kapje af. 'Het is best koel,' zei ze.

'Ja.'

Ze waren een hele tijd stil. Hij plukte de felst gekleurde bloesems van de geraniumtak, die hij mengde met varenbladeren. Hij legde het piepkleine boeketje op haar knie.

'Ze zijn prachtig,' zei hij.

'Ja,' antwoordde ze.

Hij strekte een hand uit en veegde ze uit elkaar. 'Ze passen niet bij jou. Ik had ze je niet moeten geven. Dit is iets voor jou.' Uit de bushwand plukte hij een klein twijgje mannentrouw. 'Dit is de liefste bloem van Zuid-Afrika.' Hij legde het twijgje op haar knie en ging weer aan haar voeten liggen. 'Die andere zijn niets voor jou. Die zijn voor vrouwen in drukke balzalen en theaters. Die kunnen leven in hete, verstikkende lucht. Deze, die bij jou horen, zouden in zulke lucht onmiddellijk verwelken.'

Het was stil. 'Vind je het erg als ik lees?' vroeg hij.

'O, nee hoor.'

Hij haalde zijn boek tevoorschijn, legde het open op de grond, leunde op gevouwen armen en las.

Bertie speldde het twijgje dat hij haar had gegeven op de voorkant van haar jurk. Ze hoorde de zwartsnavelduiven koeren en de kokkeviets roepen in de koele ochtendlucht.

Op de boerderij heerste veel verwondering en werd heel wat afgezocht toen de tijd voor het middageten naderde en Bertie nergens te vinden was. Het kwam nooit voor dat ze verder dwaalde dan de veekralen, of het melkhuisje, of hoogstens dan de grens van de boomgaard. Griet werd op pad gestuurd om haar te zoeken. Nadat ze overal had gezocht, zelfs in de oven, ging Griet op de vlieringladder zitten en begon te brullen, haar gezicht met haar boezelaar bedekkend en met haar hielen tegen de onderste sport schoppend, al keek ze nu en dan stiekem wat voor effect haar smart op het groepje Fingokinderen had dat zich beneden had verzameld. Het grote spook met de rode ogen, verklaarde ze, dat ze gisteravond had gezien toen ze water ging halen bij de fontein, had juffrouw Bertie vast meegenomen en opgegeten. De kinderen keken met verwondering en ontzag naar haar op: in hun ogen was ze een uiterst bevoorrecht en zeer begaafd persoon.

Even later ontwaarde ze Bertie, die in de hete zon de kloofweg af kwam lopen, met John-Ferdinand achter haar aan. Ze klom meteen de ladder af en ging met haar gezicht naar de muur staan, bitter snikkend. Ze hoopte dat Bertie in het voorbijgaan zou blijven staan om na te gaan wat de reden voor haar verdriet was, en dat ze haar na het horen daarvan een klopje op haar hoofd zou geven en haar als troost misschien de vette punt van de schapenstaart zou beloven. Maar Bertie liep voorbij zonder haar op te merken.

Vanaf die dag gingen zij en John-Ferdinand vaak samen wandelen. Soms gingen ze vroeg in de ochtend, wanneer het gras bedauwd was en de kalveren hun snoet tussen de natte tralies van hun kraal duwden en de koeien om ze loeiden en de schapen uit hun kraal stroomden, hun ruggen donker van de dauw, op een afstandje gevolgd door de jonge herder met zijn twee stokken. Wanneer er, als je een tak van de acaciabomen aanraakte, dauw op je neer regende, druppels die glinsterden als een sprenkeling van diamanten in de stralen van de vroege ochtendzon.

En soms gingen ze 's avonds naar boven over de steile kale uitloper van de berghelling waar het lange, wuivende gras groeide. Dan kwamen ze de herder tegen die met zijn kudde angorageiten op weg naar beneden was, voorgegaan door een grote boergeit met een bel om zijn nek, terwijl de jonge geitjes van hot naar her stoven om nog één keer aan de doornbomen te knabbelen. Samen gingen ze hoog op de bergkam zitten en keken naar de ondergaande zon achter in het dal, met de boerderij als een verre witte stip tussen de donkere sinaasappelbomen. Ze keken naar de lange blauwe rookpluimen die vanuit de hutten waar de meiden met maiskolven het avondvuur aanstaken opstegen in de stille lucht, en zagen de streep stof die boven de weg hing waar de schapen terugkeerden naar hun kraal. In het droge gras om hen heen ontvouwden zich de avondbloemen en was de lucht vol van de zoete geur van de nacht. Daarna liepen ze zwijgend het stenen voetpad af.

Maar midden op de dag, als het te heet was om ook maar ergens naartoe te lopen, gingen ze naar de kleine salon in de bush. John-Ferdinand ging liggen en las, Bertie nam haar naaiwerk ter hand. Daar bleven ze dan uren achtereen, vaak zonder iets te zeggen.

Haar moeder was er blij om: het was weer eens iets anders voor Bertie, en het was niet goed om een gast te hebben als je niet wist hoe je die moest vermaken. Niemand vond het vreemd dat Bertie graag ging wandelen met haar neef.

Thuis was Bertie ongewoon zwijgzaam en verrichte haar taken ingetogener dan ooit. Maar het kalme halve glimlachje dat ze altijd om haar lippen had, had zich verdiept tot iets zachters.

Ook Rebekah was stil. Als ze niet druk bezig was met haar kindjes, zat ze eeuwig en altijd te lezen. Ze las 's ochtends vroeg: in de grijze dageraad trok ze het gordijn open, ging op de zijkant van het bed liggen en hield haar boek zo voor zich dat het vroege licht op de bladzijde viel terwijl de baby aan haar borst zoog. Ze las 's avonds: na het eten trok ze zich terug in haar kamer, deed de deur dicht en ging onafgebroken liggen lezen, soms tot de oude haan bij de wagenloods begon te kraaien. Tegen de tijd dat ze de kaars uitblies was de vierkante vorm van het raamkozijn al vaag zichtbaar. Ze las 's middags, als alle anderen een dutje deden. Zelfs als ze onder de sinaasappelbomen of in de boomgaard op haar kinderen paste had ze een boek in haar hand, en als iemand haar dreigde te storen keek ze met een felle, scherpe blik op, de blik van een hongerige hond die in de weer is met een bot. Ze was als een wezen dat terugkeert naar zijn oude habitat en weer in zijn oude aandriften en gewoonten vervalt. Nooit, zelfs niet toen ze als kind net had leren lezen, had ze met zo'n diepe concentratie, met zo'n felle gretigheid gelezen. Het was alsof ze zich nauwelijks bewust was van de wereld om haar heen. Zelfs Bertie en haar ouders en de oude boerderij zag ze als door een mist. Alleen de wereld van haar gedachten was werkelijk voor haar.

Op een avond, toen Bertie in de melkkamer de melkpannen aan het afromen was, kwam Rebekah met een mok om verse room voor haar kinderen te halen. Het was bijna donker in de kamer. Bertie moest in haar ene hand een brandende talgkaars houden terwijl ze met de andere de room uit de pannen in een houten tonnetje schepte.

Rebekah bleef even in de deuropening staan. Door het gele licht van de kaars dat vol op haar zus viel, op haar eenvoudige witte jurk, op haar mooie gebogen gezicht, stak haar figuur scherp af, bijna alsof het oplichtte, tegen de donkere schaduwen van het lage vertrek. Toen kwam ze in beweging, zette haar mok op de tafel en keek hoe Bertie hem vulde.

Bertie zei: 'Rebekah, ik wou dat ik anders was, niet zoals ik ben! Ik wou dat ik slim was! Ik ben zo dom! Ik ben zo groot en zwaar! Ik wou dat ik was zoals jij!'

Achter haar wimpers onthulde het kaarslicht een traan.

'Werk en dat soort dingen begrijp ik wel,' ging ze verder, 'maar ik kan niet over boeken praten en over al die slimme dingen waar andere mensen over praten. Soms als jij en vader en neef John-Ferdinand samen bij het eten zitten te praten... dan wou ik dat ik dood was. Ik wil zo graag anders zijn! Rebekah, denk je dat iemand die slim is ooit van mij zou kunnen houden, zo dom als ik ben?'

Rebekah keek naar haar mooie gezicht en lachte half. 'Je hoeft niet bang te zijn dat mensen niet van je zullen houden, lieve schat. Je zult geliefd zijn, waar je ook gaat. Ik ben hooguit bang dat je té geliefd zult zijn.'

'Rebekah, ik vind het zo fijn om geliefd te zijn!'

Rebekah maakte een troostend beweginkje alsof ze haar hand wilde uitstrekken om de hand die de kaars vasthield aan te raken. Toen hoorde ze de baby huilen en haastte ze zich weg met haar mok.

De volgende ochtend, toen Rebekah met haar kinderen onder de sinaasappelbomen zat, kwam John-Ferdinand het huis uit lopen. Rebekah legde haar boek opzij en stelde voor om een eindje te gaan lopen.

'Het spijt me, maar ik kan niet,' antwoordde hij. 'Bertie komt zodra ze klaar is met het huishouden.'

'Dat maakt niet uit. Ik zal je niet lang ophouden.' Ze riep Griet om op de kinderen te letten en liep vooruit langs de kralen, door de acaciabomen, in de richting van het stuwbekken. John-Ferdinand volgde. Het boek van Milton dat hij aan het lezen was stak uit zijn borstzak. Tussen de wilgen die hun takken in het stuwbekken doopten bleven ze zwijgend staan.

Aan de andere kant van het stuwbekken, waar het water ondieper was, dreven lelies en waterplanten waar jonge ganzen tussendoor zwommen. Verderop lag het heuveltje waar Berties doodgeboren tweelingzusje begraven lag. Doorgaans hield Bertie het graf vrij van onkruid, maar de afgelopen weken had ze het verwaarloosd, en nu was het haast overwoekerd.

Rebekah nam haar kapje af. 'John-Ferdinand,' zei ze, 'ik wil graag met je praten over Bertie.'

John-Ferdinand boog zijn hoofd om te laten zien dat ze zijn aandacht had.

'Bertie heeft hier een eenzaam leven geleid. Een vrouw die in dit land alleen opgroeit op een afgelegen boerderij bevindt zich niet in dezelfde positie als de meeste andere vrouwen. Een kind van tien dat in een dorp of stad heeft gewoond en naar school is gegaan en is opgegroeid tussen andere kinderen weet meer van de wereld dan zij kan weten, zelfs op vijftien- of twintigjarige leeftijd. Ze weet wellicht het een en ander uit boeken en kan bedreven zijn in huishoudelijk werk. Ze kan zelfs een uitzonderlijk groot intellect hebben, maar als het om mannen gaat, en om het leven in het algemeen, is ze nog een kind. En Bertie kent zelfs de wereld van de boeken niet.'

John-Ferdinand boog zijn hoofd weer en hield het lichtelijk schuin terwijl hij haar aankeek.

'Je hebt haar sinds je komst veel gezien. Ik neem het je niet kwalijk: dat is niet meer dan logisch. Ze is het enige interessante hier. Ze is ook heel erg mooi. Maar ik ben bang dat ze, omdat ze nooit iemand anders ziet, iets voor je kan gaan voelen... voor jou, John-Ferdinand.'

John-Ferdinand kwam in beweging alsof hij iets wilde gaan zeggen, maar ze stak een hand op om hem tegen te houden.

'Ze heeft me niets verteld over haar gevoelens voor jou. Ik ga geheel op mijn eigen oordeel af. Maar ze heeft in haar leven geen mannen gezien, op een paar winkelbedienden en boerenzonen na. Jij bent de eerste aantrekkelijke man met wie ze ineens heel nauw contact heeft, aantrekkelijk qua lichaam en geest. Het was onvermijdelijk dat ze zich tot je aangetrokken zou voelen. Het was even onvermijdelijk dat jij je tot haar aangetrokken zou voelen. En toch zul je, wanneer je gaat trouwen, waarschijnlijk bepaalde kwaliteiten van je vrouw verlangen die Bertie simpelweg niet heeft: een groter intellect, een sterker karakter. Wel, als dat het geval is, John-Ferdinand'

– ze keek hem recht in de ogen – 'en je denkt dat ze, ondanks haar schoonheid, niet het soort vrouw is dat je tot je vrouw kunt maken, dan denk ik dat je de boerderij moet verlaten en haar niet meer moet proberen op te zoeken. De liefde die ze voor je zou koesteren zou haar helemaal in beslag nemen, John-Ferdinand, een liefde die je waarschijnlijk niet zou kunnen bevatten. Je zou weleens haar hele wereld kunnen worden. Er zijn vrouwen, vrouwen met een complexe, veelzijdige natuur bij wie, wanneer ze teleurgesteld raken in de liefde, de ene helft van hun aard sterft, maar die uit de resterende helft nog steeds een soort gebroken leven kunnen putten. Zij hebben nog steeds de wereld van het onpersoonlijke. Daar kunnen ze zich vol vuur in uitleven, en ze kunnen er met behulp van hun intellect een ander soort leven uit putten – een armzalig, gebroken, half verstikt leven dat nauwelijks meer is wat het had kunnen zijn, als het leven van iemand bij wie door ziekte een long is weggeteerd en die nu alleen met de andere moet ademen – maar nog altijd een leven. Maar voor Bertie en vrouwen zoals zij is er maar één leven mogelijk: een leven van persoonlijke betrekkingen. Als ze daarin teleurgesteld raken, raken ze in alles teleurgesteld. Als Bertie teleurgesteld raakt in haar persoonlijke betrekkingen, zal ze in alles teleurgesteld raken. Voor dat lot wil ik haar behoeden. Jij bent een man met principes, John-Ferdinand, jij bent een man die altijd doet wat hij als zijn plicht beschouwt, dat weet ik. Als je merkt dat je niet genoeg om Bertie kunt geven, geloof ik dat je het als je plicht zult beschouwen om weg te gaan.'

'Rebekah,' antwoordde hij zacht, 'ik hou van je zus. In de hele wereld van mannen en vrouwen is zij voor mij het enige volstrekt onbevlekte, Christusachtige schepsel dat ik ooit ben tegengekomen. In haar aanwezigheid ben ik een beter en nobeler mens. Geen vrouw kan of zal ooit meer voor mij betekenen dan zij. Toen ik jou als jongeman ten huwelijk vroeg, voelde ik me tot je aangetrokken vanwege je intellect, je vreemde heftigheid, je frêle lichamelijke elegantie en schoonheid, je toewijding aan je plichten. Mijn gevoelens voor Bertie zijn volstrekt anders. Voor het eerst begrijp ik nu hoe mannen de vrouw tot godheid hebben kunnen verheffen: de eeuwige maagdelijke moeder. Als ik haar hele wereld ben, Rebekah, dan is zij meer dan de hele wereld voor mij.'

Rebekah keek uit over het water. De oprechte toon van de man viel niet te ontkennen. Zijn donkerblauwe ogen waren vochtig van onvergoten tranen. Zwijgend stonden ze naast elkaar. Uit de wilgen dwarrelden de laatste verdroogde lentekatjes. Ze vielen op Rebekahs bruine haar en op John-Ferdinands zwarte vilten hoed.

'Dat ik nog niet met haar over mijn liefde heb gesproken, Rebekah, is omdat ze me bijna te puur en heilig leek om te benaderen. Kun je dat begrijpen? Heb je nooit op een afgelegen berghelling gestaan en het gevoel gehad dat een tere bloem die je daar zag groeien te mooi was om te plukken, te puur om door je hand te worden aangeraakt? Wanneer ik met de hulp van je vader een boerderij hier in de buurt heb bemachtigd, zodat ik haar niet ver bij haar ouders en haar oude thuis hoef weg te halen, zal ik haar mijn liefde aanbieden. Ik hoop dat het niet lang meer zal duren voordat ik haar voor altijd de mijne maak.'

Rebekah wendde haar blik af naar de gansjes die tussen de waterlelies zwommen. 'Als dat zo is,' zei ze langzaam, 'heb ik niet het recht om nog iets te zeggen. Misschien had ik helemaal niet moeten zeggen wat ik heb gezegd.' Ze nam haar rokken bijeen en maakte aanstalten om hem voor te gaan over het voetpad. Toen draaide ze zich plotseling om.

'Als ik wist,' zei ze, 'dat je haar ooit zou teleurstellen, zou ik haar nog liever eigenhandig van het leven beroven en haar daar begraven zien liggen, naast haar zusje.'

De vuurrode blos die naar haar wangen was gestegen trok in een ogenblik weg, waarna ze nog bleker was dan eerst. Ze ging hem voor over het pad tussen de doornbomen en liep zo snel dat hij haar nauwelijks kon bijhouden.

Toen ze de doornbomen uit liepen, zagen ze de witte kap van een *karretjie* dat bij de achterdeur was uitgespannen.

'De vrouw uit Engeland is zeker aangekomen,' zei ze. 'Ze verwachtten haar vandaag.'

Terwijl ze dichterbij kwamen zagen ze Bertie op de keukenstoep staan, en naast haar een lange vrouw met hoekige schouders in een mauve katoenen jurk met een witte kraag en manchetten. Bertie, in haar witte mousselinen jurk met blauwe strikjes, gebaarde met haar hand en wees de onbekende kennelijk op de opvallendste bezienswaardigheden in de omgeving, van de wagenloods en de varkensstal tot het stuwbekken en de weg over de nek.

Toen ze Rebekah en John-Ferdinand zagen, kwamen Bertie en de nieuwkomer hun tegemoet, de laatste met lange, gelijkmatige passen die contrasteerden met Berties wankele, ongelijke voetstapjes. De nieuwkomer stak een grote, platte, koele hand uit naar Rebekah en vervolgens naar John-Ferdinand.

Haar haar had een vaalbruine tint met een gele vleug en een scheiding in het midden, en het was aan beide kanten steil naar beneden geborsteld waardoor de grote, brede, aan de bovenkant afgeplatte vorm van haar hoofd sterk werd geaccentueerd. Haar hoge voorhoofd was in het midden gebogen en haar wenkbrauwen waren nog sterker gebogen. Haar ogen waren lichtblauw, haar wimpers dik en bijna wit. Haar oogleden hingen. Haar leeftijd viel moeilijk te raden en had alles tussen achtentwintig en achtendertig kunnen zijn.

'Het zal wel een warme rit zijn geweest vanuit de stad,' zei John-Ferdinand.

'Nee hoor, het was heel aangenaam,' antwoordde de vrouw. 'Het uitzicht was erg interessant.'

Daarna draaiden ze zich allemaal om en liepen het huis in.

VIER

'Waarin schuilt de charme van deze vrouw?'

Dit was de vraag die Rebekah zichzelf meer dan eens had gesteld tegen de tijd dat Veronica Grey drie weken op de boerderij was.

Ze dacht aan de hoge, hoekige schouders, de brede mond die aan weerszijden omlaag was getrokken tot een strakke halve glimlach, de grote handen met hun spatelvormige vingertoppen, en vond niet meteen een antwoord.

Toch leek iedereen op de boerderij op haar gesteld te zijn, uitgezonderd Griet.

Haar vader was op Veronica Grey gesteld. Zelden ging hij naar zijn mielievelden om de variëteiten te bekijken waarmee hij experimenteerde, of naar de boomgaard om zijn enten te inspecteren, zonder dat hij haar uitnodigde om mee te gaan. Haar verleden in een villa in het zuiden van Londen kon haar moeilijk veel kennis van Afrikaanse veldgewassen hebben opgeleverd, en evenmin kon ze een mielieveld van een tarweakker onderscheiden, of een bed zoete aardappelen van een bed pompoenen, maar ze mompelde altijd 'Ach zo' wanneer hij over de verschillende gewassen in zijn bedden sprak of over de soorten mest die hij gebruikte, en als hij haar de enten toonde, zei ze 'Wat ontzéttend interessant!' of 'Wat groeien ze fantástisch!' Het was dan ook niet verwonderlijk dat haar vader op haar gezelschap gesteld was.

Haar moeder was op haar gesteld. Op dagen dat ze hoofdpijn had en het bed moest houden, kwam Veronica stilletjes zitten breien in de schommelstoel naast haar bed. En als de patiënt zich beter voelde en in staat was om te praten, hoorde ze al haar klachten aan, waarbij ze nooit probeerde haar zorgen in een zonniger daglicht te plaatsen maar alleen 'Wat vreemd!' zei of 'Dat zei mijn moeder nu ook altijd!' Dus haar moeder was ook op haar gesteld.

Bertie was op haar gesteld: ze was iets nieuws om voor te zorgen. Wanneer de handlammeren en het pluimvee waren gevoerd en er geen zieke Fingo waren om te verplegen, en Rebekahs kinderen niets nodig hadden, was er altijd nog Veronica. 's Ochtends om zes uur, nadat eerst de koeien waren gemolken, bracht ze haar een glas melk, en tussen ontbijt en middageten kopjes bouillon of een geklutst ei en wijn. En ze stond erop dat haar nieuwe vriendin in de kamer naast de hare sliep, de kamer die vroeger van Rebekah was, zodat ze, als ze 's nachts wakker werd en iets nodig had, op de muur kon kloppen en zich niet eenzaam hoefde te voelen, zoals Bertie zelf zich nog steeds vaak voelde wanneer ze 's nachts wakker werd, zodat ze stijf een kussen tegen zich aan moest klemmen om zichzelf te laten geloven dat er iemand naast haar sliep en voor haar zorgde. Ze streek eigenhandig Veronica's witte jurken, aangezien de meiden ze niet glad en stijf genoeg leken te kunnen krijgen.

John-Ferdinand was op haar gesteld. Wanneer Bertie zich aan huishoudelijke taken wijdde, las hij haar voor uit *De val van Camelot* of *Het paradijs verloren*. Ze zat gewoonlijk te breien tijdens het luisteren. Nu en dan liet ze het breiwerk in haar schoot vallen en bleef met haar handen over elkaar strak naar het omslag van het boek staren. Zo kon ze wel een halfuur blijven zitten, roerloos, luisterend. Soms vroeg ze hem een lange passage te herhalen, wat hij toevallig het allerfijnste vond.

Oude Ayah was op haar gesteld. Ze gaf geen overlast, zei ze, en hield haar kamer keurig netjes. Er lag nooit een draadje of papiertje op het tapijt, haar dikke Engelse laarzen met de platte zolen stonden keurig in het gelid onder de kaptafel, haar handschoenen lagen klaar, vingers op vingers en duim op duim, voor het geval ze naar buiten moest, en voor het schoonmaken van haar kamer gaf ze oude Ayah een zelfgebreide omslagdoek.

Wat Rebekah betreft, zij had het zo druk met de zorg voor haar kinderen en het bijhouden van haar lectuur dat ze maar zelden tijd vond om met iemand te spreken. Dus het viel niemand op dat ze nooit enige opmerking tot Veronica richtte en over het algemeen de kamer verliet wanneer Veronica binnenkwam.

Maar Griet stak haar afkeer niet onder stoelen of banken. Op een avond, toen ze badwater haalde, trof ze, weggedoken onder een steen bij de bron, een grote pad aan met wratten op zijn rug. Ze ving hem met twee stokken en liet hem in de emmer vallen, die ze op haar hoofd naar huis droeg en leegde in het bad van Veronica. Ze hoopte dat wanneer Veronica 's ochtends opstond en in het bad stapte, ze het beest pas zou opmerken als het te laat was. Dus stond Griet tegen de tijd dat Veronica gewoonlijk opstond met ingehouden adem voor de slaapkamerdeur, terwijl ze elk moment verwachtte een wilde kreet en een spurt over de vloer te zullen horen. In plaats daarvan hoorde ze een kalme stem vanuit de slaapkamer: 'Griet, ik geloof dat er iets beweegt in mijn bad. Kom het eens weghalen.' Dus moest Griet barstend van woede naar binnen gaan om de pad weer te vangen.

'Hoe wist smaloog dat ik daar was?' riep ze verontwaardigd terwijl ze het verhaal voor zichzelf herhaalde. Haar nederlaag deed haar antipathie alleen maar toenemen. Maar ze volstond ermee tijdens theetijd het gebarsten bord voor Veronica te dekken, en het botste mes tijdens het middageten, en nu en dan een druppel aloësap in de koffie te laten vallen die ze 's ochtends naar haar kamer bracht, koffie die Veronica meestal onaangeroerd liet.

Op een zaterdag keerden de vader van de meisjes en John-Ferdinand terug van een van hun verkenningstochten met de mededeling dat ze een overeenkomst hadden ondertekend met de eigenaar van de aangrenzende boerderij, wiens hoeve, omringd door hoge blauwe gombomen, net zichtbaar was vanaf de bergflank: hij zou de boerderij aan John-Ferdinand verkopen voor vijfduizend pond, direct te aanvaarden.

Het gesprek was levendig tijdens het eten die avond. Veronica Grey bekende dat ze zich dikwijls had afgevraagd hoe die bewuste boerderij eruit zou zien, waarop John-Ferdinand voorstelde die de volgende week met zijn allen te gaan bekijken. Alleen Rebekah kon niet mee, aangezien haar bezoek ten einde liep. Ze zou maandagochtend bij het krieken van de dag vertrekken, per ossenwagen, de eerste etappe van een reis die haar naar de Algoabaai zou brengen en vandaar per boot naar Kaapstad.

Na het avondeten trok hun moeder zich vroeg terug met hoofdpijn. Rebekah keerde terug naar haar kamer. Hun vader zat aan de tafel met zijn boeken, terwijl Bertie bij de lamp in de voorkamer zat en een jurk voor Griet naaide om de volgende dag aan te trekken, met naast haar John-Ferdinand. John-Ferdinand las, maar af en toe sloeg hij zijn ogen op van zijn boek en keek hoe haar bedreven vingers hun naaiwerk verrichtten. Veronica zat te breien in een leunstoel in de andere hoek van de kamer. Nu en dan liet ze haar blik van onder de lange witte wimpers op het tweetal rusten.

Ten slotte stond ze op en ging, nadat ze haar werk in haar breitas had gestopt, naar de slaapkamer van haar gastvrouw. 'Vindt u het prettig als ik een poosje bij u kom zitten?' vroeg ze, en ze nam plaats in de schommelstoel naast het bed. Lange tijd was er niets anders te horen dan het *tik, tik* van haar naalden. Daarna vielen haar handen langzaam maar zeker in haar schoot en bleef ze naar de geschilderde spreuk aan de muur zitten kijken met de rand van lelies en rozen. Het was een erg mooie spreuk, merkte ze op. Waarop haar gastvrouw haar alles over Percy Lawrie vertelde: hoe hij op de boerderij had verbleven en Bertie had lesgegeven, hoe mooi hij kon schilderen, maar dat hij slecht nieuws uit Engeland had gekregen en op stel en sprong was vertrokken, waarna ze niets meer van hem hadden gehoord. Veronica luisterde al breiend en schommelend. De oudere vrouw werd slaperig en dutte in.

Toen ze in diepe slaap was, rolde Veronica haar breiwerk op, stopte het in haar tas en verliet de slaapkamer, waarna ze de deur achter zich dichtdeed. In de voorkamer hoorde ze Bertie achter de piano een geestelijk lied zingen, waarbij John-Ferdinand de baspartij voor zijn rekening nam. De gang zelf was donker, maar door de halfopen deur van de slaapkamer van John-Ferdinand scheen licht. Ze keek snel naar links en naar rechts en glipte toen lichtvoetig en soepel de kamer in.

Op de toilettafel stond een brandende kaars. Ze keek om zich heen. Voor het eerst in haar leven was ze alleen in de slaapkamer van een man. Haar vader was gestorven toen ze jong was. Haar enige broer was langer geleden volwassen geworden en scheep gegaan naar China dan ze zich kon herinneren. In het rustige huis in het zuiden van Londen waar ze met haar verweduwde moeder en vier ongetrouwde zussen had gewoond kwam nooit mannelijk bezoek.

Aan een rek achter de deur hing een rij mannenkleding: jassen, colberts, vesten, broeken. Onder de toilettafel stond een rij laarzen en naast het bed een paar pantoffels. Ze ging met zachte hand over de kleren. Ze pakte een overjas en voelde aan de fluwelen kraag en de knopen. Ze wreef zachtjes met haar wang tegen de schouder. Zo zou de schouder van een man voelen als je je hoofd erop liet rusten!

Ze pakte een broek, aaide erover, hing hem weer terug. Ze bevoelde de gesp op de rug van een vest. Daarna begaf ze zich naar de wastafel. Daar lagen alleen een gewoon stuk zeep en een spons en een tandenborstel zoals elke vrouw had kunnen gebruiken, want John-Ferdinand schoor zich niet, maar knipte zijn zachte baard bij. Desondanks liet ze een onderzoekende vinger over de zeep en de tandenborstel gaan.

Ze liep naar de rand van het bed. Op het kussen lag een gevlochten tas. Ze sloeg de klep terug: er zat een dik linnen kledingstuk in, van een man, dat ze er niet uithaalde. Ze luisterde of er iemand aankwam, maar Bertie en John-Ferdinand zongen er nog lustig op los.

Ze draaide zich om naar de toilettafel: daarop lagen zijn borstels en kammen, naast een fles eau de cologne en een stapeltje boeken. Ze ging er met haar vingers overheen.

Onder de spiegel stak de rand van een ouderwetse portrethouder vandaan. Ze trok hem tevoorschijn, wurmde het haakje los dat hem dichthield. In de houder zat een oud daguerreotype, een portret van een kind van een jaar of vier dat een bos bloemen vasthield, het hoofd omgeven door een dikke bos donkerblonde krullen. Het gezicht glimlachte, er zaten kuiltjes in de wangen en kin. Het kind leek over te lopen van levenslust en blijdschap. De wangen en lippen waren rood ingekleurd, de kleur van het leven.

Ze hield het portret in een hoek bij de kaars, zodat ze het duidelijk door het glas heen kon zien. Het leed geen twijfel wie het was: Bertie als kind, de enige foto van haar die bestond en die John-Ferdinand te leen had gevraagd van Berties moeder, zodat hij hem aan Rebekah kon meegeven om er in Kaapstad een vergroting van te laten maken.

Terwijl Veronica het gezicht nauwkeuriger bekeek, trokken haar ogen zich samen bij de hoeken. Ze legde de houder open op de tafel, zette haar grote platte duim op het gezicht en drukte. Het glas werd verbrijzeld tot een honderdtal dunne splinters die afstraalden van het gezicht, dat nu niet meer te onderscheiden was.

Met soepel gemak sloot ze de houder en schoof hem weer onder de spiegel. Ze bleef staan luisteren. Er kwam niemand aan. Met grote, gelijkmatige stappen sloop ze de kamer uit. In een oogwenk had ze haar eigen kamer bereikt en deed de deur dicht.

De volgende ochtend brak windstil en vredig aan, maar beloofde later op de dag ongewoon warm te worden. Na het ontbijt daalde er een diepe zondagse stilte neer over de boerderij. De Fingo-bedienden waren teruggekeerd naar hun hutten voor hun zondagsrust, terwijl oude Ayah bij de keukendeur sla zat te snijden en een oogje op de pannen met de zondagse middagmaaltijd hield. Griet was groene mielies aan het plukken op de verste akkers en zwoer onderwijl zich op de hele wereld te zullen wreken: ze was er door oude Ayah van beschuldigd dat ze de foto van Bertie had kapotgemaakt tijdens het afstoffen van John-Ferdinands kamer en was eigenlijk alleen voor Ayahs krachtige hand behoed door tussenkomst van Bertie. De vader des huizes, gekleed in zijn zondagse pak en met uitvoerig geborsteld haar, zat in de voorkamer Swedenborg te lezen. De moeder was bezig in haar slaapkamer en Rebekah en haar jongens waren zoals gewoonlijk buiten onder de sinaasappelbomen.

John-Ferdinand kwam naar buiten, op zoek naar Bertie voor een wandeling. Rebekah keek niet op van haar boek toen hij voorbijliep.

Bertie leek hem de laatste tijd te ontlopen, zonder hem echt te mijden, bijna alsof ze bang was om alleen met hem te zijn. Maar als hij tegen haar sprak, kon ze niet verhelen dat ze enigszins van kleur verschoot en dat haar gezicht lichtelijk opklaarde.

Hij kuierde de boomgaard in. Het gras onder de bomen was droog en bruin. Jonge onrijpe perziken waren bij honderden gevallen en de bladeren van de bomen werden geel door gebrek aan regen. Onder de grote perelaar in het midden van de boomgaard, op een bankje dat Rebekah had laten neerzetten toen ze zestien was, zag hij iemand zitten. Eerst dacht hij dat het Bertie zou zijn, maar toen hij naderbij kwam zag hij dat het Veronica Grey was.

Ze was gekleed in een van haar smetteloze katoenen jurken, met gesteven witte linnen kraag en manchetten. Een brede strohoed met een lint rond de bol lag naast haar, samen met een boek met zondagspreken. De zonnestralen die door de takken heen blikkerden speelden op haar glad geborstelde haar.

John-Ferdinand bleef op een afstandje staan en keek. Ze bood een opvallende aanblik van vredige kalmte, en niets in de contour van haar gestalte of jurk bewoog ook maar een fractie.

Hij kwam dichterbij en vroeg of ze Bertie had gezien. 'Nee,' antwoordde ze en ze richtte haar blik weer op de rij perzikbomen.

Hij liep verder, over het voetpad door de acacia's dat de kloof in leidde. Het vredige tafereel onder de boom bleef hem nog enige tijd bij. Daarna kon hij alleen nog maar aan Bertie denken. Hij stelde zich voor hoe de boerderij tussen de blauwe gombomen zou zijn wanneer hij en Bertie daar woonden, Bertie wier beeldschone gezicht en koninginnenfiguur afstraalden op de hele wereld om haar heen totdat alles – lammeren en bedienden en dagelijkse arbeid – de schoonheid weerspiegelde die de oude boerderij zo betoverend voor hem had gemaakt. Hij zag haar zoals ze hem diezelfde ochtend bij het ontbijt was voorgekomen, toen het bericht kwam dat het slechter ging met de oude Fingo die ze al enige tijd verpleegde, en ze de ontbijttafel had verlaten en met een kruik warme melk in de ene hand en het medicijnflesje in de andere naar de hutten was gesneld om te zien wat ze voor hem kon doen, alsof zij de enige was die erom maalde of er een oude man met kroeshaar meer of minder op de wereld zou zijn. Zou zo'n lief schepsel, zo vol liefde voor alles wat leefde, de ziel en het lichaam van een man niet ten volle aan hun trekken laten komen?

Terwijl hij het voetpad volgde, gingen zijn gedachten naar de lange jaren in het verschiet. Hij zag kinderen die met de reeënogen van hun moeder naar hem opkeken en hem vader noemden. Hij zag het wezen dat hij liefhad met haar hoofd op zijn borst liggen, terwijl ze hem troostte en zijn leven vervolledigde. Het was alsof hij een lange vallei in keek, waar de ene bergkam de andere in altijd frisse kleuren opvolgde totdat hij helemaal aan de andere kant door een glorieuze zonsondergang rood werd gekleurd.

Zijn gedachten waren zozeer met hem op de loop gegaan dat hij de bedding van de bergstroom al was overgestoken, hun geheime plek al had bereikt en bijna op een ongehandschoende hand was gaan staan voordat hij besefte dat Bertie daar voor hem zat.

'Waarom ben je zonder mij gegaan?' vroeg hij, terwijl hij zich naast haar uitstrekte op het gras, zo dichtbij dat zijn armen op de rand van haar jurk rustten, iets wat hij zich nooit eerder had gepermitteerd. 'Weet je wat me overkwam terwijl ik hierheen liep? Het was alsof ik in de toekomst keek. Het was alsof ik een lang zonverlicht pad afkeek dat over de ene bergkam na de andere voerde, de ene nog mooier dan de vorige, totdat het eind, ver buiten het menselijk gezichtsveld, in glorie verscholen lag.'

Bertie bleef stilletjes zitten, niet denkend aan toekomstige schoonheid, maar aan een hand vlak bij haar, waar ze zich graag overheen had willen buigen om er een deemoedige kus op te drukken.

John-Ferdinand vervolgde op nog zachtere toon: 'Niets kan ooit iets veranderen, niets kan ooit iets afdoen aan het geluk dat ontspringt aan zo'n diepe liefde als de onze. Zelfs de dood zal slechts een terugkeer zijn naar het huis des Vaders om daar vervolmaakt te worden.' Hij keek op. 'Voor hen die elkaar liefhebben zoals wij bestaat er geen scheiding of dood, alleen eeuwige verbondenheid.'

Ze luisterde, en het geluid van zijn stem was muziek voor haar. Maar van wat hij bedoelde, drong weinig tot haar door.

'Ik denk niet graag aan wat komen zal,' zei ze, en ze boog haar hoofd. 'Ik heb de dingen graag zoals ze nu zijn, zonder ooit, ooit te veranderen. Ik zou willen dat ze altijd precies zo bleven.'

Ook hij leek op dit moment tevreden met een onveranderd heden.

Hij keek naar de hand die vlak bij de zijne op de zuring lag. Door een opening in de takken boven zijn hoofd kon hij donderwolken zien die de warme blauwe lucht doorkruisten. Waarom leek het zo moeilijk om de vrouw in zijn armen te nemen en haar te zeggen hoeveel hij van haar hield? Waarom leek ze, zonder hem echt af te weren, terug te deinzen voor zijn handen wanneer hij die naar haar wilde uitstrekken om haar te omhelzen?

Het was bijna middag en een drukkende stilte daalde neer over de bush, slechts verbroken door het schrille sjirpen van de cicaden.

Hij stond op. 'Bertie, mijn liefste,' zei hij, 'je moet me niet te erg missen als ik volgende week wegga. Ik zal maar enkele dagen wegblijven, om alles te kopen wat nodig is voor ons nieuwe huis. En dan kom ik naar je terug, en kom jij naar mij, en zullen we voor altijd samen zijn, om nooit, nooit meer uiteen te gaan zolang het leven ons vergund is. Je bent nu al mijn vrouw, mijn liefste... ja toch?'

Hij bukte zich en sloeg een arm om haar heen, haar half tegen zich aan trekkend. Even was het alsof ze zou opstaan om zich dicht tegen hem aan te drukken. Maar in plaats daarvan maakte ze zich los uit zijn omarming en ging een stukje verderop zitten.

'Je moet me niet aanraken,' zei ze. 'Je moet me niet kussen. Ik wil dat je blijft staan waar je staat. Ik wil iets tegen je zeggen. Ik wil je iets vertellen.'

Hij probeerde haar weer tegen zich aan te trekken, gaf het toen op en voldeed verwonderd aan haar verzoek.

Hij wachtte tot ze zou spreken, maar ze zei niets.

'Mijn schat, wat wil je zeggen? Ik heb alleen maar gewacht met je zeggen hoeveel ik van je hou omdat ik dacht dat je dat wel wist, zoals ik wist dat jij van mij houdt. Spreek tegen me!'

'Ik weet niet wat ik zeggen moet. Nee, kom niet dichterbij! Ga weer staan waar je eerst stond.'

Hij gehoorzaamde, en wachtte.

'Lang geleden had ik een onderwijzer. Hij heette Percy Lawrie. Ik... ik was op hem gesteld. Ik was heel erg op hem gesteld. Hij was heel aardig voor me. Eerst was ik op hem gesteld, en naderhand haatte ik hem.' In haar handpalmen, gevouwen in haar schoot, stond koud zweet. 'Ik wist niet... Hij zei dat hij boos op me zou worden. Ik wilde niet dat hij boos op me was. Ik wilde niet... Ik wist het niet, begrijp je? O, wat moet ik nu doen? Wat moet ik beginnen?' Ze begon half op te staan, zonk toen weer neer.

John-Ferdinand staarde haar aan, bleek, roerloos.

'Hij ging diezelfde dag weg. Ik heb hem nooit meer gezien.'

John-Ferdinand drukte zich tegen de rots, zijn gezicht asgrauw. De geur van geplette geraniums was overweldigend. Het enige geluid was de roep van de cicaden, die leken te gloriëren in de hete verstilling van de bush. 'Bertie, zeg je nu dat je je aan hem gegeven hebt?'

Ze knikte.

'Arm nichtje!' zei hij langzaam.

Er was een bepaalde cicade, net links van hen, die almaar luider riep. Zijn roep leek door haar hersenen te galmen. Zou hij nooit ophouden?

'Laten we naar huis gaan, Bertie,' zei John-Ferdinand.

Ze begon aan de afdaling van het pad, gevolgd door John-Ferdinand. Aan weerszijden hingen de struiken mannentrouw, kwijnend en gekruld. Zelfs de aspergetakken hingen slap, wachtend op het komende onweer.

Ze staken de bedding van de bergstroom over en beklommen de oever aan de andere kant. Net waar de bomen het hoogst waren en het een en al diepe schaduw en stilte was, kwamen ze Veronica Grey tegen die met een halfopen boek in haar hand kwam aanlopen vanaf de boerderij. Ze glimlachte hen kalm toe. 'Wat een vredige sabbatstilte heerst er hier!' zei ze en ze liep verder.

Toen ze de gordel hoge bomen voorbij waren, draaide Bertie zich plotseling om en keek hem recht in het gezicht. 'Ik heb je zoveel pijn gedaan! Ik heb je zoveel pijn gedaan!' zei ze.

'Het is niet de pijn die telt, Bertie, maar de zonde,' zei hij.

Ze staarde naar zijn witte, strakke gezicht met de samengetrokken neusvleugels. Daarna nam ze haar rokken bijeen en vloog het kronkelende voetpad af. Een ver uitstekende acaciatak bleef aan haar rok haken en scheurde die van onder tot boven, maar ze bleef niet staan. Even later was ze uit het zicht verdwenen. Als bewijs van haar aanwezigheid restte alleen nog een flard witte mousseline met een blauwe strik die aan een doorn hing.

Tegen tien uur die avond waren alle kisten en al het beddengoed in de ossenwagen geladen die bij de achterdeur stond, gereed voor Rebekahs vroege vertrek de volgende ochtend. De jukken waren op volgorde gelegd, de riemen hingen over de zijkant van de wagen, de ossen sliepen onderwijl in de kraal. Het huishouden had zich vroeg teruggetrokken, omdat ze zo vroeg op moesten. Alleen Rebekah was nog druk doende met het klaarleggen van kleren voor de kinderen en het dichtbinden van de laatste pakketten.

Toen deze taken waren volbracht ging Rebekah naar Bertie. Bertie had zich al vóór het middageten afgezonderd, klagend dat ze zich onwel voelde. Zelfs het onweer dat die middag was losgebarsten had haar niet opgekikkerd.

Rebekah deed zachtjes de deur open, bang om haar wakker te maken. Maar Bertie sliep niet. Ze zat geknield op de vloer met voor zich een grote geopende kist, terwijl Griet met veel enthousiasme de onderste la van de ladekast leegmaakte zodat Bertie de kledingstukken in de kist kon stoppen.

Rebekah sloeg het verbaasd gade. Haar zus merkte haar niet op, maar ging werktuiglijk door met inpakken.

'Bertie, wat doe je?' vroeg ze.

Bertie keek niet op. 'Ik ga met je mee,' kondigde ze kortaf aan, op lage, bijna barse toon. Haar lippen waren dik en geprononceerd, maar van tranen was geen spoor.

Rebekah legde een hand op haar arm. 'Hoe dat zo, Bertie? Wat is er loos?'

'Ik ga met je mee.' In haar stem klonk doffe, koppige vastberadenheid.

'Maar weet moeder hiervan?'

'Ik ga met je mee.'

'Griet, het is bedtijd,' zei Rebekah. Toen de deur achter het meisje was dichtgevallen, knielde ze neer naast haar zus.

'Wat is er aan de hand, liefje? Je zei altijd, als ik het je vroeg, dat je de boerderij niet wilde verlaten en niet met mij mee wilde. Is er iets gebeurd waardoor je van gedachten bent veranderd?'

Bertie zei niets. Rebekah schoot de herinnering aan het gezicht van John-Ferdinand te binnen, dat de hele dag bleek en strak was geweest.

'Lieve schat, is er iets waarmee ik je kan helpen? Iets wat ik kan zeggen?'

'Ga tegen moeder zeggen dat ik met jou meega,' zei Bertie. 'Maak haar duidelijk dat ik ga. Ik ga écht.'

Rebekah stond op. 'Er is zeker niets wat ik tegen John-Ferdinand kan zeggen, hè, dat zou kunnen helpen?'

In een oogwenk was Bertie opgesprongen en had ze Rebekahs beide handen in de hare genomen.

'O, nee, nee! Rebekah, beloof me dat je nooit, nóóit met hem over mij zult praten... hem nooit iets over me vraagt... hem helemaal nooit iets vraagt! Beloof het me, Rebekah! Beloof het me!'

Voor de enige keer in haar leven zag Rebekah Bertie versteend van hartstocht.

'Ik zal alles doen wat je van me vraagt, liefje.' Zonder nog iets te zeggen verliet ze de kamer om hun ouders in te lichten over Berties voornemen.

Haar moeder, die half had geslapen, werd wakker en begon te jammeren dat het allemaal zo onverwachts was, dat ze onverwachte dingen niet kon verdragen, dat Bertie geen kleren had, dat ze het hun eerder had moeten vertellen, dat het niets voor Bertie was om mensen zo te overvallen. Maar toen Rebekah uitlegde dat nieuwe kleren beter in Kaapstad konden worden aangeschaft, en haar eraan herinnerde dat ze altijd had gewild dat Bertie haar in Kaapstad zou komen opzoeken, dat Bertie toe was aan iets anders en iets van het leven moest zien na twintig jaar op de boerderij, en toen haar vader zijn volledige goedkeuring had uitgesproken, betuigde haar moeder, nog altijd jeremiërend en vastbesloten om meteen naar Bertie toe te gaan, niettemin haar instemming.

Bertie gaf hun moeder net zo weinig uitleg als ze Rebekah had gegeven. Onverstoorbaar herhaalde ze dat ze wegging: meer niet. Dus ten slotte liet hun moeder zich overreden om weer naar bed te gaan, nog altijd jammerend dat ze niet tegen verrassingen kon.

Tegen de tijd dat Rebekah Bertie had geholpen met het inpakken van de laatste spullen was het bijna middernacht.

Rebekah sloeg haar arm om haar zus heen en trok haar hoofd tegen haar borst. ‘Wil je niet iets aan me kwijt, Bertie?’

‘Nee, niets.’

Om halfvier kwam de voerman op de deuren en ramen bonzen om hen wakker te maken, en iedereen stak kaarsen aan en stond op.

Het was pikdonker buiten. De mannen waren in de kraal om de ossen uit te kiezen. Oude Ayah stond voor de haard in de keuken en trok haar gele omslagdoek strakker om haar schouders, terwijl ze keek hoe de vlam onder de ketel flakkerde en ‘O ja, Here!’ mompelde, deels om zichzelf ervan te overtuigen dat ze wakker was, deels omdat het zo kil was. Onder de tafel in de eetkamer zat Griet, die net was gewekt, op de ossenhuid waarop ze altijd sliep, en wreef zich snikkend in de ogen, deels vanwege de kou en slaperigheid, deels omdat oude Ayah haar had meegedeeld dat Bertie zes maanden weg zou blijven.

Zodra oude Ayah koffie had klaargezet kwamen ze achter elkaar de eetkamer binnen en gingen rond de tafel staan, terwijl ze de koffie dronken en deden alsof ze droge beskuit aten: de vader van de meisjes in zijn overjas met opgezette kraag, hun moeder in een peignoir met een doek om haar hoofd en Rebekah in haar reiskledij met een groot wit kapje. Griet zat in een hoek met Rebekahs baby. De twee jongens waren in diepe slaap naar hun bed in de wagen gedragen. Toen verscheen Veronica, geheel gekleed, haar vlechten in een wrong achter op haar hoofd en een lichtblauwe, aan één kant keurig dichtgespelde doek om haar schouders. Alleen Bertie en John-Ferdinand waren er nog niet.

Toen Bertie haar slaapkamer verliet, zag ze John-Ferdinand aan komen lopen door de gang. Het was donker. Ze bleef staan, hopend dat hij zou passeren zonder haar op te merken. Maar hij zag haar en kwam op haar af. Ze drukte zich dicht tegen de muur als om hem erlangs te laten, maar hij bleef staan.

'Bertie,' zei hij op trage, vlakke toon, 'ik ben bang dat je vindt dat ik je gisteren erg hardgevallen ben. Als je denkt dat ik je, door mijn liefde voor je uit te spreken en haar te tonen zoals ik heb gedaan, op enigerlei manier iets verplicht ben, dan ben ik nog steeds bereid met je te trouwen, als je vindt dat ik dat moet doen. Arm nichtje!'

'O, nee!' zei ze. 'Nee! Nee! Nee!' En terwijl ze haar rok opzij hield zodat die hem niet zou raken, rende ze de gang door naar de eetkamer. Toen begaf John-Ferdinand zich naar de achterkant van het huis waar de wagen stond.

Op de keukenstoep kwamen ze bijeen om afscheid te nemen. Rebekah zei iedereen gedag en klom met haar baby op de wagen. Haar vader nam Bertie in zijn armen en kuste haar op haar ogen en mond. Haar moeder huilde en herinnerde haar eraan dat ze kleren voor zichzelf moest kopen zodra ze in Kaapstad was. Oude Ayah en Griet omklemden haar tegelijkertijd, allebei in tranen. Daarna nam Veronica Berties handen stevig in de hare en keek haar recht in het gezicht: 'Ik hoop,' zei ze, 'dat je een gelukkige, een heel gelukkige tijd zult hebben in Kaapstad. Ik zal alles doen wat in mijn vermogen ligt om je bij je lieve vader en moeder te vervangen. Kom snel terug!'

Bertie trok haar handen terug en liep het trapje af.

In het donker, naast de oven, stond John-Ferdinand. Bertie zou hem voorbij zijn gelopen, maar hij deed een stap naar voren en pakte haar hand met een hand die al even koud was als de hare. Toen hielp haar vader haar aan boord te klimmen, en de voerman liet zijn zweep knallen en riep tegen de ossen, en langzaam kwam de wagen op gang.

Terwijl Bertie zich naast de kinderen op het bed wierp en haar gezicht in een kussen begroef, kroop Rebekah naar de open achterkant van de wagen. Op het moment dat de wagen om de kraal heen reed, kon ze de felverlichte rechthoek van de open keukendeur nog zien. Toen raakte het huis uit zicht. Een halfuur later, terwijl de wagen de nek op reed, ving ze in de eerste grijze strepen dageraad een laatste glimp op van het huis, een oplichtende witte stip te midden van de vredige sinaasappelbomen.

VIJF

Het was wonderlijk stil op de oude boerderij nadat Bertie en Rebekah waren vertrokken. Veronica probeerde Berties plek in te nemen: ze schonk de thee en koffie aan tafel en wist de moeder van de meisjes over te halen om te laten zien hoe je brood maakt, en ze ging 's avonds zelfs naar de melkkamer om de melk af te romen, maar ze bewoog zich zo opmerkelijk geruisloos dat het huis stil en leeg leek.

De pogingen van de logee om Berties plek in te nemen wekten de bittere wrok van Griet. Waarom moest zij zo nodig in de stoel van juffrouw Bertie zitten, voor de bloemen van juffrouw Bertie zorgen, en zelfs in de slaapkamer van juffrouw Bertie intrekken? Griet deed alles om het broodbakken niet goed te laten verlopen. Evenmin floreerde de bloementuin zoals ten tijde van juffrouw Bertie. Als ze door Veronica naar buiten werd gestuurd om de bloemen water te geven, ging ze stiekem op haar knieën zitten, haalde een scherp mes uit haar mouw, stak het stilletjes onder de zode bij de wortels van balsemien of ridderspoor of felkleurige nachtschone en sneed de steel een paar centimeter onder de grond door. Als Veronica de tuin de volgende dag kwam inspecteren, trof ze de plant met hangende blaadjes aan, en een dag of twee later kreeg Griet de opdracht om hem eruit te trekken en weg te gooien.

Als Veronica informeerde wat volgens haar de oorzaak van de verwelkende bloemen kon zijn, vestigde ze haar fonkelende zwarte ogen op die van de logee en zei: 'Wormen, juffrouw, wormen,' een antwoord dat Veronica tevredenstelde, omdat ze zo weinig van tuinieren wist dat het haar niet opviel dat alleen de eenjarige planten doodgingen terwijl de vaste planten, die er nog zouden zijn wanneer

Bertie terugkwam, onaangetast waren. Waarom haar brood nooit wilde rijzen en soms een sterke knoflooksmaak had, zodat ze het bakken uiteindelijk aan oude Ayah moest overlaten, was een mysterie dat ze nooit doorgrondde.

De dag na het vertrek van de zussen verliet ook John-Ferdinand de boerderij. Hij ging naar het dichtstbijzijnde dorp landinwaarts om werklui en materieel te zoeken voor het repareren en uitbreiden van zijn nieuwe boerderij, en om meubels te kopen. Mocht hij toch spijt hebben van de aanschaf, dan kon hij er onmogelijk meer onderuit.

Binnen tien dagen was hij terug op zijn nieuwe boerderij, maar tot ieders verbazing bracht hij nooit meer een bezoek aan de oude boerderij, ook al was het maar een halfuur rijden. Het was alsof hij geen behoefte had om de plek nog te zien. Als hij advies van zijn oom nodig had, stuurde hij een bediende met een brief, of hij vroeg hem langs te komen.

Totdat hij eindelijk, na vijf weken, omdat hij advies nodig had over het gebruik van een baggermolen voor het vergroten van zijn stuwbekken, de tocht ondernam. Zijn tante stond erop dat hij 's avonds bleef eten. Het werd laat en er stond geen maan, dus bleef hij er overnachten.

Zijn tante, die zich ernstig zorgen maakte over zijn eenzaamheid en over het feit dat hij geen huisbedienden had behalve een Fingokokkin, smeekte hem om vaker te komen. Zijn bezoekjes werden wat frequenter. Hij reed er doorgaans naartoe nadat hij de hele dag toezicht op de werkzaamheden had gehouden en bleef dan bij hen eten. Na de maaltijd keerde zijn oom terug naar zijn boeken en ging daarna naar bed. Aangezien zijn tante vanwege haar zenuwhoofdpijnen niet buiten op de stoep kon zitten en de avonden te warm waren om binnen te blijven, zaten John-Ferdinand en Veronica vaak met zijn tweeën op de stoep.

Soms spraken ze over Engeland en plekken waar ze allebei waren geweest. Vaker nog, in het halfduister, droeg hij passages voor uit *Nachtgedachten* van Young of de hymnen van Keble, die Veronica zei erg te bewonderen. En soms zaten ze simpelweg uit te rusten.

Het werd bijna een gewoonte dat hij 's avonds naar de oude boerderij toe reed, er bleef overnachten en 's ochtends vroeg weer naar huis ging. Op zondag kwam hij de hele dag. Op die manier, zoals zijn tante zei, kreeg hij tenminste één keer per dag een fatsoenlijke maaltijd en doorbrak hij de eentonigheid van zijn eenzame bestaan. Ze zei hem zijn stop- en verstelwerk mee te brengen, dat, wanneer zij het zelf te druk had, Veronica voor hem deed.

Tijdens een van zijn bezoekjes vroeg hij zijn tante of ze de volgende dag met hem mee naar zijn boerderij zou willen komen om hem te helpen met het ophangen van de gordijnen. Ook wilde hij advies over het inruimen van het porselein en linnengoed dat hij uit Engeland had laten komen toen zijn huwelijk met Bertie nog in het verschiet lag. Zijn tante schudde haar hoofd. Ze kon niet komen, zei ze, want dinsdag was bakdag. Maar als Veronica er oren naar had, zou ze haar vragen haar plek in te nemen, en ze zou ook de twee beste Fingo-meiden sturen. Dus reed Veronica er de volgende ochtend met John-Ferdinand naartoe, en kwam pas weer thuis toen het net donker begon te worden. Drie dagen op rij was Veronica zijn steun en toeverlaat.

In haar volgende wekelijkse brief aan Rebekah schreef haar moeder:

> Meestal valt er vanuit dit saaie oord geen nieuws te melden, maar vanavond heb ik geweldig nieuws dat je zeer zal verrassen. Veronica Grey heeft John-Ferdinand geholpen bij het inrichten van zijn huis, en gisteravond na het eten zei John-Ferdinand tegen je vader en mij dat hij ons wilde spreken. Hij had Veronica ten huwelijk gevraagd, zei hij. Ze waren verloofd en zouden over een paar weken gaan trouwen.
>
> Ik was verbaasd, al leek je vader dat niet. Ik denk dat niets hem verbaast. Maar ik ben erg blij. John-Ferdinand leidde daar maar een eenzaam leven, en het zal fijn voor hem zijn om familie in de buurt te hebben. Veronica is een grote steun geweest sinds Bertie weg is. Het voelt bijna alsof ze mijn eigen dochter is! Vertel het maar aan Bertie, ik weet dat ze blij zal zijn.
>
> John-Ferdinand oogt de laatste maanden ziek en terneergesla-

gen. Dat komt allemaal doordat hij alleen woont en niet fatsoenlijk te eten krijgt. Het zal zo goed voor hem zijn dat hij straks Veronica heeft om voor hem te zorgen. Het gaat nu veel beter met haar gezondheid, haar hoestje is bijna verdwenen. Je zou haar nauwelijks herkennen, zo kwiek ziet ze eruit. Om eerlijk te zijn is ze geen ster in het huishouden: haar brood mislukt altijd, en met de bloementuin gaat het niet best sinds zij ervoor zorgt. Maar ze is welgesteld, dus ze zullen er altijd wel goede bedienden op na kunnen houden en zich niet al te veel hoeven te bekommeren om het werk op de boerderij. Ze lijken voor elkaar gemaakt.

Het zal heel fijn voor Bertie zijn wanneer ze terugkomt om hen als gezelschap in de buurt te hebben. Zeg maar tegen haar dat haar handlam van vorig jaar, dat ene dat bij de andere schapen liep, nu zelf twee lammeren heeft.

Ik hoop dat de Kaapse lucht Bertie inmiddels beter bevalt dan je eerder meldde. Ik zal haar volgende week een brief schrijven. En zodra het koeler wordt, zal ik wat *biltong* voor je maken.

Ik ben zo opgewonden over de verloving dat ik nauwelijks kan schrijven.

Zes weken later trouwden Veronica Grey en John-Ferdinand. Volgens Veronica was het niet nodig op de post uit Engeland te wachten, aangezien ze zeker wist dat haar moeder verrukt zou zijn om van het huwelijk te horen, en hoe sneller ze getrouwd waren, des te sneller kon ze John-Ferdinand helpen het huis en de boerderij op orde te brengen.

Dus kwam er een geestelijke uit de stad en trouwden ze zonder poespas op de oude boerderij. Veronica beloofde haar nieuwe tante bij het afscheid dat zij tweeën elke zondag zouden langskomen en de dag bij hen zouden doorbrengen. Toen het karretje met hen wegreed naar hun boerderij moest haar tante huilen, ze wist nauwelijks waarom. Maar Griet riep 'Hoera!', gooide haar rokken in de lucht en tolde rond als een derwisj tot haar bazin ophield met huilen en haar zei dat ze zich niet zo te kijk moest zetten.

ZES

Weggestopt tussen de eikenlanen in de buitenwijken van Kaapstad stond Rebekahs huis. Je kon op een warme zomerdag kilometerslang rijden zonder ooit de zon op je te voelen, zo dicht sloten de reusachtige eikenbomen zich van weerskanten boven je hoofd aaneen. Links en rechts gingen huizen schuil achter hagen, met bomen die hun dak overschaduwden, en veranda's en bloementuinen.

Overal hing de geur van dennenhout, afkomstig van plantages die tot op de bergflank reikten. Her en der strekten zich wijngaarden uit, waar zonlicht tussen de bladeren glimmerde en druiven, wit en paars, de aarde kusten. Boven dat alles verrees de Tafelberg, die in het noorden afliep in de richting van Duivelspiek. Op zonnige dagen was Rebekahs kant van de berg net een reus, die rustig achteroverleunde en met een goddelijk, bedaard oog de dennenbossen bezag en de mensenverblijven die kronkelden aan zijn voeten.

Het was vredig in deze voorstedelijke lanen. In de zomer vielen de eikels, in de winter lagen de trottoirs bezaaid met bladeren, tekende het fraaie lijnenspel van de kale eikentakken zich af tegen de helderblauwe hemel en leek het prachtige groen van de dennen en van de bloementuinen des te feller op te lichten omdat de eikenbomen kaal waren.

'S Nachts kon je de bomen horen ruisen als het verre geweeklaag van de zee. Maar als je een trein nam op een van de stationnetjes, was je binnen een halfuur aan de andere kant van de berg, in de oude havenstad zelf, met haar lange straten vol één verdieping hoge huizen met kleine vensters zoals de Nederlanders honderd jaar geleden graag bouwden, straten waar het vredige, slaperige leven van de stad, met haar oude families en haar eerbiedwaardige manier van zakendoen, zich in een kalm gangetje voltrok.

Rebekahs huis was van de laan gescheiden door een hoge haag van mannentrouw. Het was een klein huis met een veranda die twee aan weerszijden uitstekende vleugels verbond. Twee eikenbomen in de achtertuin hingen over het dak heen. Aan de voorkant was een kleine tuin die zowel in de zomer als de winter werd opgefleurd door bloemen. Onder de ramen liep een rotstuintje, en links van de tuin was een rozenhaag die bijna altijd in bloei stond, geplant door Rebekah toen ze net was aangekomen.

Naast het huis, aan de andere kant van de rozenhaag, stond een groot huis met een verwaarloosd gazon. Een jaar na hun trouwen had Frank een poortje laten plaatsen, aangezien hij de buren kende en hij een doorgang tussen de twee huizen wilde.

Naar dit huis tussen de bomen nam Rebekah Bertie mee, en als slaapkamer gaf ze haar de kamer in de linkervleugel, met het groene behang, die uitkeek op de bloementuin.

Maar Bertie stelde nergens belang in. Ze had er geen behoefte aan om mensen te ontmoeten of bezienswaardigheden van de stad te zien. Ze zat het grootste deel van de dag in een schommelstoel op de veranda, terwijl ze onverschillig uitstaarde over de tuin. Ze had nauwelijks oog voor de papegaai die in zijn kooi boven haar hoofd zwaaide en naar haar riep. Haar handwerk lag onaangeroerd in haar schoot.

Zelfs Frank, met al zijn gepraat en gelach, kon haar niet tot leven wekken. Soms nam hij vrienden mee naar huis voor een potje biljart. Dan gebruikten ze tegen elf uur een laat avondmaal en kwamen daarna de veranda op om te roken. Bertie glipte dan naar bed en toonde geen belangstelling voor hen.

Ze was altijd precies op haar kleding geweest. Als kind was ze dol op kleurige linten en schoenen. Maar nu droeg ze dezelfde witte jurk totdat die smoezelig en gekreukt was.

Rebekah had nooit naar een verklaring gevraagd voor haar plotselinge wens om de boerderij te verlaten, en evenmin had Bertie er een gegeven. De naam John-Ferdinand kwam nooit tussen hen ter sprake. Als de verwijdering tussen haar neef en haar zus was veroorzaakt door een misverstand, dan was Rebekah daar diep in haar hart niet rouwig om.

Met slechts één dienstmeisje van gemengde afkomst had Rebekah haar handen te vol aan het huishouden en de kinderen om veel tijd met haar zus door te brengen. Wel bracht ze haar koppen soep en bordjes fruit. Ze kocht ook stof voor nieuwe jurken, die Bertie wegborg in een la zonder er iets mee te doen.

Nu en dan kwam de buurvrouw van de andere kant van de rozenhaag met haar borduurwerk bij Bertie op de veranda zitten. Het was mevrouw Drummond. Ze was een tengere vrouw met zo'n lange nek en taille dat wanneer ze zat, of wanneer ze naast een andere vrouw stond, ze bijna lang leek. Ze ging altijd prachtig gekleed: wat ze ook droeg, het was altijd elegant en perfect uitgedacht. Als ze van sjaal of vest wisselde, ging dat nooit zonder bijpassende broche en oorbellen. Ze was even zorgvuldig gekleed in de ochtend, met een katoenen omslagdoek om haar schouders en in mat zilver gevatte maansteentjes in haar oren, als in de middag, wanneer ze mousseline en kant uit India droeg, of in de avond, wanneer ze tere Chinese zijde droeg en diamanten sterretjes als oorbellen. Haar zitkamer werd opgesierd door draperieën van zachte Indiase zijde en oosterse tapijten. Nergens was een scherpe lijn of kale hoek te bekennen. De gordijnen waren bijeengenomen met gouden filigraan dat kleurde bij het bruin en goud van het behang. Haar theekopjes van echt porselein kleurden bij haar pantoffels, en beide harmonieerden met haar Indiase voetenbankje. Mocht je op de laan een strik oprapen die van een jurk was gevallen, dan kon je die meteen als de hare herkennen door zijn gracieuze, soepele val. Andere vrouwen probeerden haar jurken en de draperieën in haar zitkamer te imiteren, maar die van hen haalden het nooit helemaal bij de hare.

Hoewel ze niet mooi was, was mevrouw Drummond te gracieus om onopvallend te zijn. Haar haar was donker noch licht. Ze had grote witte tanden die volgens sommigen vals waren en volgens anderen echt. Wanneer ze glimlachte, wat ze voortdurend deed, ontblootte ze haar tanden met een korte, abrupte beweging van de bovenlip, die onafhankelijk van de rest van haar gezicht leek te bewegen: de lip werd opgetrokken om daarna even plotseling weer te zakken.

Haar gezicht was lang, net als haar nek en lichaam, en rechthoekig. Ze zat over het algemeen liever dan dat ze stond of liep: zo maakten haar lange nek en taille haar rijzig en elegant, terwijl de kortheid van haar benen verborgen bleef. Ze leunde graag voorover terwijl ze haar handen over haar schoot liet hangen en haar hoofd enigszins opzij keerde, aangezien daarmee haar kaaklijn goed uitkwam, naar ze wist haar sterkste punt.

Zij en haar man waren twee jaar voor Rebekahs trouwen uit Engeland gekomen. Haar man vertrok algauw op reis naar de binnenlanden van Afrika, terwijl zij in Kaapstad bleef. Vanuit Centraal-Afrika was hij doorgereisd naar India en Birma en het Verre Oosten, en hij was al die zeven jaar niet teruggekomen.

Toen mevrouw Drummond net was gearriveerd, waren mannen heel attent voor haar en imiteerden vrouwen haar kleding en manier van doen. Nu ging ze echter bij de mannen over de tong in hun sociëteiten en rookkamers. Bij haar aankomst had ze gezegd dat ze achtentwintig was, en nu zei ze nog steeds dat ze achtentwintig was. Ze vroegen zich af of ze ooit nog eens jarig zou worden. En die wrong van blond haar op haar achterhoofd, was die echt of namaak? Ze vonden het leuk om haar maniertjes na te doen. Maar de vrouwen bleven haar jurken kopiëren, zij het minder vaak dan eerst. En zowel mannen als vrouwen kwamen naar haar croquetpartijtjes. Ze ging naar recepties en dansavondjes, en werd op dansavondjes nog steeds ten dans gevraagd, zij het minder veelvuldig. En zowel jonge meisjes als oudere vrouwen waren het erover eens dat alles wat mevrouw Drummond droeg of deed wel moest zijn 'zoals het hoorde'.

De langdurige afwezigheid van haar man was aanleiding voor wat grove grappen. Nu en dan stonden de vrouwen er serieuzer bij stil, maar het was zo geleidelijk gegaan dat het al met al weinig aandacht trok. Ze had altijd gezegd dat hij over zes maanden zou terugkomen, of over acht maanden, of volgend jaar (dat zei ze nog steeds), en ze had gepronkt met de fraaie zijden kleding en borduursels die hij haar naar haar zeggen vanuit het Oosten stuurde. Tegen haar vriendinnen zei ze dat hij haar elke week schreef en er altijd naar verlangde om weer bij haar te zijn. Ten slotte vonden de mensen de kwestie hun aandacht niet langer waard.

Mevrouw Drummond kende Rebekahs man Frank al vóór zijn trouwen: zij en haar man hadden hem ontmoet op de stoomboot toen hij op weg naar huis was na een bezoek aan Europa. Zij was het die, toen hij trouwplannen had, het huis voor hem uitkoos naast het huis waar zij kamers huurde, en hem hielp bij het inrichten. Zij en hij waren beiden muzikaal en zongen enige tijd bij dezelfde zangvereniging en in hetzelfde kerkkoor. Maar tegen de tijd dat Bertie er kwam wonen zagen ze elkaar niet veel meer. Frank was weg bij het koor. Hij deed inmiddels mee met de grappen van de andere mannen over de achtentwintig jaar en de haarwrong. Het poortje dat hij in de rozenhaag had laten aanbrengen zodat hij gemakkelijker bij haar kon komen om samen te musiceren werd niet langer gebruikt, het pad werd overwoekerd door gras.

Bertie was echter nauwelijks gearriveerd of mevrouw Drummond kwam langs met het aanbod om tijd met haar door te brengen omdat ze maar zo zelden de deur uit ging. De meeste middagen wipte ze aan met over haar arm een zijden tasje – variërend al naargelang haar ensemble – met het handwerk dat ze altijd maakte voor kerkbazaars. Soms babbelde ze tegen Bertie over haar handwerk en over de bazaars, dan weer vertelde ze haar over haar vriendinnen in Engeland, over haar vader de legerofficier buiten dienst, over hun huisje op het platteland. Weer andere keren praatte ze over de cadeaus die haar man haar stuurde vanuit het Verre Oosten, en over wat een bolleboos hij was. Hij had een hele kist vol manuscripten, zei ze, die hij niet wilde publiceren omdat hij daar gewoon geen zin in had, al had hij er een hoop geld aan kunnen verdienen. Over het algemeen praatte ze echter over jurken en over de prijs van spullen in de winkels in Kaapstad. En nu en dan diste ze roddels op over mensen die Bertie nooit had ontmoet, waarom een bepaalde dame nooit bezoek kreeg, of hoe een zeker jong meisje door eigen toedoen over de tong ging.

Rebekah kwam nooit bij hen zitten, maar liet thee en cake brengen. Vaak bleef mevrouw Drummond zo lang dat ze er nog zat als Frank 's avonds thuiskwam.

In de eerste dagen van hun huwelijk was Rebekah altijd naar de voordeur gelopen om haar man te begroeten. Vanaf het hek riep hij dan: 'Waar is mijn Braverikje?' en floot hij haar. Tegenwoordig kwam ze hem, hoewel hij niet langer riep of floot, nog altijd tegemoet wanneer ze de klik van het hek en zijn voetstappen op het grindpad hoorde.

Vandaag zei hij, terwijl hij haar zijn tas overhandigde: 'Geweldig nieuws! Wat denk je: de onberispelijke John-Ferdinand schrijft dat hij gaat trouwen met ene Veronica Grey, een dame die voor haar gezondheid op jullie boerderij heeft verbleven. Hij zegt dat jij haar kent.' Hij lachte: 'John getrouwd!'

Terwijl ze zijn tas aannam, wierp Rebekah een blik op Bertie in haar schommelstoel op de veranda. Bertie zat kaarsrecht en staarde uit over de tuin. Onmiddellijk trok Rebekah haar man naar binnen. Maar Bertie moest hem hebben horen lachen: 'Ik vraag me af of hij haar heeft gevraagd of zij hem! Niet te geloven! Die heilige John!'

Toen Rebekah terugkeerde naar de veranda was Bertie daar niet meer, al lag een van haar pantoffels onder de schommelstoel.

Bertie verscheen niet bij het avondeten: ze voelde zich onwel, zei ze. De volgende dag was ze zo onwel dat Rebekah een dokter liet komen, die zei dat ze aan bloedarmoede leed en rust en een versterkend middel moest nemen.

Bertie bracht enkele weken voornamelijk liggend door, at weinig, kwam maar zelden de veranda op om mevrouw Drummond tegen haar aan te laten praten, leek dikwijls half in slaap. Aan de korte wekelijkse briefjes die ze gewoonlijk naar huis stuurde kwam een eind.

Rebekah zorgde ervoor dat de verloving van John-Ferdinand nooit in Berties bijzijn ter sprake kwam. Ze had graag willen voorkomen dat ze de brieven van hun moeder onder ogen kreeg, die vol nieuws stonden over de voorbereidselen voor het huwelijk.

Daarna volgde het nieuws over de bruiloft. De brieven stonden er vol mee: Rebekah sloeg haar zus angstvallig gade. Maar Bertie leek een vreemde verandering te ondergaan. Het liggen was ten einde.

Ze leek ontwaakt uit een slaap. Ze was actief, rusteloos. Ze lachte en kwebbelde en stoeide wild met de kinderen, van wie ze eerder nauwelijks nota had genomen. Ze maakte jurken van de stof die Rebekah had gekocht. Plotseling wilde ze met alle geweld een hele kamer binnenstebuiten keren. Ze schudde zelf de kleden uit en lapte de ramen. Daarna repte ze zich naar mevrouw Drummond voor advies over het opsieren van een nieuwe hoed. Na terugkomst ging ze een bloembed schoffelen, of ze stormde naar de keuken om een cake te bakken. Ze leek tot alles bereid behalve uitrusten of alleen zijn.

Toen de nieuwe jurken eenmaal waren voltooid, drong mevrouw Drummond erop aan dat Bertie naar haar croquetpartijtjes kwam en zich aan mensen liet voorstellen. Algauw kreeg ze uitnodigingen voor dinertjes en dansavondjes. Aangezien Rebekah nooit uitging, moest dat onder de hoede van mevrouw Drummond gebeuren, of met Frank. Mevrouw Drummond leerde haar dansen. Algauw regende het uitnodigingen zodat ze continu bezig was met het afkrijgen van een nieuwe jurk of het verstellen van een oude. Ze leek voortdurend bevangen door een lichte koorts van opwinding.

Frank nam haar mee naar concerten en voorstellingen, trots op de aandacht die zijn mooie schoonzusje alom oogstte.

Toen kwam het whistavondje waar Bertie met mevrouw Drummond naartoe zou gaan. Half gekleed en geknield zat Bertie met haar rug naar Rebekah gekeerd zodat deze haar haar kon doen, al die tijd rusteloos pratend over de jurk die mevrouw Drummond zou dragen en over hoe ze de oude trouwjurk die Rebekah haar had gegeven zou vermaken tot een dansrok voor haarzelf. Plotseling keek ze midden tijdens het praten om. 'Rebekah,' zei ze, 'je lacht me uit, hè?' Ze draaide zich om en klemde haar armen om Rebekah heen. 'Ik praat over niets anders dan jurken en dansen, je zult me wel zo'n dwaas vinden! Maar, Rebekah, als jíj iets wilt vergeten kun je lezen en nadenken – jij bent zo knap – en je hebt ook nog je kinderen, terwijl ik... ik ben zo dom... ik kan er niets aan doen!'

Ze legde haar hoofd tegen Rebekahs borst en begroef het daar als een kind. Rebekah drukte haar lippen op de blote witte schouder.

'Rebekah, je laat me toch niet teruggaan naar de boerderij? Je laat me toch wel hier blijven? Ik kan nooit terug... ik wil niet terug... nooit, nooit! Beloof het me! Beloof het me!' Daarna, zonder Rebekah tijd te gunnen om te antwoorden, sprong ze op en rende naar haar eigen kamer om zich verder aan te kleden.

Dit was de eerste en de laatste keer, zowel toen als ooit daarna, dat Bertie direct of indirect naar John-Ferdinand en zijn relatie met haar verwees.

Binnen luttele maanden ontving Bertie drie huwelijksaanzoeken. Een van een rijke jongeman wiens landgoed grensde aan het minuscule fruitkwekerijtje dat Rebekah voor zichzelf had aangeschaft. Hij had Bertie door de wijngaard zien lopen met Rebekahs kinderen, uitgezocht waar ze woonde en een kennismaking met haar geregeld. Een ander aanzoek kwam van een Engelse officier die Bertie bij mevrouw Drummond thuis had ontmoet: hij bracht enige tijd door op de Kaap onderweg naar India en vroeg haar de vierde keer dat hij haar zag ten huwelijk. Het derde was van een straatarme jonge ambtenaar met wie ze enkele keren had gedanst.

Ze wees hen allemaal af.

Frank en mevrouw Drummond vonden het maar dwaas dat ze de Engelse officier afwees, die hen allebei had benaderd om zijn aanzoek kracht bij te zetten. Hij had een groot privéinkomen, was van aristocratische komaf en een prima kerel. Maar de enige gegadigde die haar leek te interesseren was de jonge ambtenaar. Ze huilde toen ze Rebekah vertelde hoe ellendig hij eraan toe was toen ze hem afwees. Ze zei dat ze niet meer ging dansen als mensen er daardoor zo ellendig aan toe raakten. Maar haar rusteloosheid en haar afkeer van stil of alleen zijn dwongen haar al snel weer om uit te gaan.

Rond deze tijd kwam er een brief van John-Ferdinand met de mededeling dat hij en zijn vrouw een kort bezoek aan Kaapstad zouden brengen, aangezien het na hun trouwen niet van een huwelijksreis was gekomen. Hij verzocht Rebekah kamers voor hen te boeken in het belendende pension, waar mevrouw Drummond haar eigen kamers had en waar John-Ferdinand had gelogeerd toen hij eerder in Kaapstad was.

Rebekah boekte de kamers, maar tegen de tijd dat John-Ferdinand en zijn vrouw arriveerden waren zij en Bertie met de kinderen naar haar boerderijtje vertrokken. Alleen de bedienden waren nog in hun huis in Nuweland, aangezien Frank ook niet thuis was, maar aan het jagen op het platteland.

Rebekah had het boerderijtje gekocht toen ze twee jaar getrouwd was, deels van geld dat haar vader haar had gegeven als huwelijkscadeau, deels door het afsluiten van een hypotheek. Aanvankelijk had haar man luidkeels de spot gedreven met het idee, maar aangezien ze onder huwelijkse voorwaarden waren getrouwd en hij niet verantwoordelijk was voor haar schulden, en aangezien hij bovendien niet erg geïnteresseerd was in zaken die hem niet rechtstreeks betroffen, stak hij er geen stokje voor.

Inmiddels kon het boerderijtje zelfs zijn goedkeuring wel wegdragen: het bespaarde de kosten van een bezoek aan zee wanneer de kinderen er eens uit moesten, en het huishouden werd gratis van fruit en groente voorzien. Rebekah had een oud Duits echtpaar in de arm genomen om, geholpen door een knecht van gemengde afkomst, het boerderijtje te bestieren en reed er zelf heen wanneer ze ook maar een halve dag vrij had. Tijdens dagen dat haar man van huis was om te jagen of vissen, wat regelmatig gebeurde, verbleef ze er met de kinderen totdat hij terugkwam.

Ze had zelf geholpen bij het repareren van het dak van het oude huisje en het stuken en witten van de muren. Ze had eigenhandig bomen en wijnstokken geplant en geënt. Ze hield van werken in de buitenlucht. Ook bestudeerde ze boeken over wijnbouw, zodat ze, als ze mettertijd de twee aangrenzende wijngaarden zou kunnen kopen, wijn kon maken.

Aangezien Veronica nooit eerder in Kaapstad was geweest, brachten zij en haar man hun eerste dagen door met bezichtigen. Daarna stelde hij haar voor aan mevrouw Drummond. 's Morgens, wanneer hij doorgaans door de dennenbossen wandelde met een boek, zat Veronica klokke elf aan de koffie in de privéwoonkamer van mevrouw Drummond. Het tweetal verschilde zowel lichamelijk als geestelijk, maar ze hadden overeenkomstige genoegens. Dus zat Veronica kaarsrecht op een stoel met een hoge rugleuning vierkanten te breien voor een lappendeken, terwijl mevrouw Drummond op een lage sofa zat, met haar hoofd een beetje schuin, en zorgvuldig de tinten zijde uitkoos voor een altaarkleed dat ze aan het maken was. Ze spraken over hun handwerk en de prijs van spullen in de winkels in Kaapstad. Mevrouw Drummond kwetterde onafgebroken over de nieuwtjes van de dag, vooral de nieuwtjes die het naburige huis betroffen, terwijl Veronica luisterde.

Mevrouw Drummond zei dat Rebekah na haar trouwen aanvankelijk veel uitging met haar man, naar dansavondjes en uitvoeringen en dinertjes, maar na ongeveer een jaar hield ze daarmee op en ging nergens meer heen. Ze zei dat Rebekah nooit etentjes gaf, behalve soupertjes die ze zelf bereidde voor vrienden van haar man die met hem kwamen biljarten, soupertjes waar ze nooit vrouwen voor uitnodigde en zij zelf ook niet bij aanzat. Ze zei dat ze het vreemd vond dat ze een biljarttafel hadden terwijl het huis zo klein was en ze zich maar één huisbediende en een stalknecht konden veroorloven. Ze had reden om te geloven dat Rebekah de biljartkamer zelf had bekostigd. Ze had hem laten bouwen als verrassing voor haar man terwijl die op zakenreis was. Ze nam aan dat ze hem liet bouwen om hem thuis te houden. Vrouwen hadden niet veel met Rebekah op, zei ze. Ze kon niet één vrouw bedenken die daar het afgelopen jaar nog op bezoek was geweest. Niet veel vrouwen wisten zelfs maar dat ze bestond, omdat ze nooit naar de kerk ging. Mannen hadden net zo weinig met haar op als vrouwen: ze had daar nooit een man op bezoek gezien behalve wanneer haar echtgenoot thuis was. En het vreemdste van alles was dat Rebekah uitgerekend naar het boerderijtje was gegaan, met Bertie en de kinderen, op het moment dat Veronica zou komen (ze bekeek Veronica onderzoekend van over haar lappen zijde).

Veronica zei dat Rebekah altijd vreemd deed.

Mevrouw Drummond beaamde het. Dat deed ze inderdaad, zei ze: ze spitte altijd in de tuin met een schop van mannenformaat, op plekken waar mensen haar heel makkelijk konden zien over het hek. Iemand had mevrouw Drummond verteld dat toen Rebekah op haar boerderijtje was, men haar via een ladder het dak op had zien klimmen om een rokende schoorsteen te repareren.

Sommige vrouwen werden met mannelijke trekjes geboren, zei Veronica. Aan Rebekahs moeder kon het niet liggen, haar moeder was een heel lieve, vrouwelijke vrouw.

Mevrouw Drummond had ook heel wat te zeggen over Bertie. Over hoe saai ze had geleken toen ze er net was, en hoe ze erop vooruit was gegaan. Ze sprak over haar danslust en haar jurken en over de Engelse officier. Ze mocht Bertie meer dan Rebekah, zei ze.

Veronica zei dat ze dacht dat ze Rebekah het meest mocht van de twee, ook al deed ze zo vreemd en gedroeg ze zich niet altijd aardig en vrouwelijk. Ze zei dat Bertie in haar ogen te hard haar best deed om de aandacht van mannen te trekken.

Mevrouw Drummond trok abrupt haar bovenlip op en hield haar hoofd nog wat schuiner. Ze zei dat sommige mensen onwillekeurig de aandacht van mannen trokken en wierp een heimelijke blik op Veronica's hoekige schouders en op de platvoeten die onder haar eenvoudige rok vandaan staken. Ze noemde het een wonder dat sommige vrouwen überhaupt aan de man kwamen. Maar op dat moment waren Veronica's ogen op haar vierkante breiwerk gericht.

Mevrouw Drummond zei dat een vrouw naar haar mening aandacht aan haar uiterlijk diende te besteden, maar dat Rebekah als ze ging winkelen in de stad altijd dezelfde oude bruine zijden jurk droeg, die ze hoogstens elk jaar een beetje met de mode mee veranderde om niet al te zeer uit de toon te vallen. Een vrouw die het zich kon permitteren een biljartkamer te laten bouwen moest zich beslist beter kleden, zei ze.

Zij en Veronica brachten al hun ochtenden samen door. 's Middags gingen ze soms winkelen in de stad. En anders, tenzij het haar croquetmiddag was, dronken ze thee met John-Ferdinand onder de eikenbomen, uit haar tere porseleinen kopjes.

Op de laatste dag van hun bezoek aan Kaapstad stelde Veronica haar man voor om Rebekahs huis en tuin te gaan bekijken: Rebekahs moeder zou zo teleurgesteld zijn als ze terugkwamen en haar daar niets over konden vertellen. John-Ferdinand wist wel zeker dat zijn broer en schoonzuster daar geen bezwaar tegen zouden hebben, dus gingen ze ernaartoe. Eerst kuierden ze door Rebekahs tuin.

Daarna, omdat de voordeur niet op slot zat, gingen ze naar binnen. John-Ferdinand nam plaats in de zitkamer om hun boeken te bekijken, terwijl Veronica het huis inspecteerde.

De stalknecht was de paarden aan het afrijden, het dienstmeisje rustte uit in haar kamer aan de andere kant van het erf. Veronica ging van kamer naar kamer. In de eetkamer nam ze nota van de voorwerpen op de schoorsteenmantel en het buffet, van Rebekahs naaimand en naaimachine op de tafel. Ze keek uitgebreid rond in Rebekahs slaapkamer en naar de spullen op de kap- en wastafel. Ze verkende Franks kleedkamer, met zijn grote toilettafel en nieuwe tapijt en gerieflijke luie stoel. Ze liep verder naar de kinderslaapkamer en probeerde de deurkruk van Rebekahs studeerkamertje, dat bereikbaar was vanuit de kinderkamer, maar het studeerkamertje was het enige vertrek in het huis dat was afgesloten.

Ze verkende de keuken en bijkeuken en bekeek wat er op de planken stond. Ze liep via de gang naar de biljartkamer en bestudeerde de biljartkeuen, die ze nog nooit eerder had gezien, tilde de hoes van ongebleekt linnen op om het groene biljartlaken te bekijken. Ze ging de logeerkamer binnen, die nu Berties slaapkamer was, en wierp een blik op de jurken die in de kleerkast hingen en de rij laarzen en schoenen onder de kaptafel. Ze opende en bekeek de nieuwe kapdoos op de tafel, met in echt zilver gevatte borstels en flesjes reukwater, die Bertie via de post voor haar laatste verjaardag had gekregen van een onbekende bewonderaar. Ze liep zelfs het erf op en keek onder de deksels van de waterreservoirs voor de badkamer. Toen ze alles had gezien wat er te zien viel, keerde ze terug naar de zitkamer.

John-Ferdinand zat met zijn ellebogen op de tafel en zijn hoofd in zijn handen zo aandachtig omlaag te kijken dat hij Veronica pas opmerkte toen ze achter hem kwam staan en haar grote koele handen over zijn ogen legde. 'Wie ben ik?' vroeg ze met gespeelde ernst. Hij gaf geen antwoord, maar pakte haar handen en legde ze op zijn schouders.

'Waar ben je zo in verdiept?'

'Alleen maar dit,' zei hij, niet naar een boek wijzend, maar naar een fotoalbum. Op de opengeslagen pagina voor hem prijkte een foto van Bertie, gemaakt op verzoek van haar ouders. Mevrouw Drummond, die Bertie had vergezeld naar de fotograaf, had erop gestaan dat het in avondkleding zou gebeuren zodat haar mooie armen en schouders goed zouden uitkomen. Om een naar zijn mening doeltreffend beeld te krijgen had de fotograaf haar hoofd enigszins over haar schouder gedraaid en haar kin wat opgetild, zodat de lijnen van haar hals en opgeheven kin niet verloren zouden gaan. In haar linkerhand had hij een bosje kunstbloemen gedrukt, dat ze tegen haar borst hield. Hij had haar overgehaald haar lippen tot een glimlach te plooien.

De foto zelf had meer weg van een denkbeeldig soort schoonheid in een boek met gravures dan van de echte Bertie. Verloren waren de eenvoud en directheid van haar manier van doen, bijna grenzend aan onbeholpenheid, die de kern van haar schoonheid vormden.

'Hij is erg mooi genomen, vind je niet?' zei Veronica. 'Ze maken hier zulke mooie portretten! Heel mooi, en ten voeten uit!'

Hij nam haar handen van zijn schouders, trok haar naast zich, liet haar neerknielen. Met haar gezicht tussen zijn handen declameerde hij:

En zie hoe puur, hoe lief het is
het aanzicht van mijn vrouw!

Een lichte blos steeg naar Veronica's wangen. Hij trok haar dichter naar zich toe. 'Mijn vrouw,' zei hij. 'Ik wil je iets bekennen.' Maar daarna zweeg hij.

'En wat dan wel, man van me?'

'Ik heb je weleens verteld,' zei hij, 'op de dag dat we ons verloofden, dat ik me ooit erg aangetrokken voelde tot mijn nichtje, maar dat we een meningsverschil hadden en dat ik vond dat ik niet met haar kon trouwen. Maar één ding heb ik je nooit verteld: dat ze zelfs nadat ze de boerderij had verlaten nooit uit mijn gedachten was. Waar ik ook ging, overal leek ik haar te zien. Ik durfde niet terug te gaan naar de oude boerderij omdat die me zo sterk aan haar herinnerde.

Ten slotte schreef ik haar een brief om te zeggen dat ik zonder haar niet kon leven, en om haar te vragen terug te komen naar de boerderij en met me te trouwen.

Die avond, toen ik naar de boerderij reed, was dat deels om de brief aan de bediende te kunnen geven om op de post te doen. Maar toen was jij zo lief voor me, weet je nog? We zaten op de stoep en ik haalde de passage van Tennyson aan die je zo mooi vond. Bij jou zijn leek me rust te brengen, alsof ik haar niet langer voor me zag. Dus heb ik de brief niet gepost. Al heb ik dat destijds niet beseft, het moet jouw invloed zijn geweest die me ervan heeft weerhouden hem te sturen.'

'Ja, liefste!' zei ze.

'Maar weet je, ik vernietigde de brief niet. Wekenlang hield ik hem op zak. Ik had hem elk moment kunnen versturen. Toen kwam de dag dat je me kwam helpen in het huis. Zelfs op dat moment had ik nog het gevoel dat ik dat huis misschien wel gereedmaakte voor haar. Maar schat, weet je wat er die dag gebeurde? Terwijl we samen op de veranda stonden, was het alsof een kracht die sterker was dan ik me naar je toe trok: jij was het die mijn vrouw zou worden!

Diezelfde nacht heb ik de brief verbrand. En nu, wanneer ik híérnaar kijk' – hij streek met een hand over de foto – 'voel ik helemaal niets meer. Ze had nooit iets voor me kunnen betekenen, nooit kunnen zijn wat jij bent. Dus: ik heb gesproken. Vergeef je me, mijn schat?'

Ze trok zijn hoofd omlaag zodat zijn wang op haar haar kwam te rusten. Maar op dat moment hoorden ze het dienstmeisje binnenkomen. Veronica stond op om uit te leggen hoe het kwam dat ze daar waren.

Die nacht lagen Veronica en John-Ferdinand in bed in het naburige pension. De wind blies door de dennenbomen en liet de eiken in de laan met hun takken kraken en zachtjes op de daken van de huizen slaan. John-Ferdinand, gewekt door de wind, lag ernaar te luisteren. Hij hoorde Veronica woelen.

'Ben je wakker?' vroeg hij.

'Ik heb nog niet geslapen.'

Hij trok haar dichter naar zich toe.

'Je maakt je toch geen zorgen over iets wat ik je vanmiddag heb verteld, mijn liefste? Je weet dat dat allemaal voorbij is.'

'O, ja!' zei ze.

'Vertrouw je me volkomen?'

'O ja, mijn schat!'

Ze lagen naar de wind te luisteren die aan de takken van de bomen rukte.

'Is er écht niets wat je dwarszit, mijn liefste?'

'Nee, niets, schat. Althans' – ze aarzelde – 'er is misschien één klein dingetje, zó ontzettend klein dat je me wel dwaas zult vinden! Je moet het maar zeggen als ik het mis heb, jij weet altijd zoveel beter dan ik wat juist en verstandig is.'

'Wat is het, mijn liefste?'

Ze sprak langzaam, enigszins lispelend zoals een kind zou doen. 'Het is zoiets kleins, zo minuscuul, maar weet je, sinds we getrouwd zijn ben ik altijd een beetje treurig geweest dat je me niet helemáál vertrouwt.'

'Wat wil je weten? Want er is niets wat ik weet of voel of denk dat ik niet met jou zou willen delen!'

'O, het is maar iets kleins! Ik heb me weleens afgevraagd' – haar gemompel werd nog zachter – 'waarom je me nooit hebt verteld waar jij en Bertie ruzie over hadden. Je zei dat jullie een meningsverschil hadden, maar je zei nooit waarover. Zelfs vandaag heb je me dat niet verteld.'

Even was hij stil. 'Dat heb ik je niet verteld,' zei hij ten slotte, 'omdat het meer haar zaak is dan de mijne. Ze heeft me niet laten beloven het aan niemand door te vertellen – ze heeft niets van me verlangd – maar ik ging ervan uit dat ze me in vertrouwen nam. Ik zou het nooit aan iemand anders kunnen vertellen dan jou, want jij bent niemand anders, jij bent mij, wie ik ben. Wanneer ik tegen jou spreek, spreek ik echt tegen mijn eigen ziel.'

'Je moet me niets vertellen, lieve schat, wat je liever voor je houdt. Ik zou er nooit aan twijfelen dat wat jij beslist het juiste is. Dat weet je net zo goed als ik.'

'Maar ik wil het je vertellen, mijn liefste! Er mag niets zijn wat tussen ons in staat!'

Hij draaide zich op zijn zij en trok haar dichter tegen zich aan, zodat hun lange rechte gestalten elkaar van schouders tot voeten raakten.

'De reden dat ik niet met mijn nicht kon trouwen,' zei hij, 'was deze.' En hij vertelde haar het verhaal van de huisonderwijzer, Percy Lawrie, en van de kleine salon in de bush waar Bertie en hij elkaar hadden getroffen en ze het hem had opgebiecht.

Een halfuur later waaide de wind nog net zo hevig als eerder, maar het echtpaar lag in diepe slaap met verstrengelde handen en zijn adem op haar gezicht.

De volgende ochtend, zodra hun hutkoffers waren dichtgesnoerd, ging John-Ferdinand naar het station om een huurkoets te bestellen. Hij keerde eerder terug dan verwacht, omdat hij er in de laan al een was tegengekomen.

Veronica, met haar reismantel al aan en haar hoed naast zich, zat gebogen over de kaptafel iets te schrijven. Ze meende het dienstmeisje te horen, dat spullen kwam halen. Toen John-Ferdinand achter haar kwam staan, schrok ze en spreidde haar handen uit over het vel papier.

'Wat is dat?' vroeg hij.

Een lichtroze gloed verspreidde zich over haar gezicht. 'Een kleine verrassing voor jou. Een geheimpje. Iets wat je niet mag weten.'

Hij drukte zijn wang tegen de hare en hielp daarna het dienstmeisje de bagage naar beneden te brengen. Een uur later reden ze door Kaapstad op weg naar de haven.

'Kunnen we even stoppen bij het postkantoor?' vroeg Veronica. 'Ik moet een brief posten. Iets wat ik ben vergeten te bestellen bij een winkel en wil laten opsturen.'

Bij het postkantoor bood hij aan de brief voor haar te gaan posten, maar ze zei dat ze het zitten beu was en het liever zelf deed.

De brief was gericht aan mevrouw Drummond, maar in een groot rond handschrift, heel anders dan het kleine hoekige van haarzelf. Toen hij eenmaal in de brievenbus lag, konden ze naar de haven rijden. Twee uur later voeren ze naar hun huis in de Oostprovincie.

ZEVEN

Na hun terugkomst van de fruitkwekerij was Rebekah druk in de weer om het huis op orde te brengen. Dus had niemand er erg in dat Bertie, toen ze mevrouw Drummond ging opzoeken, niet zo lang wegbleef als anders. Evenmin was er iemand om op te merken dat mevrouw Drummond die dag niet bij haar op bezoek kwam, noch de volgende dag of de dag daarna.

Maar de dag daarop, toen Bertie op de veranda zat te naaien, verscheen mevrouw Drummond met haar naaitas en nam plaats in de lage rieten stoel tegenover haar. Dus besloot Bertie dat ze zich alleen maar had ingebeeld dat mevrouw Drummond niet zo happig was om haar te zien.

Mevrouw Drummond merkte op dat het een mooie middag was en zei iets over het nieuwe frivolitépatroon dat ze aan het knopen was. Bertie gaf antwoord. Ze zaten er een tijdje zwijgend bij, terwijl de rijke warme lucht van de bloementuin naar hen opsteeg. Toen zei mevrouw Drummond, zonder op te kijken, dat Berties nicht, de echtgenote van John-Ferdinand, een erg aardige vrouw leek. Ja, zei Bertie, en dacht mevrouw Drummond niet dat het mooier zou zijn als ze de mouw van het babyjurkje dat ze aan het maken was afwerkte met een taksteek? Mevrouw Drummond antwoordde dat ze dat ook vond. Toen was het weer stil, met alleen het geluid van de naald van Bertie en het spoeltje van mevrouw Drummond.

De papegaai, die had zitten slapen, werd wakker en gooide een paar mieliekorrels op Berties hoofd.

Mevrouw Drummond boog haar hoofd opzij. ‘Ben je als meisje nooit naar school geweest?’ vroeg ze.

'Nee,' antwoordde Bertie. 'Mijn zus heeft me uit haar oude boeken lesgegeven en mijn moeder heeft me leren naaien.'

'Dus je hebt nooit les gehad van een echte onderwijzer?'

'Nee. Dat wil zeggen,' voegde Bertie er haastig aan toe, 'ooit heb ik een paar maanden lang thuis les gehad.'

Mevrouw Drummond liet haar hoofd nog lager zakken.

'Dat was dan zeker een dame die je kwam lesgeven?'

'Nee, het was een man. Maar hij bleef niet lang. Die sinaasappels die ik u gisteren heb gestuurd, denkt u niet dat die precies goed zijn voor marmelade?'

'Jazeker,' antwoordde mevrouw Drummond, en ze keek Bertie recht in het gezicht.

Even hoorde Bertie niets anders dan het geklik van het frivolitéspoeltje terwijl het draaide om de draad af te rollen, en het getik van haar eigen naald. De bloemengeur was overweldigend.

'Ja, de schil van de sinaasappels is uitstekend, erg dik,' zei mevrouw Drummond.

'Ik zal de thee eens gaan halen,' zei Bertie, en ze stond op. 'Die zal Rebekah inmiddels wel hebben gezet.'

'O, nee, dank je,' zei mevrouw Drummond. 'Ik moet onmiddellijk gaan, ik krijg mensen op de thee.' Het bolletje frivolitégaren viel van haar schoot toen ze opstond. Bertie snelde toe om het voor haar op te rapen. 'Wat staat de tuin van je zus er toch mooi bij! Ze lijkt altijd meer bloemen te hebben dan wie dan ook, en ze ruiken nog lekkerder ook! Goedemiddag.'

Daarna trippelde het kleine figuurtje in haar met grote figuren versierde zijden kimono de tuin en het poortje in de rozenhaag door en het gazon over naar het huis daarachter.

Toen mevrouw Drummond weg was bleef Bertie zitten naaien in de schommelstoel. De rode blos op haar wangen veranderde geleidelijk in roze en verbleekte toen.

De volgende dag was het de dag van mevrouw Drummonds wekelijkse croquetpartijtje, maar ze stuurde niemand om te vragen of Bertie kwam. Bertie hielp Rebekah met het inmaken van de sinaasappels die ze van het boerderijtje hadden meegebracht. 's Avonds ging ze naar mevrouw Drummond toe om uit te leggen waarom ze niet was langsgekomen.

Ze trof mevrouw Drummond aan in haar slaapkamer voor de ladekast, bezig met het opruimen van de inhoud. Mevrouw Drummond leek afwezig: ze onderbrak haar werk niet en keek nauwelijks op. Na een tijdje te hebben gekletst, ging Bertie weg.

De twee weken daarna zag ze niets van mevrouw Drummond, tot ze haar toevallig inhaalde op de laan. Mevrouw Drummond sprak over enkele aankopen die ze in de stad had gedaan en nam afscheid bij het hek. Er ging nog een week voorbij zonder dat ze haar zag. Twee keer liep Bertie tot aan de rozenhaag met de bedoeling haar te vragen of ze haar ergens mee had gekwetst. Beide keren bleef ze staan met haar hand op het poortje en keerde om.

Toen kwam er een woensdagavond waarop Bertie naar een feestje zou gaan in een huis in de buurt. Het zou een dansfeest voor jonge mensen zijn ter ere van de vijftiende verjaardag van de dochter des huizes. Aangezien de meeste dansers onder de dertig zouden zijn hoefde ze niet door een oudere vrouw te worden begeleid. Bovendien ging Frank ook. Naarmate hij ouder werd ging Frank liever naar dansfeestjes en picknicks waar jonge meisjes waren dan naar die met vrouwen van zijn eigen leeftijd.

Omdat zij een grote spiegel had, nam Rebekah Bertie mee naar haar eigen kamer om haar aan te kleden.

Bertie stond voor de deur van de kleerkast. In de tulen jurk die Rebekah haar had helpen maken was ze net een witte hortensiabloem. 'Vind je hem niet mooi?' vroeg ze. 'Ik vind hem prachtig!'

Rebekah stond achter haar en bekeek de jurk kritisch. 'Als je bloemen draagt, moet je haar hoger,' zei ze. Ze ging op een voetkrukje staan en rolde de ingedraaide achterlokken los om ze hoger weer op te steken.

Met haar zachte, lage, lijzige stem vroeg Bertie: 'Rebekah, heb jíj nooit naar dansfeestjes gewild? Hou je niet van dansen?'

'Jawel,' zei Rebekah. 'Als kind danste ik graag. Ik ging vaak naar de kloof en dan danste en zong ik en draaide met uitgestoken armen rond tot ik duizelig werd en moest gaan liggen om bij te komen.'

'O, ik bedoel niet dansen in je eentje!' zei Bertie. 'Ik bedoel met mooie jurken en andere mensen die je ten dans vragen. Ik vind het niet leuk om weg te gaan terwijl jij alleen achterblijft. Je zou er zo mooi uitzien als je mooie jurken droeg net als ik! Je zou net een elfje lijken! Lijkt het je niet leuk om met andere mensen te dansen, Rebekah?'

'Misschien,' antwoordde Rebekah, 'als je iemand had die je erg graag mocht, en als jullie helemaal alleen waren... als je eindeloos kon dansen en dansen zonder dat er iemand anders bij was, dan zou het misschien wel beter zijn dan in je eentje dansen... misschien wel beter dan bijna alles. Zo is het wel goed, denk ik.' Ze stapte van het krukje af.

Bertie stond roerloos met haar armen langs haar zij. 'Ja,' zei ze dromerig, 'wat zou het fijn zijn om met iemand te dansen die je erg graag mag. Dat heb ik nog nooit gedaan. Maar weet je, Rebekah, nu maakt het me maar weinig uit met wie ik dans. Het licht en het geluid en het almaar ronddraaien, dat is waar ik van hou. Mannen zijn zo aardig voor me, allemaal. En de meisjes ook: ze vinden het niet erg dat ik zo vaak ten dans word gevraagd. Aardig van ze, hè?'

'Heel erg.' Rebekah speldde een witte, half ontloken roos op de borst van haar zus.

'Weet je, ik vind het zo heerlijk om een kamer binnen te gaan terwijl iedereen naar je kijkt en vindt dat je er mooi uitziet. Dan kruipt er zo'n fijn gevoel door je lichaam. Dat vind ik echt heerlijk. Ben je ooit naar een bal geweest, Rebekah, een echt bal?'

'Toen we net getrouwd waren, ging Frank er naar een. Ik was graag met hem meegegaan.'

Ze haalde een zwarte jurk uit de kast van ragfijne zijdezachte stof, bespikkeld met piepkleine zilveren pailletjes. Ze hield hem bij de schouders omhoog.

'Wat prachtig!' riep Bertie uit. 'Ik heb nog nooit zo'n jurk gezien. Van wie is die?'

'Ik heb hem voor mezelf gemaakt.' Bertie kwam dichterbij om eraan te voelen. 'Mevrouw Drummond had er zo een uit Parijs, maar dan wit. Frank zei dat het de mooiste jurk was die hij ooit had gezien.

Toen ze hem niet meer wilde, heb ik hem als patroon van haar gekocht. Ik heb elk pailletje apart uitgeknipt en erop genaaid. Ik heb er drie weken over gedaan.' Ze draaide de jurk om. 'Dit was de guirlande die erbij hoorde,' zei ze, en ze hield een guirlande van matzilveren blaadjes omhoog.

'Je moet er beeldschoon uit hebben gezien,' zei Bertie. 'Je tanden, je donkere haar, en de pailletten: net als de nacht! Vond Frank hem mooi?'

'Hij vond hem niet onaardig, zei hij.'

'Draag je hem nu nooit meer?'

'Nee, ik bewaar hem gewoon.'

'Rebekah, denk je dat als mevrouw Drummond jouw vriendin was, dat ze... dat ze dan echt om je gaf? Dat ze... dat ze dan niet... de kant van iemand anders zou kiezen, tegen jou?'

'Ik weet het niet, liefje. Ik weet maar heel weinig van mevrouw Drummond. We hebben niets gemeen. Ik begrijp haar niet.'

Op dat moment klonk de stem van Frank uit de hal, die riep dat Bertie moest opschieten, anders zou het gaan regenen voordat ze op weg gingen. Rebekah hulde haar zus in de grote rode zijden avondmantel die ze voor zichzelf had gemaakt en verpakte Berties satijnen dansschoenen in zilverpapier zodat ze die in haar hand kon dragen.

'Niet de sokken stoppen, hoor,' fluisterde Bertie, terwijl ze zich omdraaide en wegliep. 'Die doe ik morgen allemaal.'

Frank stond in de hal te wachten. De avond was inktzwart, het voelde alsof het ieder moment kon gaan regenen. Rebekah zag erop toe dat ze allebei een paraplu en regenjas meenamen en bleef met een omhooggestoken kaars in de deuropening staan om hen bij te lichten over het pad naar het hek. Toen hun schimmen verdwenen waren, keerde ze om en ging naar de kinderkamer, waar ze bij elk bed even keek of het slapende kind was toegedekt. Daarna liep ze, met de brandende kaars nog in de hand, verder naar het kleine kamertje waarvan ze een studeerkamer voor zichzelf had gemaakt.

Het kamertje was nauwelijks groter dan een kast, maar het had een raam dat uitkeek over het rotstuintje en een deur naar de tuin. Het bood plaats aan een groot bureau met lades en een oude leunstoel. In een hoek stond een hoge vitrinekast voor de fossielen en insecten die ze had meegebracht van de boerderij. Aan de muur hingen drie boekenplankjes en op een houten sokkel stond een tien centimeter hoog Herculesbeeldje van verkleurd marmer. Dat had ze met mevrouw Drummond geruild voor een lap groene zijde die ze als huwelijkscadeau had gekregen. Haar man had het beeldje in Italië gekocht, vertelde mevrouw Drummond haar. Hij had het, samen met wat andere spullen die hij niet wilde, achtergelaten toen hij naar het Verre Oosten vertrok.

Op een plank rechts van het bureau stonden poëziebundels en boeken over wetenschap, geschiedenis en reizen, allemaal goedkope, stukgelezen uitgaves, op een fraai nieuw in kalfsleder gebonden exemplaar van Darwins *Het variëren der huisdieren en cultuurplanten* na, dat ze ook van mevrouw Drummond had gekregen, in ruil voor een paar potten rozen. Het was uit Engeland gekomen, geadresseerd aan haar man, maar aangezien hij nu in de Japanse bergen zat en haar had gezegd dat ze hem niets hoefde te sturen, stond ze het graag aan Rebekah af.

Links van het bureau stonden schoolboeken en beknopte bundels over natuurwetenschap, die ze grotendeels had gekocht met het zakgeld dat ze van haar moeder kreeg voor het drogen van perziken. Die boeken waren inmiddels heel erg oud. Het gevoel dat ze ervoor koesterde was als dat van een volwassen ree voor een bergstroom die ze als jong hertje had gevonden toen ze alleen rondzwierf en stierf van de dorst: de ree had sindsdien misschien heel wat betere, helderder stromen geproefd, maar het water daarvan zou nooit zo lekker zijn als het water dat ze zelf had gevonden.

Tussen de boeken stond een grammatica van Cornwallis waarmee ze achter haar vader aan was gehobbeld terwijl hij het land ploegde, in een poging hem te laten uitleggen wat een voorzetsel was. Er stond een *Principia Latina* van Smith, met afgesleten gouden belettering, die ze op haar negende had gekocht van de drie shilling en een sixpence die haar vader haar had gegeven nadat hij zijn woloogst had verkocht: ze had hem gekocht in een winkel met boeken in de etalage en de hele weg naar huis tegen haar borst gedrukt. Ze wist dat de mensen zouden lachen als ze hun vertelde dat ze Latijn wilde leren, maar als ze 's avonds op haar kamer zat en de oefeningen deed bij het licht van een talgkaars die ze van oude Ayah had afgetroggeld, voelde ze zich gelukkig bij het idee dat ze eindelijk alles zou leren wat de Romeinen wisten.

Er stonden ook wat goedkope vertalingen van Griekse en Latijnse werken, die ze had gekocht toen ze besefte dat ze nooit voldoende Grieks en Latijn zou beheersen om ze in de oorspronkelijke taal te lezen.

Op de onderste plank stonden een stuk of zes dunne natuurwetenschappelijke deeltjes met bruine omslagen. Ze had er een advertentie voor in de krant zien staan en geld gestuurd naar een boekhandelaar in Kaapstad. Toen het pakket met de post was gekomen, was ze met de boeken op haar bed gaan liggen, licht in haar hoofd van blijdschap.

Het deel 'Plantkunde' was haar dierbaar omdat ze eruit had geleerd hoe ze de onderdelen van bloemen moest bestuderen en het haar haar pijnlijke verlangen had helpen bevredigen om te begrijpen waarom bloemen waren zoals ze waren. Van het deel 'Geologie' hield ze ook, maar daar was ze door van haar stuk gebracht omdat het, net als het deel 'Plantkunde', voor mensen in Engeland was bedoeld en de beschreven planten en stenen en fossielen niet in Afrika te vinden waren.

Haar vader had zijn eigen planken met oude bruine boeken, maar die interesseerden haar nauwelijks, op die over geschiedenis na: ze verklaarden de wereld om haar heen niet, hoe die was. Maar de grote oude atlas die hij haar had gegeven bewaarde ze boven op de houten kast. Ze kon urenlang liggen met de opengeslagen atlas op haar knieën en het deel 'Geografie' naast zich om naar de verschillende landen en zeeën te kijken en zich die voor te stellen, zich te verbeelden dat ze daar was, vooral in China en Japan en Groenland en Zuid-Amerika, totdat haar hart zwol van blijdschap, van het gevoel dat ze overal op de wereld was.

Op een van de planken stonden wat boeken met verhalen en poëzie voor kinderen, maar de boeken op de bovenste planken bevatten in haar ogen veel meer poëzie. Die betekenden zoveel voor haar dat als ze tachtig zou zijn en er plotseling iemand naar haar toe kwam met een van die boeken in de hand, haar hart een sprongetje zou maken terwijl ze werd overspoeld door herinneringen aan de honger naar kennis van een vurige jonge ziel die voor het eerst haar blik op het leven richt.

Vaak als ze 's avonds in haar studeerkamertje zat, stelde ze zich voor hoe grootse kunstwerken zouden zijn, of grootse orkestmuziek. Ze had geen van beide ooit gezien of gehoord, maar ze droomde ervan, zoals ze ervan droomde hoe het zou zijn om bij een gezelschap te horen van mannen en vrouwen die min of meer dezelfde kijk op het leven hadden, die over bepaalde onderwerpen min of meer hetzelfde dachten en elkaar konden begrijpen zonder zich nader te hoeven verklaren.

Het kamertje was niet groot genoeg om erin heen en weer te kunnen lopen, maar daar waar ze almaar om het bureau heen liep was het vloerkleed versleten als een voetpad.

Dagenlang, soms wekenlang, had ze geen tijd om het kamertje in te gaan. Maar ze wist dat het op haar wachtte, en er was altijd wel een stille plek in haar gedachten die eraan beantwoordde.

Vanavond zette ze de mand met stopwerk op de vloer, stak de leeslamp aan en nestelde zich in de leunstoel. Ze had een lange dag achter de rug sinds ze voor dag en dauw was opgestaan om de melk voor de baby te verwarmen, en ze was moe. Ze verwachtte over zeven maanden weer een kindje, en haar buik en benen deden pijn. Maar in deze kamer keken haar boeken vanaf hun planken op haar neer. Achter elk ervan was de geest van een menselijk wezen verscholen die haar eigen geest had geraakt. Samen vormden ze al het intellectuele contact dat ze had gehad. Er stond er niet één omdat het een zeldzaam of oud exemplaar was, of een dure band had. Elk ervan stond er omdat ze er op enig moment innig vertrouwd mee was geweest en ervan doordrongen was geraakt.

Ze trok de mand dichterbij en ging aan het werk. Een uur lang naaide ze knopen aan en stopte versleten plekken. Het was gaan regenen: de druppels vielen met een zacht *ssjj*-geluid op het strodak.

Ze trok haar stoel dichter naar het bureau en haalde een schrift met een zwarte kaft uit de la.

Er lag een aantal van zulke schriften in. Sommige waren gevuld met het scherpe, puntige handschrift van een klein kind dat aan elkaar probeert te schrijven: verzen en verhalen en korte allegorieën op rijm (en één langere allegorie in blank vers, onvoltooid). Eén schrift bevatte een verhaal zo lang als een roman, wél voltooid. Er waren ook prozapassages die ze had overgeschreven uit boeken, passages die ze als kind mooi had gevonden.

Andere schriften waren gevuld met het grotere, rondere handschrift van een meisje tussen de twaalf en twintig. Ook die bevatten verhalen (maar geen verzen). Er stonden eveneens korte opstellen in over abstracte onderwerpen. Eén schrift was een dagboek met losse aantekeningen: gelezen boeken, afgelegde bezoekjes, geplante zaden en heel af en toe toekomstplannen, zoals landen om te bezoeken, boeken om te schrijven, wetenschappelijke kennis om te vergaren, allemaal met absoluut zelfvertrouwen opgetekend. Nu en dan stond er een hartstochtelijke aantekening van persoonlijke aard, een haast onsamenhangende schreeuw om liefde en vriendschap, maar die kwamen slechts sporadisch voor en waren soms doorgekrast.

Er waren ook wat aantekeningen van na haar trouwen, maar dat werden er steeds minder. Maanden gingen voorbij waarin er niets was opgeschreven. Na de geboorte van een kind, als het nodig was geweest om lange tijd stil te liggen, stond er misschien een verhandeling over een of andere abstracte kwestie, of een allegorie, maar doorgaans waren het alleen korte fragmenten: schetsen voor verhalen, dagboekaantekeningen van praktische aard (op die en die datum was de baby gespeend, of was er een nieuwe bediende aangenomen, of had ze bepaalde zaden geplant). En soms (vaak na een lang interval waarin er niets was geschreven) stond er een cryptische aantekening waarin streepjes en letters de plaats van woorden innamen: 'Kwam onverwachts de biljartkamer binnen. J.D. – onder de tafel. Weggerend. Ach, maakt niet uit, maakt niet uit. J.F.' of 'Alweer – alweer – alweer – vandaag!'

Ze trok het meest recente schrift naar zich toe. Het was vier maanden geleden sinds ze het voor het laatst had opengeslagen. Ze had geen tijd gehad sinds hun terugkomst uit de Oostprovincie. De laatste keer dat ze had geschreven was ze verwikkeld geweest in een lange discussie met zichzelf over de echte oorzaak van die wonderlijke honger naar exacte kennis, naar de naakte waarheid over alle dingen, klein en groot, die zovelen van ons lijkt te kwellen. Ze had geopperd dat we, om enige gelijkenis te vinden met het moderne gevoel voor waarheid, terug moesten naar het leven en denken van Griekenland in de vierde eeuw voor Christus.

Was het niet vanwege de Griekse eerbied voor de werkelijkheid, zelfs voor stoffelijke zaken, dat we ons zo wonderlijk verwant voelden met bijvoorbeeld een Grieks beeld, waarvan elke spier en elk orgaan met plechtige levensechtheid is gehouwen – geslachtsorgaan en knie even devoot gevormd als voorhoofd en oog? Was het niet hun honger naar kennis als doel op zichzelf die ons, wanneer we in vertaling een bladzij uit een boek van tweeduizend jaar oud lezen, het gevoel kan geven dat ze pas diezelfde ochtend is geschreven? En als we onze blik dan op de middeleeuwse kerkvaders richten, is het dan niet precies door hun gebrek aan enig hartstochtelijk verlangen om de aard der dingen te doorgronden dat we ons oneindig veel verder van hen verwijderd voelen, en zelfs van het merendeel van de mensen uit onze eigen tijd, misschien zelfs van de ouders die ons hebben voortgebracht – wezens die, ook al leven ze in het heden, toch tot het verleden behoren?

Wat onthult hij over ons, had ze geschreven, deze honger naar nieuwe kennis, ongeacht of deze nu wel of geen stoffelijk voordeel oplevert? Toch zeker niet dat we betere, deugdzamer mensen zijn dan onze voorouders. Nee, het verschil tussen de twee houdingen weerspiegelt twee tegengestelde opvattingen over de aard van het universum. De oude christelijke opvatting was dat de stoffelijke wereld niet meer was dan een warboel waarin iedere subtiele, bezielde verbinding tussen het een en het ander ontbrak. Maar vandaag de dag heeft de opmars van kennis ons langzaam maar onontkoombaar een volledig nieuwe opvatting opgedrongen. Stap voor stap zijn we tot het standpunt van de Grieken gekomen. Het universum is één geworden, één levend geheel. Stap voor stap heeft de opmars van de wetenschap de als een web met elkaar verweven draden van actie en reactie aan ons geopenbaard die alles wat we zien, alles waarvan we ons bewust zijn, met elkaar verbinden.

> Het prisma dat ik in mijn hand houd kan licht werpen op de structuur van de verste zon. Het fossiel dat ik uit de berghelling opgraaf kan licht werpen op de structuur van de hand die hem uit de aarde haalt. Tussen het leven dat zich roerde in de schepsels die drie miljoen jaar geleden leefden en stierven op de oever van dit meer en het leven dat klopt in mijn hersenen lopen lange, ononderbroken verbindingsdraden. Tussen de ziel binnen in mij en het lichaam waardoor zij handelt, tussen geest en gestel, tussen mens en beest en plant, tussen het leven dat is geweest en het leven dat is, zie ik geen scherpe scheidingslijnen, maar een geweldig, kloppend, eeuwig op elkaar inwerkend geheel.

Hier was ze gestopt. Toen ze de draad de volgende avond weer had opgevat, was ze verder ingegaan op de manier waarop dit nieuwe idee over het universum onze spirituele en morele kijk beïnvloedde. Voor ons, schreef ze, is de zoektocht naar kennis de ware vorm van religieuze verering. De man die zijn leven nederig aan de studie van het spinnenoog wijdt, is niet minder godvruchtig dan de monnik die zijn leven lang bezig is geweest met het kopiëren en verluchtigen van zijn missaal. Voor ons is de zonde tegen de Heilige Geest, de zonde waarvoor geen vergeving bestaat, het bewust, moedwillig de ogen sluiten voor de werkelijkheid.

Hoe, vroeg ze, worden onze persoonlijke betrekkingen dan beïnvloed door deze nieuwe houding jegens de waarheid?

Ze schreef over de moeder die neerkijkt op de pasgeboren baby, slapend tegen haar borst, en ertegen fluistert: 'O, moge je zoeken naar waarheid! Als iets van wat ik je leer onwaar zou zijn, moge je het dan verre van je werpen en voortgaan naar kennis die hoger en dieper is dan die welke ik ooit heb gehad!'

Ze schreef ook over het effect van deze nieuwe, onbuigzame opvatting op emotionele betrekkingen tussen mannen en vrouwen:

> Even dierbaar voor de vrouw van vandaag als voor de vrouw uit het verste verleden is de liefde en tederheid van de man met wie ze is verbonden. Maar de roep van ons hart heeft een verandering ondergaan. Na de roep om hartstochtelijke tederheid klinkt nu nog een andere roep: 'Geef ons waarheid. Geen juwelen, geen gemak, zelfs niet de liefkozingen die we koesteren. We zijn het beu om aan alle kanten in de luren te worden gelegd met smoesjes en schijn. Liefde die niet op naakte oprechtheid berust, die smoesjes vergt en zelfbedrog en het bedrog van een ander, is een geplukte bloem die in het zand is gestoken: ze zal gauw sterven, ze heeft geen echt leven.'

De regen viel nu met bakken uit de hemel, stroomde van het strodak en liep over het rotstuintje en het tuinpad. Zonder er iets van te horen krabbelde ze verder en zette uiteen wat voor effect deze nieuwe houding op onze kijk op kunst had.

Voor mannen en vrouwen die vasthouden aan de oude opvatting, schreef ze, geldt een verhaal of schilderij of standbeeld als een kunstwerk zolang het geen pijn berokkent, geen aanstoot geeft, hoewel het bepaalde aspecten van het leven misschien onderdrukt of de menselijke aard verkeerd voorstelt. Maar voor degenen onder ons die waarde hechten aan oprechtheid, is het in emotionele zin pijnlijk om te zien dat de waarheid moedwillig wordt onderdrukt. Voor ons kan kunst geen kunst zijn, hoe verheven ze ook beweert te zijn, als ze niet datgene bevredigt wat bij ons een oerbehoefte is geworden. 'Als ze de waarheid niet vertelt, betekent ze niets.'

Ze krabbelde maar door, zonder iets van de regen te horen, diep over haar papier gebogen.

Van kunst en literatuur dwaalden haar gedachten naar een aloud probleem dat haar zelfs als kind al had gefascineerd: hoe komt het dat een volk of ras, wanneer het een bepaalde hoogte heeft bereikt, altijd lijkt af te takelen en te worden weggevaagd? Hoe komt het dat de menselijke vooruitgang stokt en uitsterft tot hij – misschien eeuwen later pas – weer in gang wordt gezet door een ander ras of andere klasse in een of andere verre hoek van de aardbol? Is er een onveranderlijke wet, gebaseerd op een aan de menselijke aard inherente eigenschap, die deze stagnatie veroorzaakt? Is het zinloos om te hopen dat de vooruitgang van de mensheid zich ooit volhardend en ononderbroken in één richting zal voltrekken?

Het standpunt dat ze aanvankelijk had ingenomen was dat achteruitgang inderdaad organisch was en om die reden onvermijdelijk. Maar vanavond, terwijl ze om haar bureau heen liep, voelde ze meer voor het tegendeel, namelijk dat er niet voldoende bewijs was voor de onvermijdelijkheid van stilstand en verval. Het bewijs was ontoereikend omdat alle reusachtige sprongen op het gebied van cultuur en sociale structuur beperkt zijn gebleven tot minieme fracties van het menselijk ras.

Zelfs in het geval van Griekenland drong zich de vraag op wat het nu werkelijk was, die uiterst creatieve energie, die hartstochtelijke dorst naar intellectueel inzicht, dat verlangen naar persoonlijke vrijheid, die zoektocht naar fysieke schoonheid, behalve het bezit van dat handjevol mannen dat de dominante klasse vormde. Wat was ze uiteindelijk, die hemelhoog geprezen cultuur van Griekenland, behalve een teer vlies dat over de kolkende massa slaven – en, nauwelijks minder onderworpen, vrouwen – heen lag, die het grootste deel van zijn inwoners vormde? Alle beschavingen uit het verleden – Egyptisch, Assyrisch, Perzisch, Indiaas – wat waren die anders geweest dan het opbloeien van een minieme, abnormaal doorvoede klasse, niet gesteund door enige vitale verbinding met de klassen onder hen of de volkeren om hen heen?

Toen ze de baby hoorde woelen liet ze haar pen vallen en liep naar de aangrenzende kamer. Maar het kind had zich alleen omgedraaid in zijn slaap en lag alweer rustig te dutten. Ze legde de speen van zijn fles vlak bij zijn lippen en keerde terug naar haar werk.

En het individu dan? Waarom wordt de hoogste, meest harmonieuze ontwikkeling van het individu die we ons kunnen dromen nooit bereikt? Waarom lijken de pogingen om die te bereiken altijd te leiden tot intens persoonlijk leed? Zeker niet omdat het ideaal inherent onhaalbaar is, maar omdat er, om het te kunnen bereiken, meer nodig is dan het enkele exemplaar. Wat er nodig is, is de wisselwerking van de gehele samenleving. De droom van individuele perfectie valt in duigen omdat het individu onderdeel is van een organisme en in zijn eentje niet tot volledige ontplooiing kan komen.

> Er hoeft maar één slaaf te zwoegen onder de knoet op een Indische plantage of de vrijheid van elke andere mens op aarde wordt erdoor beknot! Een vol, afgerond mensenleven is voor elk individu onmogelijk zolang er één mens leeft die er niet in deelt!

Maar kan een vrije en gelijkwaardige kameraadschap tussen man en vrouw worden bereikt in een samenleving waarin het bordeel regeert, waarin seksuele relaties door de meerderheid van de mannen vanuit het perspectief van platvloers, zelfzuchtig fysiek genot worden bezien?

Ze stapte over op een nieuwe fase in het betoog. Als het waar was dat de vooruitgang van het hoogontwikkelde individu altijd zou worden belemmerd door de tegenwerking van het minder ontwikkelde, was het dan niet onze plicht, omwille van de mensheid, om de minder ontwikkelde individuen en rassen te onderdrukken en vernietigen? Ze beende door de kamer terwijl ze met de palm van de ene hand op de gebalde vuist van de andere sloeg. Hoe moest ze deze stelling weerleggen?

Om te beginnen: hoe zouden we moeten bepalen welke eigenschappen precies gewenst zijn en moeten worden behouden, en welke eigenschappen hun bezitters in aanmerking laten komen voor vernietiging? Je zou kunnen zeggen – terecht – dat fysieke gezondheid en kracht tot de voornaamste vereisten voor een volledig ontwikkeld menselijk wezen behoren. Maar de bewoners van de Afrikaanse en de Zuidzee-eilanden bezitten deze eigenschappen in de meest volmaakte vorm. Zijn dat daarom de rassen die moeten worden behouden? Je zou kunnen zeggen dat goed kunnen redeneren van essentieel belang is voor de vooruitgang van het ras. Maar stel dat de mens van de rede dat vermogen gebruikt om zijn medemens aan te vallen? Je zou kunnen zeggen: laten we op zijn minst de hopeloos ongezonde exemplaren uitroeien, de tbc-lijders en andere zieken. Maar zo'n wet zou de vernietiging van een Shelley of een Keats verordonneren, terwijl de mens die in volmaakte fysieke gezondheid verkeert maar alleen voor zichzelf leeft, die geen vreugde schept in enigerlei offer voor zijn medemens, de werkelijke ziekte is waaraan de mensheid lijdt.

Maar zelfs als we niet met zekerheid kunnen vaststellen wie van ons zouden moeten worden vernietigd omwille van de menselijke soort, zou je toch zeker kunnen zeggen dat de donkere en primitieve rassen, die zo'n zichtbaar neerwaartse kracht op de mensheid uitoefenen, het verdienen om te worden uitgeroeid.

Maar is deze stelling waar? Duiden gradaties van pigmentatie werkelijk op superioriteit? Zijn de Europese rassen ook maar iets verkieslijker of hoger ontwikkeld dan de Aziatische? Zijn wij Europeanen in al onze ijdelheid niet als de eigenaar die, nadat hij alle rijkdom uit de arbeid van anderen heeft geknepen, in zijn wondermooie kamers vol kunstwerken van ieder volk op aarde om zich heen kijkt en met een tevreden glimlach zegt: 'Dit is allemaal van mij?' Zijn wij moderne Europeanen niet de nieuwkomers, de parvenu's van de beschaving? Hebben wij niet zowel het fundament als veel van de opbouw van wat we bezitten ontleend aan de oude beschavingen van Azië en Afrika, die al volledig ontwikkeld waren toen wij nog als naakte wilden in het rond renden? Kunst, wetenschap, schrift... allemaal is het hun creatie, louter door ons overgenomen. Zelfs onze godsdienst konden we zelf niet uitvinden, maar moesten we overnemen van een donker semitisch volk. Dus het siert ons niet, wij die niets anders zijn dan de getemde kinderen van gisteren, om van primitieve wilden te spreken.

Is het zelfs vandaag de dag, nu we zoveel hebben geërfd, wel zeker dat wij het uitverkoren volk zijn? Was het niet Boeddha die inzag dat uit de ogen van dieren onze kleine broertjes naar ons kijken, dat het leven van geen beest of vogel of insect verschillend is en losstaat van het onze, dat het leven op aarde stroomt als één grote rivier met vele vertakkingen? Behelsde zijn mystieke leer van de transmigratie van zielen niet dezelfde radicale waarheid die 'de evolutie' in andere bewoordingen uitdrukt? Wij noorderlingen met onze lichte huid mogen dan onze zandkorrel hebben bijgedragen aan de totale rijkdom van de mensheid, hoe weinig is er echt van ons en van ons alleen als we om ons heen kijken naar wat we onze beschaving noemen?

En zelfs als we kille argumenten konden opgraven om het uitroeien van inferieure rassen te rechtvaardigen, is het allerbelangrijkste element dat we moeten koesteren om het menselijk leven zijn volle ontplooiing te laten bereiken dan niet gelegen in een sensitieve houding jegens het bestaansrecht van alle andere mensen, een diepgewortelde, aangeboren wil om niet te floreren ten koste van anderen? Zou de samenleving in haar streven om de onwenselijke exemplaren uit te roeien zich niet juist in het hart van haar eigen vooruitgang treffen, en zichzelf daarmee niet een dodelijke wond toebrengen?

We zouden kunnen aanvoeren dat we de grote natuurwet niet in de weg moeten staan, de wet van het recht van de sterkste – dat we, als we die dwarsbomen, het plan van de natuur zelf dwarsbomen om perfectie te bereiken. Zo zouden we ons kunnen verschuilen achter de naam van de wetenschap.

Maar dan zou er vanuit alle grotten, holen en nesten, vanuit de diepten van de zee, vanuit de lucht en vanaf de aarde, vanuit de krochten van de menselijke borst één geweldig 'Nee!' oprijzen dat ons tegensprak. Mens noch vogel noch beest, tot het insect aan toe, is wat het is en heeft alleen kunnen overleven doordat de sterkere op de zwakkere heeft gejaagd. De wet van hun leven en groei en overleving behelst heel iets anders. Overal in de natuur zijn leven en groei en evolutie alleen mogelijk dankzij moederliefde. Leg één koude vinger op het hart van de vrouwelijke soort en binnen vijftig jaar is het leven in al zijn hogere vormen uitgestorven. Het zijn moederliefde en liefdevolle zorg voor de zwakken die overal aan het leven ten grondslag liggen. Hoe hoger ontwikkeld het schepsel, hoe groter de rol is die ze spelen.

Ja, er woedt inderdaad een strijd, en het recht van de sterkste heeft zich doen gelden, maar niet noodzakelijkerwijs de sterkste in enige andere zin van het woord. 'Wat heeft de mensheid niet verloren,' schreef ze, 'met de onderdrukking en onderwerping van het zwakkere geslacht door het qua spieren sterkere geslacht? We hebben een Shakespeare, maar van hoeveel mogelijke Shakespeares zijn wij verstoken gebleven omdat zij hun leven hebben gesleten met het brouwen van bessenwijn en het bakken van taarten voor dikke landjonkers, gesmoord zonder één regel te hebben geschreven, simpelweg omdat ze tot het zwakkere geslacht behoorden?'

Ze sloeg het schrift dicht en legde het weer in de la. Ze was erg moe: ze had drie uur zitten schrijven. Maar het was een verrukkelijk soort moeheid, zoals je voelt wanneer je thuiskomt na een lange wandeling in de buitenlucht. Het goot nog steeds van de regen. Ze leunde achterover en luisterde ernaar. Het gaf haar het gevoel alsof er grote sterke armen om haar heen werden geslagen, alsof een grote sterke hand haar streelde.

Wat zou het heerlijk zijn om een man te zijn! Ze stelde zich voor dat ze haar lichaam hard en sterk voelde worden, gevormd zoals dat van een man. Ze voelde de geweldige vrijheid die zich voor haar ontsloot, geen plek meer waar ze niet kon gaan, de ketenen verbroken, geen wet die zei: 'Dit is voor de man en dit is voor de vrouw.' Ze haalde diep adem en glimlachte. O, hoe heerlijk om een man te zijn en voor schepsels te kunnen zorgen die zwakker en kleiner zijn dan jij! Toen werd dat allemaal een schim en viel ze in slaap.

Ze had misschien een halfuur geslapen toen ze wakker schrok en opsprong uit haar stoel. Het was alsof ze de voordeur met een harde klap had horen dichtslaan. Misschien waren haar man en Bertie thuisgekomen. Ze bleef even staan luisteren, maar er klonken geen stemmen. Ze pakte de lamp en wilde net gaan kijken toen ze zich herinnerde dat de stalknecht zijn vrije avond had en dat hij als hij laat thuiskwam vaak de voordeur gebruikte.

De slaap had haar verkwikt, maar toch voelde ze zich duf en verdwaasd. Ze gaapte, ging zitten, trok haar werkmand naar zich toe en ging verder met sokken stoppen. Ze bedacht dat ze de wasvrouw naar de drie paar verdwenen sokken moest vragen. Daarna vroeg ze zich af of ze de zuurdesem nu zou mengen of tot de ochtend zou laten staan (ze besloot hem te laten staan). Terwijl ze naar de naald keek die heen en weer ging tussen de blauwe draden van de kous werd ze weer slaperig. Toen klonken er een klik van het hek en voetstappen op het tuinpad die ze herkende als die van haar man. Ze stak de talgkaars aan en liep hem tegemoet.

Hij hing net zijn pet op, maar had zijn overjas nog aan.

'Waar is Bertie?' vroeg ze.

'Dat wilde ik jou net vragen. Is ze niet thuisgekomen?'

'Nee, ik heb haar niet gezien.'

'Ze moet hier zijn. Ik had nog wat gedronken met een paar jonge kerels, en toen ik wilde vertrekken kon ik haar niet vinden. Heel gek: ze had haar wandelschoenen achtergelaten, en haar mantel.'

Rebekah deed de deur van Bertie open en haar man volgde haar. 'Ze is hier,' zei ze.

Op het grote ouderwetse hemelbed lag Bertie te slapen op haar rug, met een arm over haar voorhoofd. Ze had haar baljurk nog aan. De sleep lag nat en besmeurd met modder op de schone witte gewatteerde deken.

'Waarom is ze er in hemelsnaam zo tussenuit geknepen?' vroeg Frank. 'Ze danste als een bezetene toen ik de balzaal verliet.'

Rebekah liet hem de talgkaars vasthouden en bukte zich om een kussen onder het hoofd van haar zus te leggen.

'Wat is ze toch fantastisch,' zei Frank. 'Er is op het Schiereiland niet één vrouw zoals zij, nog niet in heel Zuid-Afrika! En zo ongekunsteld! Daar houden mannen van. De jonge Smith sprak me deze week tot twee keer toe aan. Of ik dacht dat ze ooit van gedachten zou veranderen en zijn aanzoek zou aanvaarden, wilde hij weten.' Hij gaapte en rekte zich uit. 'Vrouwen denken,' merkte hij gewichtig op, 'dat mannen ze niet doorzien wanneer ze lonken en flirten en elke kerel die ze tegenkomen proberen te bekoren. Maar dat doen we heus wel! Zo'n vrouw is leuk en aardig om mee te dansen en flirten, maar als een man echt een vrouw zoekt om een gezin mee te stichten, wil hij iets anders.'

Rebekah zat op haar knieën en trok de doorweekte satijnen muiltjes uit. 'Waarom is ze nu toch op deze dingen naar huis gerend?'

'Ik wist wel wat ik deed toen ik een bepaald mevrouwtje uitkoos!' zei Frank, terwijl hij de kaars vasthield en glimlachend op haar neerkeek. 'Er waren een stuk of zes jongedames op het Schiereiland die dachten dat ze zeker van me waren, maar ik wist waar er op een bepaalde boerderij in de Karoo een vrouwtje te vinden was dat niet altijd en eeuwig naar bals en croquetpartijtjes zou rennen en zou lopen flirten met andere kerels en haar man en haar huis zou verwaarlozen... en nog aardig om te zien ook.' Hij tikte zijn vrouw met twee wijsvingers onder de kin terwijl ze met de vochtige muiltjes en kousen langs hem liep. 'En ik accepteerde geen nee ook! Slimme vent, hè? Een vent die weet wat hij wil als hij het ziet!'

Rebekah knipte het doorweekte uiteinde van Berties sleep af. Zodra dat eraf was zou ze droog genoeg zijn om tot de ochtend te slapen zonder dat het kwaad kon. Wat de jurk betrof, daarmee zou het nooit meer goedkomen.

Frank had drie glazen champagne op en was goedgeluimd, buitengewoon tevreden met zichzelf. Normaal gesproken was hij een gematigd man. Op het gebied van drank en persoonlijke uitspattingen in het algemeen zorgde hij dat hij zichzelf nooit meer toestond dan goed voor hem was. Maar twee keer in hun hele huwelijksleven had Rebekah hem in beschonken toestand gezien: één keer toen hij om vier uur 's ochtends thuiskwam en zei dat hij op zijn kantoor was geweest om zijn boekhouding te doen, en één keer bij een andere gelegenheid. Hij kon meerdere glazen drinken zonder er iets van te voelen, maar van champagne raakte hij in een uitgelaten stemming, zodat hij zonniger en spraakzamer werd.

'Ik wist dondersgoed met wie ík zou gaan trouwen,' zei hij, terwijl hij met een waarderende blik naar het bed keek waar Bertie lag. 'Al vanaf die dag op de Tafelberg, toen het begon te hozen en een zeker mevrouwtje de lunchmand met haar regenjas bedekte om te voorkomen dat we met honger naar huis zouden moeten. De andere meisjes gingen ervandoor om te schuilen, die lieve bangerikjes. Ik weet nog dat ik er eentje heb geholpen, een parasol boven haar hoofd heb gehouden. Maar intussen zat ik de hele tijd met mijn gedachten bij een bepaald vrouwtje beneden. Ach, mannen zijn niet zo dom als ze lijken.' Hij lachte. 'Al sinds ze vijf jaar oud was had ik een oogje op haar, maar telkens als ik haar probeerde te kussen vocht ze als een tijgerkat. "Ik hou niet van jou! Je bent lelijk! Ga weg! Kom niet in mijn buurt, akelig rotjoch!"' Hij deed een schel, gekweld kinderstemmetje na en lachte opnieuw. 'Maar die dag op de berg gaf voor mij de doorslag.'

Rebekah had dat verhaal al vele malen eerder gehoord: hij vertelde het graag wanneer hij in een uitgelaten stemming was. Ze had het hem zelfs aan de mannen in de biljartkamer horen vertellen toen ze haar melkpunch prezen.

'Ze ziet er bleek uit,' zei Rebekah. 'Ik hoop dat ze niet ziek is.'

'Ziek! Je had haar moeten zien dansen! Het zal wel in een opwelling zijn geweest dat ze zo door de nattigheid naar huis is gegaan. Met vrouwen weet je het nooit, mijn lieve schat. Dat heb ik lang geleden al ontdekt. Ben ik er niet al zeven jaar met een getrouwd?' Hij zou haar opnieuw onder haar kin hebben getikt als ze hem niet had ontweken. 'Is er nog wat avondeten? Ze hadden goede wijn op het feest, maar niets fatsoenlijks te eten.'

'Ja, ik heb wat klaargemaakt voor je vertrok. Je vindt de lamp en lucifers op het buffet als je binnenkomt.'

Hij zette de kaars neer en liep de kamer uit terwijl hij een van de deuntjes floot waar ze op hadden gedanst.

Rebekah spreidde een omslagdoek uit over Berties voeten en streelde ze zacht. Ze waren roze en vol kuiltjes als die van een baby. Zulke kleine voetjes voor zo'n grote vrouw. Ze zette een kaars met lucifers op een stoel naast het bed, waar Bertie ze zou aantreffen als ze wakker werd, en ging naar de eetkamer.

Haar man zat in zijn witte plastron aan het hoofd van de tafel en straalde vergenoegd.

'Wil je niet ook wat *bobotie* eten? Het is echt heerlijk. Echt niet? Je hebt de afgelopen dagen maar weinig eetlust, heb ik gemerkt. O, ik was helemaal vergeten wat je me vanochtend hebt verteld! Dus ik word de aartsvader Jakob, hè? "Jakob had twaalf zonen en twaalf dochters." Of was het Job?' Hij lachte. 'Zal ik je wat spuitwater inschenken? Dat is waarschijnlijk beter voor je in tijden als deze. Je zult maar een vrouw zijn! De eerste paar maanden zie je altijd een beetje pips, hè?'

Rebekah ging zitten. Hij schonk een glas spuitwater voor haar in.

'Deze bobotie is echt heerlijk, ook al is hij koud!' Hij schepte zijn bord nog eens vol. 'Heb laatst wat bij Brownlee gegeten. Voortreffelijk! Deze kan alleen een pietsie cayennepeper gebruiken. Staat die op het buffet?'

Ze stond op om het voor hem te halen.

'Neem de cognac ook even mee nu je toch staat. Nee, bij nader inzien toch maar niet. Ik heb genoeg gehad. Ik neem wel melk bij mijn spuitwater. Heeft de knecht mijn vislaarzen nog schoongemaakt?'

'Ja, maar hij had geen tijd om de vloer van de biljartkamer te boenen. Dat doet hij morgen voor je terugkomt.' Ze ging weer aan tafel zitten. 'Ik weet niet wat er met het dienstmeisje aan de hand is. Ze laat al haar werk voor hem en mij liggen. Ze was zo goed toen ze er net was. Ik vond haar aardiger dan alle eerdere dienstmeisjes. Maar tegenwoordig doet ze zo vreemd, zo vijandig! Ze botste tegen me op in de gang, terwijl er plek zat was om te passeren. Ze doet ook zo onbeleefd, het lijkt wel alsof ze een hekel aan me heeft. Ik begrijp er gewoon niets van.'

Haar man onderbrak haar bruusk. 'Ik heb me bedacht en neem toch maar een cognacje, als je het niet erg vindt om het te pakken. Een drupje maar. Schenk het maar voor me in, een lepeltje maar, zo ja! Op alleen spuitwater kun je niet slapen, behalve als je een vrouwtje in gezegende omstandigheden bent.' Hij lachte luider dan nodig leek. 'Maar hoor ik daar de baby niet huilen?'

Ze luisterde. 'Ik hoor niets!' Maar ze stond op om te gaan kijken.

Frank at zijn avondeten in stilte op. Hij kwam overeind en liep twee keer heen en weer door de kamer. Daarna liep hij naar het raam dat uitkeek over de achtertuin en trok de zonwering een stukje opzij, maar er was in het donker niets te zien. Hij doofde de lamp en trok zich terug in zijn kleedkamer.

ACHT

Toen Frank en Bertie bij het huis kwamen waar het feest werd gehouden, baadde het in het licht. De veranda en tuin stonden vol Japanse lantaarns, en door de open deuren en ramen kwam muziek, want het dansen was al begonnen.

Een zitkamer naast de hal was omgedoopt tot kleedkamer en Bertie liep er naar binnen om haar buitenkleding uit te trekken. Achter de kleedkamer was een kleine slaapkamer, waar het dienstmeisje mantels en muiltjes opborg. Begeesterd door de muziek kon Bertie nauwelijks wachten: ze wierp niet eens een vluchtige blik op zichzelf in de spiegel voordat ze zich door de hal naar de danszaal haastte.

De meeste dansers waren jonger dan eenentwintig. Dicht bij het raam stond de dochter des huizes wier verjaardag het was, samen met twee andere meisjes en een jongeman. Toen Bertie dichterbij kwam, wendden de meisjes zich af, maar de dochter des huizes nam haar felicitaties in ontvangst en de jongeman praatte kort met haar. Daarna kwamen twee mannen die haar hadden zien binnenkomen van weerszijden van de zaal op haar aflopen. Degene die haar het eerst bereikte vroeg haar ten dans, en al snel vergat ze alles behalve het licht en de muziek en de verrukkelijke werveling van de dans. Zodra de ene dans voorbij was, kwam iemand haar voor de volgende vragen. Soms stelde een danspartner voor om op de veranda te gaan zitten om wat te praten en uit te rusten, maar ze zei altijd dat ze liever wilde dansen. Rond elf uur danste ze met Frank: hij vond het leuk om met haar te dansen, deels omdat hij haar graag mocht, deels omdat ze er goed uitzagen als ze samen dansten, en hij wist dat mannen hem om zijn mooie schoonzusje benijdden.

Na hun dans begaf hij zich naar de achterveranda om te roken en wat te kletsen en te dollen met de jongere meisjes van tussen de twaalf en zestien, die daar spelletjes deden omdat er in de danszaal geen plek voor hen was. Maar Bertie, die danste verder.

Eén keer, gedurende een dans, passeerde ze een meisje dat ze kende, en ze lachte en knikte haar toe. Maar het meisje leek de andere kant op te kijken en merkte haar niet op.

Het goot van de regen, hield toen op, begon opnieuw. Ze hoorde er niets van tijdens het dansen.

Na een tijdje, terwijl het orkest een heel snelle wals speelde en zij daarop rondwervelde, ging er per ongeluk iemand op haar jurk staan. De witte tule die de zijden rok bedekte scheurde van taille tot zoom, en de lange ragfijne volant vloog als een serpentine achter haar aan. Ze ving hem met één hand op en terwijl ze de rok vasthield, knikte ze naar haar partner en rende naar de kleedkamer.

Deze was leeg. Ze inspecteerde de gescheurde rok in de spiegel, nam toen wat spelden van een schaal op de kaptafel en speldde hem vast, beginnend bij de taille.

'Ach de marteling en de angst / Die u niet volgen kunnen,' speelde het orkest. Ze wilde zo gauw mogelijk terug. Terwijl ze diep voorover bukte om de volant vast te spelden hoorde ze, tussen de muziek door, stemmen in de slaapkamer waar de mantels waren opgeborgen. Eerst schonk ze er geen aandacht aan. Toen werd ze getroffen door een naam: die van Rebekah. Twee oudere dames waren naar de achterkamer gegaan om aan het lawaai te ontsnappen en zaten samen te praten. Ze kon niet alles horen wat er werd gezegd, maar wel een deel: 'Vreemd dat ze is gevraagd,' zei de ene stem. 'Ja,' zei de andere, 'maar... de uitnodigingen... drie weken geleden...' (de muziek kwam met een uitzonderlijk luide uitbarsting tussenbeide) 'om haar nu hier mee naartoe te nemen, tussen onze onschuldige dochters!'

Bertie ging verder met het vastspelden van de volant. Ze hoorde 'zij' en 'ze zegt' en 'aan haar'. Toen hoorde ze Rebekahs naam opnieuw, en daarna '... maar misschien wist haar zus van niets.'

Ze bleef roerloos staan, met een speld in haar ene hand. Ze hoorde de naam van mevrouw Drummond en daarna: 'Het was haar onderwijzer.'

Ze liet de speld vallen en staarde de kamer rond met een doodsbleek gezicht. Twee openslaande deuren leidden naar wat struikgewas. Zachtjes maakte ze het haakje los en stapte naar buiten. Haar voeten zakten enkeldiep weg in een bed van rijke, zachte tuinaarde. Met moeite trok ze haar voeten los en vond het grindpad. De Japanse lantaarns waren allang gedoofd en de tuin was in duisternis gehuld. Op de tast zocht ze haar weg door de bosjes, het huis mijdend, tot ze bij het hek kwam, dat ze geluidloos opende. Nu was ze op de laan. Ze sloeg haar rok over haar arm en begon te lopen. Terwijl de wind aan de takken schudde, vielen er druppels op haar blote armen en schouders en langs haar rug. Ze begon te rennen. De rok ontglipte haar greep, en de sleep, die achter haar opbolde, zwiepte door plassen modder en water en nam takjes en dorre bladeren mee. Ze rende sneller en sneller. Ten slotte kwam ze bij het hek van Rebekah. Zacht sloop ze over het grindpad. Er brandde nog licht in Rebekahs studeerkamertje. Stilletjes ging ze het trapje op, stak de veranda over en deed de voordeur open. Toen ze zich omdraaide om hem dicht te doen, glipte hij uit haar natte vingers en sloeg met een harde klap dicht. Ze bleef staan luisteren of Rebekah kwam, maar er was niets te horen.

Op haar tenen sloop ze naar haar kamer en kroop in de ruimte tussen het bed en de muur, waar ze op haar knieën ging zitten, met haar gezicht tegen het behang gedrukt. Het aloude, verschrikkelijke gevoel was terug, het gevoel dat ze jaren geleden achter zich dacht te hebben gelaten. Ze had het weer: er was iets wat haar achtervolgde, achtervolgde, achtervolgde! Ze drukte haar gezicht nog dichter tegen de muur en klemde haar hoofd tussen haar armen. Het was alsof ze door alles in haar naar beneden, beneden, beneden werd getrokken. Het was beter om ingeklemd te zitten tussen de muur en het bed. De muur leek haar overeind te houden.

Had ze het maar niet zo koud! De kou leek uit haar hart te komen en zich over haar hele lichaam te verspreiden. Ze dacht aan niets in het bijzonder, ze had het alleen zo koud.

Ze voelde zich flauw worden en kroop op het bed. Daarna trok de flauwte weg en viel ze in een diepe slaap. Zo troffen Rebekah en Frank haar aan.

Ze sliep lange tijd, een diepe, roerloze slaap. Toen begon ze plotseling onrustig te woelen en te kreunen. Ze droomde. Ze bevond zich in een groot rond theater zoals een circus, van vloer tot plafond gevuld met stoelen, laag na laag, vol met mensen. Zij zat op een stoel ergens halverwege. In de cirkel in het midden van het theater dansten vrouwen met witte jurken. Eerst leek de menigte naar hen te kijken. Toen merkte ze dat de mensen niet langer naar de dansende vrouwen keken, maar om zich heen keken in het theater alsof ze iemand zochten. Ze keek zelf ook om zich heen en zag aan de andere kant van het theater een man met een enorm dik rood gezicht. Ze werd overvallen door een gevoel van afschuw. De man stond op van zijn stoel, wees met zijn enorme dikke rode vinger en riep: 'Daar is ze!' Ze keek om zich heen om te zien wie hij bedoelde... en toen begreep ze opeens dat zij dat was! Laag voor laag, van alle kanten in die gigantische ruimte, staarden gezichten haar aan. Ze wilde zich op de grond laten zakken en zich achter haar stoel verstoppen, maar ze kon zich niet bewegen, het was alsof ze aan de stoel genageld zat. Tussen de gezichten die haar aanstaarden zag ze haar vader en moeder en de bedienden van de boerderij: oude Ayah en Griet. Ze zag alle mannen met wie ze had gedanst. Heel hoog, dicht bij het dak, zag ze John-Ferdinand, met Veronica achter hem, en verder naar beneden mevrouw Drummond met een kanten zakdoek tegen haar lippen. Iedereen die ze ooit had gekend was er.

Toen leek de witte jurk van een van de danseressen in de cirkel te scheuren: er wapperde een lange witte sliert achteraan, die almaar langer werd terwijl de danseressen rondzwierden. Hij bolde op, steeds voller en voller. Hij rimpelde uit tot zacht kabbelende golven en gleed over de hoofden van de danseressen, zodat de cirkel werd gevuld door een zee van mistig wit. Hij rees hoger en hoger, kwam tot de plek waar Bertie zat, sloeg over haar heen en rees helemaal tot aan het plafond, en iedereen stikte.

Met een wilde kreet schoot ze overeind, en voordat ze wist waar ze was, stond ze op de vloer terwijl het koude zweet langs haar lichaam stroomde en het houten hemelbed nog narammelde. Ze probeerde zich te herinneren hoe het kwam dat ze daar stond, in haar kleren, in het donker, maar ze wist het niet. Toen kwam alles stukje bij beetje terug.

Zonder de kaars aan te steken kleedde ze zich uit en liet haar kleren op de grond vallen. Ze zocht op de tast naar haar nachtjapon, kroop in bed en trok de deken over haar hoofd. Ja, het aloude gevoel van vroeger op de boerderij was terug: iets achtervolgde haar, onophoudelijk, en alles in haar zonk naar beneden. Ze trok een kussen onder haar hoofd vandaan, sloeg beide armen eromheen en drukte het tegen zich aan alsof het een mens was. Het troostte haar, leek het gevoel dat ze zonk op afstand te houden. Ze trok de deken nog strakker over haar hoofd. Kon ze alles maar buiten houden!

Toen ze de volgende ochtend wakker werd was het al laat: aan de strepen licht tussen de jaloezieën door kon ze zien dat de zon scheen. Rebekah was kennelijk langs geweest, want op een stoel naast het bed kon ze vaag een blad met koekjes en inmiddels koud geworden koffie onderscheiden.

Ze bleef stilliggen. Het licht deed haar pijn. Kon het maar altijd nacht zijn, dan hoefde je nooit iemand te zien.

Ze hoorde voetstappen het grindpad op komen. Ze tilde een hoek van de jaloezieën op – het was de slagersjongen maar.

Na een tijdje stond ze op en begon in het halfduister schone kousen aan te trekken. Ze trok er één aan en stopte toen, met haar armen om haar knieën. Ze zat er zo roerloos bij dat ze weer in slaap had kunnen vallen.

'Ik ga naar tante Mary-Anna,' zei ze bij zichzelf. 'Ik ga naar mijn tante Mary-Anna!'

Ze trok haar laarzen aan en reeg ze dicht. Haar lippen waren dik, haar gezicht wat gezwollen. In haar blik lag een doffe, koppige vastberadenheid, de enige vorm van kracht die haar gezicht ooit uitstraalde.

Tante Mary-Anna was een zus van haar moeder en van de vader van Frank en John-Ferdinand. Jaren geleden had die haar zus bezocht op de boerderij, en daar een jongeman uit de stad ontmoet met wie ze was getrouwd. Later waren ze naar een stadje verder landinwaarts verhuisd, waar haar man werkte als zaakwaarnemer, en waar twee dochters waren geboren, enkele jaren jonger dan Bertie. Deze dochters waren naar Engeland gegaan om hun school af te maken. Hun moeder had vaak geschreven om Bertie, haar petekind, te vragen of ze een tijdje bij haar kwam logeren terwijl de twee weg waren. Maar Bertie was nooit van zins geweest om de oude boerderij te verlaten, tot de dag waarop ze zo overhaast met Rebekah was vertrokken. Maar nu kwam de gedachte in haar op dat ze misschien haar toevlucht kon zoeken bij haar tante, zo ver overal vandaan. Ze stelde zich de uitgestrekte kilometers glooiende Karoo voor, de rotsen en *koppies*, de hele bergketen daartussen en overal elders. Ze zou eerst met de trein reizen en daarna per postkoets, aldoor maar verder. Het zou dagen kosten om er te komen.

'Ik moet gaan! Ik zal gaan!' mompelde ze, terwijl ze haar laarzen in het halfdonker dichtreeg.

Toen ze Rebekah over haar plan vertelde, was die niet verbaasd. Hun moeder schreef continu om te vragen wanneer Bertie naar huis kwam: het zou een stap op weg naar huis lijken als ze eerst naar haar tante ging. Dus hielp Rebekah haar met inpakken. Ze kon niet de volgende dag vertrekken, zoals ze graag had gewild, omdat de postkoets maar één keer per week ging. Maar drie dagen later was ze weg.

Rebekah had het zo druk dat het niet in haar opkwam om zich af te vragen waarom haar zus van niemand afscheid nam. Omdat er in de postkoets geen plaats zou zijn voor al Berties spullen liet ze de meeste baljurken en chique japonnen in de kleerkast hangen, waar Bertie ze zou vinden als ze volgend jaar op bezoek kwam. Maar Bertie wist dat dat nooit zou gebeuren.

NEGEN

Vier maanden waren verstreken sinds Berties vertrek. De lente was aangebroken. De eikenbomen waren uitgebot in een teer lentegroen. De armen van de dennenbomen stuurden bleke scheuten naar de toppen. Rond het oude zomerhuis in het dennenbos waar Rebekah graag wandelde met de kinderen was de aarde bekleed met een tapijt van klokjesbloemen. Onder de dennen hing de zoete geur van de naalden.

Over twee maanden zou haar kind worden geboren en ze was druk bezig kleren voor de andere kinderen te naaien om te dragen gedurende de maanden dat ze weinig meer zou kunnen doen dan voor de baby zorgen. Ze ging nooit ergens anders naartoe dan naar het dennenbos. Als mensen daar een opmerking over maakten, hoorde ze hen niet. Bertie schreef om te zeggen dat ze het fijn had bij haar tante, en haar moeder schreef om te zeggen dat Bertie daar misschien zou blijven totdat haar nichtjes terugkwamen van hun school in Engeland.

Rebekah was gelukkig. Ze was gelukkig wanneer ze brood kneedde of sla aanmaakte in de bijkeuken, of wanneer ze kinderkleren zat te naaien. Aan strepen middagzon op het vloerkleed beleefde ze een intens plezier, net als aan het liggen luisteren naar de takken van de bomen die tegen het dak waaiden.

Haar man was vaker thuis dan op enig moment sinds hun trouwen. Hij kwam vaak vroeg thuis van kantoor: als ze met de kinderen terugkwam uit het bos trof ze hem dan aan op de veranda, in een schommelstoel, met een tijdschrift of krant in zijn handen en tevreden rokend en glimlachend. Op zondag bleef hij de hele ochtend thuis en inspecteerde de rozen in de voortuin, keek hoe het met zijn paarden in de stal was gesteld of zat gewoon in de schaduw te lezen.

Misschien, dacht ze, zou het leven nu altijd vredig en mooi blijven. Misschien was de periode van strijd en angst voorbij. Aan alles kwam een eind, dus waarom niet ook aan verdriet? Als je maar rustig bleef doorgaan, zou alles dan uiteindelijk niet goedkomen? Soms vroeg ze zich zelfs af of de afgelopen jaren wel zo zwaar waren geweest als ze zich inbeeldde. Ze was net een ezel die, nadat hij een lading naar de top van een heuvel heeft gezeuld, de andere kant af gaat in de veronderstelling dat het omhoog zeulen een droom moet zijn geweest. Ze was geheel tevreden, meer verlangde ze niet.

Zelfs het zwarte dienstmeisje was niet zo onbeleefd als eerder, al bleef ze sloom en stil en voerde ze maar weinig uit. Ze was voor een jaar verhuurd door haar moeder, een respectabele vrouw op een missiepost. Misschien was het omdat ze bang was naar huis te worden gestuurd als ze haar onbeleefdheid te veel de overhand liet krijgen. En de zwarte jongeman die ze sinds hun trouwen in dienst hadden, en wiens enige vaste taken bestonden uit het verzorgen van de stallen en het erf en het schoonmaken van de laarzen, het visgerei en de geweren van zijn baas, behandelde Rebekah uitzonderlijk voorkomend, hielp haar ongevraagd een zware pan op te tillen of het keukenraam te lappen of de tuin te wieden. Soms meende ze hem erop te betrappen dat hij op een haast medelijdende, vragende manier naar haar keek, naar ze veronderstelde omdat hij besefte dat het lichamelijk werk haar niet makkelijk viel.

In de takken van de eikenboom op het erf hadden twee vogeltjes hun nest gebouwd. Ze had gekeken hoe ze er de eerste stokjes en strootjes naartoe brachten. Nu zat het vrouwtje er een groot deel van de dag op, terwijl haar partner haar beetjes voedsel bracht. Over minder dan een maand zouden de kleintjes uit het ei kruipen. 's Morgens vroeg, als ze in bed lag, zag ze hun silhouet duidelijk afgetekend op de jaloezieën voor het raam terwijl ze heen en weer marcheerden over de dwarsbalk van de veranda of dicht tegen elkaar aan zaten.

Ze had geen tijd om in haar dagboek te schrijven, want als haar werk erop zat, moest ze gaan liggen om uit te rusten. Maar onder de dennenbomen, of 's nachts wanneer ze niet kon slapen, las ze veel. Ze had een boek gevonden over korstmos en andere mossen, die ze bijeenzocht op de wortels van de sparren en op de rieten dakbedekking en onder de rozenstruiken, en die ze allemaal op een verschillende manier prachtig vond. Ze bekeek ze onder haar microscoop, die ze in geen jaren had aangeraakt. In alle kleine dingen van het leven stelde ze weer belang, net als toen ze nog een kind was.

Op een zaterdagavond kwam Frank eerder thuis dan gewoonlijk: hij wilde die nacht goed slapen, omdat hij bij zonsopgang zou gaan vissen op een stek voorbij Simonstad. Rebekah pakte zijn lunchmand in en zette die klaar in de vestibule naast zijn hengels en ander visgerei. Ze wenste hem goedenacht en ging naar bed. Met het nieuwe kind in aantocht sliep ze vaak slecht en woelde ze in haar slaap. Frank zei dat hij last van haar had als ze in hetzelfde bed lag. Dus sliep ze nu in de kinderkamer, op een veldbedje tussen het bed van de oudste jongen en het ledikant van de baby, terwijl haar tweede zoon zijn bed naar de hoek van zijn vaders kamer had verhuisd.

Ze was moe, maar fysiek ongemak hield haar uit haar slaap. Ten slotte stapelde ze de kussens op zodat ze half zat en half lag, wat ze als comfortabeler ervoer. Haar gedachten verliepen niet in een heldere en ordelijke lijn, maar op een onsamenhangende manier waarbij beelden en geluiden elkaar afwisselden, zoals vaak wanneer iemand is uitgeput.

Ze zag de keukenplank met zijn rij blikken en het stof dat ze de volgende dag moest afnemen, zag de zak met wasgoed dat ze moest tellen. Ze zag de schaaltjes mos die ze onder de microscoop had bestudeerd, zo teer en minuscuul dat ze met het blote oog niet waarneembaar waren. Ze zag een plek diep in de bush in de kloof bij de oude boerderij, waar de bomen waren bedekt met grijswit mos dat als ruw haar omlaaghing. Het waren twee soorten mos. Ze vroeg zich af of het de mannelijke en vrouwelijke variant van dezelfde soort waren, of dat er verschillende soorten naast elkaar groeiden. Ze vroeg zich af waarom ze dat nooit had onderzocht, en nam zich voor het te doen als ze ooit weer naar de boerderij ging.

Ze zag de plek daar niet ver vandaan, op de bedding van de bergstroom, waar Frank haar ooit naar beneden had getild. Ze leek zijn sterke, stevige handen om haar middel te voelen, en zijn ogen die strak op haar waren gericht met een schitterend intens licht. Haar hart – het hart van een vermoeide, zwangere vrouw die in bed lag – ging sneller kloppen, als het hart van het jonge meisje dat ze was geweest.

Haar gedachten gingen naar de man in de aangrenzende kamer, met zijn zachte, lichte haar dat tegen het kussen was gedrukt en zijn sterke schouder die boven de deken uit kwam. Grote tederheid overviel haar, zoals wanneer je aan een kind denkt. Die mooie jongen, de vader van haar kinderen! Het gevoel rees op en stuwde door haar heen, de oude golf die haar zo vaak, wanneer hij van huis was, 's nachts had doen opstaan om zijn overjas te pakken waarmee ze dan in haar armen verder sliep. Hetzelfde gevoel bekroop haar wanneer ze 's nachts naast hem wakker lag en luisterde naar zijn gelijkmatige ademhaling. Het leek haar het dierbaarste in haar leven, een golf die almaar aanzwol totdat ze vervuld was met rotsvaste hoop: wanneer hij wakker werd zou er voor hen beiden een nieuwe hemel en aarde zijn, dat wist ze wel zeker.

Vannacht voelde ze vooral een diepe wens om dicht bij hem te zijn, om een arm onder de zijne te laten glijden en om zijn middel te slaan, om hem alleen maar te voelen en te horen ademhalen. Ze stond op: ze zou stilletjes bij hem in bed kruipen en achter hem gaan liggen en haar armen om hem heen slaan. Dan, als ze voelde dat ze slaperig werd, zou ze terugsluipen naar haar eigen bed. Dat had ze meer dan eens gedaan zonder hem wakker te maken.

Het was donker in de slaapkamer, maar ze kende die goed genoeg om op de tast naar de rand van het bed te lopen. Haar hand raakte de gewatteerde deken aan op het voeteneind van het bed: deze leek te zijn teruggeslagen. Ze voelde hoger. Het bed was leeg.

Ze streek een lucifer af. Het kussen was ingedeukt op de plek waar het hoofd had gelegen: het laken was nog warm. Haar man was ongetwijfeld naar de stal gegaan. Hij had de afgelopen nachten herhaaldelijk zijn bed uit gemoeten, zei hij, omdat hij de nieuwe hengst met de andere paarden had horen vechten in de stal. De stalknecht sliep zo diep dat hij niets hoorde, hoewel zijn kamer uitkwam op de stal.

Ze aarzelde. Ze overwoog in zijn bed te klimmen en te wachten tot hij terugkwam. Maar hij was altijd boos als hij 's nachts op moest. Hij zou misschien nog misnoegder zijn als hij met haar moest praten.

Ze draaide zich om en wilde teruggaan naar haar kamer. Bij het passeren van het raam bleef ze staan om een hoekje van de jaloezieën op te tillen. De maanverlichte nacht deed haar duizelen. De veranda langs de achterkant van het huis en een deel van het erf was in diepe schaduw gehuld, maar over de rest van het erf liet de maan een laken van helwit licht vallen. De kiezelstenen glinsterden, de witgekalkte muren van de bediendenkamers en de stal leken licht uit te stralen, in die felle gloed leek de kamerdeur van het dienstmeisje bijna zwart. Er stond geen zuchtje wind. Toen zag ze in de deuropening van de keuken haar man, in zijn grijze kamerjas. In plaats van het erf over te steken in de richting van de stal kwam hij aanlopen over de veranda. Toen hij bij het raam kwam waar zij stond, bukte hij zich en deed zijn pantoffels uit. Hij nam ze in zijn hand en liep verder de veranda af, dicht tegen de muur blijvend, om vervolgens weer in het volle maanlicht te treden en te blijven staan voor het groene raamluik van de kamer van de meid. Hij klopte tweemaal zachtjes op het luik. Hoe zacht de klopjes ook waren, Rebekah kon ze horen, kon zijn blote voeten zien op het grind en het maanlicht op zijn blonde haar. De deur ging open en ze zag hem enigszins bukken terwijl hij door de lage deuropening stapte. De deur ging dicht.

Of ze daar vijftien minuten stond of twintig of een halfuur kon ze niet zeggen. Een vlaag kou versteende haar.

Ten slotte ging de deur open. Haar man kwam naar buiten en stak het erf over naar de keukendeur, met het maanlicht vol op zijn gezicht. Ze liet de jaloezieën zakken, ging naar haar kamer en liet zich op het bed vallen.

De tijd verstreek. Het was halfvijf, nog geen dageraad. De olie in de glazen bol van de lamp in haar studeerkamertje was bijna op. In de prullenbak lagen talloze beschreven vellen papier, verscheurd. Bij haar elleboog lag een aan haar man geadresseerde envelop. Ze zakte voorover op haar bureau alsof ze sliep, maar haar onregelmatige ademhaling verried het tegendeel.

Bij het grijze gloren van de dageraad dwong ze zichzelf tot actie. Klappertandend van de kou opende ze de kleedkamerdeur van haar man. Over een stoel hingen de kleren die ze de vorige avond had uitgezocht voor zijn uitstapje. Met een speld bevestigde ze haar brief aan de borst van zijn jas. Daarna keerde ze nog altijd huiverend terug naar de kinderkamer, deed haar peignoir en pantoffels aan en ging op het veldbed tussen de kinderbedjes liggen.

Een uur later hoorde ze de deur van de slaapkamer naar de kleedkamer open- en dichtgaan. Er klonk het geluid van stromend water. Ze deed de deur open en ging naar binnen.

Haar man stond in zijn lange broek en overhemd voor de toilettafel en haalde een rode stropdas onder zijn boord door. Naast zijn scheeretui lag de brief.

Zwaar ademend zei ze: 'Je hebt hem gezien, toch?'

'Die daar! Ja, zeker wel. Maar je denkt toch niet dat ik 's ochtends om vijf uur opsta om brieven te lezen?' Hij inspecteerde zijn kin in de spiegel. 'Vreselijk plekje dit... het scheermes lijkt er altijd achter te blijven haken!' Hij doopte een vinger in een zalfpot met een zilveren deksel en bracht een toefje aan op de plek.

'Ik wist dat je hem nu niet zou lezen,' zei ze op haastige, zachte toon. 'Zoals ik op de envelop heb geschreven moet je hem meenemen en op het strand lezen als je tijd hebt, tussen het vissen door.'

Hij ging volledig op in het bekijken van het plekje. 'Heus, Rebekah,' mompelde hij, 'ik had je wijzer geacht! Waarom zou ik in vredesnaam brieven lezen van iemand die in hetzelfde huis woont als ik en die ik elke dag kan spreken? Er zullen daar een heleboel mensen zijn. Het zou niet erg attent van me zijn om de godganse dag een brief van mijn vrouw te gaan zitten lezen!' Met overdreven traagheid deed hij het deksel weer op de zalfpot.

Rebekah trad naderbij met ineengestrengelde handen. 'O, lees hem alsjeblieft! Alsjeblieft, mijn echtgenoot! Ik ben de hele nacht opgebleven om hem te schrijven. Het was niet mijn bedoeling je te kwetsen. Ik heb geprobeerd aardig te zijn. Hij gaat over iets wat ik weet, iets waar ik achter ben gekomen! Alsjeblieft, alsjeblieft, lees hem!'

Met zijn gezicht nog steeds afgewend zei hij: 'Heus, Rebekah, dit valt me van je tegen! Je was de laatste jaren zo keurig en verstandig dat ik dacht dat dit soort dingen van de baan waren! Jij, de moeder van drie kinderen en op het punt er nog een te krijgen, die zich zo idioot gedraagt!' Hij ging op de stoel zitten en stopte zijn broekspijpen in zijn laarzen. 'Nee, ik ga die brief níét lezen en ik neem hem níét mee!'

Ze knielde neer tussen zijn knieën en keek met radeloze ogen naar hem op. 'Alsjeblieft, lees hem! Ik ben de hele nacht opgebleven om hem te schrijven! Ik word gek als je hem niet leest! Ik hou het niet meer uit! Echt niet!' Ze liet haar vuisten zo snel als vlindervleugels op en neer bonken over de grijze broek waarin zijn krachtige benen waren gestoken.

Hij bekeek haar van bovenaf, niet precies wetend wat hij hiermee aan moest. Toen schudde hij zich los en stond op. 'Toe, Rebekah, stel je verdomme niet zo vreselijk aan! Het gaat zeker weer over mevrouw Drummond: je bent zeker weer jaloers op haar, op dat mens met haar nephaar en kunstgebit en wenkbrauwen die almaar donkerder worden naarmate ze ouder wordt! Het is te gek voor woorden, te gek voor woorden!' Hij pakte zijn colbert van de stoel. 'Als me zo'n ontvangst te wachten staat, kom ik gewoon helemaal niet meer thuis,' kondigde hij aan. 'Ik dacht dat je over die malle hersenspinsels heen was.'

'Lees hem alsjeblieft!' Ze sprak op bijna onhoorbare fluistertoon: 'Ik ben de hele nacht opgebleven om hem te schrijven! Ik heb geen oog dichtgedaan. Help me alsjeblieft!' Ze sloeg met beide handen tegen haar hoofd.

'Waarom ben je dan ook verdikkeme niet gaan slapen! Als je ervoor kiest om de hele nacht op te blijven en jezelf voor schut te zetten, is dat dan een reden om hier bij mij te komen uithuilen? "Iets wat ik weet, iets wat ik weet" – een of ander kletsverhaal dat je uit je duim hebt gezogen. Als je niet maalt om mij of jezelf, denk dan tenminste aan je plicht tegenover het kind. Het kan niet goed zijn voor het kind als je zo doorgaat.'

'Het kind, mijn plicht tegenover het kind? Verzaak ík mijn plicht tegenover het kind?' Ze hief een lange zachte jammerklacht aan, als een geslagen hond.

Hij greep haar bij de arm. 'Rebekah! Wees onmiddellijk stil! Hoe durf je zoveel lawaai te maken in dit huis!' Zijn woede was niet langer gespeeld, ze was echt. 'Wil je soms dat de kinderen wakker worden en naar binnen komen rennen om te kijken wat er loos is? Als je geen gevoel meer hebt voor wat juist is, of schandalig, of betamelijk, bedenk dan alsjeblieft dat ík dat wel heb. Als je je zo gedraagt, zou je helemaal geen kinderen moeten mogen hebben!' Hij pakte zijn handschoenen en het doosje met vishaken en stak ze in zijn zak. 'Ik hoop dat je meer voor rede vatbaar bent als ik terugkom. Op dit moment gedraag je je als een waanzinnige!'

Hij sloeg de deur zo hard achter zich dicht dat de muur leek te schudden. Ze hoorde hem even in de vestibule waar hij zijn hengels en de lunchmand pakte. Daarna hoorde ze zijn voetstappen op het tuinpad, de voetstappen die ze uit duizenden herkende, waarop ze zoveel uren van haar leven had gewacht.

In de laan, vlak voor het hek, liep hij een kennis tegen het lijf. In de vochtige ochtendlucht drongen hun stemmen duidelijk de kamer binnen.

'Waar ga jij zo vroeg naartoe?'

'Vissen. En jij?'

'Een blokje om. Ik word te dik! Was je gisteravond op de sociëteit?'

'Nee, ik ben vroeg naar huis gegaan. Had het een en ander te doen.'

'Dus je hebt het laatste nieuws nog niet gehoord?' De stem van de onbekende man daalde, ze ving alleen af en toe een woord op. Kennelijk een of ander sociëteitsverhaal.

Een vette, joviale bulderlach ontsnapte aan haar man. 'Nou, tot morgen dan maar!'

Het licht van de dageraad scheen nu vol in de kamer. Weldra zou de zon opkomen en zouden de karren van de bakker en melkboer hun opwachting maken in de laan. Ze pakte haar brief en draaide hem tot een stijve rol, waarna ze op het veldbed in de kinderkamer ging liggen, de brief nog steeds stevig in haar hand geklemd, en met wijdopen ogen staarde ze naar het plafond terwijl de balken allengs zichtbaarder werden.

De brief luidde aldus:

ECHTGENOOT,

Je moet deze brief lezen. Ik weet wat er vannacht is gebeurd. Ik weet waar je bent geweest. Maar denk niet dat ik je daarom schrijf.

Wij wonen al jaren samen, maar we hebben elkaar nooit gezegd waar het op stond, of wat we op het hart hadden. Toch zijn we met elkaar verbonden, en alles wat we doen of denken heeft zijn weerslag op de ander. Wanneer ik met je over onze relatie probeerde te praten, legde je me het zwijgen op. Wanneer ik je schreef, las of beantwoordde je mijn brieven niet.

Maar vanavond moet ik schrijven, en jij moet lezen wat ik schrijf.

Ik hou van je, mijn man. O, ik heb zo van je gehouden, jij... (De rest van de zin was doorgekrast.) In de jaren vóór ons trouwen, toen je me ten huwelijk vroeg, en nadat we ons hadden verloofd, heb ik nooit aan je liefde voor mij getwijfeld. Mijn vrees was altijd dat ik niet met zo'n reusachtige en intense liefde van jou zou kunnen houden als jij van mij. Als het aan waarachtigheid en openheid tussen ons ontbrak, dacht ik dat dat te wijten was aan mijn aard. Jouw openhartige, luchthartige aard leek me waarachtiger en mooier dan de mijne, die terughoudender was en misschien complexer. De brieven die je me schreef vanuit Engeland leken me te omwikkelen met een vlam van liefde.

Ook nu is het, soms, alsof ik met jouw brief in mijn hand in de tuin onder de perelaar sta en lees: 'Mijn koningin, mijn koningin, ik heb je nodig! Ik heb alleen jou nodig, mijn liefste!' Mocht je je weleens hebben afgevraagd waarom ik plotseling mijn armen om je heen sloeg in het donker en dicht tegen je aankroop: dat was omdat ik gevolg gaf aan die uitroep.

Vanwege die uitroep kon ik de afgelopen jaren doorgaan met leven. Wanneer ik mijn zelfrespect voelde wegsterven en een loodzware, wanhopige vernedering me bekroop, was het die herinnering die me redde. Ik wil dat je weet dat, wat er ook tijdens onze jaren samen is gebeurd, wat er ook de komende jaren zal gebeuren, ik nooit heb getwijfeld, en nooit zal twijfelen, aan de oprechtheid van de liefde die je toen voor me voelde.

Toen we nog maar twee dagen waren getrouwd, wist ik al dat ik er verkeerd aan deed om te denken dat mijn liefde voor jou niet groot genoeg was: ze welde in me op als een golf die alles op haar pad wegvaagde, zelfs degene die ik vroeger was. Toen we zes maanden getrouwd waren, maakte het bereiden van je maaltijden, het luisteren naar je naderende voetstappen over het grindpad, het kijken naar hoe je zat te roken in de leunstoel, de hele wereld mooi. Ik had maar van één ding spijt: dat ik geen ja had gezegd toen je me de eerste keer vroeg, zodat we de jaren die ik apart van jou heb verspild samen hadden kunnen doorbrengen.

Wanneer je naar dinertjes of dansavondjes ging wilde ik met je mee, omdat ik het prachtig vond om te zien hoe je je onder mensen bewoog en met ze praatte. Het allergelukkigst was ik wanneer ik 's nachts wakker lag en je dicht bij me hoorde ademen.

Na ons trouwen werden de uitingen van je liefde – de woorden, de liefkozingen – minder talrijk. Maar dat leek me juist goed. Wanneer je probeert je liefde kenbaar te maken, moet je erover spreken, zelfs in grove taal, maar als de verbintenis volledig is, dan komt ze tot uitdrukking in de stilte van kameraadschap en vertrouwen. Als ik de behoefte voelde mijn gezicht tegen je knie te leggen, of de krulletjes in je nek te strelen, terwijl jij almaar minder aandrang leek te voelen zoiets bij mij te doen, dan dacht ik dat dat kwam doordat er in het diepst van jouw mannennatuur geen behoefte bestond aan zulke onbeduidende uitdrukkingsvormen, zolang die cruciale verbintenis er maar was.

Zelfs naderhand, als je een dag uit vissen ging, of naar een dansavondje of dinertje, en opperde dat ik misschien beter niet met je mee kon gaan omdat er een kind op komst was, geloofde ik geen moment dat je me niet bij je wilde hebben. Ik dacht gewoon dat je bang was dat ik moe zou worden.

Geen moment, gedurende die eerste anderhalf jaar, kwam de gedachte dat je niet langer van me hield zoals eerder niet in de verste verte bij me op. Geestelijk, ik zou bijna durven zeggen lichamelijk, zou het onmogelijk voor me zijn geweest om te twijfelen aan je trouw, of me voor te stellen dat je mij voor een andere vrouw had verruild, al was het maar in je gedachten, zonder mij daarover te vertellen, even onmogelijk als om me voor te stellen dat een van mijn kinderen een mes in zijn hand had en op het punt stond me in het hart te steken.

Er zijn dingen die je gewoon niet kunt bedenken.

Zelfs als je omringd was geweest door de mooiste, de begaafdste, de briljantste vrouwen ter wereld, dan nog zou het nooit bij me opgekomen zijn hen te vrezen. Wat konden zij voor je betekenen, vergeleken met mij? Ik stond je het naast, mij had je het liefst, ik was je vrouw!

Je zou kunnen vragen of ik niet besefte dat, wanneer een man en een vrouw een tijd zijn getrouwd, ze soms kunnen terugkijken en concluderen dat ze een vergissing hebben begaan, dat hoe trouw en waarachtig hun liefde ooit ook mag zijn geweest, ze iemand anders kunnen vinden die meer voor hen betekent dan degene met wie ze zijn getrouwd.

En mijn antwoord is: ja, daar had ik aan gedacht. Dat leek me een grote tragedie die bij het menselijk huwelijk op de loer lag. Het was vanwege deze angst dat ik, al voelde ik me nog zo hartstochtelijk tot je aangetrokken, twee jaar heb gewacht voordat ik me aan je gaf. Want ik dacht altijd bij mezelf: kan ik hem die liefde geven die eeuwig duurt, tot de dood aan toe, zonder de mogelijkheid dat er een schaduw over valt die haar verduistert?

Pas nadat de omvang van jouw liefde voor en jouw verlangen naar mij alle twijfel aan mezelf had weggebrand, heb ik me aan je gegeven. Zelfs al zou de gedachte aan die schaduw weer bij me zijn opgekomen nadat we waren getrouwd – wat nooit gebeurde – dan nog had ik niet bang hoeven zijn, want ik zou hebben geweten dat, als een van ons beiden zo'n schaduw zag naderen, hij of zij regelrecht naar de ander zou zijn gegaan en die alles zou hebben voorgelegd voor advies en hulp. En ik twijfelde er nooit aan dat twee zielen die elkaar trouw waren een weg naar het licht zouden hebben gevonden.

Maar, zeg je misschien, wist ik dan niet dat er mannen en vrouwen zijn voor wie het huwelijk alleen maar een formaliteit is, die onbekommerd een levenslange verbintenis aangaan, maar voornemens zijn die op een dag te schenden, die zich over de ziel en het lichaam van een ander ontfermen, maar niet schromen om die te bedriegen?

En mijn antwoord is: ja, dat wist ik allemaal, zoals ik weet dat er schurken en moordenaars en gifmengers zijn en mensen die doden op bestelling, zoals ik weet dat er vrouwen zijn op straat die bereid zijn hun lichaam te verkopen, en mannen die zo diep gezonken zijn dat ze het kopen (als ik over straat liep, had ik zelfs weleens gehuiverd bij de gedachte dat ik zo iemand misschien zonder het te weten was tegengekomen). Maar dat dergelijke figuren ooit mijn persoonlijk leven zouden binnendringen en daarin een rol zouden spelen had ik me geen moment voorgesteld. Ik wist dat je veel vrienden en vriendinnen had, en ik zag je graag in hun gezelschap. Je was in mijn ogen altijd een fel stralende zon te midden van de doffe kleurloze massa. Wanneer ik je zag dansen of praten met andere vrouwen, dacht ik: wat een geluksvogel zullen ze me vinden, dat ik bij jou hoor!

Toen stelde je me voor aan mevrouw Drummond. Ik schrok nogal voor haar terug, want ze leek me kil en bekrompen. Maar ik wist dat ze met dezelfde stoomboot was gearriveerd als jij en heel aardig was geweest door je te helpen met meubels kopen en het huis inrichten voor mij, dus probeerde ik beleefd tegen haar te zijn zoals tegen al je vrienden. Ik wist dat je bewondering had voor hoe ze zich kleedde. Ik, die nauwelijks oog heb voor kleding, bewonderde haar ook. Maar ik dacht niet dat je net zo op haar gesteld was als op de meeste andere vrouwen die we kenden, want je liet je vaak geringschattend over haar uit. Als iemand me had verteld dat je net zoveel van mevrouw Drummond hield als van het halve topje van mijn pink, zou ik hartelijk hebben gelachen.

Weet je nog die keer dat je naar dat whistavondje ging? Ik was van plan met je mee te gaan, maar je zei dat het misschien zou gaan regenen en dat ik geen risico mocht nemen zolang ik de borst gaf, dus bleef ik thuis. Ik zat tot halfelf te naaien in de eetkamer. Toen ging ik, hoewel ik wist dat het te vroeg was, in de schommelstoel op de veranda zitten zodat ik je voetstappen zou horen als je thuiskwam.

Ik zat er nog geen tien minuten toen ik je de laan af dacht te horen komen. Je voetstappen stopten bij het hek van de buren en ik hoorde het open- en dichtgaan. Ik dacht dat je een stukje afsneed via het poortje in de rozenhaag, dus ging ik je tegemoet. Maar toen beeldde ik me in dat ik je zag afslaan naar het buurhuis. Ik twijfelde niet, of je ging de bladmuziek halen die je aan mevrouw Drummond had uitgeleend. Maar toen zag ik je silhouet zich aftekenen tegen de zijden zonwering in de woonkamer van mevrouw Drummond. Ik dacht dat je muziek met haar oefende. Ik had zin om ernaartoe te rennen en te gaan zitten luisteren terwijl jullie zongen. Maar ik ging nooit graag naar mevrouw Drummond toe en het motregende. Dus ging ik verder met mijn naaiwerk.

Het was na halftwaalf toen ik je voetstappen hoorde aankomen over het pad aan de voorkant. Je kuste me en zei dat je nogal laat was, maar dat de whistpartij was geëindigd in een gelijkspel zodat je had moeten blijven voor een beslissende ronde. Je gezicht was rood, alsof je snel had gelopen. Ik zei: 'Wat eigenaardig! Ik dacht dat ik je meer dan een uur geleden naar mevrouw Drummond zag gaan.' Je draaide je naar me om en zei: 'Dus je bespioneert me in het donker?' Ik lachte, denkende dat je een spelletje met me speelde. Toen zei je: 'Je beeldt je in dat ik eeuwig en altijd achter andere vrouwen aan zit, dus ben je altijd maar aan het gluren om iets te ontdekken. Ik heb mevrouw Drummond sinds eergisteren niet gezien, toen ze de bladmuziek kwam halen.' En je zei: 'Dat komt ervan als je verteerd wordt door jaloezie: je zet jezelf compleet voor schut!' En je stormde weg.

Elk woord dat je zei was als een klap met een ijzeren staaf. Ook nu, midden in de nacht, of als ik bezig ben met het huishouden, klinken je woorden plotseling in mijn oren.

Wat me schokte was dat je het voor mogelijk had gehouden dat ik aan je zou twijfelen. Ik zei je dat ik dat niet kon. Ik zei je dat ik je liefde vertrouwde. Natuurlijk, toen je zei dat je was opgehouden door het kaarten, besefte ik dat ik me vergist had, dat het een andere man moest zijn geweest bij de buren. Waar je ook ging of wat je ook deed, ik kon nooit aan je twijfelen. Jouw aard was zoveel nobeler en ongecompliceerder dan de mijne, dat wist ik wel zeker. Ik smeekte je me alles te vergeven waarmee ik je onbewust had beledigd.

Ik schreef je een brief om dat allemaal te zeggen. Toen je in diepe slaap was, legde ik de brief op je nachtkastje. Ik stelde me voor hoe je hem de volgende ochtend zou openen en lezen, en me in je armen zou nemen en mijn hoofd op je schouder zou laten rusten en tegen me zou zeggen dat je nooit meer zou denken dat ik aan je twijfelde, en me zou uitleggen hoe het allemaal was gegaan. De hele nacht lag ik wakker achter je rug, wachtend op de ochtend. Maar toen, net toen het licht werd, viel ik in slaap.

Toen ik wakker werd was je al op, en ook de brief was weg. Ik ging naar de eetkamer, waar je net klaar was met ontbijten. Je stond op, kuste me nogal gehaast en zei dat je meteen weg moest om de vroege trein te halen. Nadat je was weggegaan zag ik mijn brief in snippers verscheurd in de prullenmand bij de haard liggen.

Ik begreep niet waarom je niet met me had gepraat over wat ik erin had geschreven. Maar misschien, dacht ik, ging het je nog te zeer aan het hart. Misschien was, hoewel je me had vergeven, de pijn die ik je mannelijke natuur had toegebracht zo hevig dat je er niet rechtstreeks over kon spreken zoals een vrouw zou hebben gedaan. Ik dacht aan de stille vertwijfeling die je moest hebben gevoeld toen een woord van mij je deed geloven dat ik aan je twijfelde. Ik nam me voor om, wanneer we die nacht samen in bed zouden liggen, heel dicht tegen je aan te kruipen en je fluisterend te vragen me uit te leggen wat ik had misdaan. Dat kon je onmogelijk pijn doen.

Ik was ontbijt voor de baby aan het maken toen de meid binnenkwam. Ze zei dat het dienstmeisje van de buren me wilde spreken. Ik zei dat ze haar moest binnenlaten. Ze groette me en gaf me een in elkaar gedraaid stukje papier, dat ze zei te hebben opgeraapt toen ze de vloer veegde en dat naar ze dacht van jou was. Ik maakte het papiertje open. Het bevatte een van de gouden manchetknopen die ik je voor je laatste verjaardag had gegeven met jouw en mijn initialen erin.

Je zult het misschien moeilijk kunnen geloven – ik kan het zelf nauwelijks geloven – maar in het witte waas van verbijstering dat over me neerdaalde was de enige gedachte die bij me opkwam, ook al wist ik dat je tegen me had gelogen, dat je me door mijn eigen toedoen kennelijk zo volledig verkeerd begreep dat je geen eenvoudige, vriendelijke menselijke betrekkingen met een andere vrouw kon onderhouden zonder daar tegen mij over te hoeven liegen. In mijn zinsverbijstering kon ik alleen maar bedenken dat je nota had genomen van mijn kille terughoudendheid jegens mevrouw Drummond, dat je mijn kilte had toegeschreven aan het feit dat ik aanstoot nam aan jouw voorkomendheid jegens haar en dat je als gevolg daarvan het idee had dat je haar niet openlijk kon bezoeken, maar dat voor mij verborgen moest houden. Hoe moeilijk het ook is om te geloven, zo dacht ik erover. Dus nam ik me voor mevrouw Drummond in de toekomst met alle egards en voorkomendheid te behandelen, en je daarmee te laten zien dat ik jouw vriendschap met haar niet verkeerd opvatte.

Ik ging meteen zitten om haar een briefje te schrijven. Ik zei haar dat ik van plan was om die middag in de stad te gaan winkelen, en of ze zo vriendelijk zou willen zijn om de middag in mijn huis te komen doorbrengen zodat de baby niet alleen zou zijn met de meid. Het was de eerste gunst die ik haar ooit had gevraagd, en ik dacht dat ze de bedoeling ervan wel zou begrijpen. Ik nam me voor om de hele middag weg te blijven, tot ver na jouw thuiskomst.

Ik stuurde het briefje met de grootste bos rozen die ik ooit uit mijn tuin had geknipt, en toen het antwoord kwam bracht ik de ochtend door met theecakejes bakken voor jullie twee. Dat leek een kalmerend effect op me te hebben. Ik bleef lang weg om je ruim de tijd met haar te gunnen. Toen ik thuiskwam was ze weg, maar had je ander bezoek: twee vrienden die je voor het avondeten had uitgenodigd. Je leek in een goede bui: na het eten zongen jullie samen komische liedjes en daarna gingen jullie biljarten. Het liep tegen twaalven toen ze weggingen. Ik dacht dat je toen wel iets tegen me te zeggen zou hebben, maar nee, je zei dat je doodop was, stapte in bed en viel met je rug naar me toe in slaap.

De volgende ochtend, voordat je de deur uitging, vroeg ik of je de brief had gelezen. Je lachte, aaide me onder mijn kin en zei: 'Wees toch niet zo'n dwaas vrouwtje, stel je toch niet zo aan,' en weg was je.

Een andere dag stuurde ik mevrouw Drummond bloemen en deelde het dienstmeisje me mee dat ze met vakantie was naar Somerset Strand en nog wel even weg zou blijven.

Ze was twee weken weg toen er bij de ochtendpost een aan jouw kantoor geadresseerde brief zat die per abuis aan huis was bezorgd. Ik herkende het handschrift van mevrouw Drummond. Ik reikte je de brief over de tafel aan, we zaten aan het ontbijt. Het verbaasde me niet dat ze je schreef, ik wist dat je al haar zaken voor haar regelde. Je wierp een blik op het eerste vel, zei dat ze wilde dat je een paar rekeningen voor haar betaalde, vouwde het op en stak het in je zak. Er was een tweede vel, dat je na een blik erop aan mij doorgaf: 'Wat vrouwenzaken voor jou,' zei je.

'Zeg alsjeblieft tegen je vrouw,' schreef mevrouw Drummond, 'dat hier een vrouw is die erg lekkere ingelegde vis maakt als ze daar belangstelling voor heeft.' Ze vervolgde met de prijs en de mededeling dat de vis in stenen potten zat die moesten worden teruggestuurd als ze leeg waren. Zonder onderbreking vervolgde de brief: 'Morgen is het 27 januari, die nooit te vergeten en beste en dierbaarste van al mijn levensdagen, die jou voor het eerst op mijn pad bracht. Weet je nog?' Ik las niet verder. 'Dit is toch voor jou,' zei ik, en ik gaf het vel terug. Waarop jij het verscheurde en in de prullenmand gooide. Daarna pakte je je papieren en ging weg. Ik liep niet mee naar de deur en zei ook geen gedag. Ik bleef gewoon zitten.

Vanaf het moment dat ik die brief had gelezen drong er een brandende pijn mijn hart binnen die nooit meer is weggegaan. Pas later zag ik in wat de brief betekende. Ik dacht geen moment dat je van haar hield of mij lichamelijk ontrouw kon zijn geweest. Desondanks was me duidelijk dat er een vriendschap tussen jullie bestond die sterker was dan je voorgaf, dat ze misschien wel van jou hield, en dat je je door het besef daarvan inbeeldde dat ik je wantrouwde. Ik weigerde verder te kijken: ik liet een ijzeren deur dichtvallen tussen het deel van mijn hersenen dat de waarheid kende en de rest. Maar ik bleef me ervan bewust dat er achter die ijzeren deur een afgestompt en verdoofd deel van mijn hersenen was dat wachtte om tot leven te komen.

Twee dagen later zei je me dat je voor zaken naar Robertson en Worcester moest en vijf dagen weg zou blijven.

De eerste twee dagen hield ik mezelf bezig. Ik keerde het hele huis binnenstebuiten en liet het erf en de buitengebouwen schoonmaken. Op de derde dag kreeg ik een brief met het poststempel Worcester waarin stond dat je over drie dagen terug zou zijn.

De volgende dag zat ik te naaien toen er iets merkwaardigs gebeurde. Ik kreeg het gevoel dat ik naar Muizenberg moest gaan. Ik was in geen jaren in Muizenberg geweest, maar nu ervoer ik een dringende noodzaak om erheen te gaan. Ik droeg de stalknecht op de buggy in te spannen en het dienstmeisje om met me mee te komen en de baby vast te houden terwijl ik reed. Wat voelde ik? Een soort wilde uitgelatenheid en opwinding. Pas toen we een eind gereden hadden, kwam bij me op hoe vreemd het allemaal was.

We kwamen rond het middaguur in Muizenberg aan. Er stond een zuidooster. Het blauwe water glinsterde in de zon. Bij Farmer Peck gaf ik opdracht om de paarden naar de stal te brengen en te voeren. Ze toonden me een slaapkamer waar ik de baby kon neerleggen. Ik zei de meid dat ze bij hem moest blijven zitten.

Net toen ik op weg ging naar het strand zag ik een licht kastanjebruine mantel over een stoel bij de voordeur hangen, gevoerd met zijde en afgezet met bont, die ik herkende als die van mevrouw Drummond. Waarom zou mevrouw Drummond van Somerset Strand helemaal naar Muizenberg zijn gekomen? Een zwaarmoedig gevoel bekroop me: ik wilde haar niet zien op een strand waar ik naartoe was gekomen om gelukkig te zijn. Toen zag ik over diezelfde stoel een mannenjas hangen. Uit de zak hing een blauwe zijden sjaal met witte ruiten zoals ik je voor Kerstmis had gegeven. Dus: jij en zij waren hier.

Even was ik verdoofd. Ik wilde wegkruipen en me verstoppen. Toen stormde ik naar buiten en sprong op weg naar het strand over struiken en stenen heen, terwijl ik met stijf opeengeklemde kaken luidkeels riep: 'Het is een leugen! Het is een leugen!'

Het zandstrand lag er mooi en kalm bij, zonder enige afdruk van een mensenvoet erop, en boven de zee vlogen alleen de meeuwen. Ik bleef stokstijf staan. Was ik gek geworden?

Ik liep langzaam naar het rotsige deel van het strand. Onder me was een grote platte rots waar golven rond de voet spoelden. Ik zag de hoofden van twee mensen die erop zaten. Op het ene hoofd prijkte een zwart mutsje met een verenpluim. De eigenares ervan zei iets. Een stem – de jouwe – gaf antwoord. Ze lachte met dat afgeknepen lachje dat ik kende. Ik twijfelde niet langer.

Ik draaide me terstond om en rende weg. Allereerst moest ik ontsnappen. Ik gaf de stalknecht tien shilling om snel in te spannen. Ik haalde de meid en de baby. De pensionhoudster staarde me aan alsof ik gek was. Met de wind in ons gezicht gingen we op weg. De paarden werden almaar wilder. Ze schopten modder en stenen de lucht in. Enkele mannen die in een veld werkten probeerden ze tegen te houden, denkende dat ze op hol waren geslagen, maar ik schreeuwde dat ze ons met rust moesten laten. Uiteindelijk kwamen we thuis.

Tegen de tijd dat jij thuiskwam, had ik een miskraam gehad. De dokter zei dat ik erg ziek was en hoge koorts had. Ze dachten dat het aan mijn lichaam lag, maar het zat in mijn hoofd. Ik verkeerde in de hel. Dag en nacht hoorde ik de lach van mevrouw Drummond, en jouw stem, die zachte stem die ik zo goed kende, die haar antwoord gaf. Ik kreeg de waarschuwing dat als ik uit bed zou stappen en rondlopen ik zou doodbloeden. Toen ik op de vierde dag bij het ochtendgloren wakker werd, had een merkwaardige kalmte bezit van me genomen. Ik zag alles helder maar van een afstand, alsof het me niet echt aanging.

Stel dat je van mevrouw Drummond hield? Stel dat je nadat je met mij was getrouwd had ontdekt dat ik niet was wat je je had voorgesteld, terwijl zij de vrouw was die je voldoening kon schenken? Stel dat je me had bedrogen over je gevoelens voor haar, omdat je liefde voor haar zo oneindig was dat je niet het gevaar kon lopen dat ik ervan op de hoogte was? Dit alles overdacht ik bij het eerste daglicht, waarna ik een potlood pakte en je schreef.

Het was een tedere brief, want ik had toen nog gevoelens voor jou die ik nu niet meer kan opbrengen. Ik wilde je alleen maar helpen en mezelf voor je wegcijferen. Ik zei dat ik wist dat je om mevrouw Drummond gaf (al zei ik er niet bij hoe ik dat wist), meer om haar gaf dan je mij kon laten blijken. Ik zei je dat ik het je niet kwalijk nam als ik je, nadat je met mij was getrouwd, had teleurgesteld en je behoefte had aan haar vriendschap. Als je haar vaker wilde zien dan je momenteel kon, zei ik je, dan zou ik met de kinderen lange tijd bij mijn moeder gaan logeren. Ik zou háár vragen het huishouden voor je te komen doen terwijl ik weg was. Voordat ik wegging zou ik iedereen informeren dat ze op mijn uitnodiging kwam, zodat er geen schande van zou worden gesproken. En als je, wanneer je een maand of twee, drie met haar samen was geweest, liever had dat ik voor altijd wegbleef, dan zou je me kunnen gelasten terug te komen en, als ik dat niet deed, een scheiding kunnen aanvragen zonder dat iemand je dat kwalijk zou nemen. En als jullie wilden trouwen, zou ik haar man schrijven en bepleiten dat hij net zo zou handelen als ik, om het mogelijk te maken dat jullie samen gelukkig waren. Ik zei je hoeveel ik van je hield. Ik zei je dat als ik jou hielp te bereiken wat het beste voor je was, dat me zoveel vreugde zou schenken dat die de pijn zou overstijgen en uiteindelijk genezen.

Geloof me, ik had nooit tederder gevoelens voor je gekoesterd dan die dag. Zelfs jegens mevrouw Drummond voelde ik geen bitterheid: als jij van haar hield, wie was ik dan om over haar te oordelen!

Dagenlang droeg ik de brief op mijn borst. Ik kon hem niet zelf aan je geven omdat ik het zo benauwd kreeg wanneer ik in jc buurt kwam. Dus gaf ik hem uiteindelijk aan de meid om aan jou te geven.

Na een uur ging ik naar de biljartkamer waar je aan het oefenen was en vroeg of de meid je mijn brief had gegeven. Je zei ja, maar speelde door alsof je me nauwelijks had gehoord. Ik vroeg of je hem had gelezen, en je zei ja en speelde verder. Toen vroeg ik je of je, als ik bij mijn moeder ging logeren, zou willen dat ik mevrouw Drummond vroeg het huishouden voor je te komen doen. Je barstte in lachen uit. Ik leek wel niet goed wijs, zei je, om zoiets te bedenken. Mevrouw Drummond zou in een maand tijd de rekeningen genoeg laten oplopen om het huishouden een jaar lang draaiende te houden. Ik moest wel gek zijn dat ik zulke onzin schreef, zei je. Ik leek wel bezeten van mevrouw Drummond, zei je. Al was er nog maar één vrouw op de hele wereld, zei je, en die vrouw was mevrouw Drummond, dan nog zou je niet met haar trouwen. Je had geen idee waarom ik mijn tijd verspilde met het schrijven van zulke onzin, zei je, en je ging weer verder met tegen je biljartballen stoten.

Op dat moment verloor ik al mijn zelfbeheersing. Ik riep dat ik wist dat je van haar hield, ik wist alles. Ik wierp me op de grond, omklemde je voeten en zei dat ik het goed vond dat je van me zou scheiden, ik zou weggaan en alleen voor het kind zorgen en evengoed mijn hele leven van je blijven houden. Ik kuste je voeten, ik smeekte je me alleen de waarheid te zeggen, verder niets.

Je duwde me weg en vloekte. Je zei dat ik wel gek moest zijn om het over scheiden te hebben. Zelfs mijn ziekte gaf me geen excuus om zo'n erbarmelijk figuur te slaan. Toen stormde je weg.

Waarom legde ik je niet alles voor waar ik achter was gekomen? Omdat jíj dat aan míj moest vertellen! Maar jij wilde niet dat we elkaar de waarheid zouden zeggen. De waarheid interesseerde je niet. Het enige wat je wilde was met rust gelaten worden om je eigen gang te kunnen gaan.

Ik kreeg nog een andere brief onder ogen – ik zal niet zeggen hoe – waarin je vriendin schreef over het huwelijk in het algemeen, en daarna tussen aanhalingstekens iets citeerde wat je haar had verteld over onze betrekkingen, onze lichamelijke betrekkingen.

Oudere vrouwen hadden me verzekerd dat een man nooit met andere vrouwen over zijn eigen vrouw praatte: ook al was hij haar ontrouw, zolang ze zijn vrouw was, zou hij zijn hand uitsteken om haar te bedekken zoals een man de naaktheid van zijn eigen lichaam bedekt. Ik had daar nooit aan getwijfeld. Het komt vermoedelijk doordat zoveel vrouwen die overtuiging delen dat ze zelfs bij hun man blijven wanneer die hun hart breekt. Ze zeggen bij zichzelf: ik ben toch nog altijd zijn vrouw?

Later ging je niet langer naar de croquetpartijtjes van mevrouw Drummond en begon je haar te mijden. Ik wist dat je haar niet alleen meed wanneer ik in de buurt was, want ze kwam vaak naar het huis op momenten dat ze verwachtte dat jij er zou zijn en leek altijd rusteloos naar je op zoek. Wanneer ze mij zag, knepen haar ogen zich samen alsof ze me haatte. Maar dat kon me niet schelen, het maakte me niets meer uit.

Op een dag hoorde ik jou en je vrienden op de veranda. Jullie hadden het over mevrouw Drummond, lachten om haar pretenties, lachten om haar afwezige man. Maar denk maar niet dat het me troostte om je zo te horen lachen. Mijn zelfrespect zou alleen bewaard zijn gebleven als ik had geloofd dat je met zo'n overstelpende hartstocht van haar hield dat al het andere daardoor werd weggevaagd. Hoe geringer jouw liefde voor haar, des te dieper ik zonk, en jij samen met mij. Was het hiervoor, dacht ik, híérvoor, dat je me had versmaad?

Een laatste verhaal. Weer begon het met een opmerking die ik een van je vrienden hoorde maken in de biljartkamer, een opmerking over 'dat jonge liefje van jou in de trein'. Ik had geen idee wat hij bedoelde, tot de dag dat ik wat papieren naar je kantoor in de stad moest brengen en met jouw leren tas op de trein stapte.

Ik had nog niet plaatsgenomen of een meisje sprong de wagon in, een gezet meisje van een jaar of veertien, vijftien met een heel kort jurkje en een schooltas. Ze ging tegenover me zitten en stak haar voeten uit zodat haar dikke benen te zien waren. Ze had een dikke bos krullend haar, in de war, naar weerskanten uitstekend, grote donkere ogen, perfecte witte tanden. Ze had knap kunnen zijn als haar gezicht niet vol puisten met zwarte mee-eters had gezeten. Ze zat naar de tas op mijn schoot te staren en naar mij. Ik vond haar ordinair en onaangenaam.

Die zaterdag kwam je rond het middaguur thuis. Je zei dat ik bleek zag, het zou me goeddoen als ik die middag met de kinderen naar het dennenbos ging. Om drie uur vertrok ik met de kinderen en de meid. We gingen naar het oude zomerhuis en waren daar al een tijdje toen ik merkte dat ik de mand met het babyflesje was vergeten. Dus liet ik de kinderen achter bij de meid en ging terug om het te halen. Toen ik bij het huis kwam zat de voordeur op slot, dus ik nam aan dat je niet thuis was. Ik pakte het flesje en wilde net weggaan toen ik gelach hoorde. De deur van de biljartkamer stond open. Ik zag twee figuren die elkaar achternazaten rond het biljart. De ene was jij, de andere het meisje dat ik in de trein had gezien. Even later had je haar te pakken. Ik zag haar op haar rug liggen met haar benen onder het biljart, en jou op de vloer knielen om haar te kietelen. Ze stikte van het lachen en schopte met haar voeten tegen de onderkant van het biljart, terwijl ze riep: 'Afschuwelijke man, ik trek je aan je snor!' En jij zei: 'O ja? O ja?' en bleef haar kietelen.

Ik draaide me om en zette het op een rennen, zo hard als ik

nog nooit van mijn leven had gerend, het bos door, de berg op. Toen ik bij de blokhut kwam hijgde ik, maar zodra ik weer op adem kwam, liep ik verder omhoog, tot er boven me alleen nog steile rotswand was. Daar bleef ik liggen, doof en blind, afgesneden van de wereld om me heen. Maar in mijn hoofd hoorde ik de woorden: 'De vader van je kinderen! De heer en meester over je lichaam! De eigenaar van je leven!' Het enige wat ik zag was je brede rug en de krullen in je nek, en de benen van het meisje die onder de rode flanellen onderrok uitstaken terwijl ze schopte en lachte.

Toen het donker was liep ik op de tast de berg af, terug naar ons huis. Het was halfnegen, ik ging de kinderen in bad doen. Toen kwam jij binnen, heel vriendelijk en uiterst goedgeluimd. Je ging bij het bad staan en zei hoe mooi en dik de baby werd, en je sprietste water over hem heen. Je merkte niet dat ik stil was. Maar naderhand, tijdens het avondeten, zei je: 'O, trouwens, er was hier vanmiddag een meisje, het nichtje of oomzeggertje van de stationschef of zoiets. Ze had kant te koop en wilde weten of je geïnteresseerd was. Ik zei haar dat je weg was, dat ze maar moest terugkomen als je er weer was, van kant heb ik geen verstand!' En je lachte dat lachje van je.

Die avond, toen je in slaap was gevallen, lag ik onafgebroken te piekeren. Was mijn bittere stemming van de afgelopen dagen onterecht geweest? Dat je van mevrouw Drummond hield met haar fijngetekende gezicht en haar gracieuze figuur en haar mooie jurken en haar smaak die in veel opzichten strookte met die van jou, dat kon ik wel begrijpen. Heel waarschijnlijk koesterde je enorm veel liefde voor haar. Zoals je merkt kon ik tal van rechtvaardigingen bedenken voor wat je deed. Maar dat liefje van je uit de trein, alleen bij de gedachte aan haar werd ik al door afschuw bekropen – een afschuw die zich verplaatste van haar naar jou.

Desondanks kwam het toen bij me op dat ik je misschien opnieuw tekortdeed. Stel dat juist de fijngevoeligheid en het raffinement waarmee mevrouw Drummond en ik elk op onze eigen manier behept waren je uiteindelijk tegen ons innamen en je het gevoel gaven dat je niet voor altijd van ons kon houden? Stel dat jouw aard, om zijn ware arsenaal van trouw en liefde ten volle te kunnen benutten, een dierlijk element nodig had, onnadenkend, tomeloos? Stel dat het pukkelige gezicht en de luide lach van dat meisje elementen waren waarnaar jouw aard hunkerde? Paste die lachgrage, sportminnende kant van jou niet veel beter bij haar dan bij mij of mevrouw Drummond? En stel dat er alles welbeschouwd niets seksueels was aan jouw gevoelens voor haar? Stel dat je alleen maar verlangde naar jong, luchthartig gezelschap en met haar stoeide zoals je op een dag met je eigen jongens zou stoeien? Stel dat je de zaak alleen maar voor mij geheimhield omdat je dacht dat ik niet met je zou kunnen meevoelen? Was wat ik had aangezien voor de afschuwelijke seksuele verlangens van een man naar een kind half zo oud als hijzelf, een man die al kinderen op de wereld had gezet, niet alleen maar een vaderlijk genieten van jong leven? Was het misschien niet juist ík, die mezelf groot had gewaand en in staat me in anderen in te leven, die eigenlijk klein en bekrompen was door je langs mijn eigen kleinzielige meetlat te leggen?

Ik lag daar zo lang te piekeren naast jouw slapende gedaante dat ik mezelf er uiteindelijk van overtuigde dat de schuld bij mij lag omdat ik me niet op een ruimhartiger, grootmoediger manier in je had ingeleefd. Dat moest ik wel denken, begrijp je? Als een vrouw de man aan wie ze zich heeft gegeven niet langer hoogacht, dan kan ze maar beter dood zijn!

De volgende dag stuurde ik de meid naar de vrouw van de stationschef met een briefje waarin ik zei dat ik niet thuis was geweest toen haar nichtje langskwam met het kant, maar dat ik er graag naar zou kijken als ze die middag om vijf uur zou terugkomen.

Tegen vijven had ik cakejes en gekonfijt fruit op de verandatafel gezet, en kort daarna arriveerde het meisje en overhandigde me een stuk papier met wat gehaakt kant erin. Ik vroeg haar aan de tafel te komen zitten en schonk haar thee in. Ik bood haar zes shilling voor het stukje kant, al was het maar één shilling waard.

Ik praatte tegen haar over bloemen en handwerk, maar ze gaf nauwelijks antwoord. Ze zat cakejes te eten, waar ze met haar vingers de stukjes pruim uit pulkte, en keek geregeld naar het hek. Ten slotte vroeg ze hoe laat jij thuiskwam. Ik zei haar dat je er weldra zou zijn. Een eigenaardig half glimlachje speelde om haar mond, alsof ze dacht dat ik niets afwist van jouw vriendschap met haar. Het was een uiting van triomf, van verachting bijna.

Toen ze je zag aankomen ging ze rechtop zitten en veranderde haar gezicht. Ze lachte al haar witte tanden bloot. Ik ging verse thee zetten. Ik bleef een kwartier weg. Toen ik terugkwam zat ze in haar eentje dadels te eten: ze zei dat je had gezegd dat je weg moest.

De week daarop kwam ze tot tweemaal toe, zogenaamd om rozen voor haar tante te halen. Beide keren gaf ik haar thee en cake. De eerste keer bleef je staan op je weg naar binnen en praatte even met haar. De tweede keer kon er nauwelijks een woordje bij je af. Toen ze weg was zei je: 'Wat een monsterlijke benen heeft dat kind! Vóór haar vijfentwintigste zal ze al een wanstaltige toren van vet zijn!' En daarna: 'Waarom laat je die plompe platvloerse kolos hier in vredesnaam komen? Als je dat nog eens doet, neem haar dan mee naar de zitkamer zodat ik haar niet hoef te zien!'

Twee weken later zag ik haar het pad weer op komen, lomp en nukkig. Ik zette thee voor ons. Ze schrokte haar cake niet op zoals eerder, maar liet die in kruimels op haar schoot vallen en hield haar ogen strak op de grond gericht, of staarde mij aan zonder een woord te zeggen. Ik had het gevoel dat ze met een bepaalde bedoeling was gekomen. Ik knipte een grote bos rozen voor haar. Ze pakte ze aan en liep weg, haast zonder gedag te zeggen. Maar toen, bij het hek, draaide ze zich om en smeet de rozen op het pad. 'We hebben zelf wel bloemen,' schreeuwde ze, 'we hoeven die van jullie niet!' Vanaf de andere kant van het hek keek ze me recht aan en barstte uit in een luid, gemaakt gelach waarbij al haar tanden zichtbaar waren. 'Je denkt dat je hem helemaal voor jezelf hebt, hè? Je denkt dat je hem, omdat je hem van me hebt afgepakt, terug hebt! Hij geeft geen zier om je! Hij gaat zo weer achter een andere meid aan; hij zal er wel al eentje hebben!'

Daarna werd het me donker te moede. Het was niet het geloof in jouw liefde dat ik had verloren, het was het geloof in het leven zelf. Ik gaf nergens meer om, niet om de kinderen, niet om het huis, niet om boeken, niet om de natuur – ik wilde alleen maar dood. Maar tegelijkertijd leek er in mijn hart een zwak vonkje van hoop te gloren. Ergens, op de een of andere manier, op enig moment, zou me vast iets te hulp schieten, iemand, een man, een vrouw, een boek. Niets ter wereld is voor altijd, zei ik bij mezelf. Ik kon niet voor altijd in wanhoop gedompeld blijven.

En ten slotte kwam er hulp. Die kwam de dag nadat jij naar de Oostprovincie was vertrokken. Ik las de krant toen mijn oog viel op een advertentie voor een wijnboerderijtje aan de rand van Kaapstad. De prijs stond erbij, en ook de naam van de makelaar. Ik las de advertentie een keer of twee werktuiglijk door. Toen drong de strekking ervan ineens tot me door en ging ik plannen maken. Ik had het geld nog dat mijn vader me als huwelijkscadeau had gegeven. Dat was bijna genoeg voor de grond en ik zou een hypotheek kunnen nemen om het boerderijtje op te knappen.

Diezelfde middag ging ik naar de makelaar. Die wilde me de eigendomsakte eigenlijk pas geven nadat jij had ingestemd, omdat ik een vrouw was. Maar ik betaalde de aankoopsom en hij gaf me het eigendomsrecht. Ik liet mijn oude Maleise kokkin en haar man en zoon er hun intrek nemen, en de drie weken dat jij weg was woonde ik er met de kinderen. De kinderen speelden terwijl ik werkte. Ik klom op het dak en hielp de rietdekker om het hele gebouw van een nieuw dak te voorzien. Tegen de tijd dat jij terugkeerde kwamen de zaadjes die ik had geplant al op en was de wijngaard ontdaan van onkruid. Door het werk dat ik daar deed, kreeg ik vat op mijn leven en vrijheid, en dat is sindsdien altijd zo gebleven.

Ik heb me vaak afgevraagd waarom ik niet op het boerderijtje bleef, of niet ben teruggegaan naar mijn vader. Misschien was het omdat de geest van die oude voormoeders van mij nog altijd over me vaardig was, die hun mannen miljoenen jaren volgden over steppes en door woestijnen en over bergen, die geselingen verduurden, lasten torsten, altijd maar volgden, volgden, volgden, een geest die ook vandaag de dag nog in ons roept: 'Volg… volg… totdat hij je vrijlaat!' Hoe komt het dat ik, die het nooit zou verdragen aan enig ander mens gebonden te zijn, een ijzeren ketting om mijn hart voel die me aan jou bindt? Maar dan roept er iets in me: 'Stel dat hij me nodig heeft? Stel dat hij naar me verlangt? Stel dat ik hem goeddoe?'

Vorig jaar, toen ik bij mijn ouders ging logeren op de boerderij, verkeerde ik in een staat van wanhoop. Zelfs mijn hersenen leken verstard. Maar toen ik de plekken weer zag waar ik als kind was geweest, toen ik de bomen in de kloof zag waar het mos nog aan hing en de grote oude perelaar waar ik altijd onder speelde, slaakte ik vreugdekreten en vatte langzaam weer moed. Ik voelde aandrang om weer te gaan lezen en nadenken, en tegen de tijd dat ik daar een maand was, was er in mijn hart een vreemde tederheid jegens jou opgeweld. Ik verlangde maar één ding: jouw gezicht te zien en jouw stem weer te horen. Toen kwam er een brief van jou waarin je zei dat je me miste, dat je de kinderen miste en ons nooit meer zo ver weg zou laten gaan. Onmiddellijk pakte ik onze spullen en kwam naar huis.

Ik dacht, toen ik terugkwam, dat vroeger voorbij zou zijn, dat wat ik zo lang had verlangd eindelijk zou gebeuren, omdat er diep in mijn hart altijd hoop verscholen had gezeten. En inderdaad, alles leek beter. Je sprak vriendelijk tegen me, bijna zoals tegen andere vrouwen. Je was vaker thuis, je leek het fijn te vinden om bij ons te zijn. Ik dacht dat ik je gelukkig maakte, meer verlangde ik niet. Het was alsof ik nu een ijzeren doek kon laten vallen tussen heden en verleden. Ik kon volmaakt tevreden zijn, gewoon een rustig leven leiden, voor jou en de kinderen zorgen, je dicht bij me voelen. O, ik vroeg maar zo weinig, zo weinig!

Maar natuurlijk hield de vrede tussen ons geen stand. De oude uitvluchten, de oude misleidingen kwamen al spoedig terug. En ik werd gedwongen te beseffen dat het geen reeks afzonderlijke gebeurtenissen was waarmee ik kampte, maar een permanente toestand.

Kunnen liefde en huwelijk voor jou en mij dezelfde betekenis hebben, vraag ik me af, wanneer we in ieder ander opzicht tegenpolen zijn? Wanneer ik een paar uur vrij heb, klim ik graag naar de blokhut op de berg en ga daar liggen, met beneden me de stad en de baai en de bergen en de bush. Ik lig daarop neer te staren totdat ik het gevoel heb dat het allemaal van mij is. Dan wordt mijn leventje, dat soms zo klein lijkt als ik opgesloten zit in het huis, groots en mooi.

Jij daarentegen gaat als je een vrije middag hebt naar het cricketveld of croquet spelen. Je slaat tegen ballen of jaagt ballen achterna. Je schept er plezier in om te proberen de man naast je te overtreffen. Wanneer je zelf niet speelt, kijk je naar het spel van anderen. Je bent gelukkig zolang er sprake is van winnen, veroveren, pakken... van 'sport', zoals jij het noemt.

Als jij een hond hebt, hou je daarvan omdat het een rashond is die prijzen wint tijdens tentoonstellingen, of omdat hij goed kan jagen. Maakt hij een fout, dan geef je hem ervanlangs. De hond waar ik het meeste van heb gehouden was een terriër, maar geen volbloed. Zes jaar lang sliep hij op het voeteneind van mijn bed. Ook nu verlang ik er als ik 's nachts wakker word naar om hem tegen me aan te voelen schurken met zijn kop op mijn schouder en zijn kloppende hart tegen mijn zij.

Als jij en ik zo verschillend denken over al het andere in het leven, is het dan niet onvermijdelijk dat we verschillend denken over de liefde? Stel dat, voor jou, een vrouw alleen maar sport is? Stel dat er iets in je aard is dat je dwingt te denken dat een vrouw, als ze zich eenmaal volledig aan je gegeven heeft, alleen maar de zoveelste vogel is die je hebt geschoten?

Lang geleden ontmoette je mevrouw Drummond altijd in het geheim. Maar ik had nog niet gezegd dat ik zou weggaan zodat je haar bij je in huis kon nemen, en bovendien dat je, als je dat wilde, van me kon scheiden om met haar te trouwen, of ze liet je opeens koud.

Ik heb weleens gedacht dat als ik misschien een ander soort vrouw zou zijn geweest – als je, wanneer je thuiskwam, nooit helemaal zeker had geweten met wie ik thee had gedronken, of als je, wanneer ik een boswandeling ging maken, nooit helemaal zeker had geweten of ik wel alleen uit wandelen was gegaan, of als ik, in plaats van je alle brieven en telegrammen te laten lezen die ik ontving, er enkele had achtergehouden, of als ik een langdurige correspondentie had gevoerd met een getrouwde man die ik soms ontmoette als jij van huis was, of als je me, tijdens feestjes en bals, in het gezelschap had gezien van mannen van mijn leeftijd of veel jonger en mijn wangen had zien gloeien en mijn ogen had zien stralen met een kleur die ze bij jou nooit aannamen – dat je dan misschien wél van me was blijven houden.

De enige vrouw van wie je zou blijven houden, dacht ik bij mezelf, zou een vrouw zijn van wie je nooit helemaal op aan kon. Er moest op zijn minst nog een trillinkje zijn in de vleugels van de vogel, een mogelijkheid dat ze weer zou wegvliegen, om haar voor jou van waarde te laten zijn.

Ik denk weleens dat de enige reden waarom je je toen ik een klein meisje was tot me aangetrokken voelde, was dat ik steeds maar voor je wegrende en me verstopte. Als ik ernaast zit met deze overpeinzingen, zeg het me dan. Maar zo niet, als je weet dat ik gelijk heb, waarom zien wij tweeën dat feit dan niet eerlijk onder ogen? In mijn donkerste uren is het weleens bij me opgekomen dat er misschien niets vreemds is aan ons lot, het jouwe en het mijne, dat misschien voor al deze huizen met hun mooie tuinen en hekjes aan de voorkant, voor al deze mannen en vrouwen die je samen naar de kerk ziet lopen, samen uit eten ziet gaan, samen op de voorstoep ziet zitten, veelal dezelfde gruwelijke werkelijkheid geldt. Dat de liefde en kameraadschap waarvan we vanaf onze prilste meisjesjaren dromen uiteindelijk alleen maar hierop neerkomen: een uur lang licht, gevolgd door langdurige duisternis. Hoe hoger de vlam is opgelaaid, des te kouder en doodser de as.

Maar zulke gedachten zijn alleen 's nachts bij me opgekomen, als een nachtmerrie. Wanneer de dag gloort ben ik er weer van overtuigd dat het mooiste op aarde de verbinding is van man en vrouw tot één lichaam, één kameraadschap. De liefdeslokroep van de man is niet geheel en al zinsbegoocheling. De dromen van onze meisjesjaren zullen uitkomen, alleen misschien niet door ons toedoen.

Nu is echter de tijd gekomen dat aan het stilzwijgen tussen ons een einde komt. Wij moeten elkaar eindelijk zeggen waar het op staat. Ik ben al deze jaren bang voor je geweest, Frank. Ik was bang dat, als ik je schreef of tegen je sprak, en je me zo wreed en minachtend antwoordde als je jaren geleden deed, er iets in me zou breken. Maar vannacht ben ik daar niet bang meer voor.

Denk niet dat ik je schrijf omdat wat ik vannacht op het erf heb gezien voor iedere rechter reden zou zijn me mijn vrijheid te gunnen. In de ogen van de wereld zal wat je gedaan hebt misschien grof en bruut schijnen, maar niet in de mijne. Ik weet niet hoe andere vrouwen over zulk gedrag denken, maar ik kan het wel begrijpen, ik kan er bijna sympathie voor opbrengen, hoe een golf van zwart, primitief, beestachtig verlangen zonder waarschuwing kan opwellen bij iemand die verder zuiver en hoogstaand van aard is, alsof een lang begraven dierlijk verleden weer tot leven komt. Ik kan wel begrijpen dat degene die het meemaakt, man of vrouw, terugdeinst voor de kracht die zich in hen doet gelden, maar er ook aan toegeeft.

Denk dus niet dat ik misbruik van je maak omdat je jezelf door je bedrog onbewust aan mij hebt uitgeleverd. Niet wat je hebt gedaan dwingt me tot spreken: het is iets wat bij mijzelf is gebeurd, voor de allereerste keer. Vannacht is er een eind aan gekomen. We moeten eindelijk openhartig en eerlijk tegen elkaar spreken. Ik ben niet langer bang voor je. Ik ben niet langer een vrouw die tegen de man spreekt die haar bezit, voor wie ze beeft. Wij zijn twee vrije zielen die oog in oog staan. Als je deze brief niet wilt lezen, dan zul je me horen spreken. Maar ons lange leven van stilzwijgen en onderdrukking en bedrog eindigt hier.

Er lijken me drie mogelijke wegen voor ons open te liggen.

De eerste is dat je van me scheidt. Zoals ik je jaren geleden al heb gezegd, toen ik dacht dat je van mevrouw Drummond hield: als je wilt scheiden, zal ik alles in het werk stellen om dat te vergemakkelijken. Ik zal naar mijn ouders gaan, je kunt eisen dat ik terugkom, en als ik dat weiger van me scheiden. Dan zal alle schuld bij mij liggen. Ik heb mijn boerderijtje, ik kan werken, ik kan de kinderen onderhouden. Maar voor je eigen bestwil denk ik dat jij dat zou moeten doen. Dit eerste plan lijkt me het beste. Dan zullen we allebei vrij zijn om ons eigen leven te leiden.

De tweede weg is, als je de schande van een scheiding wilt vermijden (ik weet dat je daar bang voor bent; ik ben er niet bang voor, het zal me niet deren), dat we uit elkaar gaan. Ik kan op mijn boerderijtje gaan wonen, dat zal niet veel aandacht trekken. Jij kunt af en toe op bezoek komen, als je wilt, om de kinderen te zien. Dan kunnen we ons eigen leven leiden, maar het zal niet helemaal zijn alsof de band tussen ons volledig en openlijk is doorgesneden.

Dan komen we bij de derde. Mocht het zo zijn dat je nog steeds denkt dat je van me houdt en niet wilt dat ik bij je wegga, dan ligt er een derde weg voor ons open. Je moet me eerlijk en onomwonden tegemoet treden, zoals mannen onder elkaar, en tegen me spreken zoals tegen je eigen ziel. Je moet me zeggen wat je voelt, wat je verlangt en waarin je denkt dat ik tekort ben geschoten, zoals ik je in deze brief heb gezegd. Van uitvluchten of heimelijkheden mag geen sprake zijn. Dan zal ik, als je me nog steeds wilt bezitten, met je samenleven. Zolang je me trouw bent, zal ik jou trouw zijn. Ik zal je kinderen baren. Ik zal het verleden vergeten. Nooit zal ik het met een woord of gebaar oprakelen.

O, Frank, waarom kunnen we elkaar niet zeggen waar het op staat zoals mannen onder elkaar, als twee gelijken? Waarom kunnen we elkaar niet eerlijk zeggen wat we denken en voelen? Als je niet van me kunt houden, zég dat dan, wees niet bang om me te kwetsen. Als je het gevoel hebt dat je niet lang van één vrouw kunt houden en dat alleen een opeenvolging van vrouwen je gelukkig kan maken, dan zal ik proberen dat te begrijpen. Ik zal proberen een man voor je te zijn. Niets kan erger zijn dan dit afschuwelijke zwijgen. Het is dat zwijgen dat me de das om heeft gedaan. Ik vraag je niet van me te houden, alleen om me te zeggen waar het op staat, zoals je zou doen als ik een man was.

Mijn liefste, mijn echtgenoot, nooit zul je weten hoeveel ik van je heb gehouden! Als er een vrouw was van wie je werkelijk hield, zou ik alles doen wat in mijn vermogen lag om je haar te bezorgen. Als je een kind bij een ander had verwekt, zou ik dat in mijn hart sluiten en ervan houden alsof het van mezelf was. Als je niet van me houdt, maar nog steeds wilt dat ik met je samenleef, zal ik alles doen wat je vraagt. Maar o, we moeten elkaar zeggen waar het op staat, we moeten de waarheid spreken. Dit leven van leugens en uitvluchten dat we hebben geleid sleurt ons beider zielen naar de hel.

Hier stopte ze even. Toen ze verderging, werd het handschrift vrijwel onleesbaar.

Help me alsjeblieft, Frank! Ik wil doen wat goed is, maar ik weet niet hoe! Ik ben net een kind dat is verdwaald in het bos. Neem me alsjeblieft bij de hand en leid me! Jij bent veel sterker dan ik. Jij bent de enige mens die me kan helpen. Neem mijn hand in de jouwe en laten we de weg zoeken.

Hier stopte het schrijven. En dit was de brief die ze tot een rol gedraaid vastklemde terwijl ze naar de schaduwen tussen de plafondbalken lag te staren. De baby was het spelen met zijn tenen beu en was weer in slaap gevallen. Er klonk geen ander geluid in de kamer dan de gelijkmatige ademhaling van slapende kinderen.

TIEN

Nog in haar blauwe peignoir, op pantoffels, liep Rebekah het erf over, langs de dichte staldeur en door het hek aan de achterkant.

Het zonlicht dat tussen de eikenbladeren door scheen speelde een subtiel spel op de grond. Waar de dennenbomen begonnen, vielen lichtbundels op het mos en de dennennaalden, nat van de vroegeochtenddauw. Rebekah staarde met nietsziende ogen. Krachtige angst golfde door haar heen. Ze zou die uit lust en leugen geboren kinderen in haar armen sluiten. Zij en zij, de ongeborene en zijzelf zouden deze wereld samen verlaten! Toen nam haar wilskracht het heft weer in handen en ze onderdrukte de opwelling. 'Wat sta je jezelf hier te pijnigen?' vroeg ze aan zichzelf. 'Ben jíj het enige schepsel op de wereld aan wie kwaad is berokkend? Kun je, omdat je alleen bent en jou geen helpende hand wordt toegestoken, niet zelf een hand uitsteken om een ander te helpen?' Ze keek op en zag, alsof het de eerste keer was, het glorieuze licht door de jonge eikenbladeren schijnen.

Als een ziel die was teruggekeerd van een lange reis liep ze het achterhek weer door.

De staldeur stond open, de stalknecht was kennelijk de paarden aan het afrijden. En de melkboer was ook geweest, want de melkbus stond bij de keukendeur. Het houten luik van de slaapkamer van het dienstmeisje was opengegooid, maar de deur was dicht. Ze klopte, klopte nog eens.

Een stem riep in het Kaaps-Hollands: 'Wie is daar?'

'Ik ben het,' zei Rebekah en ze duwde de deur open.

Op het bed zat de meid, haar korte zwarte haar zo opgekamd dat het in twee stevige pluimpjes aan weerskanten van haar hoofd verrees, haar kleine donkere gezicht vragend opgeheven. Ze droeg een roodgestreepte flanellen onderrok en een felrood rijglijfje waarop witte bloemen waren geborduurd. Haar armen en schouders staken vanuit een wolk van geplooid wit kant boven het lijfje uit. Op het bed lagen een met strikken overladen witte nachtjapon en de serge jurk die ze op het punt stond aan te trekken.

De meid drukte haar gebalde vuisten in haar zij, hief haar kin op en keek Rebekah met half geloken, fonkelende ogen aan. '*Wat wil jij hê?*' vroeg ze.

Rebekah bleef zwijgend staan. Alles wat ze had willen zeggen ontschoot haar.

De meid wierp haar hoofd achterover en barstte in een lachen uit dat uitdagend was bedoeld, maar een ondertoon had van angst. Op dat moment wist Rebekah dat het met de baarmoeder van de meid net zo was gesteld als met die van haar. Ze draaide zich om, ging naar buiten en deed de deur achter zich dicht.

Het was al laat toen Frank die avond thuiskwam. Hij had een geslaagde visdag achter de rug. De voordeur was open, de lamp brandde op zijn onderstel, maar Rebekah kwam hem niet tegemoet om zijn tas aan te nemen. Hij zette zijn spullen in de hal. In de eetkamer stond zijn avondmaal klaar. In zijn kleedkamer hing een ander stel kleren klaar over een stoel.

Hij waste en verkleedde zich, waarna hij de deur van de kinderkamer opendeed. Ook daar was het donker, maar de kier onder de deur verried dat er licht brandde in Rebekahs studeerkamertje. Omdat hij geen speciale behoefte voelde om met haar te praten keerde hij terug naar de eetkamer en zette zich aan zijn avondmaal. Hij genoot van de kip met bobotie en nam zelfs drie glazen wijn, maar toen hij klaar was, bezorgde de toch wat vreemde situatie hem een onprettig gevoel. Hij stak een sigaar op en ging op de voorstoep zitten. Toen de sigaar half op was gooide hij hem weg en stak een nieuwe op. Misschien was het toch beter om naar Rebekah toe te gaan en de zaak uit de wereld te helpen. Zelf zou ze niet zo gauw over de gebeurtenissen van die ochtend beginnen. Ze was een ontzettend verstandige vrouw, maar wel een die tijd nodig had.

Met de nieuwe sigaar tussen zijn vingers kuierde hij op overdreven ontspannen wijze naar binnen, alsof hij zich voorbereidde op een bepaalde gemoedstoestand. Zonder kloppen opende hij Rebekahs deur. 'Hallo, meissie!' zei hij en hij nam plaats op de rand van haar bureau. 'Heb een goeie dag gehad, de beste van dit seizoen! Dacht dat iedereen hier in huis dood was toen ik thuiskwam, zo stil is het.' Hij nam een trek van de sigaar, keek naar de rook die uit zijn mond kwam. 'Denk dat ik zo maar naar bed ga, ik ben doodop!' Hij rekte zich uit als om te gapen, maar er kwam geen gaap. Hij tikte onzichtbare as van de punt van zijn sigaar.

Rebekah legde haar hand op een vel foliopapier op het bureau, waarop in grote duidelijke letters zinnen waren geschreven. 'Neem dit mee,' zei ze, hem recht aankijkend, 'of je nu wilt of niet. En morgen verwacht ik je antwoord.'

Hij stak de sigaar weer tussen zijn lippen. Hij had het onaangename gevoel dat ze naar hem keek alsof hij een boom of een muur was, of een willekeurige man, maar niet zichzelf.

'Afgelopen nacht,' vervolgde ze, 'heb ik je in de brief die je "een boekwerk" noemde en niet wilde aannemen, gezegd dat er drie handelwijzen zijn waarop onze toekomstige betrekkingen gebaseerd konden zijn. Nu zijn het er nog maar twee.' Ze schoof het vel papier in zijn richting. 'Ze zijn kort. Het kost je hooguit zestig seconden om ze te lezen.'

Hij had het onprettige gevoel dat ze in lichaamslengte toenam.

'Ofwel,' zei ze, 'vraag je een wettelijke echtscheiding aan, in welk geval het zowel jou als mij vrij zal staan al dan niet te hertrouwen, naargelang onze wens. Dan zou ik met de kinderen naar mijn boerderijtje gaan of naar mijn ouders. Als jij dat wilt, zal ik ze onderhouden. Maar als je het, wat ik hoop, als je plicht beschouwt om dat zelf te doen, kun je bijdragen in hun onderhoud. Dit is de beste weg; het is die waaraan ik de voorkeur geef. Ben je het daarentegen niet eens met deze voorwaarden, ben je bang voor wat de mensen zullen zeggen, dan is er een tweede weg. Ik zal in dit huis blijven wonen. Ik zal voor je kinderen zorgen en voorzien in jouw materiële behoeften. Ik zal in mijn eigen levensonderhoud voorzien zoals ik al enkele jaren doe, maar je zult begrijpen dat jij en ik van nu af aan nooit méér voor elkaar zullen zijn dan een onbekende die je tegenkomt op straat. Je zult vrij zijn om je eigen leven te leiden, je eigen vriendschappen te onderhouden, maar je zult begrijpen dat ik daar net zo vrij in ben. Je kunt me morgen laten weten wat je beslist, vóór twaalf uur.'

Even overwoog hij in net zo'n woede te ontsteken als waarmee hij haar eerder het zwijgen had opgelegd. Hij zou verklaren dat hij schandalig werd behandeld, hij zou haar uitschelden en met de deur slaan. Maar zijn intuïtieve perceptie, die bij hem de plaats van de rede innam en buitengewoon scherp was waar het zijn eigenbelang betrof, zei hem dat die handelwijze vandaag zinloos zou zijn.

Op vriendelijke toon zei hij: 'O, dit is te gek voor woorden, Rebekah. Je bent moe, vrouwtje van me, en door je huidige toestand haal je je al deze gekkigheid in je hoofd! Je moet een nachtje goed slapen. Hoe je met zo weinig slaap toe kunt, zal me altijd een raadsel blijven!' Hij stond op, rekte zich uit. 'Ik ben doodop. Het is een lange dag geweest. Ik kan mijn ogen nauwelijks openhouden.'

'Neem dat papier mee,' zei Rebekah rustig. 'Ik heb alles op schrift gesteld om misverstanden te voorkomen. Ik bewaar zelf een kopie.' Ze vouwde het papier op en stak het hem toe.

Hij wilde reageren, maar er was iets wat hem daarvan weerhield. Hij was als een man die zijn eigen hond riep, een hond die hem jarenlang had gehoorzaamd, maar hem nu straal negeerde en voorbijliep.

Hij nam het papier van haar aan, hipte onbeholpen van het ene been op het andere. 'Nou, ik neem het natuurlijk aan, als je dat per se wilt, maar het is volstrekt belachelijk, weet je. Je bent oververmoeid, meer niet.' Hij probeerde te glimlachen, maar de glimlach verstierf bij zijn mondhoeken. 'Ik neem het alleen maar aan om je niet van streek te maken.'

Bij de deur kwam hij weer wat op verhaal en draaide zich om. 'Natuurlijk weten wij allebei wat er morgenochtend gebeurt. Een man wordt wakker van gekietel in zijn nek. Een zeker klein schepseltje plengt tranen op zijn nek, die ze ook nog kust.' Hij lachte. 'Zo is het al eerder gegaan, waar of niet?'

Rebekah staarde hem aan.

'Morgenochtend is alles weer goed, toch? Welterusten!' Hij deed de deur achter zich dicht. Toen stierf de glimlach van zijn lippen. Diep in zijn hart wist hij dat het morgenochtend niet weer goed zou zijn. Hij had zo'n blik eerder op het gezicht van vrouwen gezien en wist wat die betekende. De ongebluste kalk werkte niet langer. Er zat een gat in het net. De vogel was gevlogen.

Hij haalde het papier uit zijn zak en las het onder de hanglamp: twintig regels in een net rond handschrift, waarin de twee alternatieven werden uiteengezet.

Hij ijsbeerde door de kamer, stak toen het papier weer in zijn zak en tilde de hoek van de jaloezieën op. Het erf baadde in het maanlicht. De deur en het raam van de kamer van de meid stonden open. Hij ademde in met een zachte fluittoon, liet de jaloezieën los, sloop het achtererf op.

De kamer was leeg op het kale ijzeren ledikant na. Het rook er sterk naar witkalk.

Een blos van woede steeg naar zijn gezicht. Wie had het haar verteld? Was het die verduivelde stalknecht? Twee keer had hij hem tien shilling gegeven om hem zijn mond te laten houden. Of was het de meid zelf? Je kon een zwarte nooit vertrouwen, wat je ook voor ze deed! Of had Rebekah iets gemerkt?

Hij keerde terug naar het huis, pakte nog een sigaar van de schoorsteenmantel, maar stak die vervolgens niet aan.

Dat kwam er nu van als je te zachtmoedig was! Hij had die meid al maanden geleden moeten wegsturen, terug naar haar moeder, toen ze hem op de hoogte bracht van haar omstandigheden. Als haar moeder dan trammelant had gemaakt, had hij dat gemakkelijk kunnen afkopen. Waarom had ze het in vredesnaam aan Rebekah verteld? Wat had ze daarbij te winnen? En nu wist Rebekah het! Wat een stommeling was hij geweest, wat een ongelooflijke stommeling!

Hij stak de sigaar aan en begon te roken, dikke wolken uitblazend terwijl zijn hersenen soepel en rustig aan het werk togen. Wat die meid ook zou doen, waar ze ook heen zou gaan, het maakte niet echt meer uit aangezien Rebekah op de hoogte was. Als die meid, in het ergste geval, weer bij de achterdeur verscheen, zou het een kwestie zijn van maar een paar shilling per week. Voor zo'n smerig, weerzinwekkend halfbloedje!

Maar misschien zou het wel nooit geboren worden! Dat zou een opluchting zijn! Hij herinnerde zich in de krant te hebben gelezen hoe hoog de kindersterfte was onder mensen van gemengde afkomst. Misschien zou er geen kind komen. En ook al kwam het wel, alles viel te regelen met geld. Dus eigenlijk was er geen reden voor bezorgdheid.

Hij ging aan het bureau zitten, pakte een vel papier en schreef:

LIEFSTE VROUW,

Een zeker persoontje was vannacht zo over haar toertjes dat ik helemaal vergat te zeggen dat ik morgen bij het ochtendgloren naar Caledon moet. Ik moet naar een paar boerderijen gaan kijken. De man wacht me met zijn kar op bij het hotel. Ik zal een week wegblijven, misschien tien dagen. Ik zal jou en de kinderen niet wakker maken, aangezien jullie ongetwijfeld nog slapen als ik wegga. Ik zal schrijven als daar enige kans op is, maar heel waarschijnlijk is dat niet, aangezien het een afgelegen deel van het land is. Je ziet me wel weer verschijnen. Zorg goed voor jezelf en de kinderen.

Je liefhebbende man,
Frank

Hij stak de brief in een envelop in zijn borstzakje. Daarna draaide hij de lamp op een lager pitje en ging naar zijn kleedkamer. Hij stopte de kleren die hij nodig zou hebben in een kleine valies, kleedde zich uit en ging met gestrekte benen op de rand van zijn bed zitten, terwijl hij naar zijn blote voeten keek.

Hij haalde het papier van Rebekah tevoorschijn en las het opnieuw. Weer steeg er een woedende blos naar zijn gezicht. 'In welk geval het zowel jou als mij vrij zal staan om te hertrouwen.' Hoe kon ze zoiets schrijven! Zij, in zijn ogen altijd het toonbeeld van alles wat zuiver en vrouwelijk was, die overwoog zich aan een andere man te geven! Hij verfrommelde het papier. NEE, er zou zeker geen echtscheiding komen! Het was onzuiver, het was onrein dat ze zoiets zelfs maar ter sprake bracht! Het was voldoende om het vertrouwen van een man in vrouwen de nek om te draaien! Het schandaal! Het geroddel! En wat viel ermee te winnen?

Hij begon het tweede voorstel in overweging te nemen. Dat zo slecht nog niet was, alles welbeschouwd. Als Rebekah zei dat ze iets zou doen, dan deed ze het ook. Ze zou er zijn om voor het huis en de kinderen te zorgen. Niemand zou iets vermoeden: als er íéts was wat je Rebekah kon toevertrouwen, dan was het haar mond houden. Zijn woede ebde weg. Het zou zo slecht nog niet zijn. Als een vrouw vier kinderen heeft gebaard en ook nog miskramen heeft gehad, dan is ze niet meer wie ze ooit was. En na zeven jaar huwelijk zou het dwaas zijn om te doen alsof er nog veel romantiek over was.

Een vreedzame verbreding, een glimlach bijna, werd vaardig over zijn lippen, een blik van diepe innerlijke tevredenheid met zichzelf en de wereld. Niet zonder reden werd hij de best gehumeurde, joviaalste man van zijn sociëteit genoemd. Rebekah was niet de enige vrouw op de wereld. Tien dagen wegblijven, om niet over dingen te hoeven praten terwijl de gemoederen nog verhit waren, dat was het belangrijkste. Als er nog dingen moesten worden uitgepraat wanneer hij terugkwam, dan zou dat een heel andere zaak zijn. Geef haar tijd, geef haar tijd! Rebekah was een verstandige vrouw als je haar de tijd maar gaf en niet met haar in discussie ging zolang ze nog heetgebakerd was.

Hij zat naar zijn voeten te staren. Wie wist of ze niet na een tijdje… Maar toen stopte hij. Tussen hen tweeën was het voor eens en voor altijd afgelopen, dat begreep hij ook wel. Wat verdomd vervelend! Maar piekeren had geen zin.

Hij stapte in bed. Aan het hoofdeind van het bed hing het zijden tasje waarin Rebekah altijd de dagbladen voor hem stak om in bed te lezen. Hij pakte het avondblad en las een verslag van een cricketwedstrijd op Seepunt. Hij liet zijn ogen over de scorelijst gaan om te zien wie het goed had gedaan en wie niet. Toen dwaalden zijn gedachten af. Hij trok de deken over zijn schouders. Het belangrijkste was om haar tijd te geven! Alles zou vanzelf wel goedkomen, dat gebeurde altijd! Binnen een paar minuten viel hij in slaap.

Nadat haar man haar studeerkamertje had verlaten, bleef Rebekah in haar leunstoel naar het donkere plafond zitten staren. Maar het was niet het plafond dat ze zag. Het was alsof er zich een onmetelijke koepel over haar uitstrekte, alsof de donkere lijkwade die jarenlang boven haar had gehangen was verwijderd en opgevouwen en ze omhoogkeek naar oneindige ruimte. Zo weids, zo stil, zo vredig.

Een merkwaardig gevoel besprong haar, alsof ze weer een klein kind was. Het was alsof ze was teruggekeerd van een lange reis en de wereld weer kon aanschouwen zoals die vroeger was. Het beeldje van Hercules, de planken met boeken, de vitrinekast met de fossielen waarvan ze zoveel had gehouden, ze zag ze allemaal zoals vroeger. Het was alsof de plooi van angst die zich jarenlang in haar hersenen had schuilgehouden zichzelf had gladgestreken.

Ze had al zesendertig uur niet geslapen. Ze ging naar de kinderkamer. Daar kleedde ze zich uit, ging op het veldbed tussen de ledikantjes van de jongens liggen en viel binnen een paar minuten in een diepe ononderbroken slaap.

Toen de stalknecht haar de volgende ochtend koffie bracht, gaf hij haar de brief die zijn baas had achtergelaten. Terwijl ze deze las nam haar spanning af: geen bitterheid, geen teleurstelling, alleen een volledige erkenning van het onvermijdelijke, van het oude liedje dat zichzelf herhaalde.

Frank keerde op de achtste dag terug. Een verpleegster kwam hem bij de voordeur tegemoet. Ze deelde hem mee dat Rebekah vier dagen eerder een zevenmaands kind had gebaard. Ze had het zwaar te verduren gehad. Er was enige tijd gevreesd voor haar leven. Het kind was petieterig en zwak, maar het leefde. Hij mocht de moeder niet zien, maar het kind wel.

Ze onthulde een klompje vlees aan hem, zonder wenkbrauwen, zonder haar, met een verschrompeld gezichtje. Op zijn andere kinderen was hij trots geweest. Die hadden bij de geboorte een pond of tien gewogen, stuk voor stuk. 'Wolken van baby's' waren ze genoemd. Hij had er zelfs over opgeschept tegen de mannen op zijn sociëteit. Voor dit miezerige gevalletje deinsde hij vol afschuw, bijna walging terug. Hij wendde zich ervan af.

Omdat Rebekah zo ziek was, deelde hij de verpleegster mee, zou hij in een hotel gaan logeren om niet tot last te zijn. Ze moest het hem meteen laten weten als Rebekahs toestand verslechterde of als ze iets nodig had.

Hij vulde een valies met de spullen die hij nodig zou hebben. Toen hij door de eetkamer liep, zag hij de naaimand van zijn vrouw staan, met een van zijn witte overhemden erop. Ze was bezig geweest er een nieuwe manchet aan te zetten. De naald stak er nog in met de vingerhoed er balancerend bovenop, alsof ze het werk had gestaakt toen ze onwel werd. Er ging een pijnsteek door hem heen, misschien wel de scherpste die hij in zijn leven had gevoeld over iets wat hem niet persoonlijk betrof.

Snel liep hij het tuinpad af. De lelies en rozen stonden in bloei. De reseda's en verbena verspreidden een sterke geur. Het schepje waarmee Rebekah had gewied lag in de tuinaarde. Hij haastte zich de laan op.

Bij de drogisterij op de hoek kocht hij twee flesjes van een geur waarvan hij wist dat ze die lekker vond en droeg de drogist op die naar het huis te sturen met een verstuiver van geslepen glas. In de trein nam hij zich voor enkele boeken te gaan kopen die ze had gezegd te willen hebben, en ook een ringetje dat ze had bewonderd in de etalage van een juwelier in Adderley Street.

Hij ging langs de boekwinkel en bestelde de boeken. Bij de ingang van de juwelierszaak wachtte hij even. Het ringetje zou zeven à acht pond kosten. Ze zou er misschien niet echt om geven, hij kon het altijd later nog kopen.

Hij vervolgde zijn weg naar kantoor. Het liep te dicht tegen lunchtijd om nog aan het werk te gaan. Op weg naar zijn sociëteit kwam hij een vriend tegen die zijn deelneming betuigde met de ziekte van zijn vrouw. Ze dronken samen wat – iets wat hij zelden deed – gevolgd door een kort potje biljart en daarna een lunch. Na de lunch voelde hij zich beter en keerde terug naar kantoor.

Aan het eind van de dag nam hij de trein naar Nuweland om te horen hoe het met zijn vrouw was. De verpleegster kwam hem tegemoet bij de deur: Rebekah had het grootste deel van de dag rustig geslapen, ze had geen koorts meer, de artsen dachten dat het gevaar was geweken. Ze had zelfs gevraagd de baby te mogen zien.

Hij deelde de verpleegster mee dat hij niet zou binnenkomen en ging weg. Ze ging tenslotte níét dood, zei hij bij zichzelf. Ze had de baby toch een keer moeten krijgen, met alle gevolgen van dien. Het was misschien maar beter dat die nu was gekomen. Het zou een week duren voordat hij haar mocht zien, en nog een week voordat ze het een en ander zouden kunnen uitpraten. Het was maar het beste om de zaak te laten bekoelen. Het was maar het beste om de zaak te laten betijen.

Verderop in de laan kwam hij een oude vriend tegen die hem voor het avondeten uitnodigde. Het hele gezin was erg aardig en meelevend, en na het eten speelden en zongen de twee oudste dochters voor hem.

ELF

Landinwaarts in de rode Karoo lag het stadje waar tante Mary-Anna woonde: rode Karoo aan de linkerkant, rode Karoo aan de rechterkant. Langs de zuidkant van het stadje liep een rivier, 's winters gereduceerd tot opgedroogde modderoevers en stukken grind en kale steen, maar na de zomerregens een rode en overvloedige stroom, het vol zand geladen water op gelijke hoogte met de oevers en boomstronken, karkassen van verdronken dieren en soms zelfs een menselijk lijk met zich meevoerend.

Om het stadje heen lagen bergen met platte toppen, die in hun gelaagde kleischalie de overblijfselen droegen van gigantische amfibische beesten, in de loop der eeuwen versteend.

Er waren twee kerken in het stadje en een zandplein met winkels en huizen eromheen. 's Ochtends vroeg kwamen er *bokwagens* aangereden, getrokken door lange spannen ossen, die producten van het platteland naar de markt kwamen brengen: dierenhuiden, pompoenen, brandhout, zakken meel, zakken mielie en soms boter en groente en fruit. Op de markt kwamen de inwoners samen om het laatste nieuws te horen en de nieuwste roddels door te geven. Tegen acht uur was iedereen weer naar huis voor het ontbijt. De wagens waren weer vertrokken en het plein lag er verlaten bij. Daarna, rond elf uur, trok er een stoet mannen naar het hotel voor hun ochtendcognacje met spuitwater, en voor een rokertje en een praatje op de stoep van het hotel.

Drie keer per week kwam de postkoets onder hoorngeschal met nieuws uit de buitenwereld, en dan haastte iedereen zich naar het postkantoor om zijn post op te halen. En twee keer per week kwam de koets van Cobb & Co., getrokken door een span van zes paarden, met passagiers van en naar Diamantvelde. De koets hield stil voor de deur van het hotel, en twee uur lang was het stadje dan in rep en roer vanwege de nieuwkomers. Daarna werden de paarden weer ingespannen en reed de koets weg in een wolk van stof, waarna de stad weer stil en eentonig werd als vanouds.

Er waren twee croquetclubs, bezocht door leden van de twee kerken die de twee facties van de stad vormden. Er was een gerechtsgebouw waar de leden van een van de kerken nu en dan een dansfeest hielden dat de andere kerk maar verderfelijk vond en nooit bijwoonde, en een of twee keer per jaar kwam er een rondtrekkende artiest voorbij die een voorstelling gaf. Beide kerken hielden een grote jaarlijkse picknick waar al hun leden naartoe kwamen, en soms gaf een van de dames een high tea en nodigde wat vriendinnen uit.

In het hoger gelegen deel van het stadje stonden rijen huisjes met platte daken die doorgaans dicht bleven en waar de Nederlandse boeren logeerden als ze eens in de drie maanden naar het *Nagmaal* kwamen, en af en toe naar de zondagsdienst. Maar op maandag gingen ze allemaal huiswaarts en lieten het stadje weer aan zijn Engelse inwoners.

Negen maanden van het jaar stond er wind, die stofwolken opjoeg in de straten ter aankondiging van onweersbuien. Zandwolken rezen op van het marktplein, de nog machtiger wolken tegemoet die oprukten vanaf de uitgestrekte zandvlakte, en dan was het stadje in zand gehuld.

Het leven was behoorlijk saai en krap tussen de huizen met hun platte daken, ver verwijderd van de stromen des levens in de wijde wereld daarbuiten. Maar als je op een zomermorgen om halfvijf opstond en de ijzerstenen van de koppie aan de rand van het stadje beklom en daar op het stadje stond neer te kijken, met zijn rijen huizen en de bruine hutten van zijn Afrikaanse Locatie, slapend aan je voeten in de stille ochtendlucht terwijl de dauw nog als een deken over alles heen lag en niets bewoog, behalve hier en daar een Afrikaans dienstmeisje dat zich naar het stadje haastte, met haar omslagdoek strak om zich heen getrokken om de ochtendkilte buiten te houden;

als je wachtte tot er langzaam maar zeker uit sommige schoorstenen in het stadje lange blauwe rookkrullen in de stille lucht opstegen en de kleurloze stenen onder je voeten een gouden gloed kregen, beschenen door bundels licht, en elke kristallen druppel op het minuscule ijskruid in de rotsspleten glinsterde, en de hele vlakte plotseling van goud was en de platte daken schitterden, dan kreeg het stadje zijn eigen schoonheid.

De oom en tante van Bertie woonden in een straat die uitkwam op het plein. Hun huis was oud en armoedig, een halve meter lager gebouwd dan de straat en de greppel, met een twee meter brede strook tuin eromheen, afgebakend met palissaden.

De zaak van haar oom lag aan de overkant van het plein. Hij was zaakwaarnemer: hij hield veilingen, voerde rechtszaken bij de plaatselijke rechtbank, stelde testamenten op, beheerde landgoederen en speculeerde voor eigen rekening. Hij was een dunne, zwijgzame man met scherpe gelaatstrekken, die door zijn stadsgenoten als een slimme zakenman werd beschouwd, al ging het gerucht dat hij onlangs zijn vingers had gebrand aan een of andere belegging en geld had verloren aan een bedrijf dat hij van uitrusting had voorzien en naar Diamantvelde had gestuurd. Hij was hard in zaken en hield naar men zei van geld, maar hij was een vooraanstaand figuur in de kerk waartoe hij behoorde en gold als een van de notabelen van de stad.

Twintig jaar eerder was hij met Berties tante getrouwd, die hij had ontmoet toen ze uit Engeland was gekomen om haar zus, Berties moeder, te bezoeken. Nadat hij met haar was getrouwd, had hij haar meegenomen naar zijn afgelegen stadje in het binnenland, waar ze sindsdien in hetzelfde huis woonden, met dezelfde meubels en dezelfde strook tuin, en waar hun twee dochters, die momenteel in Engeland verbleven, waren geboren. De tante leek qua gelaatstrekken enigszins op Berties moeder, maar was langer en dunner en veel minder mooi, met een kille, afgemeten manier van doen. Haar hoofd was, net als dat van Bertie, klein in vergelijking met de omvang van haar lichaam, en aan weerszijden ervan hingen drie rijen fletse witte krullen. Ze ging voor bij gebedsbijeenkomsten en andere kerkelijke samenkomsten. Ze was een van de meest gerespecteerde vrouwen van de stad.

Naast haar oom en tante omvatte het huishouden alleen nog Dorcas, een lang Afrikaans dienstmeisje met grove gelaatstrekken dat altijd een rode hoofddoek droeg.

Vroeger zou Bertie het misschien eenzaam hebben gevonden in het armoedige huisje met zijn drie bewoners, maar nu vond ze het heerlijk.

Op de dag van Berties aankomst liet haar tante zich tijdens het uitpakken bewonderend uit over haar mantel. Bertie vroeg of ze de oude zijden omslagdoek van haar tante mocht hebben, en de zondag daarop had ze er een mantel precies zoals de hare van gemaakt. Ze vermaakte het hoedje van haar tante en voorzag het van het kant van een van haar eigen baljurken, zodat toen tante Mary-Anna bij de kerkdienst verscheen, iedereen dacht dat ze een nieuwe mantel en hoed had. Onder elkaar zeiden sommige kerkgangers dat als de zaakwaarnemer werkelijk geldproblemen had, zijn vrouw niet zulke dure spullen moest kopen. Anderen zeiden dat het misschien cadeaus waren van een rijk nichtje in Kaapstad, maar iedereen bewonderde ze.

De week erna kreeg Bertie van haar oom een grote rol chintz met bloemendessin die al maanden in zijn veilinglokaal lag, en ze maakte er hoezen van voor de bank en stoelen zodat het leek alsof er roze rozen op bloeiden. En een week later, toen haar tante ergens op bezoek was, kocht Bertie van haar eigen geld wat goedkoop behangpapier waarmee ze met de hulp van Dorcas de gang en de voorkamer opnieuw behing. Ze haalde het tapijt eruit dat er al vierentwintig jaar lag, sneed het doormidden en naaide het zo vast dat het versleten midden nu aan de zijkanten zat. Als je wat meubels over de versleten plekken schoof, leek het net een nieuw tapijt. Toen tante Mary-Anna terugkwam liep ze over van verbazing en vreugde.

's Ochtends vroeg stond Bertie op om curry en warme broodjes te maken voor het ontbijt. Voor het middag- en avondeten maakte ze *sosaties* en bobotie en *pampoenkoekies* en *vetkoek* en gebraden karbonades, zoals ze van oude Ayah had geleerd. Het scherp getekende gelaat van de zaakwaarnemer, die vierentwintig jaar lang onder slechte kookkunst had geleden, was zichtbaar ronder aan het worden.

Als er niets te koken viel, rommelde Bertie in de oude kleerkast en kisten van haar tante en maakte kapjes en schortjes van restjes kant en andere oude lapjes stof. Door oude jurken uit elkaar te halen en te wassen en opnieuw te modelleren voorzag ze haar tante van een fatsoenlijke garderobe.

'Ik weet echt niet hoe we het ooit zonder jou hebben gered,' zei haar tante dan. 'Je mag nooit bij ons weggaan, en als het echt niet anders kan, moet je beloven dat je nog minstens acht maanden blijft nadat de meisjes thuis zijn gekomen, zodat ze van jou kunnen leren.'

Zelfs haar zwijgzame oom prees haar eten. Als hij door de keuken liep waar ze over een pan gebogen stond, zei hij: 'Onze kleine kokkin mag wel uitkijken dat ze haar gezicht niet verbrandt, al weet ik dat het heel lekker wordt wat ze maakt.' Dan kleurden Berties wangen dieper rood, eerder van trots en geluk dan door de hitte van het vuur.

Zelfs Dorcas mocht haar graag, omdat ze zo aardig voor haar was. Nadat Bertie haar een witte zijden doek had gegeven om 's zondags door haar rode hoofddoek te knopen en haar had laten zien hoe ze die het beste kon schikken, en een katoenen blouse met rode vlinders voor haar had gemaakt, deed Dorcas alles voor haar.

'Ik ben hier heel, heel erg gelukkig,' schreef Bertie aan Rebekah. 'Ik zou hier het liefst nooit meer weg willen. Iedereen houdt van me.'

Na de eerste keer dat Bertie zich in de kerk had laten zien, kwamen de dames van het stadje bij haar op bezoek, en haar tante zei dat het gepast was om samen met haar tegenbezoekjes af te leggen. Maar daarna weigerde ze uit te gaan. Ze nam geen uitnodigingen aan voor picknicks of feestjes en bedankte voor de croquetclub. Eerst probeerde haar tante haar nog om te praten, maar toen ze merkte dat Bertie echt niet wilde uitgaan en ze, door Bertie thuis te laten blijven, zelf meer tijd had om gebedsbijeenkomsten en lessen bij te wonen en in het algemeen haar plichten als vooraanstaande vrouw in de kerk te vervullen, zwichtte ze. De enige keren dat Bertie buitenshuis werd gezien, waren in de kerk – twee keer op zondag en één keer op een doordeweekse avond – en wanneer ze zo nu en dan boodschappen voor haar tante ging doen. De huismoeders van het stadje prezen haar alom en noemden haar tegenover hun dochters een voorbeeld van toewijding aan noeste arbeid en plichtsbetrachting.

Toen ze er net was, behandelden de jonge vrouwen van het stadje haar ongeveer zoals eenden op een boerenerf een vreemde eend zouden behandelen die zomaar is komen aanzetten. Ze waren het erover eens dat ze lang niet zo mooi was als de mannen leken te denken, dat ze ijdel leek, dat haar krullen niet van haarzelf waren. Maar toen ze na een paar weken merkten dat ze hun pad nooit kruiste, en toen ze hun de patronen van haar jurken had geleend en twee van de mooiste meisjes had geholpen hoedjes voor zichzelf te maken die net zo waren als het hare, waren ze het erover eens dat ze aardig was, dat ze misschien wel het mooiste meisje was dat ze ooit hadden gezien, dat haar krullen prachtig waren en dat het onaardig van haar tante was om haar zo vaak thuis te houden.

Jongemannen kregen maar weinig kans om haar te zien, behalve in de kerk. Twee die voorheen naar de rivaliserende kerk gingen verhuisden naar de hare, en twee die voorheen in het midden zaten verhuisden naar het dwarsschip tegenover de kerkbank van de zaakwaarnemer. Degenen die de zaakwaarnemer en zijn vrouw kenden, haastten zich naar de kerkdeur om hen op hun wandeling naar huis te vergezellen. Maar Bertie wist zich altijd tussen haar oom en tante te wurmen. Als de jongemannen haar langs hen heen aanspraken, zei ze ja of nee en leek ze hen verder niet te zien. En als ze een winkel binnenging en de jonge winkelbediende tegen haar praatte over het weer of het stof of iets anders dan een zakelijke aangelegenheid, antwoordde ze kort en vertrok.

Zelfs de griffier van de plaatselijke rechtbank, die een zwarte jas droeg en een wandelstok bij zich had, en die zei dat niemand in het stadje de moeite waard was om mee om te gaan, en geen aandacht aan jongedames schonk, bracht drie beleefdheidsbezoekjes aan het huis van de zaakwaarnemer. Maar omdat Bertie zich niet liet zien, moest hij er genoegen mee nemen om in de kerk tegenover de bank van de zaakwaarnemer te zitten.

Bertie was de hele dag gelukkig. Als er ooit een gedachte bij haar opkwam die haar een onprettig gevoel gaf, zette ze die kordaat van zich af en zei tegen zichzelf: 'Iedereen hier houdt van me. Ik ga hier nooit meer weg. Ze zullen me voor altijd laten blijven.'

Alleen 's nachts, als ze in slaap viel, kwam de droom die ze als klein kind regelmatig had terug: ze rende over een weg in het donker. Er zat iets achter haar aan, hijgend en met de tong uit de mond. Het kwam almaar dichterbij, tot ze krijsend wakker werd. Rebekah hoorde haar altijd en kwam dan naast haar liggen en zong 'Brand in Londen! Brand! Brand!' totdat ze in slaap viel.

Tegenwoordig kwam de droom vaker terug. Dan werd ze wakker terwijl het bed onder haar schudde en zat ze haar handen te wringen zonder zich te kunnen herinneren waar ze was. Daarna trok ze de dekens strak over haar hoofd en klemde stevig een kussen tegen zich aan, zodat het iets levends leek waaraan ze zich vastklampte.

Op een dag kwam haar oom bij het ontbijt met de post en gaf haar een brief. Zittend achter de koffieketel las ze hem.

'Ik hoop dat het geen slecht nieuws is, lieverd,' zei tante Mary-Anna.

'O, nee hoor. Hij is van moeder.' Maar na het ontbijt haastte ze zich naar haar kamer en las de brief van begin tot einde. Terwijl ze las werden haar wangen langzaam rood. Ze begroef haar gloeiende gezicht in de brief en ging roerloos op haar knieën zitten. In de brief stond het volgende:

MIJN LIEVE BERTIE,

Ik ben blij dat je zo gelukkig bent bij je tante, maar ik wou dat je met Kerstmis naar huis kon komen. John-Ferdinand en Veronica brengen elke zondag met ons door en komen door de week meestal ook bij ons langsrijden, dus ik ben niet eenzaam. Maar rond kerst verwacht Veronica een baby en zal ik een tijdje naar haar toe moeten. Natuurlijk kan oude Ayah ook voor het huis en voor je vader zorgen, maar kom als je kunt, tenzij je tante heel graag wil dat je blijft, en jijzelf ook.

Er volgde een hoop nieuws over de boerderij, wat ze zonder er aandacht aan te schenken oversloeg. Toen kwam het PS:

> Veronica ziet er zo goed uit. Ze heeft een prachtige teint en haar gezicht begint behoorlijk bol en rond te worden. Je zou haar haast niet herkennen.

Na een tijdje stopte Bertie de brief in haar borstzakje en ging het brood kneden in de keuken. Maar na het middageten, toen haar tante lag te slapen en haar oom naar zijn zaak was, glipte ze naar buiten en ging naar een van de winkels aan de overkant van het plein. Daar kocht ze de mooiste mousseline en kant en borduursels die er in het stadje te vinden waren, en nog dunnere naalden en garen dan ze gewoonlijk gebruikte. De hele middag zat ze in haar kamer te knippen en naaien. Bij het krieken van de volgende dag ging ze ermee verder. 's Avonds zat ze tot na middernacht naast haar bed te naaien.

Langzaam kregen de vele plooitjes en fijne borduursels vorm. Na een week waren er twee minuscule armsgaten. Na veertien dagen was de lange witte jurk met zijn delicate onzichtbare stikwerk bijna af. 's Avonds, voordat ze hem opborg, legde ze hem uit op het bed, schoof er van boven een kussen in en vulde hem op zodat het bijna leek alsof er een lijfje in zat.

De dag brak aan waarop de taak was volbracht. Ze verpakte de jurk in wit vloeipapier met takjes verse lavendel. Ze bond er roze linten omheen en legde hem in een zakdoekendoos met rode rozenknoppen op het deksel. Daarna vouwde ze er voorzichtig bruin papier omheen en bond het pakketje kruislings dicht met touw. Terwijl haar tante na het middageten haar dutje deed, sloop ze stiekem naar het postkantoor en frankeerde het en stuurde het op.

Nadat het pakketje verzonden was, stelde ze zich voor hoe de reis ervan zou verlopen. Als er geen speciale koerier kwam om het op te halen, zou het misschien twee dagen op het postkantoor in het dorp moeten wachten, maar dan zou het de boerderij op zondagochtend bereiken en zou iemand het openmaken. Verder liet ze zichzelf niet denken. In plaats daarvan stelde ze zich de reis weer voor.

Wanneer de dichter een bezwaard hart heeft, schrijft hij een sonnet, en de schilder schildert een schilderij, en de denker stort zich in de wereld van het denken, en de zakenman in de wereld van de bedrijvigheid. Maar de vrouw die alleen een vrouw is, wat heeft zij behalve haar naald? In die flard witte stof met onzichtbaar stiksel die tussen de gevallen bladeren in de goot ligt, schuilt de hartstocht van een vrouwenziel die stemloos uitdrukking vindt. Is de pen ooit zo diep in het bloed van de mensheid gedoopt als de naald?

Kerstmis naderde zonder dat er voor Bertie een brief bij de post zat. Toen kwam haar tante de keuken binnen en zei dat ze een kort bericht van Berties moeder had ontvangen: Veronica had een gezond jongetje gekregen, moeder en kind maakten het goed.

Bertie ging verder met erwten doppen. Na het middageten trok ze zich terug in bed met migraine en 's avonds kwam ze niet eten. Maar de volgende ochtend was ze weer op de been, kneedde ze deeg en hield ze vol dat ze zich prima voelde. Een paar dagen later kwam het nieuws dat Rebekah een zoon had gekregen, vroegtijdig geboren, en dat het erg slecht met haar ging. Toen kwam het bericht dat ze er weer bovenop was. Daarna ging er een lange tijd voorbij waarin er verder niets gebeurde.

De zomerhitte begon af te nemen en de nachten werden koeler. De huisvrouwen van het stadje waren druk bezig met fruit plukken en drogen en inmaken. Bertie had perzikenjam en kweeperenjam gemaakt: vele rijen potten vulden de planken van haar tantes voorraadkast. Nu konfijtte ze watermeloen. Haar nichtjes zouden over een paar maanden uit Engeland terugkomen, en alles werd in gereedheid gebracht voor de vieruurtjes en avondmaaltijden wanneer ze er zouden zijn.

Toen begon Bertie iets vreemds te ervaren. Het was alsof er voortdurend een gewicht op haar drukte. Ze probeerde het af te schudden, maar van een vaag gevoel groeide het tot iets onmiskenbaars. Als ze boodschappen ging doen en andere jonge vrouwen tegenkwam en hen goedendag zei, groetten ze haar terug, maar als ze hen niet groette, leken ze haar voorbij te lopen alsof ze onzichtbaar was. Als de vriendinnen van haar tante op bezoek kwamen en zij de deur voor hen opendeed, glimlachten ze niet, maar vroegen afgemeten of haar tante thuis was. Misschien beeldde ze het zich in, maar ze had ook het idee dat wanneer haar oom en tante tegen haar spraken – wat ze steeds minder vaak deden – ze haar niet in de ogen keken. En er leek een wonderlijke stilte over het huis te zijn neergedaald.

Op een ochtend aan het ontbijt keek ze eens plotseling op en zag dat haar oom, die aan de andere kant van de tafel zat, haar gespannen over zijn krant heen zat aan te staren. Als ze een kamer inliep waar haar oom en tante waren, deden ze er meestal het zwijgen toe.

Er waren nog steeds wel wat jongemannen die na de kerkdienst bij de deur bleven rondhangen, maar als de zaakwaarnemer hen niet riep, drongen ze hun gezelschap niet meer zo aan het drietal op als vroeger. Op een zondag wurmde de griffier zich tussen Bertie en haar oom in en bleef naast haar lopen, maar er was iets vreemds aan zijn houding, alsof hij de voorbijgangers uitdaagde.

Ze kreeg steeds een brok in haar keel, zonder reden. Ze wilde huilen, maar wist niet waarom.

De herfst kwam snel dichterbij. Bladeren verstopten de greppels en bedekten de trottoirs in het lagergelegen deel van de stad.

Ze zat met haar tante in de voorkamer, zij te naaien, haar tante te breien. Al een uur lang was er geen ander geluid te horen dan het getik van breinaalden. De lucht was bewolkt alsof er regen op komst was, het licht nam allengs af. Zonder waarschuwing leunde Bertie naar voren en legde een hand op de knie van haar tante.

'Tante Mary-Anna,' zei ze op zachte toon, 'heb ik iets gedaan wat u niet aanstaat? Bent u boos op me?'

'Nee, Bertie, nee!' antwoordde haar tante, en ze liet drie steken vallen, maar breide verder zonder het te merken.

'Ik was zo bang dat ik iets had gedaan wat u niet aanstond.'

'Nee, je hebt niets misdaan, Bertie.' Een korte stilte. 'En toch is het misschien wel goed dat je erover begint, want ik wilde je er al over spreken. Je oom en ik denken' – ze was weer even stil – 'we denken dat het misschien beter is als je naar huis gaat. Je oom heeft je vader gisteren al geschreven dat je hier met de postkoets van komende donderdag zult vertrekken en dat ze je moeten laten ophalen.'

Bertie staarde haar tante met wijdopen ogen aan. 'Maar ik kan niet naar huis! Dat wil ik niet! U zei dat ik hier bij jullie mocht blijven! Wat heb ik misdaan?'

Tante Mary-Anna breide onbeholpen verder, hield toen op en keek Bertie recht aan. 'We hoeven het er verder niet over te hebben, lieverd. Je bent heel aardig en van groot nut voor me geweest, en je oom en ik zullen je altijd dankbaar zijn voor de vele manieren waarop je ons hebt geholpen. Maar we vinden allebei dat je nu maar beter naar huis kunt gaan. Je bent al bijna zes maanden bij ons en je moeder zal je misschien wel missen.'

'Maar u zei dat ik mocht blijven! O, laat me alstublieft blijven! Ik wil niet weg! Ik kan daar niet meer heen!' Weer legde ze een hand op de knie van haar tante en keek met smekende ogen naar haar op.

Tante Mary-Anna aarzelde. Toen sprak ze. 'Misschien kan ik je ook maar beter de waarheid vertellen, Bertie. Je kunt het maar beter weten. Er worden hier al een tijdje heel vreemde dingen over je gezegd.'

Bertie staarde haar vol verbijstering aan.

'Je oom hoorde iets in de stad en vertelde het mij. Daarna belde de vrouw van de dominee en vertelde me hetzelfde. Ze zei dat ze het als haar plicht zag om me te melden wat er werd gezegd. Inmiddels heeft iedereen in de stad het erover. Ik geloof er natuurlijk geen woord van, en je oom evenmin, en dat heb ik ook gezegd tegen iedereen die erover begon. En als jij weg bent, zal ik het blijven ontkennen. Maar nu mijn twee meiden binnenkort thuiskomen, zul je begrijpen, Bertie, dat ik je, aangezien dit over jouw gedrag als jong meisje gaat, hier niet met hen samen kan laten blijven. Het kan allemaal volstrekt onwaar zijn, lieverd' – er klonk bijna iets vriendelijks in de stem van tante Mary-Anna – 'maar de goede naam van een vrouw is als een ragfijne sluier: is hij eenmaal door het slijk gehaald, dan krijg je hem nooit meer schoon. Bij een man is het anders. Een man kan ieder schandaal te boven komen. Dan zeggen de mensen: "Ach, hij was jong, hij is veranderd." Maar van een vrouw zullen ze dat nooit zeggen. De zeep die de goede naam van een vrouw schoon kan wassen, moet nog worden uitgevonden.'

Bertie leunde verder naar voren en staarde haar aan. Haar tante bewoog ongemakkelijk.

'Natuurlijk geloof ik er geen woord van. Het zijn gewoon praatjes, domme praatjes over iets wat is gebeurd toen je nog een schoolmeisje van vijftien was. Ik weet wel dat er niets van waar is. Jij bent een van de beste meisjes die ik ooit heb gekend. Maar dat maakt in de praktijk geen verschil.'

'En als het wel waar is?' fluisterde Bertie.

Haar tante richtte zich geschrokken op. Bertie strekte haar handen uit. 'Ik zal het u vertellen... Ik zal u alles vertellen!'

Haar tante stond op. 'Werkelijk, Bertie, ik sta versteld van je! Ik verzoek je met klem om me niets te vertellen. Als er ook maar iets waar is van wat er over je wordt gezegd, is het minste wat je kunt doen erover zwijgen. Ik heb je er verder niet over aan de tand gevoeld. In ruil daarvoor zou je me op zijn minst de mogelijkheid moeten geven het te ontkennen. Je hebt het me zo al moeilijk genoeg gemaakt. Echt, je moeder en Rebekah hebben er verkeerd aan gedaan om je hierheen te laten komen, wetende dat ik jonge dochters had!'

'Maar ze weten het niet! Niemand weet het! Ik heb het maar aan één iemand op de hele wereld verteld!' Bertie kwam overeind en ging blindelings voor haar tante staan, doelloos haar handen bewegend. 'Ik was zo jong!' jammerde ze.

'Wil je alsjeblieft zachter doen, Bertie! Wil je dat Dorcas het hoort? Als je er met iemand over wilt praten, praat dan met je moeder of je zus, niet met mij!'

'Maar dat kan ik niet. Ze mogen het nooit weten! Ze zien me nog steeds als een klein kind! En ik kan niet naar huis! Ik kan nooit meer naar huis!'

'Natuurlijk moet je naar huis,' zei haar tante zacht. 'En wel met de koets van komende donderdag.'

Op dat moment klonken er voetstappen in de gang en de zaakwaarnemer zwaaide de deur open. Naast hem schuifelde een kleine, in het zwart geklede figuur. Bertie stond roerloos voor het raam, waar het afnemende licht vol op haar viel. Ze had een vuurrode rozenknop boven de hals van haar witte jurk gespeld, waardoor haar gezicht bleker leek dan ooit. Tante Mary-Anna deed een stap naar voren om de bezoeker te begroeten, die ze duidelijk al eerder had ontmoet. Was hij met de koets van die avond aangekomen uit Diamantvelde?, vroeg ze.

Het was een man van rond de vijftig, met kromme schouders en dunne armen. Zijn gezicht had een doffe olijfbleke kleur. Aan zijn priemende donkere ogen en geprononceerde neus was te zien dat hij een Jood was. Boven zijn hoge voorhoofd verrees een bos grijs haar. De zaakwaarnemer stelde hem aan Bertie voor: 'Meneer Bailey,' zei hij. Ze gaf hem een koude, levenloze hand en keerde zich weer naar het raam, haar handen slap langs haar zij.

Bailey ging zitten in de donkere hoek tussen het dressoir en de muur en sloeg zijn voeten om de stoelpoten heen. De zaakwaarnemer nodigde hem uit voor het avondeten. Daar ging hij op in en hij bleef in de kamer om zich heen zitten kijken, nu eens naar het figuur van Bertie, vervolgens naar de hanglamp of de oude piano, dan weer naar Bertie.

Haar tante vroeg of ze het eten wilde helpen bereiden en ze verliet de kamer. Even later kwam haar tante in de keuken naar haar toe: ze moest haar beste beentje voorzetten bij het koken, zei haar tante, want hun gast was iemand met wie haar oom zakendeed, iemand die hij zo goed mogelijk wilde onthalen.

Daarna stak ze een lamp aan en nam die mee terug naar de voorkamer, waar de zaakwaarnemer bij zijn gast informeerde naar de stand van zaken op de Velde en de staat van het land waar hij doorheen was gereisd. Op al deze vragen gaf Bailey kort antwoord. Hij was een geldschieter en diamantspeculant die in Londen woonde, maar sinds de vondst van diamanten al een aantal keren naar Zuid-Afrika was gekomen. Hij had de zaakwaarnemer een grote som geld geleend tegen een hoge rente. Deze had het geld gebruikt om een expeditie van diamantdelvers te financieren, die was mislukt. Bailey had zijn terugreis van de Velde naar Engeland onderbroken om de lening aan de orde te stellen.

Als Bailey op onmiddellijke terugbetaling zou aandringen, zou de zaakwaarnemer in geldnood komen. Daarom benaderde hij Bailey op ongewoon welsprekende en voorkomende wijze. Bailey deed echter geen moeite het gesprek gaande te houden. Als de zaakwaarnemer ophield met praten, vielen er lange stiltes.

Nadat ze het eten had klaargemaakt ging Bertie naar de slaapkamer van haar tante, waar haar tante voor de spiegel stond om zich met haar beste kap en kraag te tooien en haar krullen in orde te brengen. Alles was gereed, zei Bertie, maar ze had hoofdpijn en wilde liever gaan liggen in plaats van mee te eten.

'Daar komt niets van in, lieverd,' zei haar tante. 'Het minste wat je kunt doen in de paar dagen dat je hier nog bent, is zorgen dat niemand doorheeft dat er iets ongewoons is gebeurd. Je komt op z'n minst aan tafel zitten, zelfs als je geen zin hebt om te eten. En,' voegde ze eraan toe terwijl ze op haar krullen klopte, 'verder verzoek ik je, zolang je hier bent, met geen woord te reppen over wat er vanavond tussen ons is besproken. Je oom heeft een plek voor je gereserveerd in de postkoets van donderdag. Hij heeft je ouders niet verteld waarom je vertrekt. Hij heeft alleen gezegd dat we je, omdat je thuis nodig leek te zijn, niet langer hier wilden houden. Ik wil graag nog één ding tegen je zeggen, Bertie: probeer nooit meer mensen in vertrouwen te nemen zoals je vanavond bij mij wilde doen. Als een vrouw een misstap heeft begaan, rest haar maar één ding: zwijgen!'

Haar tante staarde strak in de spiegel. Bertie trok zich terug.

Aan de eettafel zat Bertie op haar gebruikelijke plek achter het dienblad, met de koffieketel voor zich. Haar tante zat aan de rechterzijde van de tafel, Bailey aan de linker en haar oom aan het hoofd.

Bailey at gehaast en had voor niets anders aandacht, zoals veel mensen die het grootste deel van hun leven alleen hebben doorgebracht, diep over zijn bord gebogen terwijl hij de *frikkadel* met jus met zijn mes naar binnen schoof. Af en toe gleed zijn blik van zijn bord naar het uiteinde van de tafel waar Bertie zat.

Toen de maaltijd er bijna op zat, haalde Bailey, in antwoord op een vraag van de zaakwaarnemer over de kleur van diamanten, een in oliedoek gewikkeld en zorgvuldig dichtgebonden pakketje uit een binnenzak. Hij maakte het oliedoek los en haalde er een bruin papieren pakje uit, waaruit hij een verlakt doosje tevoorschijn toverde. Hij maakte het doosje open en goot voorzichtig een kleine stortvloed van geelgetinte steentjes op een bordje, die zacht glinsterden in het licht van de lamp. Hij zette het bordje tussen zichzelf en de zaakwaarnemer in, ging met zijn wijsvinger van steentje naar steentje en beschreef de respectievelijke kwaliteit en waarde. De vrouw van de zaakwaarnemer leunde naar voren om ze beter te kunnen zien. Hij gaf het bordje aan haar door. Toen ze het teruggaf, keek hij op naar waar Bertie zat. 'En de jongedame, wil die niet ook kijken?' vroeg hij met zijn onmiskenbaar buitenlandse accent.

Bertie sloeg haar droevige ogen op. Hij gaf het bordje aan haar door, en ze staarde onverschillig naar de steentjes. 'Ze zijn mooi,' zei ze. Ze stond op het punt het bordje terug te geven toen Bailey naar voren leunde. 'Welke vindt zij het mooist?' vroeg hij.

Bertie raakte een klein, perfect achtvlakkig steentje aan. 'Deze,' zei ze, en ze gaf het bordje terug.

'Aha! Heel goed! Het is een kleintje, maar de beste. De jongedame heeft er oog voor!'

Hij deed de steentjes terug in het doosje, omwikkelde het weer, stak het pakje weer in zijn borstzak en zei dat hij moest gaan. Hij gaf Bertie en haar tante een hand.

In de hal, terwijl de zaakwaarnemer hem in zijn jas hielp, vroeg hij: 'De jongedame, woont die bij u?'

De zaakwaarnemer legde uit dat ze het nichtje van zijn vrouw was en bij hen logeerde, en dat ze binnenkort zou vertrekken. Ze spraken af elkaar de volgende ochtend te ontmoeten voor een zakelijke bespreking. De zaakwaarnemer deed de deur voor hem open en wenste hem goedenavond. Bailey schuifelde de straat op. De deur ging achter hem dicht.

Het was een schitterende avond. Tienduizend sterren wierpen lichtpuntjes omlaag, helderder dan enige diamant, zodat de contouren van de huizen vaag te onderscheiden waren. Bailey liep over de dikke laag zand op de straat en de nog dikkere laag op het plein, zonder acht te slaan op de heldere lichtjes boven hem of de donkere aarde om hem heen. Door de nevels van vijftig jaar heen zag hij weer een zolderkamertje onder de dakrand in een Noord-Duitse stad, waar een jongetje en een meisje met donkere ogen samen zaten te spelen, opgesloten door ouders die waren gaan werken. Hij zag het zolderraam weer waardoor ze op het dak tussen de hoge schoorstenen kropen. Hij zag weer hoe ze ooievaartje speelden, met stukjes van het bruine brood in hun mond dat hun ouders voor hen hadden achtergelaten, terwijl ze deden alsof ze denkbeeldige ooievaarskuikens voerden in een denkbeeldig nest tussen de schoorstenen. Terwijl het jongetje stukje bij beetje helemaal naar de rand van het dak kroop om naar de straat beneden te turen, hoorde hij het meisje een kreet slaken, van bewondering vanwege zijn durf, en van angst dat hij zou vallen.

De tijd verstreek. Een jongen van zeventien en een meisje van zestien woonden alleen in East End in Londen – hun ouders waren gestorven in Duitsland – op een zolderkamertje waarvan het dak schuin afliep naar de vloer. Het was vroeg in de ochtend en de jongen liep heen en weer door de straten van Bloomsbury, met donkere krullen tot in zijn nek en een oude zwarte tas over zijn schouder. Hij voelde de prikkeling van de van mist doortrokken lucht in zijn neusgaten, hij voelde het frisse jonge bloed in zijn aderen.

'Lompen! Wie heeft er lompen?' riep hij, en hij richtte zijn ogen op naar de naargeestige huizenrijen om te zien of er uit een van de ramen of deuren een reactie kwam.

En dan werd het avond. De tas was vol. Met drie treden tegelijk stoof de jongen de trap op. De deur van hun zolderkamertje ging open. Ze begroette hem en liet haar zachtmoedige donkere ogen met hun gekrulde wimpers op hem rusten. In het zwakker wordende licht door het schuine raam bekeek ze een stapel kleren die hij op de vloer had uitgestort. Terwijl ze op de kleding voor de kachel zaten, aten ze samen van één bord hun avondmaaltje gebakken vis. Daarna bespraken ze de prijzen die hij bij de winkels had gekregen voor de kleren die ze had gerepareerd.

Terwijl ze met haar hoofd op zijn knie lag praatte hij tegen haar over de toekomst, over de tijd dat hun spaargeld zou zijn opgelopen en ook zij een hoog huis in Bloomsbury zouden bezitten. Hij sprak over de juwelen die hij voor haar zou kopen en de koets die ze zouden hebben. Zij sprak over de maaltijden die ze voor hem zou bereiden en wat ze allemaal zouden doen voor het gezin van hun tante in Duitsland, de enige familie die ze hadden.

Verzonken in zijn herinneringen zag hij ook het gezicht van Bertie vaag voor zich, met de grote ogen en de gekrulde wimpers die deze beelden uit het verleden weer hadden gewekt.

In de bar van het hotel zaten wat mannen te drinken en te praten. Bailey zat een tijdje te luisteren en wierp nu en dan iets in het midden om te zien of er nog nieuws viel te vernemen over de financiële situatie van de zaakwaarnemer. Daarna liep hij naar boven en kroop in bed met zijn in oliedoek gewikkelde pakketje onder zijn kussen.

De lange reis per koets had hem vermoeid, maar hij kon niet slapen. Eerst ging hij na wat voor informatie hij over de zaakwaarnemer had verzameld: zou het raadzaam zijn, of juist niet, om hem onder druk te zetten? Daarna gingen zijn gedachten terug naar Diamantvelde, naar de man die hij op het opgravingsterrein had achtergelaten om concessies voor hem te kopen, en naar New Rush en zijn concessies daar. Deze gedachten leidden verder naar Londen, naar het hoge naargeestige huis in Bloomsbury waar hij al twintig jaar woonde, eerst alleen met Martha, zijn huishoudster, en later ook met haar slechtziende, achterlijke zoon als gezelschap. Geërgerd vroeg hij zich af of het mens in zijn afwezigheid niet te veel kolen zou stoken en of Isaac er wel aan dacht om de poort van de binnenplaats op slot te doen.

Toen zag hij Bertie weer voor zich, aan tafel bij de zaakwaarnemer, met haar grote ogen en het krullende haar dat aan het verleden had doen denken. Vermoeid lag hij te woelen. Hij stak een kaars aan en keek op zijn horloge. Halftwaalf. Hij haalde het pakje met diamanten onder zijn kussen vandaan, maakte het open en koos het exemplaar uit dat Bertie had aangeraakt. Met een wijsvinger streelde hij het zachte, zepige oppervlak zoals een moeder het haar van een kind zou kunnen strelen. Toen scheurde hij een stukje van het bruine papier af, wikkelde het steentje erin en vervolgens in een reepje oliedoek, bond het minuscule pakketje zorgvuldig dicht en stopte het in zijn portemonnee. Daarna ging hij weer naar bed en viel algauw in een diepe slaap.

De volgende ochtend bezocht hij het kantoor van de zaakwaarnemer voor een zakelijke bespreking. Hoeveel rente zou de zaakwaarnemer bereid zijn te betalen, vroeg hij, als het geld dat over een paar weken verschuldigd was nog twee jaar mocht blijven uitstaan, en wat kon hij als onderpand bieden? Hij gaf geen definitief antwoord op het aanbod van de zaakwaarnemer, maar zei dat hij later die dag van hem zou horen.

Terwijl hij zich omdraaide om weg te gaan, haalde hij het kleine bruine pakje uit zijn portemonnee. 'De jongedame, ze vond deze steen mooi. Wilt u zeggen dat het mij een eer is het aan haar aan te bieden, samen met mijn complimenten?' Hij vertrok zonder op een bedankje te wachten.

Toen de zaakwaarnemer naar huis ging voor het middageten, gaf hij het geschenk van Bailey aan Bertie. Ze maakte het zonder enig blijk van blijdschap open, maar schreef op zijn verzoek een kort bedankbriefje. Na het eten, toen ze zich had teruggetrokken om de laatste spullen in te pakken, richtte tante Mary-Anna zich tot haar man.

'Waarom geeft hij haar in hemelsnaam een diamant?'

'Hoe moet ik dat weten?'

'Is hij getrouwd?'

'Wie weet heeft hij wel een vrouw en vijf kinderen in Hamburg of Engeland of waar zijn hoofdkwartier ook moge zijn!' Niettemin kon hij wel raden wat zijn vrouw bedoelde, zoals zelfs bij de traagste mensen die al twintig jaar samenwonen het geval is. 'Het idee schoot mij ook al door het hoofd,' gaf hij toe. 'Maar dat is belachelijk! Ongetwijfeld bewondert hij haar. Ze is het soort vrouw dat iedere man aantrekkelijk zou vinden. Maar Joden trouwen niet met christenen, zelfs al was hij ongetrouwd. Een Jood gedraagt zich misschien als een christen qua gebruiken en gewoonten, hij eet misschien zelfs speenvarken, maar als het op een wettig huwelijk aankomt, blijft hij een Jood. Het is een belachelijk idee. Hoe dan ook, hij vertrekt morgen.'

'Toch is het heel vreemd dat hij zo'n waardevolle steen geeft aan een meisje met wie hij amper drie woorden heeft gewisseld!'

'Helemaal niet. Ik heb wel meegemaakt dat een Jood dertig pond gaf voor een picknick van de zondagsschool. Maar diezelfde man zou tien shilling afpersen van iemand die honger leed en hem dat verschuldigd was. Met een Jood weet je het nooit. Die kan zo grillig zijn als een vrouw.' En hij stond op en ging weer naar kantoor.

Tegen de avond was Bertie klaar met inpakken. Haar grote reiskist stond klaar, afgesloten en dichtgebonden, om mee te gaan met de transportwagen. Haar kleine valies en hoedendoos stonden aan het voeteneinde van haar bed om de volgende ochtend in de postkoets te worden gezet. Ze was alleen in huis. Haar tante was naar een gebedsbijeenkomst. Een tijdje zat ze voor het raam van de voorkamer te haken. Toen legde ze haar voorhoofd op de vensterbank. De wereld was zo groot, zo groot... waarom was er dan geen plek voor haar? Haar gedachten gingen terug naar het huis van Rebekah tussen de eikenbomen in Kaapstad, naar de oude boerderij met de doornbomen, naar de hoeve van John-Ferdinand tussen de blauwe gombomen aan de andere kant van de nek, en ze had het gevoel dat er een hand op haar hart werd gelegd. Ze dacht aan de hele wijde wereld, aan het Verre Oosten waar Rebekah haar over leerde toen ze klein was, aan India met zijn krioelende miljoenen en Jagannath-wagens en palmbomen, aan China met zijn pagodes en belletjes... Daar, daar, ver weg – als je er maar naartoe kon – zou je zoek kunnen raken tussen al die miljoenen, dáár zou je vrij zijn. Waarom was er geen plek waar zij heen kon en waar niemand haar ooit zou vinden?

Tranen welden op in haar ogen. Over een paar uur zou ze in de postkoets zitten, en over een paar dagen zou ze op de boerderij zijn en zouden John-Ferdinand en Veronica haar komen bezoeken.

Het hek aan de voorzijde klikte. Dorcas deed open na de klop op de deur en loodste Bailey naar binnen. Bertie stond op om hem te begroeten. De traansporen zaten nog op haar wangen, maar ze stak een lijdzame hand uit.

Hij vroeg of haar tante thuis was, want hij was gekomen om afscheid te nemen. Bertie antwoordde dat haar tante weg was, maar gauw terug zou zijn. Bailey nam plaats op een kleine stoel met rechte poten, Bertie op een lage zetel. Ze deed geen moeite om te praten.

Een tijdje zat de man zwijgend op zijn stoel. Toen zei hij: 'Het ziet ernaar uit dat het vanavond gaat regenen. Het wordt donker.'

'Ja.'

Weer was het stil. Bailey bekeek haar met een scherpe blik. 'Voelt u zich niet goed?' vroeg hij ten slotte.

'Nee, ik ben in orde, dank u wel.'

'U gaat morgen weg?'

'Ja.'

'Ik reis verder met de postkoets. Reist u daar ook mee?'

'Ja.'

'Vindt u het fijn uw huis en familie weer te zien?'

Bertie wendde haar gezicht langzaam af van het raam. 'Nee,' antwoordde ze. De traansporen op haar wangen waren nog duidelijk te zien. Bailey voelde een merkwaardig ongemak.

'Waarom huilt u?' vroeg hij. 'Uw oom, uw tante, behandelen ze u niet goed?'

'O jawel, jawel, dat doen ze wel!'

'Als u langer wilt blijven, zal ik dan niet met uw oom praten, dat hij u laat blijven?'

'O nee, nee! Zeg niets tegen hem!'

'Als ik met uw oom praat, zal hij u laten blijven. Hij zal luisteren naar wat ik zeg.' Er sloop een zweem van machtsbewustzijn in de blik van de man.

Bertie kwam half overeind. De haaknaald en bol vielen op de grond. 'Ik wil hier niet blijven,' zei ze. 'Ik wil werk zoeken, een plek om te werken. U... u bent de hele wereld rond geweest... weet u niet waar ik werk zou kunnen vinden? Ik kan bijna alles' – haar ogen waren nu wijd opengesperd, strak op hem gericht – 'alles wat een vrouw met haar handen kan. Ik kan koken en naaien, en ik kan hoeden garneren. Ik zou op een baby kunnen passen, ik zou op een huis kunnen passen. Zou er in Diamantvelde niemand zijn die me kan gebruiken? Ik zou het niet erg vinden om hard te werken.'

'De Velde, dat is geen plek voor u,' zei hij. Zijn blik verliet haar gezicht en vestigde zich op haar handen, rond met kuiltjes en klein voor haar grote lichaam. 'U bent voor het plezier, het leven, de mooie kleren, de mooie spullen – u bent niet voor het harde werk!'

'O, maar ik kan wel werken!' zei ze. 'Als uw vrouw iemand nodig had om haar te helpen, zou ik dat kunnen doen. Ik zou het niet erg vinden om naar een ander land te gaan, dat zou ik leuk vinden! Als ik maar –'

Op dat moment viel de schaduw van tante Mary-Anna over het raam. Het hek klikte en de voordeur ging open. Bertie trok zich terug in de schaduw van het gordijn. Bailey stond op. Het was hem een eer haar vaarwel te komen wensen, zei hij, en haar te bedanken voor de voortreffelijke avondmaaltijd die hij had genoten.

Tante Mary-Anna bedankte hem naar behoren voor de diamant die hij Bertie had gegeven en nodigde hem uit om nogmaals te blijven eten. Hij sloeg het beleefd af: hij had nog zaken te doen, zei hij. Zonder een woord te zeggen schudde hij Bertie de hand en haar tante begeleidde hem naar buiten.

Het was na middernacht en Bertie lag wakker, luisterend naar de klok in de eetkamer die ieder halfuur sloeg. Elke tik bracht het moment van haar vertrek naderbij, en van de reis daarna, en dan van de aankomst op de boerderij. Steeds opnieuw doorliep ze de stappen die onvermijdelijk leidden tot de komst van John-Ferdinand en Veronica vanaf hun boerderij. Haar haar was vochtig van het kille zweet. De klok sloeg twee uur.

Ze wierp het beddengoed van zich af en stapte uit bed. In haar nachtjapon stak ze de gang over en deed de keukendeur open. Door het grote gordijnloze raam viel een vierkant van verblindend maanlicht op de stenen vloer en verlichtte de hele keuken. Op de vloer voor de open haard lag Dorcas, gewikkeld in een deken. Bertie knielde naast haar neer.

'Dorcas!' riep ze zachtjes. 'Dorcas, word alsjeblieft wakker!'

Dorcas bracht een zacht gekreun uit. Haar hoofd kwam onder de deken vandaan als een kokerjuffer die uit zijn kokertje kruipt.

'Ik ben zo eenzaam, Dorcas! Laat me alsjeblieft je hand vasthouden!'

Dorcas draaide zich op haar zij. Bertie voelde onder de deken en klemde de hand van de Afrikaanse vrouw in de hare. 'Ik ben zo eenzaam, Dorcas!' Dorcas bleef roerloos liggen.

Bertie huiverde, trok haar hand terug en glipte op blote voeten weer naar haar kamer.

Om halfvijf stopte de postiljon met zijn koets op het plein voor het postkantoor en blies eenmaal op zijn hoorn. De postdirecteur wreef de slaap uit zijn ogen en sleepte de postzakken naar buiten. Twintig minuten later stopte de postiljon voor de deur van de zaakwaarnemer en blies nogmaals op zijn hoorn. Bertie, die allang aangekleed was en klaar om te gaan, ging afscheid nemen van haar tante terwijl de zaakwaarnemer op pantoffels en in ochtendjas haar hoedendoos en valies naar de deur droeg.

De vier grijze paarden kauwden luid op hun bit. De postiljon bond haar hoedendoos en valies achter op de wagen. De postzakken die voor de bok lagen reikten tot boven het slijkbord.

Op de achterbank van de koets zat Bailey, gehuld in een met bont gevoerde jas waarvan de opgezette kraag alles verborg behalve zijn scherpe ogen en kromme neus. Hij knikte naar Bertie, die een dikke doek om haar hoofd had geslagen. De postiljon nam zijn plek in op de bok en de zaakwaarnemer hielp Bertie instappen naast Bailey. Hij reikte haar haar handtas aan, verzocht Bailey haar onder zijn hoede te nemen zolang ze dezelfde weg gingen, en vroeg haar te schrijven zodra ze aankwam op de boerderij. Over de zijkant van de koets heen schudde hij Bailey de hand. Bailey zei dat hij over een paar dagen van hem zou horen. Daarna blies de postiljon een luid signaal, en met een wijde bocht stoven de paarden de straat uit en het plein op. Toen ze het plein overstaken en langs het hotel kwamen, tilde Bertie haar hoofddoek op om achterom te kijken naar de slapende huizen en de kerk, die als een grote vochtige witte engel over het stadje waakte. Daarna verdwenen ze uit het zicht en was er niets anders meer van hen te bespeuren dan de karrensporen in het natte zand van het plein.

TWAALF

Het was een kostelijke middag met een gele gloed. Over het dal hing een nevel waardoorheen je de omtrek van de heuvels en bomen en vlaktes zag in een gouden glans. De lucht was zo dicht dat je haar met een mes had kunnen snijden, en toch zo helder dat je het verste voorwerp erdoorheen kon zien, en zo warm en weldadig dat je maar één wens had: stilzitten en haar inademen.

Op de keukenstoep zat oude Ayah een zakdoek te zomen. Nu en dan stopte ze even, keek het dal in, zuchtte, nam een snuifje tabak en zei: '*Ag ja, God!*', waarna ze haar naaiwerk hervatte.

Op de stenen muur die van de wagenloods naar de tuin liep, met een brede hekloze opening waardoor rijtuigen en wagens konden passeren, zat Griet. Haar blote hielen tikten tegen de muur terwijl ze ze op en neer zwaaide, haar hoofd was achterover geworpen terwijl ze omhoogkeek naar de lucht waar tientallen muggen rondjes vlogen. Ze draaide haar hoofd heen en weer om ze te volgen en deed soms alsof ze ze probeerde te pakken.

Haar ogen dwaalden verder, naar waar de weg zich om de heuvel wond vanaf de naburige boerderij. Ze luisterde aandachtig, zoals de oren van haar voormoeders generaties lang gespitst waren geweest op de naderende tred van de antiloop die eten betekende, of van de vijand die oorlog betekende. Ja, daar was hij, bewegend tussen de acacia's waarvan de takken wit zagen van de doorns: de nog wittere kap van een karretjie. Hij zonk uit het zicht om vervolgens weer op te duiken in de buurt van het stuwbekken, duidelijk zichtbaar.

Op de voorbank zat John-Ferdinand met zijn brede vilthoed. Achter hem zat Veronica in een lichte katoenen jurk, haar gezicht afgeschermd door een paddenstoelvormige strohoed met een band van witte mousseline. Op haar arm lag de baby, gewikkeld in een omslagdoek.

Griet keek niet op toen het karretjie passeerde en het erf op reed. Het kwam zo stilletjes dat oude Ayah, die doof begon te worden, het pas opmerkte toen het stopte bij de keukendeur.

'Kind van de zonde!' riep ze tegen Griet. 'Waarom heb je me niet gezegd dat er mensen kwamen, zodat ik koffie klaar had? Ga houtspaanders halen om de ketel op te zetten!'

Terwijl John-Ferdinand de paarden aan de paal bond – wat erop wees dat dat hij niet van plan was lang te blijven – en zijn vrouw hielp afstappen, begaf Griet zich naar de houtmijt en zocht de groenste spaanders waaruit nog sap lekte. Met deze in haar schort keerde ze terug naar het huis en liet terwijl ze langs het karretjie liep hooghartig haar korte rokken wapperen.

Aan de tafel zat, half in slaap gevallen met zijn bril op zijn neus en zijn Swedenborg opengeslagen voor zich, de heer des huizes, die opstond om het bezoek te begroeten. Bij het horen van stemmen kwam zijn vrouw aangesneld vanuit de slaapkamer, haar roze katoenen jurk nog gekreukt daar waar ze erop gelegen had. 'O, ik ben zo blij jullie te zien!' riep ze uit. 'Had het me maar laten weten, dan had ik cake klaar gehad!'

'We wisten niet dat we zouden komen,' zei Veronica. Ze had plaatsgenomen in de hoek. Haar gezicht, vroeger zo pijnlijk langwerpig en recht, was aangedikt tot een langgerekt welvend ovaal. Haar wangen hadden een warme teint en in de lichtblauwe kleur van haar ogen lag een glinstering die er in haar meisjesjaren nooit was geweest. Ze haalde de omslagdoek en muts van het hoofdje van haar kind en legde het achter een kanten zakdoek aan haar boezem.

'John-Ferdinand,' zei de vrouw des huizes, 'het is al minstens drie weken geleden dat Bertie is vertrokken bij mijn zus. Ik begrijp niet waarom je oom niet schrijft. Hij heeft onze brief met de vraag waar ze blijft vast en zeker ontvangen! Ik heb deze week geen oog dichtgedaan.' Ze wendde zich tot Veronica: 'Jullie hebben geen nieuws, toch?'

'Jawel, tante,' zei Veronica, 'dat is de reden dat we zijn gekomen. We hebben een brief gekregen van oom.'

'O, ze is ziek! Ze is dood!' riep Berties moeder handenwringend, terwijl ze als een kind van de ene voet op de andere danste.

'Nee, lieve tante, ze maakt het heel goed. Ze maken het allemaal goed.'

Zonder een woord te zeggen haalde John-Ferdinand een envelop tevoorschijn, drukte die in de hand van zijn vrouw en verliet de kamer. Veronica trok een brief uit de envelop. 'Hij is van haar oom,' legde Veronica uit, terwijl ze de brief uitvouwde. 'Hij verzocht ons naar u toe te gaan.'

Deels voorlezend, deels toelichtend bracht Veronica hen op de hoogte van de inhoud van de brief. Bertie was vertrokken, schreef de zaakwaarnemer, met de postkoets van donderdag. Hij had er niet aan getwijfeld of ze had haar bestemming veilig bereikt totdat hij, een volle dertien dagen na haar vertrek, brieven van de boerderij ontving met de vraag waar ze bleef. Diezelfde dag ontving hij ook een brief van Bertie, zonder datum of adres, waarin ze hem meedeelde dat ze niet terug wilde naar de boerderij en daarom, uit eigen vrije wil en op haar eigen verzoek, was meegegaan met de Joodse koopman die haar medepassagier was geweest in de postkoets. Ze wilde niet dat iemand haar zou volgen, zei ze. Wanneer ze haar reisbestemming had bereikt, zou ze haar moeder en Rebekah schrijven. Wat haar reisbestemming zou zijn, zei ze niet.

'Is ze met hem getrouwd – getrouwd met een Jood – een man van wie we niets afweten?' riep haar moeder. 'O, was Rebekah maar hier. Waarom is Rebekah hier niet?'

'Ik denk niet dat ze echt met de man getrouwd is, lieve tante,' zei Veronica. 'Uit wat haar oom schrijft, maak ik op dat ze ongetrouwd met hem is gaan samenleven.'

De moeder stond als aan de grond genageld. Haar man schoot overeind en griste de brief uit Veronica's hand.

Met een hulpeloze kreet rende de moeder de kamer uit en kwam op de voorstoep oog in oog te staan met John-Ferdinand. 'Alsjeblieft, John-Ferdinand, leg het me uit! Ik begrijp het niet. Het is zo vreselijk! Zeg me wat er aan de hand is!'

John-Ferdinand nam haar handen in de zijne. 'Mijn lieve tante, het is de wil van onze hemelse Vader. Het is ons niet gegeven om de vreemde en vreselijke beschikkingen te doorgronden waarmee wij in het leven worden geconfronteerd. We kunnen ons er slechts aan onderwerpen.'

'Maar Bertie! Mijn kleine Bertie!' riep ze. Ze rukte zich los en rende terug naar de eetkamer, waar haar man stond, nog verdiept in de brief. 'Je moet haar gaan terughalen!' riep ze. 'John-Ferdinand moet mee! Rebekah moet mee!'

De baby was intussen in slaap gevallen. Veronica bedekte haar borst. 'Mijn lieve tante, in zijn brief zegt oom dat hij geen idee heeft waar Bertie en die man naartoe zijn gegaan, geen flauw idee. Misschien zijn ze wel naar Diamantvelde gegaan, misschien zijn ze naar Vrijstaat gegaan, naar Transvaal, naar Engeland, naar Zuid-Amerika, waar dan ook. Hij zegt, heel verstandig, dat we geen ophef moeten maken, en zeker geen openbaar onderzoek moeten instellen zodat het in de kranten kan komen. Hij kent de man enigszins. Hij zegt dat hij heel erg rijk is en haar vast en zeker vriendelijk zal bejegenen. Ook moet er rekening worden gehouden met andere partijen: zijn eigen twee kinderen bijvoorbeeld, die van Rebekah, en het mijne. Als zoiets eenmaal over de tong gaat, raakt het nooit meer vergeten... nooit meer. Omwille van Bertie, omwille van ons allemaal, moet het worden stilgehouden.'

De vader stond met de brief in zijn hand. De moeder verviel in stilzwijgen toen ze zag hoe bleek zijn gezicht was.

'Wat gebeurd is, is gebeurd,' vervolgde Veronica. 'Omwille van Bertie zelf, omwille van de onschuldigen die met haar mee zullen lijden, mogen we in geen geval overhaast te werk gaan. Uw dochter is de eenentwintig gepasseerd, meerderjarig. Ze heeft het recht om te doen wat ze wil.'

'Ik vertrek vanavond nog,' zei de vader. 'Eerst zal ik naar haar oom gaan en uitzoeken wat die allemaal weet. We moeten haar thuisbrengen.'

Zijn vrouw wierp zich aan zijn borst. 'O, ze was mijn kleine schatje! Ze is nog zo'n kind! Ze weet niets van het leven!'

Een halfuur later vertrokken John-Ferdinand en Veronica met hun baby. Ze konden niets betekenen voor de oude mensen, ze achtten het beter om maar te gaan. Oude Ayah, die net uit de melkkamer was teruggekeerd met verse room en boter, verontschuldigde zich dat er geen thee was. Niet alleen hadden de spaanders geen vlam willen vatten, Griet had in haar verstrooidheid ook nog eens twee bekerglazen koud water in de ketel gegoten.

Het karretjie reed door de opening in de plaggenwal, maar Griet keurde het niet één blik waardig. Maar toen het de helling tussen de doornbomen afreed, maakte ze spottende gebaren en snoof vol verachting.

In het huis heerste stilte. In de eetkamer zat de vader aan de tafel met zijn hoofd op zijn gestrekte armen. In de slaapkamer, op het grote bed waarin de meisjes waren geboren, lag hun moeder te snikken, terwijl oude Ayah met azijn en water bevochtigde doeken op haar voorhoofd en polsen legde. Terwijl ze zich over haar werk boog, zuchtte ze diep van medeleven. Niet dat haar bazin haar al had verteld wat er was gebeurd, maar ze had het gevoel dat er slecht nieuws was gekomen over Bertie. Ze had ook het gevoel, al kon ze dat niet verklaren, dat de brengers van het nieuws op de een of andere manier blaam trof.

Griet volgde het karretjie tot de laatste glimp van de witte kap tussen de doornbomen was verdwenen. Daarna, toen ze merkte dat niemand haar riep en overal doodse stilte heerste, gaf ze zich over aan haar eerdere bezigheid: kijken naar de muggen die boven haar zoemden in de warme gele lucht.

DERTIEN

Bailey stampte met zijn voeten op het trottoir. Het was elf uur op een regenachtige avond. De muur van regen was zo dicht dat het licht van de weinige gaslantaarns die langs de lange Bloomsbury Street schitterden er bijna door werd tegengehouden. Rond de hoed van de koetsier op de bok parelden regendruppels, die de lampen van zijn huurkoets weerkaatsten.

Bailey liep de trap van het huis op en belde luid aan, en daarna zonder te wachten nog een keer. Er klonk geluid binnen en de deur ging op een kier. Hij gaf er een schop tegen. Binnen was een figuur te zien met een brandende kaars in de hand.

'Waarom kom je verdorie niet als ik bel? En waarom steek je de lamp in de hal niet aan?'

Hij liep de trap weer af, opende het koetsportier en hielp Bertie uitstappen. Ze droeg een dikke hoofddoek en een bontmantel die van hals tot voeten reikte. Bailey leidde haar de trap op en de hal in.

De vrouw die de kaars in haar hand had gehad ging op een stoel staan om de lamp in de hal aan te steken. Het rook er overwegend naar verf en lak en oliedoek. Verderop, in het souterrain, was nog een vage figuur te onderscheiden.

'Isaac! Isaac! Waarom kom je de spullen niet naar binnen brengen?'

De figuur kwam aangeschuifeld van achter in de hal, een jongeman van rond de zeventien jaar met een hoog, schuin aflopend voorhoofd waarboven een dikke bos krullen uittorende zoals bij Bailey, maar dan met een vale, rossige tint. Behalve de schuifelende tred deed niets in zijn uiterlijk aan Bailey denken. Hij had een lange rechte neus, die aan het uiteinde scherp vierzijdig was alsof het puntje chirurgisch was weggesneden. Hij keek wazig uit zijn ogen en liep met afhangende schouders en zijn hoofd naar voren alsof hij halfblind was. Hij liep Bertie voorbij zonder haar op te merken.

'Breng de dame naar de kamer boven,' zei Bailey tegen de vrouw, en hij liep achter Isaac aan naar de huurkoets.

De vrouw was een jaar of veertig. Haar grijzige haar was van achteren bijeengebonden tot een rommelige knot en hing bijna tot aan haar zware wenkbrauwen over haar voorhoofd heen. Zonder iets te zeggen liep ze de trap op. Terwijl Bertie haar volgde, zag ze dat de pols en de hand waarmee de vrouw de kaars vasthield zo dik en sterk waren als die van een man, en enigszins behaard. Haar sjofele zwarte jurk was aan de achterkant gescheurd.

Op de overloop van de eerste verdieping bleef ze staan en wierp de deur open van een grote kamer, waar het nog sterker naar nieuwe verf en nieuw meubilair rook dan beneden. Aan het plafond hing een glinsterende kroonluchter van geslepen glas. Bertie volgde haar een tweede deur door naar een kamer met een kolenvuur, waarvan het warme schijnsel op een groot bed en een kleerkast met glazen deuren viel. Voor het vuur stond een met paars velours beklede bank, waar Bertie op ging zitten. De vrouw vertrok en deed de deur achter zich dicht.

Bertie deed haar hoofddoek af en knoopte haar bontmantel los, maar trok hem niet uit.

Even later kwamen Bailey en Isaac binnen met de bagage. 'Vind je het vuur prettig?' vroeg Bailey. 'Ik zal de vrouw zeggen dat ze je wat te eten brengt.' Hij haalde een kleine sleutelbos uit zijn zak. 'Alle spullen in de lades en kasten zijn van jou. Als je iets nodig hebt, maak je ze open!' Hij legde de sleutels op de schoorsteenmantel. 'Ik ga nu naar mijn kantoortje – dat is beneden – om wat zakenbrieven te bekijken. Ik kom gauw weer naar boven.' Hij keek haar bezorgd aan terwijl hij van het ene been op het andere wipte. 'Bel je als je iets nodig hebt? Ben je moe? Ik zal de vrouw zeggen dat ze je gauw wat te eten brengt.'

Ze was inderdaad erg moe. Toen ze op Madeira waren, had Bailey hun doorreis twee weken uitgesteld zodat de reparaties en inrichting klaar zouden zijn wanneer ze in Londen aankwamen. Ze waren dezelfde dag pas aan wal gegaan, en de kille, vochtige lucht, waaraan ze niet gewend was, maakte haar ontzettend loom. Ze leunde achterover op de velours kussens en trok haar voeten op. Wat waren de kussens zacht!

Tien minuten later werd er op de deur geklopt en kwam de vrouw binnen met een zilveren dienblad. Uit Berties langzame, gelijkmatige ademhaling was op te maken dat ze in diepe slaap was. De vrouw kwam dichterbij. Het vuurschijnsel glimmerde op de zijden voering van Berties bontmantel en wierp een roodachtig licht op haar gezicht. De vrouw leunde naar voren en stak een dikke, ongewassen vinger uit alsof ze de wang wilde aanraken om te voelen of de zachte welvingen echt waren. Toen draaide ze zich om en verliet de kamer met een niet ontevreden glimlach om haar mond.

Eén enkele kamer op de begane grond, oorspronkelijk de eetkamer aan de achterkant van het huis, maar met een bakstenen muur afgescheiden van de voorkamer, was de afgelopen twintig jaar Baileys thuis geweest. Hier woonde, at en sliep hij terwijl de rest van het huis, dat aan de zorgen van Martha was toevertrouwd, werd verhuurd. Op zijn kamer stond een veldbed met een smoezelige gewatteerde deken. In een hoek stond een kleine ijzeren kachel met een ketel erop. De tafel lag bezaaid met papieren en documenten. Een gebarsten lamp, zwart van ouderdom, hing erboven. Terwijl de rest van het huis werd opgeknapt en opnieuw gemeubileerd, was alleen deze kamer onaangeroerd gebleven. Hier at, dronk en sliep Bailey en zat hij 's nachts te werken. De muffe lucht en de viezigheid waren hem vertrouwd.

Zodra hij die avond de kamer binnenkwam, deed hij zijn nieuwe zwarte jas uit, hing hem achter de deur, trok een kort zwart jasje aan, vettig en glimmend, en ging aan de tafel zitten. De meeste papieren die op hem lagen te wachten waren rekeningen voor het inrichten en meubileren van het huis. Er lagen lange rekeningen van zilversmeden voor bestek en servies. Er lagen nog langere rekeningen van de kleermakers in Bond Street aan wie hij Berties maten had gestuurd met de opdracht haar van een volledige damesgarderobe te voorzien. En er lag een fikse rekening van zijn makelaar, die de huurders, die zonder een maand opzegtermijn uit het huis waren gezet, had moeten compenseren. Hij telde alle kosten bij elkaar op en bekeek het hoge totaalbedrag met een vleugje voldoening. Ja, het had een hoop gekost.

Hij stond op, trok het korte jasje uit en deed zijn zwarte jas weer aan. Hij wierp een blik in de gebarsten spiegel aan de muur om te zien of zijn haar aan de voorkant nog recht overeind stond en liep daarna de trap op naar de kamer van Bertie. Na twee keer kloppen zonder antwoord deed hij de deur open en trof haar slapend aan op de bank. Zachtjes deed hij de deur dicht en liep op zijn tenen verder. Hij knielde neer, maakte de knopen van haar schoenen los en trok ze uit. Hij liet zijn handen over de ronde vormen van haar disproportioneel kleine voeten gaan. Hij boog zich zelfs voorover, alsof hij zijn lippen erop wilde drukken.

Hij kwam overeind en haalde een donskussen van het bed, dat hij onder haar voeten schoof. In een kast vond hij een pluizige witte omslagdoek, die hij eroverheen vouwde en aan de zijkanten instopte. Hij blies de kaars uit en bleef even naar haar staan kijken. Toen ging hij weer naar beneden, terug naar zijn brieven.

De volgende ochtend werd Bertie om halfnegen wakker. Er was iemand binnen geweest om nieuwe kolen op het vuur te gooien, want het brandde flink. Ze stond op en wierp de bontmantel van zich af. Door twee ramen aan de andere kant van de kamer kwam een dof grijs licht naar binnen – het leek nauwelijks op daglicht – en ook een ver geraas als een miljoen strengen die waren vervlochten tot één. Haar kousenvoeten zakten geruisloos weg in de zachtheid van het dubbelpolige tapijt. Ze trok de jaloezieën omhoog en tuurde naar buiten.

Een grijze damp leek net zozeer van de grond op te stijgen als neer te dalen uit de lucht. Helemaal aan het eind van de straat bestonden de achtergevels van de huizen allemaal uit hetzelfde doodse, geelgrijze baksteen, en wasemden ze allemaal dezelfde damp uit. Aan de buitenkant van twee ramen op een bovenverdieping was een lijn gespannen waaraan ondersteboven een overhemd hing, de mouwen druipend van het water. Verder naar boven, op wat leek op een vliering, stond een raam open en gluurde een jongensgezicht naar buiten. Toen ging het raam dicht. Beneden tussen de huizen lagen piepkleine achtertuintjes met hoge muren eromheen. Ze drukte haar gezicht tegen het glas om erin te kunnen kijken. In één ervan stonden een paar kapotte bloempotten. Een grijze kat sloop over de rand van de muur, drijfnat, maar kennelijk gewend aan het vocht.

Een doordringende geur bereikte haar neusgaten, zoiets als de geur van de brandende *harpuisbossies* op de velden thuis. Ze vroeg zich af wat het was.

In de kamer was alles prachtig. Op het zachte dubbelpolige tapijt waren roze rozen afgebeeld. Op het koperen bed lag een blauwe satijnen gewatteerde deken, versierd met borduurwerk. Er stonden twee mahoniehouten kleerkasten met elk een dubbele spiegel, en twee ladekasten met koperen beslag. Er stond nog een spiegel op de kaptafel, en boven de schoorsteenmantel hing er ook nog een, waarin de hele kamer werd weerspiegeld. Naast de velours bank stonden twee fauteuils en een tafel met een paars fluwelen kleed.

Bertie dwaalde door de kamer en raakte het een en ander aan. Wat was alles geweldig en prachtig, en het was van haar, allemaal van haar! Zelfs het marmer van de haard kwam haar prachtig voor, want ze had nog nooit wit marmer gezien. Haar gedachten gingen naar de gebeitste grenen kleerkast in de mooiste slaapkamer thuis, naar de kleine grenen kaptafel met het mousselinekleedje erop, en ze werd overvallen door een merkwaardig soort pijn.

Ze pakte de sleutels van de schoorsteenmantel en begon lades en kleerkasten open te trekken. In de lades lagen stapels van zulk fijn linnengoed dat ze het nauwelijks durfde aan te raken. Ze legde een nachtjapon uit op het bed met zoveel delicaat, met lintjes gegarneerd kantwerk dat ze aanvankelijk dacht dat het een avondjurk was. In de kleerkasten hingen jurken van zijde en mousseline en fluweel en kant. Ze nam ze eruit en bekeek ze om beurten.

Ze droomde al haar hele leven van een jurk van dikke zwarte zijde waarop in reliëf allemaal blauwe madeliefjes met witte hartjes waren geborduurd. Haar moeder had zo'n lapje zijde gehad op een lappendeken die ze uit Engeland had meegenomen. Aan boord van het schip had Bailey haar gevraagd wat voor jurk ze het allermooist zou vinden, en ze had een jurk beschreven die geheel uit zulke stof bestond, met een lange sleep en een fijne kanten sjaal om over de schouders te slaan en aan de voorkant naar beneden te laten hangen. In de kleerkast trof ze precies zo'n jurk en sjaal aan. Ze deed de jurk aan en de sjaal om en liep erin heen en weer. Er waren drie spiegels waarin ze zichzelf kon zien. De jurk was net zo mooi als ze zich had voorgesteld.

Er klonk een klop op de deur en de vrouw verscheen met een ontbijtblad. Op het blad lag een briefje van Bailey met de boodschap dat hij naar zijn kantoor in de stad had gemoeten, maar om één uur terug zou zijn voor de lunch.

Bertie zat op een stoel van paars velours met haar ontbijt op een lage tafel voor zich en at overvloedig. Ze had honger – ze had al een dag niet gegeten. Daarna leunde ze achterover. Aan de zijkant van de jurk was met een zijden koord een zwarte waaier met madeliefjes erop bevestigd. Ze wuifde zich koelte toe, niet omdat het warm was, maar om de waaier uit te proberen.

Toen ze genoeg had van het kijken naar jurken liep ze naar de aangrenzende kamer met zijn prachtige glazen kroonluchter. Op de schoorsteenmantel en op standaards stonden vazen en kandelaars met glinsterende hangertjes van geslepen glas. De banken en stoelen waren bekleed met karmozijnrood velours dat al net zo luxueus was als het paarse in de slaapkamer. Ook hier was het tapijt zacht en diep, en de velours gordijnen voor het raam, met bolletjeskoorden en een voering van kostbaar satijn, waren net zo dik als de gordijnen op het schilderij van koningin Victoria dat op de boerderij in de voorkamer hing. Ze wreef ertegenaan met haar wang. Wat waren ze heerlijk zacht!

Ze liep rond en raakte alles aan. Daarna belde ze Isaac om een vuur te komen maken. Terwijl hij daarmee bezig was, stond ze bij het raam en keek naar buiten. Ze zag dat de straat aan de andere kant uitkwam op een plein. Er reden huurkoetsen voorbij en een postbode liep druipend van de regen van deur naar deur. Ze rilde en ging bij het vuur zitten.

Om één uur trok ze een schitterende jurk van witte wol aan met de snit van een Grieks gewaad, en daarna nam Bailey haar mee naar beneden om gaan te lunchen in de eetkamer in het souterrain. Daar stond een enorm buffet en er hingen schilderijen van fruit en jachttaferelen, en de mahoniehouten stoelen waren zo zwaar dat ze die nauwelijks kon optillen. Na de lunch ging Bailey weer weg en keerde zij terug naar haar jurken.

Om vier uur kwam hij thuis en zei dat ze zich klaar moest maken voor een ritje. De koets kwam voorrijden. De koetsier droeg een livrei met een overjas eroverheen, en Isaac zat naast hem in dezelfde livrei en overjas. Het regende nog steeds, maar in de koets, in haar bontmantel, was het knus en warm, en ze kon door de ramen naar buiten kijken naar de natte mensen die zich voorbijhaastten.

Bailey nam haar mee naar een aantal winkels. Bij de modiste vroeg ze naar de prijs van een hoed. 'Dat is niets! Neem wat je wil!' zei Bailey, en hij stond erop dat ze drie hoeden kocht. Bij andere winkels kocht ze handschoenen, snoepjes, bloemen, lelies en orchideeën, die eigenlijk een paar soeverein per bos kostten, ook al dacht ze dat het maar een paar pence was. Bij een juwelier kocht hij een diamanten armband en smaragden oorbellen voor haar. Ze kocht ornamenten en snuisterijen, allerlei dingen die ze nooit eerder had gezien. Toen ze eindelijk in de koets stapten, lag er zo'n hoge stapel pakjes op de voorbank dat ze steeds naar beneden vielen.

Thuis trok Bailey zich terug op zijn kamer om te werken terwijl zij haar aankopen uitpakte en neerzette. Daarna luidde ze de bel en zei tegen Isaac dat hij zijn baas moest roepen om te komen kijken hoe ze de salon met bloemen had versierd. Toen hij kwam, speldde ze een corsage op zijn jasje. Bij het diner droeg ze een witte, laag uitgesneden jurk met een rozenkrans op het lijfje. Aanvankelijk vond ze het nogal extravagant om zo'n chique jurk bij een gewone maaltijd te dragen, maar er hing niets in de kast wat minder chic was. De eettafel was gedekt met veel zilverwerk en kristal, en er waren verschillende gangen en drie soorten wijn. Ze had zoiets maar één keer eerder gezien, bij een groot diner in Kaapstad.

Bailey had de beste en duurste kok laten inhuren die hij krijgen kon. Bertie bedankte voor de wijn. Ze wilde limonade, die Isaac speciaal voor haar moest gaan kopen. Maar ze nam, als een kind, drie porties van een heerlijke taart met room en amandelen in het midden. Ze trok samen met Bailey aan het uiteinde van een knalbonbon, en toen er een geel kroontje uit kwam moest hij het van haar opzetten. Zelf zette ze een bisschopsmijter op. Haar sleep was zo lang dat ze er bijna over struikelde toen ze na het eten naar boven gingen, en ze liet Bailey hem voor haar dragen.

Daarna ging Bailey terug naar zijn krappe kantoortje terwijl zij bij de haard zat en haar aankopen nog eens bestudeerde, en vervolgens naar het geraas van de stad luisterde tot ze moe werd en het koud kreeg en naar bed ging.

De hele volgende ochtend paste ze jurken en mantels en hoeden. Omdat hij niet thuis kon komen voor de lunch, gaf Bailey opdracht haar die boven te serveren. Maar om vier uur kwam hij terug om haar weer mee uit te nemen met de koets.

Ze vroeg hem haar naar een handwerkwinkel te brengen. Hier kocht ze allerlei materiaal en opbergkistjes en een werktafel en een werkmand. De hele avond zat ze, terwijl hij beneden bezig was, bij het vuur een zijden beurs voor hem te breien. Toen hij om elf uur naar boven kwam, zat ze nog steeds over haar werk gebogen. Vond hij het patroon mooi? vroeg ze hem. Ze ging zo op in haar werk dat hij haar nauwelijks zover kon krijgen om naar bed te komen.

De volgende dag regende het te hard om naar buiten te gaan. De hele dag zat ze te werken. Ze maakte de beurs af en begon aan een paar pantoffels. De dag daarna was ze zo druk bezig met de pantoffels dat ze zei dat ze niet wilde gaan rijden. Toen het bedtijd was en Bailey vanuit zijn kantoortje naar boven kwam, zat ze voor het vuur met haar werk in haar schoot naar de vlammen te staren.

'Denk je dat ze de brief die ik ze heb gestuurd inmiddels hebben ontvangen?' vroeg ze hem.

'Nou, nee. Zoiets duurt lang.'

'Maar denk je niet dat ik ze zou moeten schrijven om mijn adres te geven? Ik heb ze verteld dat ik het goed maak en dat je aardig voor me bent, en dat ik gelukkig ben. Maar misschien willen ze ook weten waar ik ben.' Ze was even stil. 'Misschien maken ze zich zorgen.'

'Waarom wil je ze vertellen waar je bent? Ik heb ze het adres van mijn partner in Zuid-Amerika gegeven, om ze te laten denken dat we daar zijn. Wil je dat ze je hier komen halen?' Hij keek haar scherp aan.

'O nee, nee!' antwoordde Bertie, terwijl ze opstond. 'Nee, ik wil nooit meer terug naar Afrika! Ik ben hier zo gelukkig bij jou! Je bent zo lief voor me! Alleen ben ik... soms... bang dat ze zich zorgen maken. Daar... daar ben ik bang voor.'

'Als ze denken dat je was doorgereisd naar Zuid-Amerika, duurt het negen, tien maanden voor ze je hier gaan zoeken. Wil je dat ze snel komen?'

'O nee, nee, ik wil hier blijven! Je laat niemand me toch mee terug naar Afrika nemen?'

'Nee, nee!'

Ze pakte een pantoffel en werkte eraan verder. Algauw zei Bailey dat het tijd was om naar bed te gaan.

Elke ochtend om acht uur ging Bailey naar de City. Bertie ontbeet op bed en ging daarna jurken passen en handwerken. Om één uur bracht Isaac haar de lunch op een zilveren dienblad: Bailey had haar duidelijk gemaakt dat hij niet wilde dat ze beneden kwam als hij er niet was, dat haar wereld uit de eerste verdieping bestond. Na de lunch ging ze liggen en probeerde te slapen. Daarna dofte ze zich weer op voordat Bailey thuiskwam, en als hij vroeg genoeg was en het weer niet te slecht, gingen ze een eindje rijden in de dichte koets. Na thuiskomst kleedde ze zich om voor het diner en deed ze haar haar, en dan gingen ze naar de eetkamer en dineerden te midden van het zilverwerk en glas en het loodzware meubilair, waarna Bailey zich terugtrok in zijn kantoortje en zij in haar salon ging zitten.

Het was weliswaar zomer, maar wel een natte zomer: hoe warm het overdag ook was, ze moest dag en nacht flink stoken in de slaapkamer en de salon. Het vuur was het enige wat licht gaf.

Op een middag, toen het te hard regende om de deur uit te gaan, vroeg ze Bailey wat er op de bovenliggende verdiepingen was. Om haar nieuwsgierigheid te bevredigen haalde hij de sleutels en maakte de deur open.

Als je de zolder meetelde waren er drie verdiepingen. Alle kamers waren geverfd en behangen en gestoffeerd, maar ze waren helemaal leeg. Ze zei tegen Bailey dat het leuk zou zijn om ze te meubileren. Hij vroeg wat ze met de kamers zouden doen als ze eenmaal gemeubileerd waren. Ze keek om zich heen en opperde: misschien als hij eens logés had... Maar hij had nooit logés, zei hij. Dus deden ze de deur weer op slot en gingen terug naar de salon.

De volgende dag, toen hij op weg naar huis de straat in reed, zag hij een orgelman in de stromende regen aan zijn pierement draaien. Hij had een jongen van een jaar of elf bij zich. Toen hij naar boven ging, trof hij Bertie aan voor het open raam. De regen sloeg tegen haar witte jurk terwijl ze bolletjes gekonfijt fruit en snoepjes in papieren wikkels naar de man en de jongen beneden gooide. Ze had net een doosje chocolaatjes in een kanten zakdoek gewikkeld om naar hen toe te gooien toen Bailey binnenkwam. 'Vang maar! Vang maar!' riep ze. Ze draaide zich om en zag hem. 'Kijk dat arme jongetje nou toch!' zei ze. 'Geef me wat geld om aan ze te geven! Ze spelen zo prachtig, je kan je voeten gewoon niet stilhouden! Ik heb door de kamer gedanst terwijl ze speelden. Maar ik heb niets om aan ze te geven behalve snoepjes.'

'Kijk nou hoe nat je bent!' riep Bailey, en hij ramde het raam naar beneden. Hij liet zijn vingers over haar drijfnatte mouwen en lijfje gaan. 'Je moet niet praten met mensen op straat. Het zijn slechte mensen die alle spullen zullen komen stelen!' Hij draaide zich om en haastte zich de trap af, waar hij Isaac naar buiten stuurde om tegen de twee te zeggen dat als ze ooit nog terugkwamen hij de politie op hen af zou sturen. Isaac moest ervoor waken dat ze ooit nog terugkwamen.

Toen hij weer bovenkwam, prentte hij Bertie in dat ze onder geen beding ooit nog een raam mocht opendoen en met iemand op straat mocht praten. Ook mocht ze onder geen beding met iemand praten aan wie hij haar niet had voorgesteld. 'In Afrika kun je zulke dingen doen,' zei hij, 'maar in Londen niet.'

Ze hoorde hem stilletjes aan.

'Hou je van muziek?' vroeg hij.

'O ja!' antwoordde ze. 'Ik hou van dansmuziek. Dan begin ik vanzelf te dansen. Ik ben nooit moe als er dansmuziek in de buurt is.'

Een dag later, toen ze thuiskwamen na hun ritje, stond er een vleugel in de salon, met de volste klank die er voor geld te koop was. Bertie slaakte een kreet van vreugde. Ze trok de kruk naar achteren en ging zitten, de bontmantel nog om haar schouders. Ze begon te spelen. 'Ik kan niet écht goed spelen, hoor,' zei ze. 'Niet van die deftige muziek, maar als ik iets hoor, kan ik het altijd naspelen. Ze lieten me vaak op dansfeestjes spelen omdat ik zo goed de maat kon houden.' Ze zette een wals in en wiegde met haar hoofd heen en weer. 'Och, wat mooi! Het is een prachtige piano! Zo een heb ik nog nooit gezien!'

Bailey keek verrukt toe.

Ze stopte even en zette toen een vlotte dans in. 'Dit is een *vastrap,*' zei ze. 'Die dansen de Khoi. Ik heb hem geleerd toen ik ze die op de concertina hoorde spelen. Als ik van Rebekah mijn toonladders moest oefenen, probeerde ik het altijd wel, maar dan merkte ik plotseling dat ik dit zat te spelen!' Ze zat de hele tijd te glimlachen en knikken terwijl ze praatte. 'Je zou hun oude velskoens eens moeten zien vliegen als ze dansen, helemaal vol gaten!'

Ze speelde almaar harder en met almaar meer nadruk. Toen liet ze plots haar armen op de toetsen zakken en legde haar hoofd erbovenop, roerloos. Bailey legde zijn hand op haar schouder. Die beefde. 'Wat is er?' vroeg hij. Nu schokten haar schouders. Heftig gesnik barstte los.

Bailey wipte verontrust van de ene voet op de andere, als een oude kip. 'Wat is er?' Hij boog zich over haar heen. 'Voel je je niet goed?'

Ze gaf geen antwoord. Het gesnik werd alleen maar heftiger, tot haar hele lichaam schudde.

'Ben je moe? Hebben we te veel gewinkeld vanmiddag?' Hij haastte zich de trap af en kwam terug met een glas wijn. Ze was inmiddels bij de piano weggelopen en had zich voorover op de bank in haar slaapkamer geworpen, nog steeds snikkend, maar langzamer. Hij drong erop aan dat ze de wijn dronk, maar ze antwoordde dat ze dat niet kon, ze had hoofdpijn. Ze zou proberen te slapen. Hij dekte haar voeten toe met een deken, stookte het vuur op en bleef met een vragende, bezorgde blik naar haar staan kijken.

Toen het etenstijd was kleedde ze zich om en kwam naar beneden. Ze zei dat haar hoofd beter voelde.

Na die avond speelde ze maar zelden op de piano, en na een tijdje helemaal niet meer. Naarmate de zomer ten einde liep, werd het weer vochtiger en grauwer en weigerde ze steeds vaker met Bailey uit rijden te gaan als hij thuiskwam. Hij nam haar nooit mee naar parken of plekken waar ze de beau monde kon zien rondwandelen. In plaats daarvan bood hij aan te gaan winkelen. Doorgaans zei ze dat ze niets nodig had, maar ze ging wel naar de bloemenwinkels en keerde met een koets vol bloemen terug naar huis, waarmee ze haar kamers opfleurde. Ze stopte ook bij de confiserie en nam doosjes suikergoed mee, waaruit ze de hele dag voor het vuur zat te snoepen. Handwerken deed ze nauwelijks meer. Ze had alles wat ze maar kon bedenken al voor Bailey gemaakt, en het bankovertrek waaraan ze begonnen was lag er onaangeroerd bij.

Op een avond kwam Bailey later thuis dan gewoonlijk en ontdekte dat de salondeur op slot zat, net als de deur van de overloop naar haar slaapkamer. Hij klopte aan en ze deed meteen open. Op zijn vraag waarom de deur op slot zat, antwoordde ze: 'Ik weet het niet. Ik doe de deuren tegenwoordig bijna altijd op slot als jij weg bent. Ik voel me zo eenzaam, zo bang.'

'Bang waarvoor?' vroeg Bailey.

'Ik weet het niet. Ik heb steeds het gevoel dat iets me achtervolgt, achter me aan de trap op komt. Ik kan niet slapen omdat ik bang ben dat het achter me staat als ik wakker word. Dus hou ik de deuren op slot.' Ze zweeg even en voegde er daarna aan toe: 'Ik ben zo eenzaam.'

'Als je alleen bent,' zei Bailey, 'waarom roep je dan Martha niet of ze bij je komt zitten? Ik zal het haar zeggen.'

'O nee, nee!' zei Bertie snel. 'Ik wil haar niet.' Ze kwam dichterbij en fluisterde: 'Ik ben juist bang voor háár! Ze heeft zulke dikke polsen!'

'Heeft ze ooit iets onaangenaams tegen je gezegd?' vroeg hij, en zijn ogen schoten vuur.

'O nee. Ze heeft nog nooit iets tegen me gezegd, niet één keer. Isaac is degene die alles boven brengt. Als ze de slaapkamer doet, ga ik hierheen. Maar ik zie haar steeds naar me kijken.' Ze aarzelde. 'Ze kan er niets aan doen. Ik ben niet echt bang voor háár. Maar soms heb ik gewoon het gevoel dat er iets vlak achter mijn linkerschouder staat. Altijd mijn linkerschouder.'

Bailey keek haar vragend aan. Na even te hebben nagedacht stelde hij voor dat ze elke keer als ze zich eenzaam voelde Isaac moest bellen en hem vlak achter de deur moest posteren. Daar stemde ze mee in. Met Isaac in de buurt zou ze zich veilig voelen, zei ze, want voor hem was ze niet bang. Dus vanaf die dag had Isaac de opdracht om bij haar te komen zitten wanneer ze belde. Maar er werd hem op het hart gedrukt dat hij geen vragen mocht beantwoorden, geen brieven voor haar mocht meenemen en haar geen geld mocht geven.

De eerste keer dat Isaac boven kwam zitten, probeerde ze met hem te praten. Maar de stuipen waaraan hij als kind had geleden leken zijn hersenen weliswaar min of meer intact te hebben gelaten (als hij boodschappen voor zijn moeder deed kon hij betere prijzen bedingen dan zij en hij had een scherpe neus voor geldzaken), maar de verbinding tussen hersenen en zintuigen leek verstoord. Zodoende had hij moeite met veters strikken en werd wanneer hij sprak de boodschap maar traag en moeizaam door de hersenen op de tong overgebracht.

Toen ze merkte dat hij haar niet gemakkelijk antwoordde, deed Bertie weinig moeite meer om een gesprek met hem te voeren. Hij zat pal voor de deur op een stoel, in zijn groene livrei met zilveren belegsels en knopen, zwijgend, zijn knieën tegen elkaar gedrukt, een hand op elke knie, zijn hoofd naar voren gestoken en zijn doffe blauwe ogen strak op de plek gericht waar Bertie voor het vuur zat, een beetje zoals een gelovige in een kathedraal zijn ogen op het altaar vestigt, met zijn lichtjes en wierook en bloemen en de opgeheven kelk die een heilige aanwezigheid verkondigt. Traag ademend keek hij hoe ze in haar stoel zat te dommelen. Zijn ademhaling versnelde enigszins als ze rondliep of in het vuur porde. Wanneer ze zich ging verkleden, hield hij zijn ogen op de slaapkamerdeur gevestigd, en als ze dan terugkwam, nam hij elk detail van haar in zich op, de diamanten oorbellen, de ceintuur, de kam in haar haar. Als ze haar stoel dichter naar het vuur toe trok, zodat er niets anders van haar te zien was dan een kroon van donkerblonde krullen, keek hij daarnaar. Hij keek met intense belangstelling toe wanneer ze een snoepje tussen haar lippen stopte en erop zoog. Ze was altijd bereid haar chocolaatjes en gekonfijte vruchten met hem te delen, maar hij at ze niet op terwijl hij daar zat.

Zijn moeder kon hem er niet meer toe bewegen boodschappen voor haar te doen, hij stond altijd in de keukengang te wachten tot Bertie zou bellen.

Op een dag vroeg ze of hij haar wilde helpen het meubilair te verplaatsen. Ze zette de tafels waar de bank had gestaan en de bank waar de stoelen hadden gestaan, en ze verplaatsten ook de piano. Toen Bailey die middag thuiskwam was ze in een staat van hoge opwinding. Ze liet hem zien welke veranderingen ze had aangebracht en vroeg of hij die niet mooi vond. In de loop van de volgende dagen verplaatsten zij en Isaac alles in de kamer. Aan het eind van de week hadden alle meubels en schilderijen gecirculeerd en stond of hing alles op de plaats van iets anders. Daarna werd ze het beu om dingen te verplaatsen, en vanaf die dag bleef alles waar het was.

Bailey stelde voor om naar The Strand te rijden, naar een winkel waar, zo had hij gehoord, Perzische lekkernijen verkrijgbaar waren. Omdat de hoofdstraat versperd was moesten ze Seven Dials inslaan. Er was veel verkeer, ze vorderden maar langzaam. Toen ze ergens stilstonden, wreef ze het beslagen raampje schoon en tuurde naar buiten. Links van haar was een groezelig winkeltje waar kisten met konijnen en poesjes in de etalage stonden, en kooien met vogels. Naast de winkel stond een deur open die rechtstreeks naar een trap leidde. In de deuropening stonden kinderen, vijf in getal, in lompen gehuld en met warrig haar en blote voeten, de oudste met een vrijwel blote en erg vuile baby in haar armen. Terwijl ze daar tegen elkaar aan gedrukt stonden, sloeg de regen door de open deur op hen neer.

'Och, kijk nou toch,' riep ze tegen Bailey, 'zo vies en zo haveloos, en geen schoenen aan hun voeten! Och, geef me alsjeblieft iets om aan ze te geven.'

Het enige wat Bailey haar nooit had gegeven was geld. Vandaag gaf hij haar tweeënhalve kroon, en toen de koets verder reed deed ze het raampje open en gooide de munten in de richting van de deuropening. Daarna zei Bailey dat ze het raampje dicht moest doen om de regen buiten te houden.

Toen Bailey die avond bovenkwam, verwachtte hij haar doezelend in een leunstoel aan te treffen, maar in plaats daarvan zat ze voor de haard in de vlammen te staren, zo diep in gedachten dat ze zich niet omdraaide om hem te groeten. Met een dromerige stem en zonder haar blik van het vuur af te wenden vroeg ze hem wat de prijs van een kokosmat was.

Bailey staarde haar aan. 'Hoezo? Wil je er een hebben?'

'Nee, ik hoef er geen, ik zit alleen te denken.'

Hij zei haar wat ze kostten. Ze droeg een rode zijden jurk, en om haar schouders een crèmekleurige kanten sjaal. Ze zag er prachtig uit. Ze leek haast te glimlachen, wat zeldzaam was.

'En wat kost witkalk?' vroeg ze. 'Op de boerderij betaalden we altijd drieënhalve shilling, maar bij mijn oom kostte het vier.'

'Maar wat wil je met kalk?'

'Ach, weet je,' antwoordde ze, en haar lijzige Kaapse tongval werd sterker, zoals altijd wanneer ze probeerde ook maar iets meer dan een paar woorden te zeggen of iets uit te leggen. 'Ik zat gewoon te denken, als iemand me dertig pond gaf en zei dat ik het huis en de kinderen mocht hebben die we vandaag zagen, en zei dat ik alles in orde moest maken, hoe zou ik dat dan doen? Ik weet niet zeker of ik het met dertig pond voor elkaar zou krijgen, maar misschien wel. Weet je,' ging ze verder, 'eerst zou ik voor een groot bad zorgen en ze wassen en hun haar kort knippen. Daarna zou ik die stof van drie pence per meter kopen die ik laatst zag, en voor elk van hen bloesjes of jurkjes maken, en ook warme onderrokken. De schoenen en sokken zouden wel kostbaar zijn' – haar stem werd dromeriger – 'maar alle andere dingen zou ik zelf maken. Ik zou de vloeren en zoldering met aluin bestrijken en daarna witkalken. Hoeveel verdiepingen heeft zo'n huis, denk je? De kamers zijn niet zo hoog als hier, dus ik zou zeggen vier. Ik weet zeker dat ik het met die dertig pond zou redden, en nog wat zou overhouden voor een paar nieuwe meubels, maar het zijn de kokosmatten waar ik niet zeker van ben. Met vijftig zou het me zeker lukken. Kokosmatten zijn zo handig. Daarmee blijft een huis schoon. Het witkalken zou ik zelf kunnen doen. Maar de trap zou moeten worden afgeschaafd, die is zo vies. Dat een-na-oudste meisje zou heel erg mooi zijn als ze schoon was, en de jongen ook.'

Bailey had haar nog nooit zoveel horen praten. Hij zei geen woord, maar zat haar aan te staren, zoals hij altijd deed als ze samen waren. Na een tijdje vroeg hij of ze niet slaperig was, maar ze antwoordde dat het nog vroeg was. Dus ging hij terug naar zijn kantoortje, terwijl zij naar het vuur bleef zitten staren.

De volgende dag vroeg ze bij het wegrijden of hij dezelfde route wilde volgen als de vorige keer. Bij het passeren van het huis leunde ze naar buiten, maar de deur was dicht.

Toen de herfstlucht zwaarder en druileriger werd, wilde Bertie helemaal niet meer uit rijden gaan en zat ze de hele dag bij het vuur. Hoewel ze steeds minder at, begon ze behoorlijk fors te worden. Soms werd Bailey 's nachts wakker omdat hij het bed voelde schudden, en dan ontdekte hij dat ze lag te huilen. Als hij haar vervolgens aanstootte en vroeg wat er aan de hand was, antwoordde ze dat er niets was, gewoon wat hoofdpijn. Soms stak hij een kaars aan en keek hoe ze huilde in haar slaap en de tranen onder haar oogleden vandaan sijpelden. Hij had zich nooit kunnen indenken dat een levend wezen zo kon huilen.

Steeds minder vaak vroeg ze Isaac in de salon te komen zitten. Ze huilde de hele dag, vanaf het moment dat Bailey 's ochtends vertrok tot hij 's avonds weer terugkwam. Ze hield de deur dicht zodat niemand haar zou horen terwijl ze huilend en handenwringend door de kamers liep. Waarom ze huilde wist ze niet, behalve dat ze altijd druk in haar hoofd voelde en alles pijn deed. Als ze uit het voorraam naar de grauwe rij huizen aan de overkant keek, kreeg ze een hartstochtelijke huilbui die urenlang aanhield. Als ze toevallig over de zachte velours plooien van de gordijnen streek, moest ze ook huilen, net als wanneer ze een jurk uitvouwde of een pakje zoetigheid openmaakte. Alles wat ze zag of hoorde maakte haar aan het huilen.

Op een dag ging Bailey de deur uit en kocht een fenomenale verzameling spullen – sieraden, hoeden, prullaria – die hij aan huis liet bezorgen. Toen hij haar die avond zag, sloeg ze haar armen om hem heen en bedankte hem, maar de volgende ochtend trof hij de spullen nog op een stapel op de bank aan. Sommige pakjes waren niet eens opengemaakt.

Toen hij vroeg of ze ziek was, zei ze van niet. Toen hij vroeg of ze iets wilde, zei ze van niet. Het enige waarover ze klaagde was een drukkend gevoel boven in haar hoofd.

Ten slotte liet hij een dokter komen, een oude Jood die hij al jaren kende. De dokter onderzocht Bertie zorgvuldig en verklaarde dat er op organisch vlak niets mis met haar was. Wat ze nodig had, was afwisseling en opwinding en bovenal lichaamsbeweging. Ze moest niet langer op melk en biscuitjes leven, zei hij, maar een glas wijn drinken tijdens de maaltijd en voor het naar bed gaan een glas stout om te kunnen slapen. Ze had gelijk, zei hij, dat ze niet in een dichte koets wilde rijden. Ze moest elke dag minstens een uur wandelen, in een stevig tempo.

Bailey dacht na over dit advies en maakte plannen. Die avond zei hij tegen Bertie dat ze haar mooiste jurk en juwelen moest aantrekken. Hij zou met haar naar het theater gaan. Ze paste wel tien jurken voordat ze besloot welke ze zou dragen: een jurk van dik wit satijn, en daarbij een dun collier van diamant en smaragd, en boven haar voorhoofd een ster in haar haar.

Ze dineerden vroeg. Ze praatte en lachte en dronk twee glazen champagne in plaats van de gebruikelijke wijn. Toen hij haar in vol ornaat aantrof op de overloop voor de deur van de salon, was hij met stomheid geslagen door haar stralende schoonheid. Alleen haar minuscule voetjes, die haar tred iets onzekers en wankels gaven, deden afbreuk aan haar absoluut vorstelijke voorkomen.

De hele weg naar het theater praatte en lachte ze. Hij had een loge genomen. Hij posteerde haar zodanig dat ze goed zicht had op het toneel, maar trok het velours gordijn een stukje dicht zodat ze afgeschermd was van het publiek.

In Kaapstad was geen theater. Enige tijd stelde ze nieuwsgierige vragen. Tijdens het eerste bedrijf was er een oogstscène. Mannen en vrouwen in boerenkledij gooiden hooi in een wagen. Achter een hooiberg verklaarde een jongeman zijn liefde aan een mooie hooister met een zonnehoed en vroeg haar ten huwelijk. Hevig geïnteresseerd leunde Bertie voorover met haar ellebogen op de balustrade.

Het doek viel. Toen het weer opging, kwamen de vrouwen die eerst hooisters hadden gespeeld het podium weer op met maar heel weinig kleding aan. Vleeskleurige maillots onthulden hun onderste ledematen. Sommigen droegen lappen goudkleurige, met pailletten versierde stof om hun middel, anderen alleen stroken zijde tussen hun benen. Ze sprongen in het rond en wierpen hun armen en benen in soepele bochten.

Na een tijdje naar het schouwspel te hebben gestaard, boog Bertie zich dichter naar Bailey toe. 'Zijn dat geen vrouwen?' vroeg ze. 'Zijn dat niet dezelfde vrouwen die hier daarnet ook waren?'

'Ja,' antwoordde Bailey, 'nu dansen ze.'

'Maar waarom doen ze dat?' fluisterde ze.

'Ze krijgen geld! Ze krijgen betaald voor het dansen!'

Ze liet zich achterover zakken in de schaduw van de loge. Bailey dacht dat hij tranen op haar wangen zag. Toen hij dichterbij kwam ontdekte hij dat ze onbedaarlijk zat te trillen. Hij vroeg of hij haar naar huis moest brengen. Ze knikte en snikte: 'Ja, ja!' Hij sloeg haar mantel om haar heen en leidde haar naar buiten. Terwijl ze snikkend door het gangpad liep, bekeken de aanwezigen haar nieuwsgierig.

Hij zette haar in de koets waar ze, nog steeds hevig snikkend, met een omslagdoek om haar gezicht bleef zitten. Thuis ging ze regelrecht naar haar slaapkamer en wierp zich voorover op de bank voor de haard. Een halfuur later kwam Bailey naar boven met het glas stout dat ze van de dokter moest drinken voor het slapengaan. Hij trof haar roerloos aan, met de omslagdoek nog over haar hoofd. Hij vroeg haar rechtop te gaan zitten. Ze leek het glas net van hem te willen aannemen toen ze zich weer op de kussens wierp en snikte: 'Waarom nemen hun moeders ze niet mee naar huis?'

'Wat?' vroeg Bailey.

'Waarom nemen hun moeders ze niet mee naar huis?' riep ze uit, half verstikt in het kussen. 'Het zijn vrouwen! Het zijn vrouwen! En de mannen, die... die... die...' Ze jammerde onsamenhangend.

Zachtjes legde Bailey een hand op haar. Voor het eerst had ze geprobeerd hem uit te leggen waar ze om huilde. Maar waarom was het zo onbegrijpelijk?

'Welke mannen?' vroeg hij. De balletdanseressen en de mannen op de stallesplaatsen waren al volledig uit zijn gedachten verdwenen. 'Toe, drink dit!' zei hij, haar voorzichtig overredend alsof ze een kind was. 'Het zal je goeddoen. De dokter zegt dat je erg zwak bent.'

Ze ging rechtop zitten. Hij zette het glas aan haar lippen en ze dronk. Haar gehuil maakte plaats voor een plotselinge doodse stilte.

'Voel je je beter?' vroeg hij.

'Ja.' Maar even later begon het heftige gesnik opnieuw. 'En sommigen waren zo jong! En nie... nie... niemand...'

Bailey kon uit het gesnik niet opmaken wat ze zei. 'Je bent erg moe,' zei hij voorzichtig. 'Zal ik de lamp aansteken? En ga jij dan naar bed om te rusten?'

'Nee... nee... ik heb het graag donker!'

'Zal ik je schoenen niet uitdoen?' bood hij aan. Ze schudde haar hoofd.

Aangezien hij kennelijk niets kon doen, zei Bailey dat hij naar beneden zou gaan. En toen hij een uur later terugkwam lag ze te slapen.

De volgende ochtend herinnerde hij haar aan het doktersvoorschrift om elke dag een uur te wandelen. Ze moest om elf uur klaarstaan, en dan zou Isaac met haar gaan wandelen tot twaalf uur. Hij drukte haar op het hart dat ze met niemand mocht praten. Londen was niet zoals Zuid-Afrika, zei hij: als je iemand aansprak of zelfs maar aankeek, kon er iets vreselijks gebeuren. Aan Isaac gaf hij uitgebreide instructies: ze moesten de straat uitlopen, het plein over, Oxford Street inslaan en volgen, maar nooit voorbij Oxford Circus, en daarna moesten ze terugkomen. Isaac moest dicht achter zijn bazin aan lopen, met niemand spreken, en als iemand met haar kwam praten of naar haar staarde, moest hij dicht bij haar gaan staan en alles bij terugkomst direct aan Bailey melden. 'Als er iemand naar haar kijkt, Isaac, als er iemand achter haar aanloopt, vertel je het mij, Isaac,' zei hij, terwijl hij de man strak en scherp aankeek, en hoewel Isaac niets zei, alleen maar knikte, wist hij dat het zou geschieden zoals hij zei.

Om elf uur kleedde Bertie zich zorgvuldig aan, met haar mooiste wandelschoenen, een stoffen jurk en een wandelhoed. Het was de eerste keer dat ze zou gaan wandelen en ze was erg opgewonden toen ze op pad gingen, Isaac in zijn livrei met vergulde knopen achter haar aan met de waterdichte overschoenen en paraplu die hij van Bailey altijd moest meenemen.

Ze genoot van de wandeling, en toen Bailey thuiskwam vertelde ze hem wat ze had gezien en stelde vragen over de huurkoetsen en omnibussen. Ze kleedde zich netjes voor het avondeten, at goed en huilde de hele avond niet. Bailey dacht dat er een remedie was gevonden.

Hoewel de herfstlucht soms warm en drukkend was, ging ze elke dag naar buiten en bekeek de winkeletalages. Aanvankelijk kleedde ze zich met zorg, maar na een tijdje werd ze steeds onverschilliger en verloor ze de interesse in haar omgeving.

Toch waren er vier dingen die haar aandacht trokken. Een daarvan was een grote zaak met etalages vol boeken. Voordat haar zus Rebekah was getrouwd had ze enkele tweedehands boeken gekocht, met gele etiketten op het omslag met de woorden MUDIE'S SELECT LIBRARY, NEW OXFORD STREET. Toen ze door de winkelruit naar binnen keek, herinnerde ze zich met een opgewonden rilling hoe Rebekah onder de sinaasappelbomen haar boeken had zitten lezen. Tijdens al haar wandelingen bleef ze voor de etalage staan en las de boektitels, zonder na te denken over de betekenis.

Verderop in de drukke straat stond op enige afstand van het trottoir een huis. Uit een reusachtige deur op de bovenverdieping gooiden mannen een bruin goedje naar beneden dat naar mout rook. Ze vond de vreemde, muffe geur onaangenaam, maar vroeg nooit wat het was. Telkens als ze aan die lange wandelingen terugdacht kwam de misselijkmakende geur terug.

Ook ging ze altijd kijken bij een etalage waarin een fonteintje stond. Water spoot als een piepklein geisertje omhoog en wierp drie balletjes in de lucht. Wanneer de balletjes vielen, ving de waterstraal ze op en wierp ze weer omhoog. Elke dag bleef ze naar het fonteintje staan kijken. Na verloop van tijd kreeg dat kijken iets vreselijk dwangmatigs. Ze wist van tevoren precies hoelang het zou duren voordat de balletjes vielen, hoe het water ze weer zou opvangen, en toch moest ze er met een wrang, beklemmend gevoel naar blijven kijken. De balletjes en het fonteintje waren altijd hetzelfde, net zoals de gordijnen in de salon en de stoel voor het vuur en de bank in de slaapkamer. Het doffe gevoel in haar schedel werd er erger van.

Terwijl ze naar de stromen mensen keek die passeerden, mannen en vrouwen, jong en oud, zich allemaal ergens heen haastend – mensen in omnibussen, mensen in rijtuigen, mensen die liepen – bekroop haar het vreemde gevoel dat ze niet echt waren, maar als de mensen in een stereoscoop: alsof je hen bekeek door twee gekoppelde lenzen en ze als je aan een touwtje trok in beweging kwamen, met hun hoofd en kaken schudden. Soms werd ze juist getroffen door de gedachte dat ze wél echte mensen waren, die net zo leefden als de mensen in Afrika, met huizen en familie en vrienden die ze bezochten, mensen die kinderen en gevoelens hadden en samen lachten; dat ze stuk voor stuk echt waren en leefden, net zoals de mensen die ze had gekend voordat ze naar Engeland kwam. Dan besprong haar het vreemde gevoel dat ze op een van hen moest afstappen en een hand op diens arm moest leggen en zeggen: 'Praat met me, praat alsjeblieft met me!'

Maar na een tijdje lette ze niet langer op mensen. Ze kleedde zich niet meer met zorg, trok aan wat er voor het grijpen lag en liep met gebogen hoofd, haar blik op de straatstenen gericht. Ze leerde alle stenen kennen: na een heel grote kwamen er kleine en daarna een die over de hele breedte was gebarsten. Als ze thuiskwam, herinnerde ze zich niets en had ze niets anders gezien dan de straatstenen en de etalage met de balletjes en misschien Mudie's en het mouthuis. Als het toevallig vochtig of kil was, zag ze er helemaal vanaf om naar buiten te gaan, ook al wist ze dat Bailey dat wilde.

Op een dag kwam Isaac haar zoals gewoonlijk om elf uur zeggen dat hij klaarstond. Ze lag in haar roze zijden peignoir te doezelen op de bank. Ze deed de peignoir niet uit, maar speldde hem zo lukraak op rond haar taille dat haar onderrok er hier en daar onderuit piepte. Daaroverheen trok ze haar bontmantel aan. Ze pakte op goed geluk een staalblauw Frans hoedje uit de kleerkast en knoopte het onder haar kin. In de zak van haar mantel propte ze een paar handschoenen. Ze nam niet de moeite haar wandelschoenen aan te trekken, maar volgde Isaac naar buiten op de hooggehakte lakleren schoentjes met gespen van namaakdiamant die ze al aanhad.

Het was een vaalbruine dag met een zwaarbewolkte hemel en vochtige herfstdamp alom. Ze sjokte moeizaam voort met Isaac achter zich aan, haar blik omlaag gericht en nauwelijks acht slaand op de winkel met het fonteintje of wat dan ook.

Toen ze aan het eind van hun route omkeerden, bleef ze even staan voor een etalage waarin rijen nieuwe herfsthoeden en -jurken waren uitgestald. Vlak naast haar merkte ze twee dames op, die ook naar binnen stonden te kijken. De oudste was een jaar of veertig, ouder dan Rebekah en een stuk langer, en haar al gedeeltelijk grijze haar was vanaf haar voorhoofd naar achteren geborsteld in plaats van opzij, zoals bij Rebekah. Ze had hetzelfde hoge voorhoofd, dezelfde spitse, markante neus, een sterke, gevoelige mond. Ze droeg een jasje van zeehondenbont en een bruine hoed en rok, precies zoals Rebekah had kunnen dragen. Het meisje naast haar was een jaar of zestien, met heel lichtblond haar en de exquise roze en witte huid die vrouwen uit het noorden vaak hebben. Om haar mond lag een dromerige glimlach.

Bertie voelde een onbedwingbare opwelling. Ze stak haar hand uit en legde hem op de mouw van het jasje van zeehondenbont. De vrouw keek er met een frons naar, zoals mensen in Londen doen wanneer ze worden aangeraakt. Terstond nam ze alles in zich op: het mooie gezicht met de door volle wimpers omfloerste ogen, het Franse hoedje van vijftien gienje dat een beetje scheef was vastgeknoopt, de bontmantel van negentig gienje waar de roze zijden peignoir onderuit piepte, de punten van de witte onderrok met kostbaar kant die hier en daar door de modder waren gesleept, de tere huisschoentjes met hun gespen van namaakdiamant, de zwaar beringde hand zonder handschoen. Het gezicht van de vrouw verhardde. Als ze op hoge toon zou hebben gevraagd waarom Bertie haar aanraakte, zou Bertie iets hebben gezegd, maar in plaats daarvan wendde de vrouw zich tot haar dochter en zei: 'Lieverd, we moeten nu gaan.' Het meisje had niets in de gaten. Ze glimlachte en keerde zich af van de etalage.

Bertie bleef hen staan nakijken terwijl ze in de menigte verdwenen. Daarna draaide ze zich om en begon aan de wandeling naar huis. Ze liep zo langzaam dat Isaac af en toe het idee had dat ze elk moment kon stoppen. Bij thuiskomst liep ze de trap op naar de slaapkamer en ging op de bank voor het vuur liggen.

Vanaf dat moment kon Bailey haar niet meer overhalen om te gaan wandelen. Ze was te moe, zei ze, of ze had het te koud. Op sommige dagen lag ze tot twaalf uur in bed, op andere tot vijf uur. Als ze eerder opstond, lag ze doorgaans in haar peignoir op de bank, of ze zat voor het vuur in de salon met een omslagdoek om zich heen. Ze at meer dan voorheen en huilde niet meer. Bij het diner, en bij haar lunch, dronk ze een stuk of drie glazen wijn. Bailey bracht haar ook nog iets lekkers voordat ze naar bed ging.

Toen ze in de loop van de tijd niet veranderde, werd Bailey ongerust. Hij wilde haast dat ze die heftige huilbuien van eerder weer had. Haar gezicht werd witter en dikker, tot er zich onder haar ronde kin een onderkin vormde. Ze sprak alleen als er iets tegen haar werd gezegd. Alleen als hij bleef aandringen vergezelde ze hem in de koets. Ze klaagde niet langer over hoofdpijn en vroeg Isaac ook niet meer bij haar te komen zitten: ze was niet bang meer, zei ze. Bij haar aankomst in Londen leek ze op een meisje in haar vroege tienerjaren. Nu, negen maanden later, oogde ze tien jaar ouder dan ze werkelijk was. Hoewel ze nog steeds mooi was, had ze het volle, bleke gezicht van een vrouw van in de dertig. Ze vroeg niet meer of er post voor haar was en sprak niet meer over de Kaap.

Opnieuw liet Bailey de oude dokter komen. Opnieuw stelde deze vast dat haar organisch niets mankeerde. Wat ze nodig had was afwisseling en frisse lucht. Hij raadde Bailey aan met haar naar de kust te gaan.

Bailey moest aan het eind van de week voor zaken naar Hamburg, maar voordat hij vertrok, ging hij naar St. Leonards-on-Sea en huurde kamers voor haar en Isaac.

De kamers bevonden zich in een huis met uitzicht op zee, eigendom van een weduwe die een nicht was van Martha en wier man Bailey geld schuldig was geweest. Bailey was zo vriendelijk geweest haar op weg te helpen met dit huis. Voor de duur van Berties verblijf huurde hij alle kamers af, met de bepaling dat er geen andere huurders mochten worden toegelaten. De kamers die voor Bertie waren gereserveerd, waren de salon op de eerste verdieping en de aangrenzende slaapkamer, evenals een hokje op dezelfde verdieping waar Isaac zou slapen.

Bertie was opgewonden toen Bailey haar vertelde dat ze naar de kust ging. Ze ging meteen haar hutkoffers inpakken. Meer dan eens lachte ze zelfs.

Laat die avond arriveerden ze in St. Leonards. Bertie lag nog in bed toen Bailey de volgende ochtend vertrok. Bij zijn afscheid gaf hij Isaac de opdracht zijn bazin geen seconde alleen te laten. Bovendien moest Isaac hem bij zijn terugkomst laten weten of iemand een praatje met haar had gemaakt of bij haar was komen zitten op het strand.

Na het ontbijt riep Bertie Isaac en waagde ze zich de boulevard op. Zover het oog reikte strekte zich een rij grijze huizen uit van drie of vier verdiepingen hoog, uitkijkend over een grijze zee die met een zacht *ssjj*-geluid op de afgeronde keien en grijze kiezels van het strand brak. Her en der stonden kleedhokjes en waren mensen aan het baden, want het was windstil en warm. Over het stenen trottoir werden invaliden voortgeduwd in rieten badstoelen, kindermeisjes liepen achter kinderwagens en op het kiezelstrand speelden kinderen. Halverwege de boulevard was een rijtje winkels onder één dak: een visboer, een apotheek, een groentewinkel en een bloemenzaak.

Al met al wandelden zij en Isaac anderhalf uur. Toen ze terugkwamen in het pension dwaalde Bertie enige tijd door de salon, die uitkeek op de boulevard en de zee. Ze bleef even staan bij een zijtafel met een kom met goudvissen, en bij twee figuurtjes van Saksisch porselein op de schoorsteenmantel die elk een vaas omhooghielden. Daarna liet ze de jaloezieën zakken en ging liggen tot het lunchtijd was.

Elke dag maakten zij en Isaac dezelfde wandeling. Bij de winkels bleven ze staan en keek ze naar de visboer die de vis fileerde, en naar de grote Perzische kat in de groentewinkel. Na een kleine kilometer keerden ze om. Ze begon de straattegels te kennen zoals in Oxford Street: de grote steen met de barsten, de blauwige steen vijftig meter verderop.

Soms, wanneer ze opkeek naar de huizen, bedacht ze dat het misschien wel echte huizen waren, huizen waarin mannen en vrouwen woonden zoals op de Kaap. Op een dag zag ze hoe een man met een hoge zijden de trap op draafde en de deur opende met een huissleutel. Hij ging vast thuis lunchen, zoals ook de man van Rebekah dat zou kunnen doen, dacht ze. Een andere dag zag ze drie meisjes met tennisrackets naar buiten komen, lachend en kwebbelend, vast op weg naar de baan. Ze zag een moeder thuiskomen met haar armen vol pakjes, en kinderen naar haar zwaaien vanuit een bovenraam. Het moesten wel echte huizen zijn met echte mensen erin. Het was geen nachtmerrie: ze waren echt, allemaal. Alleen zijzelf en Isaac, die almaar op en neer liepen over de straatstenen, vielen uit de toon.

Op een dag veranderde de lucht van grijs in een donker, diep loodblauw, zo laag dat hij op de daken van de grijze huizen leek te rusten, en ook de zee kleurde donker. Om elf uur kwam Isaac vragen of ze wilde gaan wandelen: hij was bang dat het zou gaan regenen, zei hij. Desondanks ging ze naar buiten, met in haar kielzog Isaac met haar mantel en paraplu. Ze liepen langs de winkels, langs de plek waar ze gewoonlijk omkeerde, maar vandaag liep ze verder, totdat er nergens meer mensen waren en de boulevard eerst smaller werd en ten slotte ophield.

Vanaf het eind van de boulevard leidde een trap omlaag naar een bochtig kiezelstrand. In de baai staken palen uit het water waaraan, zo leek het, rieten manden waren bevestigd. De enige levende wezens in de omtrek waren mannen die op het strand kiezels in wagens laadden en, verder naar boven, mannen die de fundering voor een nieuw huis aan het graven waren. Ze liet haar handen op de ijzeren reling langs het eind van de boulevard rusten en staarde over het water naar een landtong die zo'n twintig kilometer verderop de zee in stak, opmerkelijk goed zichtbaar in de vochtige, blauwe, van water verzadigde lucht.

Isaac raakte haar mouw aan. 'Het gaat regenen,' zei hij. Ze schudde haar hoofd. Hij klapte de paraplu open, maar ze duwde hem weg, daalde de trap af en ging op de kiezels zitten met haar rug tegen de muur van de boulevard. Hij volgde op enige afstand. De regen pakte zich rond hen samen en werd een dikke waas. Eerst werd de landtong in de verte erdoor aan het zicht onttrokken, daarna de palen in het water. De mannen die kiezels aan het laden waren geweest hadden de kraag van hun jas opgezet en waren weggereden. De mannen die de fundering aan het graven waren geweest hadden hun gereedschap opgeborgen en waren bezig te vertrekken. Isaac wipte van de ene voet op de andere en keek naar Bertie: water verzamelde zich om de rand van haar bontmuts en liep langs haar bontmantel naar beneden.

Uiteindelijk, toen ze zag dat Isaac stond te rillen, kwam ze overeind. 'Laten we naar huis gaan,' zei ze.

Ze liepen terug over de promenade, waar ze in de verblindende regen hooguit een meter voor zich uit konden kijken. Toen ze bij het huis aankwamen, kleedde ze zich uit en ging naar bed. Ze liet haar maaltijden op haar kamer brengen en stond die dag niet meer op.

De volgende dag goot het nog steeds van de regen. Ze stond op voor het ontbijt, maar ging daarna weer naar bed, trok de donzen gewatteerde deken over haar hoofd heen en sliep de hele dag.

De volgende dag en die daarna bleef het regenen en ging ze ook niet naar buiten. Maar de ochtend daarop was het opgehouden met regenen. Ze luidde de bel en Isaac kwam naar haar toe. 'Isaac,' zei ze, terwijl ze voor hem stond en hem in de ogen keek, 'is er hier ook platteland? Ik wil naar het platteland.' Ze sprak heel langzaam, zodat hij elk woord kon verstaan.

'Platteland?' herhaalde hij.

'Ja, platteland. Ik bedoel een plek waar geen huizen en mensen zijn. In mijn land, waar ik vandaan kom, noemen we dat het *veld*.'

'Geen huizen, geen mensen... platteland,' zei Isaac langzaam. Hij leek na te denken. 'Ja, dat kan ik u laten zien. Kom.' En ze gingen samen naar buiten.

Hij leidde haar de andere kant op dan ze gewoonlijk liepen, langs winkels en hotels en drukke straten, langs een visserswijk waar netten lagen te drogen op het strand, en een heuvel op waar maar een paar huizen stonden en de stad aan hun voeten lag, en daarna een kom in waar nog wat meer huizen stonden. Ze liepen weer omhoog, over een pad door rietzwenk en gaspeldoornstruiken. Isaac liep voorop en Bertie volgde in haar donkerpaarse zijden jurk, die ze omhooghield om hem uit de krijtachtige modder te houden die aan hun schoenen bleef kleven.

Het pad liep over de top van een klif. Rechts van hen was de zee met vele vissersbootjes erop, en boven hen een grauwe lucht. Ze kwamen bij een kapot hek waar Isaac haar doorheen hielp en liepen verder, een kom in die afdaalde naar de zee. In de buurt stond een gebouw dat was afgesloten en niet in gebruik leek. Het dak was bedekt met dun geel korstmos. Verderop waren meer huizen te zien. Isaac bleef staan. 'Dit... dit,' zei hij, 'is platteland.'

Bertie keek om zich heen. Overal was de helling bezaaid met afdrukken van koeienhoeven. Sommige hoefafdrukken stonden vol water, in sommige groeiden bloemen, gebogen en half geplet. Ze keek om zich heen naar de grijze lucht, de vochtige struiken, de schuur met het rode dak, de modder en het gras onder hun voeten. Haar hakken zakten weg in het gras zoals ook bij de koeienhoeven was gebeurd. Ze trok haar rok strak om zich heen. 'Laten we teruggaan,' zei ze en ze draaide zich om.

Ze ging hem voor door de struiken en over het pad, en Isaac volgde geduldig. Ze liepen langs de vissershuisjes en de straten met winkels en hotels en kwamen weer bij hun eigen onderkomen. Bertie ging regelrecht naar haar slaapkamer, trok haar schoenen uit en rolde zich op onder een omslagdoek op het bed. Bij wijze van lunch nam ze alleen een glas wijn met een biscuitje, en ze stond pas laat in de middag weer op.

's Avonds arriveerde Bailey, die eerder die dag uit Hamburg was teruggekeerd. Hij vroeg haar of ze langer wilde blijven, maar ze smeekte hem haar mee terug te nemen naar Londen. Toen hij die avond in bed lag, gniffelde hij bij de gedachte dat haar leven met hem zo ondraaglijk nog niet kon zijn als ze er zo naar terugverlangde.

VEERTIEN

De eerste twee, drie dagen dat ze terug was in Londen at Bertie meer en was ze wat minder bleek, maar ze verviel algauw weer in haar oude gewoonten. Het weer was nu druileriger en vochtiger, dus ze ging nooit de deur uit. Ze liet de jaloezieën omlaag. Overal brandde dag en nacht het vuur, lampen werden aan gelaten. Ze droeg elke dag hetzelfde: een vuurrode fluwelen peignoir, wijd en lang, die veertig gienje had gekost. Het vuil dat zich aan het naaldkant rond hals en schouders had gehecht verwijderde ze niet, maar ze wierp er een omslagdoek overheen.

De hele dag zat ze in de leunstoel voor de haard of lag op de bank in de slaapkamer. Als lunch nam ze alleen een glas ale met wat biscuitjes. 's Avonds at ze weinig, al dronk ze verscheidene glazen wijn. Haar gezicht en figuur werden zichtbaar steeds voller.

Op een avond, toen Bailey zat te werken in zijn kantoortje, werd hij benaderd door Isaac. Wat kwam hij doen? vroeg hij Isaac. Isaac aarzelde, alsof hij zijn spraakvermogen verzamelde. Toen zei hij: 'Mevrouw houdt van katten.'

'Katten!'

'Ja,' zei Isaac. Hij verstrengelde zijn handen als voor een grote krachtsinspanning, zodat de knokkels kraakten, en vervolgde: 'Ik was het raam aan het lappen... Ze kwam... Ze zag een zwarte kat op de muur... Ze zei: "Vang hem voor me: ik hou van katten!"'

Bailey staarde. Niemand had Isaac ooit eerder een poging tot een beschrijving horen ondernemen.

Bailey gruwde van alle levende wezens behalve ooievaars. Vooral van katten moest hij niets hebben. 'Katten?' herhaalde hij.

Isaac knikte. 'Ze... houdt... van... katten.'

'Kun je haar er een bezorgen?'

'Drie,' zei Isaac. 'Jonkies.'

Bailey aarzelde, haalde toen een tienshillingstuk uit zijn zak en legde het in Isaacs hand.

'Haal ze maar, Isaac. Als ze maar klein zijn en geen lawaai maken!'

Isaac knikte.

De volgende ochtend, toen Bertie nog in bed lag, werd er op de deur geklopt. Even later werd de deur op een kier geduwd en werd er een mand naar binnen geschoven. Toen ging de deur weer dicht.

Een miniem gepiep vanuit de mand deed Bertie uit bed springen en erheen rennen.

Een halfuur later, toen Bailey, die net had ontbeten, naar boven liep om haar gedag te zeggen, hoorde hij tot zijn verbazing geschater. Hij trof haar op handen en knieën aan in haar witte nachtjapon. Op het kleed voor de brandende haard likte een poesje melk van een schoteltje. Een ander poesje was op haar rug geklommen, en een derde sprong naar de haarvlecht die over haar schouder hing en probeerde die met zijn pootjes te pakken te krijgen.

Ze keek lachend naar hem op. 'O, zijn het geen dotjes? Heb je ze voor mij genomen? Wat lief van je!' In haar witte nachtjapon, met haar hand op zijn schouder, was ze net een lange witte engel naast zijn kleine donkere gestalte.

Ze dook weer omlaag, verzamelde de poesjes in haar armen en drukte haar gezicht tegen elk ervan. Ze vroeg hem of ze het rijtuig mocht gebruiken, omdat ze meteen wat spullen voor ze wilde gaan kopen.

Hoewel hij het erg druk had, keerde hij om elf uur terug om haar mee uit winkelen te nemen. Ze kocht drie schattige porseleinen kommetjes, één versierd met een roos, één met hulst en één met ridderspoor. Ze kocht drie rollen lint die kleurden bij de bloemen op elk kommetje, en drie minuscule belletjes van echt zilver. Toen ze thuiskwam bond ze elk poesje een belletje om met een lint dat kleurde bij zijn kommetje, en gaf ze allemaal de naam van de bloem op hun kommetje: Hulst, Ridderspoor, Roos.

Toen Bailey die avond thuiskwam, snelde ze naar de deur en troonde hem mee om te kijken hoe de poesjes op een rij melk dronken, allemaal uit hun eigen kommetje met hun eigen lintje en hun eigen belletje.

'Nachts had ze hun mand vlak bij haar bed op een stoel staan zodat ze haar hand maar hoefde uit te steken om ze te voelen. Maar de volgende dag was ze niet tevreden met de mand, en 's middags reed ze met Bailey naar de winkel om een wieg te bestellen die ze zelf had bedacht. Die moest van blond hout zijn en uit drie onderling verbonden compartimentjes bestaan, elk met een kapje eroverheen. En hij moest kunnen schommelen. De volgende dag werd de wieg bezorgd, en ze was drie dagen bezig, van 's morgens vroeg tot middernacht, met het inrichten en bekleden ervan. Ze maakte minuscule matrasjes en donzen kussentjes voor de poesjes en minuscule dekentjes en lakentjes, elk met in de hoek de in zijde geborduurde naam van het betreffende poesje. Ze maakte drie satijnen spreitjes met de in zijde geborduurde bloem van elk poesje erop, en ze zoomde ze allemaal af met echt kant. Dus toen Bailey naar bed kwam kon ze hem laten zien hoe de drie poesjes voor de haard lagen, elk in hun eigen afdeling van de wieg met hun kopje op hun eigen kussentje en ingestopt onder hun eigen spreitje.

'Zijn ze niet schattig?' zei ze. 'Net baby'tjes.' Ze boog zich over ze heen en aaide hun slapende kopjes.

Bailey keek haar vol verbazing aan. 'Hou jij van baby's?' vroeg hij.

'Ja... natuurlijk. Kijk... je kunt je voet op het eind van het onderstel zetten, zo, en ze allemaal tegelijk wiegen.' Ze bleef ze zachtjes staan wiegen met haar voet.

De volgende dag maakte ze drie zijden zakjes en hing die op een rij bij de haard. In elk ervan zat een minuscuul zijden zakdoekje waarop de naam van een poesje was geborduurd, om hun snoetje mee af te vegen nadat ze hun melk hadden gedronken.

De eerste twee of drie avonden na hun komst trok ze witte kleren aan voor het eten en droeg de poesjes in haar armen naar beneden. Er waren drie porseleinen bordjes voor ze gedekt waarop ze lekkere hapjes legde.

Bailey verkilde van afgrijzen toen ze naar zijn eind van de tafel liepen en hun snorharen in zijn glas staken en zelfs hun pootjes op zijn bord zetten, maar hij hield zijn mond. Ze voerde ze stukjes kip die ze tussen haar lippen hield en verzamelde ze daarna tegen haar boezem om ze weer naar boven te dragen.

Wanneer hij 's avonds thuiskwam moest hij een opsomming van een halfuur lang aanhoren van wat de poesjes allemaal hadden uitgespookt. Eentje was op de piano geklommen en had een glazen vaas gebroken, een ander was slapend aangetroffen in de plooien van een gordijn.

Soms vroeg ze Bailey om ze allemaal mee uit rijden te nemen in het rijtuig, omdat verandering van omgeving ze volgens haar goed zou doen. In het rijtuig hield ze de poesjes voor het gesloten raam zodat ze de mistige en donkere straat konden zien. Maar toen begon de opwinding te betijen. Nadat drie weken in het teken van de poesjes hadden gestaan verviel ze weer in haar oude leventje. Ze voerde ze nog steeds drie keer per dag, maar deed het eten over het algemeen in maar één kommetje. Hun lintjes werden dagenlang niet verschoond. Ze sliepen in willekeurig welk compartiment van de wieg, en ze nam ze niet langer mee naar beneden voor het avondeten. Soms aaide ze de beestjes als ze over haar heen klommen, en ze liet ze op haar schoot slapen, maar ze bracht haar dagen half slapend door voor de haard, of zat met wijdopen ogen in de vlammen te staren.

Op een regenachtige avond, vlak voor het eten, terwijl ze zat te doezelen en Bailey beneden zijn boekhouding deed, en terwijl de Franse kok die dagelijks het diner kwam bereiden samen met Martha in de keuken de laatste hand aan de maaltijd legde, en terwijl Isaac zich in zijn kamertje in het souterrain verkleedde om aan tafel te bedienen, werd er op de voordeur geklopt. Omdat Isaac nog niet klaar was, deed zijn moeder open. Voor de deur stond een lange, knappe man van een jaar of dertig, die ze kende als de zoon van Baileys enige nog levende nicht, met wie hij in een hopeloze ruzie verzeild was geraakt omdat ze met alle geweld met een rijke christen had willen trouwen.

Met de zoon had hij het gedeeltelijk bijgelegd: hij nodigde hem zo nu en dan thuis uit en stopte hem dikwijls geld toe. De weinigen die op de hoogte waren van Baileys zakelijke aangelegenheden gingen ervan uit dat hij de jongeman, ondanks het feit dat die een christen was, toch als zijn erfgenaam zou aanwijzen, aangezien hij geen andere levende verwanten had, maar Martha was hem nooit welgezind geweest.

De bezoeker informeerde bij Martha of zijn oom er was en hij stapte de hal in. Hij keek verbaasd om zich heen naar de veranderingen die het huis had ondergaan sinds hij er de laatste keer was, nam nota van het hoogpolige tapijt op de trap en het glas- en zilverwerk op de eetkamertafel.

Bij het horen van geluiden op de gang kwam Bailey zijn kantoortje uit terwijl zijn jonge neef zijn jas uittrok. De twee schudden elkaar de hand. De jongeman verontschuldigde zich voor zijn langdurige afwezigheid: het afgelopen jaar, zei hij, was hij op reis geweest in het buitenland.

'U hebt het hier erg gerieflijk gemaakt, zie ik,' zei hij.

Bailey gaf geen uitleg, maar noodde hem in zijn kantoortje. Toen de jongeman na een halfuur nog geen aanstalten maakte om weg te gaan, vroeg hij hem of hij niet wilde blijven eten, en hij ging naar boven om met Bertie te praten. Ze lag in een leunstoel met een slapend poesje op haar schouder.

'Etenstijd,' zei hij.

'Ja. Ik weet niet waarom Isaac de bel niet heeft geluid,' antwoordde ze.

'Mijn neef is er. Hij eet met ons mee.'

Ze rekte zich uit en stond op.

'Moet je niet wat anders aan?'

'Nee, dit is wel goed.' Ze zette het poesje op de vloer en haalde haar vingers onverschillig door haar krullen. Daarna begaf ze zich naar beneden, gevolgd door Bailey. Ze liep regelrecht naar de eetkamer en nam plaats aan tafel.

Bailey keerde terug uit zijn kantoortje met zijn gast. 'Dit is mijn neef,' zei hij, wijzend naar de jongeman, maar zonder Bertie te zeggen hoe deze heette. Bertie kwam half overeind, met een verbaasde blik. Ze had een man van Baileys leeftijd en type verwacht, maar de bezoeker was ruim één meter tachtig lang en niets aan hem deed aan Bailey denken, behalve de glans in zijn amandelvormige ogen met de lange wimpers en de lichte kromming van zijn fijn gevormde neus. Zijn voorhoofd was breed, overschaduwd door golvend zwart haar. Zijn kaak en kin waren fors, en de sensuele volheid van zijn gewelfde lippen deed niets af aan de kracht ervan.

Bailey wees hem een stoel tegenover Bertie. Tussen hen in stond een zilveren standaard vol bloemen, die het zicht op haar enigszins benam, maar daarachter kon hij de zinnelijke schoonheid van haar figuur zien, zelfs in haar wijde fluwelen peignoir, de overvloed aan krullend haar boven het op een bloem gelijkende witte gezicht en de volmaakte contouren van haar armen waarop de wijde mouwen van de peignoir een blik gunden.

Isaac deelde de soep rond. Bailey begon over de effectenbeurs in Parijs, waar zijn neef enkele maanden had doorgebracht. Bertie at zwijgend, haar ogen strak op haar bord gericht. Pas toen ze aan de derde gang toe waren zei Baileys neef, terwijl hij zich opzij boog om langs de vaas te kijken, tegen haar: 'Deze bloemen zijn erg mooi. Je verwacht zulke bloemen nauwelijks in deze tijd van het jaar.'

'Ja,' zei Bertie zonder op te kijken van haar bord.

Daarna stelde Bailey hem een nieuwe vraag, en pas toen ze het dessert hadden genuttigd kon de bezoeker het woord weer tot haar richten. Er stonden sinaasappels op de tafel en hij legde uit waaraan hij kon zien dat ze uit Zuid-Frankrijk kwamen. 'U kent Zuid-Europa misschien?' zei hij.

'Nee,' zei ze, haast zonder haar oogleden op te heffen.

Bailey keek nieuwsgierig van de een naar de ander, maar Bertie had de bezoeker geen blik waardig gekeurd en peuterde loom een walnoot uit zijn dop.

De neef had meteen al opgemerkt dat Bertie niet uit Engeland kwam. Hij had zich afgevraagd waar dan wel vandaan. Hij had gehoopt dat zijn vraag tot een antwoord zou leiden.

Bertie stond op, maakte een lichte buiging en blies langzaam de aftocht. Zonder die schijn te wekken merkte de neef alles op: het koninklijke figuur, de smoezelige fluwelen peignoir, haar wat wankele tred, de drie ringen aan haar hand.

Toen ze weg was draaide hij zich naar Bailey, hopend op een verklaring, maar Bailey reikte hem de wijnfles aan en zei hem hoeveel hij daar per dozijn voor had betaald. Toen ze hun glas leeg hadden nam hij hem weer mee naar zijn kantoortje, waar de jongeman drie uur langer bleef dan ooit tevoren. Bailey bood niet aan om naar de zitkamer te gaan, noch verwees hij op enigerlei wijze naar Bertie.

Boven trof Bailey Bertie zoals altijd aan in de stoel voor de haard. 'En, wat vond je van mijn neef?' vroeg hij.

'Hij lijkt niet op jou,' antwoordde ze.

Bailey keek haar scherp aan. 'Hij is jong,' zei hij. 'Is hij knap?'

'Ja, hij is knap. Maar' – en ze draaide zich naar hem om – 'hij is niet zo aardig als jij.'

'Mag je hem niet?'

'Op de boerderij waar ik vroeger woonde,' zei ze dromerig, 'hadden ze eens een luipaard gevangen. Rebekah ging elke dag naar de kooi om hem te voeren, ze wilde dat hij van haar zou houden. Maar ik was bang voor hem.' Ze pauzeerde, raakte de draad van haar gedachte kwijt, vervolgde toen: 'Op een dag, toen ze hem probeerde te voeren, beet hij bijna haar hand af. Mijn vader kwam net op tijd. Daarna stuurde hij hem weg om verkocht te worden.'

'En?'

'Ik ben bang voor die man, net als toen voor die luipaard. Rebekah, mijn zus, was niet bang. Die is nooit ergens bang voor geweest.'

'Waarom ben je bang voor hem?'

'Ik weet het niet. Ik denk vanwege zijn ogen. Zijn tanden zijn zo wit als hij eet.'

'Hij deugt nergens voor,' zei Bailey. 'Ik heb hem veel geld gegeven, ik heb hem naar de universiteit laten gaan. Hij zit altijd zonder geld. Het enige waar hij om geeft zijn pleziertjes, gokken, paardenrennen, allemaal slechte dingen.'

Bertie had er niets meer aan toe te voegen. Kort daarop verdween Bailey naar zijn kantoortje beneden en ging zij naar bed.

In de tien dagen daarna kwam de neef maar liefst driemaal langs:

eenmaal 's middags, toen Isaac opendeed en hem zei dat Bailey niet thuis was, eenmaal 's avonds vlak voor etenstijd, toen Martha opendeed en hem naar Baileys kantoortje bracht (Bailey vroeg hem niet om te blijven eten, en hij ging al snel weer weg), en een derde keer, toen Martha en hij een lang, gedempt gesprek in de hal voerden en hij haar bij het naar buiten gaan een goudstuk in de hand drukte.

Drie dagen na dat laatste bezoek, rond negen uur op een druilerige avond, toen Bertie in diepe slaap was gevallen voor de haard, en Isaac in zijn kamertje in het souterrain was en Bailey aan het werk in zijn kantoortje, werd er zachtjes op het raam van de binnenplaats geklopt. Even later kwam Martha naar buiten, ontsloot het hek van de binnenplaats en loodste de neef de keuken in. Hij wilde iets zeggen, maar ze drukte een vinger tegen haar lippen. 'De jongen is in zijn kamer,' zei ze, 'maar hij slaapt misschien nog niet. Hij is heel oplettend, dus wees stil!' Ze deed haar schoenen uit. 'Je kunt de jouwe ook beter uitdoen.' Hij aarzelde. 'Je kunt ze weer aantrekken als je weggaat.'

Hij ging zitten en trok zijn schoenen uit. 'Is er geen mogelijkheid dat hij vanavond terugkomt?'

'Morgenavond pas.'

Met zijn schoenen in de hand maakte hij zich op om de beklede trap op te lopen. Hij keek om naar Martha. 'Weet je zeker dat ze me verwacht?'

Ze knikte, gebaarde naar de deur onder de trap om hem eraan te herinneren dat Isaac daar was en fluisterde toen: 'Denk eraan: het is de deur tegenover je op de eerste overloop.'

Bij de deur van de zitkamer bleef hij staan, hij deed zijn schoenen weer aan, trok zijn overjas uit en klopte toen zachtjes aan. Bertie, die voor het vuur zat te doezelen met de poesjes op schoot, werd half wakker en riep slaperig iets ten antwoord. Ze dacht dat het Bailey was die haar wijn en biscuitjes kwam brengen. De neef kwam binnen, hing zijn jas over een stoel en liep met lange lichte passen naar de andere kant van het vertrek. Pas toen hij naast haar stond draaide ze zich om en zag hem. Ze schrok en kwam half overeind.

'Je zult wel vinden dat ik heel laat ben, maar ik mocht niet eerder komen van ze. Heel aardig van je om me te ontvangen.'

Ze wierp een blik op de deur om te zien of Bailey er al aan kwam, denkende dat deze hem had uitgenodigd de avond bij hen door te brengen. Hij zag haar blik en zei: 'Ik heb hem dichtgedaan.'

Hij trok een stoel bij en ging zitten. Ze zag hoe smetteloos zijn zwarte jasje en witte manchetten waren, keek naar zijn bleke handen met hun lange, subtiel geronde nagels.

'Ik snap wel dat je hier eenzaam bent, zo helemaal in je eentje,' zei hij. Hij stak een hand uit en aaide de poesjes die op haar schoot lagen te slapen. Ze ging enigszins verzitten zodat zijn hand de hare niet zou raken.

'Je zult wel heel dol op ze zijn,' zei hij.

'Ja, ik vind ze lief,' zei ze.

Hij bedacht dat hij nog nooit samen met een vrouw was geweest die hem op zo'n volstrekt passieloze manier had aangekeken.

'Zonde dat al je genegenheid op hen wordt botgevierd,' zei hij. 'Om jaloers op te worden, dat plekje waar ze liggen.' Hij trok zijn hand terug en stond op. 'Zo mooi!' zei hij. 'Weet je, dat was het eerste wat me aan je opviel!' In een oogwenk had hij zijn lippen op haar arm gedrukt, halverwege tussen elleboog en pols.

Met een half onderdrukte kreet kwam Bertie overeind. De poesjes vielen van haar schoot.

'Hoe durf je! Hoe durf je!' riep ze, terwijl ze zich in haar volle lengte voor hem oprichtte.

'Ik ben niet te hard van stapel gelopen, hoop ik,' zei hij. 'Na dat aardige berichtje dat je me stuurde, dacht ik dat... misschien...' Hij schonk haar een glimlach.

'Berichtje? Ik heb je nooit een berichtje gestuurd! Ik vind je zo vreselijk, ik kan je niet uitstaan! Weg, ga weg, ga alsjeblieft weg!'

Op dat moment ving zijn oor het geluid op van stappen op de trap. Als een bliksemflits drong de waarheid tot hem door. Zonder aarzelen sloop hij langs haar heen haar slaapkamer binnen. Toen knalde de deur van de zitkamer open en stond Bailey daar met Martha achter hem.

Woest keek Bailey de kamer rond. 'Waar is hij?' riep hij tegen Bertie. Hij wendde zich tot Martha: 'Heks dat je bent, er is niemand! Waarom heb je tegen me gelogen?'

Maar Martha pakte de overjas en liet die aan hem zien. Even stond hij als aan de grond genageld.

Bertie zei tegen hem: 'Hij is zo afschuwelijk! Waarom heb je hem laten komen?' Hartstochtelijk pakte ze hem bij de arm. Op dat moment sloeg de deur naar de straat dicht; de neef had kennelijk zijn weg naar beneden gevonden. 'Je mag hem nooit meer laten komen! Nooit... nooit... nooit meer!'

Bailey keerde haar een asgrauw gezicht toe, het gezicht van een man van tachtig. 'Nee, hij zal hier nooit meer komen! Kom mee!' beval hij, terwijl hij haar bij de polsen greep en in de richting van de deur trok. 'Kom mee!'

'Je doet me pijn!' riep ze. 'Wat is er? Waarom kijk je me zo aan?'

Hij had haar inmiddels de overloop op gesleurd. De poesjes holden achter haar aan en klauwden naar de lange peignoir. Op de overloop draaide hij haar om zodat zij beneden en hij boven was, en duwde haar achterwaarts de eerste tree af. Het leek onmogelijk dat in zijn kleine, gekrompen lichaam de ijzeren kracht school waarmee hij haar polsen omklemde. Hij duwde haar omlaag, tree voor tree, terwijl de poesjes achter haar aan de trap af gleden.

'Ik heb je onderdak geboden,' zei hij tussen opeengeklemde kaken door, 'ik heb je onderdak geboden... je zei me dat je geen huis had... en ik...'

'Straks vermoord je me nog! Martha, Martha, vraag hem om me los te laten, laat hem uitleggen wat er aan de hand is! Help me, help me toch!'

Ze waren inmiddels halverwege de trap. Martha stond onvermurwbaar zwijgend achter Bailey, met de jas van de neef over haar arm.

'Straks vermoord je me nog,' fluisterde ze tegen Bailey. 'Wat is er? Wat heb ik misdaan?' Toen ging haar een licht op. 'Het was niet mijn schuld dat hij is gekomen! Jíj hebt hem uitgenodigd! Ik had een hekel aan hem... ik had zo'n hekel aan hem!'

Maar toen legde iets in Baileys blik haar het zwijgen op. Haar enige wens was nog om aan hem te ontsnappen. Ze waren inmiddels in de hal beland. Hij duwde haar stap voor stap in de richting van de deur. Ze bood niet langer weerstand. Hij liet een van haar polsen los en rukte de ringen zo ruw van haar vingers dat haar vlees scheurde. Van Martha pakte hij de jas aan en drapeerde die over haar hoofd en schouders. Rustig, bijna vriendelijk opende hij de deur en duwde haar achterwaarts naar buiten.

'Ga weg,' zei hij. 'Hij wacht wel ergens op je.' En hij deed de deur dicht.

Verdwaasd, duizelig ging ze op de stoep zitten en liet haar gezicht op haar handen rusten. Het was allemaal zo snel gegaan dat het wel een droom leek. Alleen de pijn in haar polsen en vingers zei haar dat het echt was.

Ten slotte stond ze op. Ze hoorde stemmen in de hal. Als Bailey alleen was geweest, zou ze net zo lang hebben geklopt tot hij opendeed en zich aan zijn voeten hebben geworpen. Als hij haar had geschopt, zou ze het hebben uitgeschreeuwd tot hij luisterde. Maar ze was doodsbang voor Martha achter hem. Omkijkend of niemand haar volgde begaf ze zich door de straat in de richting van het plein. Regen daalde gestaag op haar neer. De schaarse straatlantaarns waren bijna gedoofd door de regen. In het midden van het plein waren de vage contouren van ijzeren relingen en bomen te ontwaren.

Op de hoek van het plein bleef ze staan. Een van de jaloezieën van het eerste grote huis met uitzicht op het plein was niet geheel neergelaten. Ze kon in een kamer kijken waarin een grote tafel stond en, met de rug naar haar toe, een bejaarde man zat. Aan de tafel zat, gebogen over haar borduurwerk, een vrouw met grijsachtig haar. Twee jonge meisjes en een jongen zaten te lezen. Het licht daarbinnen was zo helder dat ze het patroon van het behang kon zien. Ze sloop naderbij en staarde naar binnen.

Toen hoorde ze vanaf de andere kant van het plein voetstappen naderen. Ze wist niet of het een politieagent was, maar ze voelde dat ze was opgemerkt, dus liep ze een stukje verder.

Plotseling raakte een hand haar arm aan. Ze schrok. Het was Isaac.

'Ik heb alles gezien,' zei hij. 'Ik stond achter de trap. Ze denken dat ik slaap.'

'O, Isaac, wat heb ik misdaan? Waarom behandelde hij me zo?'

'Zij,' zei Isaac langzaam, 'zij liet hem de keuken binnen. Ze nam hem mee naar boven. Ze zei tegen hém' – hij maakte een gebaar met zijn duim dat Bailey moest beduiden – 'ze zei dat hij je vaak kwam opzoeken.'

'Maar Isaac, dat is niet waar, dat is niet waar! Als ik terugga en hem de hele waarheid vertel, zal hij me dan niet geloven, zal hij me niet binnenlaten?'

Isaac schudde heftig zijn hoofd. 'Hij heeft alle katjes vermoord!'

Ze huiverde.

'Het heeft geen zin,' zei hij.

'Maar waar moet ik heen, Isaac? Ik heb geen geld.'

Hij haalde een bundeltje onder zijn arm vandaan. 'Doe deze om,' zei hij. Het was een zwarte kanten sjaal die ze in de hal had laten hangen. 'Doe om,' herhaalde hij. Hij pakte de jas van de man, hield hem voor haar open zodat ze haar armen erin kon steken en knoopte hem van voren dicht. Daarna bedekte hij haar hoofd met de sjaal. 'Kom! Ik weet een plek.'

Hij opende een paraplu en hield hem boven haar hoofd. Hij tilde de zoom van haar peignoir op, die op de grond hing, en hielp haar hem op te sjorren. Verkleumd en nat liep ze dicht naast hem.

Ze bereikten het vollere licht van Oxford Street. Isaac hield de eerste de beste huurkoets aan en stapte naast haar in. Ze klampte zich aan hem vast als een drenkeling aan een touw. Aangekomen bij het spoorstation hielp hij haar uitstappen, kocht kaartjes en stapte met haar in een derdeklassewagon. Toen ze uitstapten waren ze nog steeds in de buitenwijken van Londen, maar de lucht deed frisser en lichter aan. Het motregende nog zachtjes.

Ze liepen een lange helling af, daarna een volgende op, tussen kleine, dicht opeengepakte huizen.

'Waar gaan we naartoe?' vroeg ze.

'Naar een vrouw. Ze heeft bij ons in huis gewoond. Ik ken haar.'

Tijdens het lopen tuurde Isaac onafgebroken naar de huisnummers. Ten slotte stopte hij. Hij liet haar achter op het trottoir, liep naar een deur en klopte aan. Na de tweede keer kloppen ging de deur open. Het flauwe schijnsel van een gaslamp toonde een vrouw met een afgetobd, verschrompeld gezicht in een sjofele zwarte jurk.

Ze herkende Isaac en vroeg hem wat hij kwam doen. Ze spraken op gedempte toon. De vrouw staarde naar de gedaante op het trottoir, met de vreemd vallende overjas en zwarte sjaal. Isaac pakte zijn portemonnee en liet twee pond in haar hand glijden. Daarna haalde hij Bertie. Hij wees naar de vrouw. 'Zij zal je de weg wijzen,' zei hij. Hij bracht zijn hoofd dicht naar het hare en fluisterde: 'Ik kom terug, gauw, zodra ik kan.' Zonder een hand te geven of gedag te zeggen draaide hij zich om en slofte naar buiten.

De vrouw bekeek Bertie van top tot teen. 'Je hebt geen bagage, neem ik aan?' Bertie schudde haar hoofd.

De vrouw pakte een kandelaar, ontstak de kaars en liep de smalle trap op, terwijl ze Bertie gebaarde te volgen. Op de overloop opende de vrouw een deur. In de kamer stonden een eenpersoonsbed met een witte sprei, wat meubels en een wastafel met water en een handdoek.

'Wil je soms iets eten?' Bertie bedankte haar maar zei van niet. 'Bel maar als je iets nodig hebt,' zei ze, wijzend naar de bel, en ze ging weg.

Zonder zich uit te kleden wierp Bertie zich voorover op het bed. Na een tijdje, toen ze het vocht voelde, ontdeed ze zich van de overjas en sjaal en haar natte satijnen pantoffeltjes.

Twintig minuten later kwam de vrouw terug met een oude nachtjapon van calicot, maar tegen die tijd was Bertie in diepe slaap. De vrouw keek naar haar, niet onvriendelijk, en schudde haar hoofd.

Het was negen uur 's ochtends toen Bertie wakker werd. Verbaasd keek ze om zich heen. De kamer was klein, met behang dat bestond uit een mat geelbruine ondergrond met blauwe lijnen in een diamantpatroon. Boven de open haard hing een portret van koningin Victoria als jong meisje. Het papier waarop het was gegraveerd was vergeeld van ouderdom. Onder het glas zaten forse blaasjes alsof er op enig moment tranen op het papier waren gevallen. Er was een klein raam met groene jaloezieën, en in de muur daaronder zat een gat ter grootte van een shilling waardoorheen een straal zonlicht op het tapijt naast het bed viel die het stof en vuil accentueerde, waardoor het vage patroon vrijwel werd uitgewist.

Bertie trok de jaloezieën op en keek naar buiten. Ze aanschouwde een lange straat met een bocht en grijs gepleisterde huizen die precies eender waren gebouwd. Elk huis had een portiek met nepzuilen en twee of drie treden die naar de deur leidden. Allemaal hadden ze rechts van de treden een erkerraam. Bij sommige stond een pot met geraniums voor het raam, bij andere niet – dat was het enige onderlinge verschil. Bij één huis een eind verderop groeide een lage boom op het erf. De lucht was helderder dan die in Bloomsbury ooit was geweest, de late-herfstzon stralender dan ze sinds haar aankomst in Engeland ooit had gezien, ook al was het december. Ze liet de jaloezieën weer zakken.

Kort daarop kwam haar hospita binnen met een blad met thee en brood met boter. 'Ik ben al twee keer eerder geweest,' zei ze, 'maar je lag zo diep te slapen.'

'Ik heb geen geld om u te betalen,' zei Bertie.

'O, de jongeman die bij je was heeft me een paar shilling gegeven en ik heb hem gezegd dat ik voor je zou zorgen tot hij weer kwam. Drink je thee maar op voordat hij koud wordt.' Ze wierp een blik op Berties handen. 'Je hebt je bezeerd, zo te zien,' zei ze.

Bertie gaf geen antwoord en de vrouw ging weg. Ze had vier andere kamerhuurders om voor te zorgen, ze had geen tijd om zich om andermans zaken te bekommeren, maar ze veronderstelde dat Bertie een kamer in het huis van Bailey had gehad en eruit was gezet omdat ze haar huur niet betaalde. Of misschien was ze wel door een of andere man aan de dijk gezet.

Zij en haar man hadden eerder de zolderverdieping van het huis van Bailey in Bloomsbury gehuurd, maar haar man had zich vervolgens doodgedronken en haar achtergelaten met vier kindermonden om te voeden. Toen ze verhuisde was Isaac met haar meegestuurd, alleen maar omdat ze Bailey nog geld schuldig was en hij wilde weten waar ze uithing. Daarna was Isaac nog tweemaal naar haar nieuwe huis gestuurd om termijnen te innen. Dus hij kende het huis goed.

Bertie stond op en dronk wat thee, maar de hap brood die ze at leek haar slecht te bekomen. Ze ging weer liggen met haar arm over haar ogen. Het was alsof ze de boerderij zag, het stuwbekken op de vlakte bij de wilgen, waar eenden in en uit waadden tussen het onkruid, en daaronder, bij de afvoer, de Afrikaanse vrouwen die in de zon zaten en lachend met het wasgoed op de stenen sloegen. Ze zag de sinaasappelbomen en de bloementuin daarachter, en oude Ayah die de meiden uitfoeterde, en Griet die in het rond danste en deed alsof ze de kamers aan kant maakte. Zc zag de doornbomen op de vlakte die in bloesem uitbarstten ter voorbereiding op Kerstmis. Ze zag haar vader en moeder. O, ze wilde naar hen teruggaan, ze wilde naar hen teruggaan. Het maakte niet uit wat ze zouden zeggen!

En toen verscheen vluchtig, van zich afgeduwd zo snel als ze kon, de kleine salon in de bush, en het gezicht van John-Ferdinand met zijn grote donkere ogen, en dat van Veronica, en het nieuwe gezichtje... Ze kon niet terug! Ze kon nooit meer terug!

Ze hoorde de zachte stemmen van de vrouwen in de achterkamer tijdens het dansavondje. Ze had opnieuw het gevoel dat ze naar huis rende over de laan, voelde de verstikkende beklemming op haar borst. En toen de mensen die naar haar staarden terwijl ze de kerk bij het huis van haar tante uitkwam... Nee, nee... ze kon nooit meer terug... nooit... nooit... nooit! O, wat moest ze beginnen? Waar moest ze heen?

Ze stond op en ijsbeerde door de kamer. Had Bailey haar maar omgebracht! 'Was ik maar dood!' riep ze handenwringend. De heftige, onbeheersbare huilbui begon weer van voren af aan. 'Was ik maar dood! O God, was ik maar dood!' Al haar denkvermogen liet haar in de steek. 'Waar moet ik heen? Wat moet ik beginnen?'

De vrouw hoorde het geijsbeer boven haar hoofd en kwam, toen ze ook kreten meende te horen, aan de deur luisteren. Maar het was welbeschouwd haar zaak niet, dus ging ze weer weg, en het geijsbeer en de kreten hielden aan.

Uiteindelijk bleef Bertie staan. Waar was ze? Wat deed ze? Ze keek om zich heen. Het was alsof ze opeens weer kon zien na stekeblind te zijn geweest. Ze merkte de vliegenlarven op de lijst van het portret van koningin Victoria op, en de traanblaasjes onder het glas. Was dat de trouwjurk van de koningin, of dragen koninginnen de hele tijd kroontjes en voiles? Plotseling barstte ze weer in huilen uit en wrong ze haar handen.

Een draaiorgel op straat zette 'Polly is my sweetheart, Polly is my darling' in. Ze bleef staan luisteren. Daarna klonk 'My Grandfather's Clock': 'En hij bleef stilstaan / Om nooit meer te lopen / Toen de oude man stierf!' De muziek vrat aan haar hersenen, verergerde de pijn boven in haar hoofd. Na een poosje liep de orgelman verder de straat in en ten slotte was hij buiten gehoorsafstand.

Om één uur bracht de vrouw haar een bord kool met vlees. Bertie at alles op. Toen de vrouw het bord kwam halen, had Bertie een vraag aan haar: 'Kunt u me helpen om werk te krijgen?'

Ze nam Berties kinderlijk mooie, gezwollen gezichtje in zich op, de rode satijnen pantoffeltjes, nog doorweekt van de kletsnatte avond, die aan het voeteneind van het bed lagen.

'Wat kan je zoal?'

'Ik kan koken of naaien. Of als dienstmeisje werken.'

'Nou, zonder referenties krijg je nooit een betrekking. Ik weet niet hoe ze dat in jouw land doen – de jongen zei me dat je van overzee komt – maar hier neemt niemand mensen aan zonder referenties. Je bent nooit eerder dienstmeisje geweest, hè?'

'Nee.'

'Nou, met díé kleren krijg je nooit werk. Je zult iets heel anders moeten zoeken om aan te trekken. Waarom klop je niet aan bij je vrienden? Dat is het beste wat je kan doen.'

'Dat gaat niet. Ik heb geen vrienden in dit land.'

'Nou, je zal het zelf wel het beste weten. Ik kan je niet aan werk helpen, ik doe alles zelf. Die jongeman zei dat hij zou terugkomen, misschien helpt hij je wel.' En ze ging weg.

Toen het donker werd trok Bertie de jaloezieën weer op en staarde naar de straat. Er naderde een merkwaardige figuur, een man met een strohoed waaraan belletjes waren gebonden. Boven op zijn hoofd stond een trommel, waarop hij sloeg met twee stokken die aan zijn schouders waren bevestigd. Voor zijn mond had hij een blaasinstrument dat hij bespeelde met zijn lippen, en in zijn handen had hij twee bekkens. Toen hij haar voor het raam zag, bleef hij staan en bespeelde al zijn instrumenten tegelijkertijd, als een soort eenmansorkest. Maar toen duidelijk was dat er niets bij haar te halen viel, verdween hij in het donker.

Kort daarop bracht de vrouw haar een kaars en thee en brood met jam. Ze dronk alleen de thee, kleedde zich toen uit en ging naar bed in de nachtjapon van calicot. Toen de vrouw om elf uur weer boven kwam, hoorde ze weer gesnik in Berties kamer.

De volgende dag bracht de vrouw haar om één uur middageten. 'Je moet echt proberen wat te eten,' zei ze, 'je hebt nauwelijks iets genuttigd sinds je hier bent.' Zij moest de deur uit, zei ze, maar haar dochtertje zou thuis zijn en haar brengen wat ze nodig had.

Rond vier uur klopte het kind op haar deur: er was een man beneden, zei ze, die haar wilde spreken. Zonder in de spiegel te kijken om haar warrige haar te fatsoeneren stormde Bertie naar de zitkamer beneden. Iemand stond op om haar te begroeten: niet Isaac maar Baileys neef, in een nieuwe overjas. Hij stak een hand uit, die ze niet schudde.

'Ik kan me voorstellen dat je me niet verwachtte, kan me voorstellen dat je boos bent,' zei hij, 'maar ik vond dat ik het zowel aan jou als aan mezelf verplicht was om de ellendige situatie te verklaren waarin ik je heb doen belanden. Het spijt me heel, heel erg.'

'Ga alsjeblieft weg,' zei Bertie.

'Vraag me dat niet! Wees niet zo onaardig! Ik heb zoveel moeite gedaan om je te vinden! Ik heb het gevoel dat ik het een en ander moet rechtzetten. Ga alsjeblieft zitten.'

Hij trok een stoel voor haar bij, maar ze bleef onbeweeglijk staan.

'Het is allemaal de schuld van dat vreselijke oude mens en de vermaledijde leugens die ze me heeft verteld. Je moet me het laten uitleggen, het zal niet lang duren. Ga alsjeblieft zitten.'

Bertie trok de stoel verder weg, zodat de hele breedte van de tafel hen scheidde.

'Ik wist altijd wel dat ze een wrok tegen me koesterde, maar dat ze zo tot het uiterste zou gaan had ik nooit kunnen bevroeden. Toen ik bij hem in huis woonde vertelde ze mijn oom altijd allerlei verhalen over me, maar ik had nooit kunnen bevroeden... Tijdens een van mijn bezoekjes vertelde ze me over jou, hoe eenzaam je was, dat niemand je ooit kwam opzoeken, dat je uit een ander land kwam. Ik zei haar hoezeer ik je bewonderde, en ze vertelde me dat je mijn oom had gevraagd me mee naar boven te nemen, maar dat hij dat had geweigerd. Ze wekte zelfs' – hij boog zich voorover – 'de suggestie dat je me graag wilde zien. Ik stuurde je een berichtje om te zeggen hoe verrukt en vereerd ik zou zijn als ik je mocht bezoeken. De volgende keer dat ik haar zag zei ze dat je me het zou laten weten zodra mijn oom weg was voor zaken. Natuurlijk begreep ik volkomen hoe eenzaam je moest zijn, zo opgesloten met geen ander gezelschap dan die oude man...'

'Hij was altijd heel aardig voor me,' zei Bertie, terwijl ze zich oprichtte.

'O, natuurlijk, natuurlijk! Wie had jou ook anders kunnen behandelen!' Hij vond het moeilijk zich nader te verklaren tegenover een vrouw die zo weinig sprak, zo weinig van zichzelf blootgaf. 'Zij, Martha, kwam naar mijn kamers en vertelde me dat mijn oom naar het platteland was en dat jij bereid zou zijn me te ontvangen. Natuurlijk ben ik gekomen. Ze verzekerde me dat hij die nacht niet zou terugkomen. Ik had natuurlijk geen idee dat ze loog en dat hij al die tijd beneden in zijn kantoortje zat!' Hij stond op. 'Het tocht hier... laat ik de deur dichtdoen.'

'Nee,' zei Bertie.

'Je moet me geloven,' zei hij, 'ik ben net zozeer de dupe als jij, in zekere zin. Ik ben het enige nog levende familielid van mijn oom, en er is altijd van uitgegaan dat ik na zijn dood van hem zou erven. Dat stond de vrouw het meeste tegen: ze dacht dat het beter zou zijn voor haar en haar jongen als ze zich van mij kon ontdoen. Ik twijfel er niet aan dat ze in jouw geval hetzelfde dacht.'

'Als ik naar hem toe zou gaan en hem alles vertelde,' zei Bertie, 'denk je dat hij me dan zou laten terugkomen?'

'Nee, geen denken aan. Dat zou volkomen zinloos zijn. Ik heb wat navraag gedaan: gisteren zijn alle meubels in het huis teruggegaan naar de winkel. Ook de pachtakte wordt verkocht. De nieuwe pachters krijgen het pand maandag in bezit. En volgens het kantoor van mijn oom vaart hij vanavond naar Zuid-Amerika. De jongen en die oude feeks gaan naar Hamburg. Het zou zinloos zijn om te proberen met hem in contact te komen. Hij is niet vergevingsgezind.'

Bertie maakte aanstalten om de kamer te verlaten.

'Ga niet weg... alsjeblieft, ga nog niet weg! Als je eens wist hoeveel moeite het me heeft gekost je te vinden! Je denkt toch niet dat ik je die nacht aan je lot heb overgelaten? Nee: ik heb buiten gewacht... ik wist hoe gewelddadig hij kon zijn. Ik zag hoe je het huis verliet en naar het plein liep, en ik ben je gevolgd. Maar weet je, ik was zo bedrogen... ik wist niet wat er nog meer op de loer lag. Ik zag Isaac naar je toe komen, dus ben ik jullie tweeën helemaal tot hier gevolgd. Ik moest er niet aan denken dat ik je uit het oog verloor.' Hij dempte zijn stem. 'Je moet me je laten helpen, je moet me voor je laten zorgen. Die vrouw heeft me verteld dat je geen vrienden hebt in dit land... je moet...' En hij stak een hand naar haar uit.

Ze deinsde voor hem terug, kromp ineen, stormde de kamer uit.

Zijn ogen volgden haar, volgden de lenige bewegingen van haar lichaam onder de lange rode peignoir. Even bleef hij besluiteloos staan. Toen luidde hij de bel.

De hospita, die net was teruggekomen, reageerde en trof tot haar verbazing een lange, knappe man in haar voorkamer aan, naar zijn kleding te oordelen onmiskenbaar een echte heer, zoals haar huis maar zelden zag. Hij groette haar hoffelijk, deelde haar mee dat hij de dame die bij haar logeerde was komen bezoeken, dat zij een vriendin van hem was. Hij haalde een kaartje uit zijn zak met zijn naam en adres. Daaronder smokkelde hij een goudstuk mee. Hij zou gauw weer langskomen, zei hij, maar mocht de dame onverhoopt vertrekken, dan verzocht hij haar vriendelijk om hem dat stante pede te melden. Waarop hij zijns weegs ging.

De vrouw bleef op de stoep staan kijken hoe de figuur met zijn modieuze overjas en hoge zijden de straat uitliep, waarna ze naar de keuken ging om het avondmaal voor Bertie te bereiden.

Drie dagen later stond Isaac voor dezelfde drempel en klopte aan. Het was zondagmiddag en het miezerde. In de zak van zijn zware overjas had hij een pakje dat een piepklein leren tasje vol goudstukken bevatte, waaromheen een rol vijfpondbiljetten was gewikkeld, dat alles zorgvuldig in doek verpakt en dichtgebonden met touw. Vanaf het moment dat hij Bloomsbury verliet had hij angstvallig een hand in zijn zak gehouden om het pakje te beschermen. Het geld vertegenwoordigde alles wat hij bijeen had gespaard sinds hij een jongen van vijf was, toen Bailey hem zijn eerste halve penny had gegeven voor het reinigen van zijn laarzen. In de loop van de jaren waren de penny's shillings geworden en de shillings ponden. 's Avonds placht hij met de deur op slot zijn kleine schat uit zijn schuilplaats achter de losse plank in de lambrisering vandaan te halen. Hij hield nog meer van het geritsel van de bankbiljetten dan van het goud.

Hij was van plan om afscheid van Bertie te nemen en dan, net op het moment dat hij wegging, het pakje uit zijn zak te halen en het haar in de hand te drukken. Als hij weg was, zou ze zien wat erin zat. Nooit eerder had zijn geld hem zo waardevol geleken.

Na enige ogenblikken deed de hospita open.

'Ik wil de mevrouw spreken,' zei Isaac.

'Die is er niet.'

'Is ze gaan wandelen?'

'Nee, ze is weg. Ze is vanochtend vertrokken.'

Isaac staarde haar sprakeloos aan. 'Waarheen?' vroeg hij ten slotte.

'De heer die haar hier is komen opzoeken kwam vanochtend langs en heeft haar meegenomen in een tweewielig koetsje.'

'Waarheen?'

Maar dat wist de vrouw niet.

VIJFTIEN

Het was een warme, windstille avond. Tussen de rozen en lelies in Rebekahs tuin, in het anjerperk waar de witte bloemen straalden als verre sterren in het halfdonker, glitterden overal vuurvliegjes.

Er was het een en ander aan het huis veranderd in de vijf jaar sinds de geboorte van haar jongste zoon. Het raam van haar studeerkamertje was nu een deur, terwijl de binnendeur naar de slaapkamer van de kinderen was dichtgemetseld, zodat haar kamertje alleen vanuit de tuin kon worden bereikt. Ook was er tussen de biljartkamer en de rozenhaag een nieuw blok gebouwd, dat losstond van het huis. Het bevatte twee kamers. In de grote voorkamer sliepen de twee jongste zonen. Overdag werd de ruimte als schoollokaal gebruikt. In de kamer aan de achterkant sliep Rebekah met Sartje, het meisje met kroeshaar dat ze vijf jaar geleden als baby had aangenomen en als haar eigen kind behandelde, behalve dat het de opdracht had haar 'Mevrouw' te noemen. De twee oudste zonen sliepen in het hoofdgebouw, in de kamer die aan de slaapkamer van hun vader grensde en ooit de kinderkamer was geweest.

Vanavond stond de dubbele deur van de grootste kamer open en drong de zware geur van de tuin met een haast weeïge zoetheid binnen. Op een tafel in het midden van de kamer stond een lamp waar een wolk insecten omheen zwermde: nachtvliegen, motten, kevers. Verderop aan tafel zaten de kinderen bij elkaar. De oudste, een lange blonde jongen met fijne gelaatstrekken en ogen die, als ze niet zo licht waren geweest, exacte kopieën van die van zijn moeder hadden kunnen zijn, zat over een tekenblok gebogen. Naast hem zat zijn broer, een jaar jonger maar al even lang en gespierd, die qua gezicht en gestalte een merkwaardig precies evenbeeld was van zijn vader. Hij leunde met zijn ellebogen op de tafel en keek van onder haast witte wimpers naar het bewegen van de potloden van zijn broer.

Achter hem stond de derde zoon, met kortgeknipt haar en donkere, waakzame ogen: hij stond op zijn tenen om te zien wat zijn broer aan het doen was. Naast hen probeerde Sartje, het aangenomen kind met het wollige haar wier smalle, fonkelende ogen amper boven de rand van de tafel uitkwamen, ook een glimp van het tekenen op te vangen.

Alleen Bertie, de jongste zoon, lag al in bed. Zijn dikke krullenbos lag verspreid over het kussen en met zijn mond als een rozenknop, zijn roze wangen en zijn lange wimpers leek hij sprekend op de tante die hij nooit had gezien maar wier naam hij droeg. Tussen het gezicht op het kussen en het gezicht van het donkere meisje bestond een zekere gelijkenis: hun voorhoofd had dezelfde lage, brede contouren, bij allebei groeide het haar vanaf het voorhoofd in een rechte lijn omhoog, ze hadden dezelfde volmaakt ovale gezichtsvorm, dezelfde ronde kin met een kuiltje erin. Ze leken op elkaar zoals een uit alabaster gehouwen figuur lijkt op dezelfde figuur geboetseerd uit bruine klei.

De tweede zoon, Frank, was aan het woord. 'Tjonge,' zei hij, 'het is echt geweldig zoals jij dat allemaal uit je hoofd doet! Als ik een man ben en rijk, en jij een kunstenaar bent, koop ik jouw schilderijen om overal in mijn kamer te hangen.' Hij draaide zich om naar het meisje. 'Wegwezen, Sartje! Wegwezen! Je mag niet te dicht in mijn buurt komen, je mag me niet aanraken!'

Sartje stapte achteruit.

'Als je klaar bent met deze,' ging Frank verder, 'moet je een tekening maken van de jongens als ze aan het cricketen zijn, alle jongens die we kennen. Ik wil ze laten zien dat je ze uit je hoofd kan tekenen.'

Op dat moment kwam Rebekah binnen. Ze was in vijf jaar weinig veranderd, maar de strakke lijntjes die zich vroeger rond haar ogen en mond verzamelden waren wat vervaagd, en er lag een zekere rust in haar gezicht. Ze droeg dezelfde zwarte jurk met zilveren sterretjes die ze jaren eerder naar het patroon van mevrouw Drummond had gemaakt omdat ze dacht dat haar man hem mooi zou vinden. Die avond was er een concert in de stad, door musici van wie werd gezegd dat ze de beste waren die Zuid-Afrika ooit hadden bezocht. Omdat Frank had aangekondigd dat hij erheen ging, had ze voor zichzelf een kaartje genomen voor de stoel naast de zijne.

Doorgaans was haar haar aan weerszijden van haar voorhoofd in golven naar beneden geborsteld, maar vanavond had ze het naar achteren getrokken en hoog opgestoken met een zilveren hoofdband. De kinderen, die haar nog nooit in een avondjurk hadden gezien, keken vol bewondering om. 'O, wat mooi!' riep Charles. Sartje en Hughie renden naar haar toe en raakten de zilveren sterretjes aan. Frank stond goedkeurend toe te kijken met zijn handen in zijn zakken: 'Tsjonge, bent u even chic!'

Rebekah moest lachen.

'U bent net Titania, de elfenkoningin,' zei Charles. 'Waar hebt u die jurk vandaan, moeder?'

'Die heb ik lang geleden gemaakt, toen jij nog een baby was.'

Ze boog zich over het jongste kind. Hij sloeg zijn armen om haar middel en trok haar dichter tegen zich aan. 'Vertel me een verhaaltje!' fluisterde hij.

'Ach ja, maak het verhaal af dat u gisteravond aan het vertellen was,' zei Frank.

'Ik ben bang daar geen tijd voor is,' zei ze, terwijl ze haar horloge pakte.

'O jawel! Vader heeft zijn bad nog niet genomen. Ik hoorde hem net om warm water roepen.'

Rebekah ging op de rand van het bed zitten. Bertie ging dicht tegen haar aan liggen. De andere kinderen schaarden zich om haar heen.

'U was net op het punt dat de roofridder de twee pelgrims in een kerker had gestopt,' zei Charles.

Rebekah had niet lang nodig om het verhaal af te maken over de dochter van de ridder die de sleutels van de kerker stal, de gevangenen naar een geheime poort in de kasteelmuur leidde en hun een pad door het bos wees waarover ze naar de vrijheid konden ontsnappen.

Toen ze klaar was, bleef het even stil. Meestal werd er na een verhaal vrijelijk van gedachten gewisseld, maar vanavond barstte Frank plotseling uit: 'Moeder, ik wil iets zeggen: ik ga nooit meer samen met Sartje lopen, nooit meer! Niet op straat, helemaal nergens!'

'Waarom niet?' vroeg zijn moeder.

'Omdat we, toen we gisteren van zangles naar huis liepen, werden uitgelachen door de jongens van het huis op de hoek. Ze kwamen naar buiten en zeiden: "Zij lopen met een zwartje! Zij lopen met een zwartje! Zij lopen met een zwartje!" Dus ik ga nooit meer samen met Sartje over straat, nooit, nooit, nooit!'

Rebekah zei: 'Het was heel gemeen en heel slecht van ze om dat te zeggen. Het is ook niet waar. Sartje is net zomin wat ze haar noemden als dat ze zuiver wit is.'

'Maar ze ís een zwartje!' riep Frank uit. 'Vader noemt haar ook zo! Ik hoorde het hem laatst nog tegen een man zeggen: een zwartje. Hij zei dat zij en Bertie hier moeten eten, dat ze alleen aan tafel mogen komen als hij weg is. Ik weet dat het zo is!'

Rebekah lag roerloos achterover, haar ogen strak op de muur gericht alsof ze niets zag.

'Ze ís een zwartje,' herhaalde Frank binnensmonds, 'en ik ga nooit meer samen met haar lopen!'

Sartje begreep niet wat er werd gezegd, maar ze voelde wel dat er over haar werd gesproken en drukte haar gezicht in de plooien van Rebekahs rok.

'Weten jullie, jongens,' zei Rebekah, 'er is een droom die ik steeds maar weer heb. In die droom komt er plotseling een nieuw mensenras bij ons aan, geen idee waarvandaan, misschien van een nabije ster.'

Ze was even stil.

'De wezens in mijn droom lijken op ons wat lichaam en geest betreft, maar ze hebben vreselijk witte gezichten, zo wit als stuifsneeuw. Ze leven en halen adem zoals wij. Ze zijn menselijk zoals wij. Maar er is één verschil: ze weten veel dingen die wij niet weten en kunnen veel dingen die wij niet kunnen. Wij hier op aarde zijn zo trots op onze steden en onze schepen en onze boeken en onze uitvindingen.

Maar wanneer de vreemdelingen met hun vreselijk witte gezichten komen, wordt alles anders. Ze verwoesten de steden waar we eeuwenlang aan hebben gebouwd en laten ervoor in de plaats hun eigen gigantische paleizen verrijzen, met behulp van werktuigen die door de aarde snijden alsof het kaas is. Ze lachen om onze smerige gewoonte om besmette materie in onze aderen te spuiten om ons voor ziekte te behoeden: ze noemen ons wilden. In hun laboratoria creëren ze de zeldzaamste en heerlijkste spijzen uit gassen en oeratomen. Onze gewoonte om ons te voeden met het bloederige vlees van onze medeschepselen vinden ze onrein en verwerpelijk. En onze kleding – de huiden van dode wezens waarmee we onze voeten omhullen, de veren van vogels die we op ons hoofd zetten, de plukken haar en wol van dierenruggen die we tot kleding pletten en waar we zo trots op zijn – ze vinden het allemaal walgelijk. Zelf dragen ze prachtige schubachtige pakken die even perfect om het lichaam passen als de eigen huid. Ze zien onze gewoonte om ons lijf voor het licht te verbergen als onrein: ze wenden hun hoofd af als we passeren, zoals wij ons hoofd afwenden van inboorlingen die zich kleden in dierenhuiden en insmeren met vet.'

Ze was weer even stil. De kinderen zwegen. Toen ging ze verder.

'Omdat hun kennis anders was dan de onze, waren ook hun wetten en levenswijzen anders. Dingen die wij voor juist hadden gehouden noemden zij verkeerd. Ze beschimpten ons geloof, noemden ons bijgelovige wilden. Ze bespotten ons toen we water op het voorhoofd van baby's sprenkelden om ze te behoeden voor de hel, en lachten toen we zeiden dat we met het uitspreken van een paar woorden brood en wijn in vlees en bloed konden veranderen... zoals wij lachen om Afrikaanse medicijnmannen die boven botten prevelen en amuletten maken. Ze vonden onze lichamen lelijker dan die van henzelf. We mochten niet meevliegen in hun luchtschepen of zelfs maar dezelfde luchtstromen inademen. Ze hadden een naam voor ons: "De Inferieure Rassen". In de wereld die ooit de onze was geweest, zeiden ze, was er geen plaats voor ons, tenzij we ons nuttig voor hen konden maken. Ze zeiden: "Werk maar voor ons, dat is het enige waar jullie goed voor zijn." Hier en daar probeerde een enkeling hun kennis aan ons door te geven. Maar wanneer dat gebeurde, begonnen anderen te klagen: "Doe niet zo sentimenteel, zo vergeten ze wat hun plek is, zij zijn een Inferieur Ras!"'

'En wij? Wat deden wij toen?' vroeg Charles.

'We hadden ze de zee in moeten jagen!' riep Frank. 'Als ik erbij was geweest, had ik ze weleens een lesje geleerd! Wat hadden zij hier te zoeken als wij hier het eerst waren? Het was ónze wereld!'

Rebekah schudde haar hoofd. 'We konden ons niet echt tegen ze verweren,' zei ze. 'Van hoog in de lucht zagen ze ons aankomen en stortten ze wolken giftige lucht over ons uit, zodat we met honderden en duizenden tegelijk stierven, net als sprinkhanen wanneer je er gif op spuit. Maar toen werden we getroffen door een nog afschuwelijker lot: omdat zij ons zo verachtten, begonnen wij onszélf te verachten. Toen ze ons al onze oude wetten en gebruiken afnamen, toen ze ons vertelden dat de dingen die we voor juist hadden gehouden verkeerd waren, toen ze niets deden om ons hun wijsheid bij te brengen en hun vrijheid te laten begrijpen... toen begonnen we onszelf te verachten. Dus stierven we. We stierven niet plotseling... nee, we kwijnden geleidelijk weg. En toen ze dat zagen, zei het vreemde witte volk: "Zie je wel, het is een inferieur ras: ze smelten weg voor onze ogen!"'

'En wij... gingen wij allemaal dood?' vroeg Charles.

'Niet allemaal,' zei ze. 'Sommigen onder ons – misschien niet altijd de dappersten of de mooisten, maar wel de verstandigsten – zeiden: "We zullen niet tegen ze vechten alleen maar om te sterven, en evenmin zullen we wegkwijnen. Deze wereld is ook ons thuis. We zullen dit nieuwe leven omarmen en leven!" Dus gingen we aan de slag om alles te leren wat die vreselijke vreemdelingen met hun witte gezichten ons te leren hadden, en we werkten voor ze. We werkten en we werkten en we werkten, en we wachtten en wachtten en wachtten...'

'En toen, wat gebeurde er toen?' vroegen de jongens in koor.

'Dat weet ik niet,' antwoordde ze. 'Daar houdt de droom op.'

Ze zweeg even en vervolgde toen: 'Weten jullie nog, kinderen, dat ik jullie ooit heb verteld hoe er miljoenen jaren geleden visachtige wezens uit de zee kwamen en over het land begonnen te lopen, en hoe deze landwezens uitgroeiden tot enorme, viervoetige dinosauriërs, en hoe de eierenleggende dinosauriërs plaatsmaakten voor kleinere, lichtvoetigere dieren die hun jongen zoogden, waaronder wezens met handen en voeten die in bomen klommen?

De eeuwen verstreken, en geleidelijk leerde dit bomenklimmende wezen dingen op te pakken tussen duim en wijsvinger. Niet lang daarna leerde hij dat als je twee stokjes tegen elkaar wrijft je vuur kunt maken. Toen ze 's avonds om hun vuur heen zaten, begonnen ze geluiden te maken die ze begrepen: ze práátten! En zo was de Mens geboren!'

De jongens leunden naar voren en keken haar aandachtig aan.

'Geleidelijk, naarmate de tijd verstreek, leerden de mensen steeds meer. Ze leerden bijvoorbeeld bepaalde gesteenten te smelten om ijzer te maken. Ze holden bomen uit om boten te maken. Vrouwen leerden dat het beter was om grassen en wortels te planten en die water te geven en te verzorgen dan om elke dag op zoek te gaan naar voedsel, dus legden ze moestuinen aan. Zo waren er in vele delen van de wereld uiteindelijk halfbeschaafde mannen en vrouwen, net als de Xhosa en de Fingo vandaag de dag, die schapen en rundvee en huizen en tuinen hadden, al waren ze nog niet wat wij beschaafde mensen noemen.

De beschaving kwam toen mensen hadden geleerd hun gedachten op schrift te stellen, zodat de kennis van de mensheid op die manier kon worden bewaard en elke generatie verder kon gaan waar de vorige was opgehouden.

Vandaag de dag heeft de beschaving zich over de hele aarde verspreid, en wij hier in Nuweland zijn terecht trots dat we tot de beschaafde mensen behoren. We kijken neer op degenen die niet over de materiële zaken beschikken die wij hebben, en die niet hebben leren lezen en schrijven. We kijken op ze neer zoals de halfbeschaafde Xhosa en Khoi neerkijken op Bosjesmannen.

En toch... en toch... Engelsman en Fransman, Chinees en Griek, Zoeloe en Japanner, Romein en Khoi... als we maar ver genoeg teruggaan, versmelten we allemaal met elkaar en staan we allemaal voor dezelfde grot.'

Haar stem was bijna tot een fluistertoon gezakt.

'Weten jullie wat een parvenu is, jongens? Dat is een man die plotseling heel erg rijk wordt. Opeens bezit hij paarden en koetsen en huizen en land. Hij maakt zichzelf groot en probeert mensen wijs te maken dat hij deze dingen altijd al heeft gehad: dat het statige huis waarin hij woont door zijn voorouders is gebouwd, dat de schilderijen aan de muur van zijn familieleden zijn. Maar in werkelijkheid bezit hij deze dingen alleen omdat hij door puur geluk aan geld is gekomen. Mensen noemen hem een parvenu, of omhooggevallen, en misschien hebben ze gelijk. Mensen zoals jullie en ik, jongens, moeten heel goed oppassen dat we niet ook parvenu's worden. We mogen niet vergeten dat toen de Meden en Perzen en Egyptenaren al grote rijken hadden, wij nog als wilden leefden en naakt door het bos en over de steppe zwierven, onze lichamen met gekleurde sappen beschilderden, de huiden van wilde dieren droegen en hutten bouwden van modder en stro. Nu ontdekken de grote mannen van onze wereld langzaam maar zeker, terwijl ze het pad volgen dat wij wetenschap noemen, wat mensen in Azië lang geleden al inzagen toen ze riepen: "Al het leven is één!"'

'Moeder, moeder,' fluisterde het kleinste jongetje, 'waarom zijn uw ogen zo groot?' Maar ze leek hem niet te zien en ging verder.

'Jullie zullen mensen om jullie heen horen praten over Inferieure Rassen, jongens, en over hoe superieur wij zijn. Maar zelf weet ik dit: als jullie me alles zouden ontnemen wat ik van andere rassen heb geleerd, dan zouden jullie uiteindelijk een oermoedertje overhouden dat met haar baby in een dierenvel op haar rug door de opening van de grot naar buiten gluurt om te zien of haar man met zijn vuursteenpijlen thuiskomt met iets te eten. Dus wat we naar mijn idee in ons korte levensuur het beste kunnen doen, is ons eigen minuscule korreltje toevoegen aan de berg goede dingen die de mens door de eeuwen heen bij elkaar heeft gesprokkeld. En wat geldt voor het individu, geldt ook voor het land: als voor het land het moment aanbreekt om aan zijn eind te komen, laat het dan zijn deel hebben bijgedragen aan al het goede en mooie dat de mensheid door de eeuwen heen bijeengaart voor het nut van iedereen. Zodat zij die na ons komen kunnen zeggen: "Dat was een nobele daad!"'

Even verviel ze in stilte.

'Toen ik een klein meisje was,' ging ze verder, 'kon ik zwarte of bruine mensen niet uitstaan. Ik vond ze lelijk en vies en dom. Ik had een hekel aan de naakte Afrikaanse kindertjes die op de veekraalmuren speelden. Ze leken zo anders dan ik, met mijn witte boezelaar en mijn gesteven roze rok die ritselde als ik liep. Ik vond mezelf zo slim en hen zo dom, ik kon ze niet uitstaan.

In een van de spelletjes die ik speelde was ik koningin Victoria en was heel Afrika van mij en kon ik ermee doen wat ik wilde. Wat moest ik met de zwarte mensen beginnen? vroeg ik me af. Ik wilde ze niet doden, want ik hield er niet van om iemand pijn te doen, maar ik kon ze niet in mijn buurt verdragen. Uiteindelijk maakte ik een plan. Ik speelde dat ik een hoge muur dwars door Afrika bouwde en alle zwarte mensen aan de andere kant zette en zei: "Ik beveel jullie om daar te blijven. Als jullie één stap over de muur zetten, wordt jullie hoofd afgehakt."

Toen ik dit plan had gemaakt, was ik erg tevreden met mezelf. Ik liep de hele tijd heen en weer en speelde dat er geen zwarte mensen in Zuid-Afrika waren. Ik had het hele land voor mezelf.

Maar op een dag – ik zal een jaar of zeven zijn geweest – woedde er in de buurt van waar we woonden een oorlog tegen de Xhosa en kwam er een witte man die aan het front was geweest bij ons op bezoek. Hij zat met mijn vader en moeder te praten en koffie te drinken, en intussen zat ik te luisteren. Hij vertelde ons hoeveel zwarte mannen er waren gedood, terwijl er maar twee witte mannen gewond waren geraakt, één alleen maar omdat hij van zijn paard was gevallen.

Ik vond het niet erg dat er zoveel zwarte mensen waren gedood: het waren maar Xhosa. Maar toen vertelde hij over een gevecht waarin hij een dag eerder verwikkeld was geweest, een zwaar gevecht. De witte mannen hadden hun kanon en al hun soldaten boven op een heuvel gezet, en beneden kwamen de Xhosa met honderden tegelijk de bush uit, met nauwelijks geweren, alleen assegaaien. Naakt kwamen ze de helling op. Voor hen uit liep een jonge Xhosa-vrouw met haar armen vol assegaaien. Terwijl de mannen hun assegaaien wierpen reikte zij nieuwe aan. Ze riep ze op om op te rukken en niet bang te zijn om te sterven. De geweren werden afgevuurd en de doden lagen bij hopen op de grond. Toen de vrouw in de buurt van de mond van het kanon kwam werd ook zij weggeblazen, zei de man. Ik had het gevoel dat ik stikte. Ik kon er niet meer tegen. Ik rende de tuin in en liep als een bezetene op en neer. Ik zag de vrouw voor me met haar blote armen die glinsterden in de zon en haar rode deken om zich heen geknoopt, terwijl ze de assegaaien droeg en de mannen aanspoorde op te rukken en niet bang te zijn voor de dood. Heen en weer liep ik. Ten slotte ging ik op de grond liggen en begon te huilen. Dus als ik mensen hoor praten over superieure rassen en inferieure volkeren, of over het onder de duim houden van andere rassen en volkeren, dan begrijp ik dat gewoon niet. Als ik iemand tegenkom die iets minder lijkt te weten dan ik, dan wil ik tegen diegene zeggen: "Kleine aardbroeder of aardzuster, jij die samen met mij de lange klim uit het duister en verder omhoog maakt, wie weet waarheen... mocht het zo zijn dat ik al wat hoger sta en wat verder kan kijken dan jij, hier is mijn hand, laat me je omhoog helpen."'

Ze legde Berties hoofd zachtjes op het kussen en wekte Sartje uit haar halve sluimer.

'Ik moet jullie nog één ding vertellen, jongens,' zei ze op een andere toon, en ze richtte zich tot haar twee oudsten. 'Ik hoop, ik geloof, ik weet, dat er een dag komt dat jullie diepe spijt zullen hebben van elke minachting, elk onaardig woord dat jullie over Sartje hebben gezegd, dat jullie hart blij zal zijn om al het aardige of edelmoedige dat jullie voor haar hebben gedaan. Sartje is net zomin een zwart kind als een zuiver wit kind. Het is net zomin haar schuld dat ze niet wit is als dat het jullie verdienste is dat jullie niet half zwart zijn. Sartje is alleen op de wereld. Haar moeder wil haar niet, haar vader weet niet eens dat hij zo'n dochter op de wereld heeft gezet. Ze heeft alleen ons om voor haar te zorgen. Ik zal jullie nooit meer vragen met haar mee te lopen. Ze zal met mij meelopen.'

'Nou, en ik weet zeker,' zei Frank met getuite lippen, 'dat ík het niet erg vind om samen met Sartje te lopen als het in het bos is of ergens anders waar niemand het ziet. Maar ik ga niet met haar op de hoofdlaan of op de weg naar het station lopen.'

'Denk maar niet dat ik het niet begrijp, vent,' zei ze, en ze legde een hand op de schouder van haar zoon. 'Ik ben je moeder en drie keer zo oud als jij, dus ik zou veel wijzer moeten zijn, maar zelfs voor mij is het, wanneer ik over de Regeringslaan loop en door de zwarte meiden die daar zitten word uitgelachen omdat ze kunnen zien dat ik geen korset draag, alsof er een mes tussen mijn ribben wordt gestoken. Ik weet dat ik het bij het rechte eind heb, ik weet dat de mensen zich er in de jaren die komen over zullen verbazen dat vrouwen ooit zo dwaas konden zijn zichzelf te misvormen door middel van een korset. En toch, als die vrouwen me uitlachen, dan doet dat zoveel pijn dat ik bij thuiskomst het liefst in bed wil kruipen om te huilen. Ik probeer zwarte vrouwen aardig te vinden, ik doe alles wat ik kan om ze te helpen, en dan jouwen ze me uit! Als ik, jullie moeder, die zoveel sterker en wijzer zou moeten zijn dan jullie, de minachting van anderen zo scherp voel, welk recht heb ik dan om te verwachten dat jongens als jullie die kunnen verdragen? Als jullie dat konden, zouden jullie helden zijn.'

ZESTIEN

Op dat moment kwam door het raam het geluid van voetstappen op het grindpad. Er hing de aangename geur van een goede sigaar en door de openstaande deur kwam de vader van de kinderen. Zijn overjas hing open en toonde een weldoorvoed stuk wit overhemd. Hij was de afgelopen vijf jaar aangekomen en zijn gezicht was wat roder. Wie hem op straat zou tegenkomen, zou hem niet bepaald knap noemen, maar hij was nog altijd een krachtige, volledig tot wasdom gekomen persoonlijkheid. De latente vitaliteit waaraan hij als jongeman een zekere charme had ontleend, begon evenwel plaats te maken voor bedaarde zelfgenoegzaamheid en zelfs futloosheid.

'Nou, waar gaat al dat geruzie over?' zei hij goedgeluimd. Hij wendde zich tot Rebekah. 'Het spijt me dat ik je heb laten wachten, ik heb te lang getreuzeld. We zullen bijna een uur te laat zijn' – hij haalde zijn horloge tevoorschijn – 'maar dat kan ook een voordeel zijn met zo'n lang programma.'

'Ik vond het helemaal niet erg om te wachten,' zei Rebekah. 'Ik ben zo klaar.'

Hij klemde de sigaar tussen zijn tanden en blies een lange pluim rook uit. 'Nou, ik wacht wel op je bij het hek.' Hij riep de kinderen welterusten toe en liep het trapje af.

Rebekah richtte zich tot Sartje: 'Voor jou is het bedtijd. Er liggen drie pepermuntjes voor je op de schoorsteenmantel. En jullie, de twee grootste jongens, haal het beddengoed uit jullie kamer en leg het hier op de vloer, zodat jullie de kleintjes kunnen horen als ze wakker worden en gaan huilen voordat ik terug ben. Jullie moeten allemaal om negen uur in bed liggen. Ik kom jullie instoppen en een kus geven als ik terug ben.'

In het voorbijgaan fluisterde Charles: 'Moeder, u weet wel dat ik het nooit erg zal vinden om samen met Sartje te lopen, hè?'

'Ja, dat weet ik, lieverd. Dank je wel. Maar voor haar eigen bestwil zal ik het niet toestaan.'

Frank hield het hek voor haar open. Hij was tegenwoordig altijd beleefd tegen haar, soms zelfs attent. Op weg naar het station liepen ze langs het hek van mevrouw Drummond. 'Ik kwam haar vandaag tegen,' zei Frank, met een knikje in de richting van het huis. 'Ze kwam net het kaartjeskantoor uit toen ik onze kaartjes ging halen. Had haar maanden niet gezien. Ze zegt dat haar man er is. Gaat over een week weer weg, op reis naar het binnenland. Nogal een kort bezoekje na twaalf jaar afwezigheid, als je het mij vraagt!' Hij lachte. 'Hij zal haar stukken jonger hebben aangetroffen dan hij haar achterliet. Er wordt gezegd dat ze elke maand drie dagen vroeg naar bed gaat, zogenaamd voor haar gezondheid, maar in werkelijkheid om haar gezicht te vernissen.'

'Ik denk dat het vanavond gaat regenen,' zei Rebekah.

'Waarom heb je dat niet eerder gezegd? Dan had ik tegen de knecht kunnen zeggen dat hij ons met het koetsje moest komen halen.'

'Ach, misschien valt het ook wel mee. Maar het is zo stil en er zijn zoveel insecten vanavond.'

Ze verlieten de hoofdlaan en staken door via het bos. Het voetpad was smal. Hij liep voorop, zij volgde terwijl ze haar rokken strak om zich heen trok.

'Trouwens,' zei hij, 'jij wilt zeker niet dat grijze paard van mij kopen, hè? Hij is te dampig om nog mee te jagen, maar hij zou prima de melkkar kunnen trekken, of de fruitkar, of wat dan ook, op dat geweldige boerderijtje van je.'

'Nee,' zei ze, 'het oude paard dat ik voor tien shilling van de Maleier heb gekocht omdat hij hem zou gaan afschieten doet het geweldig. We voeren hem warme zemelen en meel en geven hem elke dag twee rauwe eieren, wat hij allemaal zonder tanden kan eten, en hij is aangekomen en trekt twee keer per dag de kar naar het station.'

'De filantropie is dit keer goed uitgepakt, hè? Ik moet dat boerderijtje echt eens komen bekijken. Je begint al aardig miljonair te worden, verwacht ik! Een sixpence voor een kool, een sixpence voor druiven – dat tikt behoorlijk aan!'

'Ach, het dekt mijn kosten en die van Sartje en houdt de man en vrouw op de boerderij, en we hebben geen schulden.'

'O, ik geloof maar al te graag dat je het rendabel maakt,' lachte hij. 'Trouwens, ik denk dat ik mijn reis naar de Oostprovincie niet langer uitstel. Ik heb besloten om morgen te vertrekken. Er gaan nog een paar mensen die ik ken, dus ik kan net zo goed met hen meegaan, en misschien zelfs een weekje gaan jagen als mijn zaken afgerond zijn.'

Rebekah hoefde niet te weten waarom hij zijn plannen plots had omgegooid. Ze zocht al lang niet meer naar de werkelijke redenen achter zijn duidelijk loze verklaringen.

'Ja,' zei ze, 'en het is nu ook koeler dan later in het jaar. Je neemt de zwarte hutkoffer en je kleine valies mee, neem ik aan?'

'Ja,' antwoordde hij. 'Misschien kun je ervoor zorgen dat ze gepakt zijn. De boot vertrekt pas om vier uur.'

Het voetpad werd nu zo kronkelig en oneffen dat ze zwijgend verder moesten lopen tot ze bij het station kwamen. Tegen de tijd dat ze plaatsnamen in de zaal waar het concert werd gegeven, was dat al geruime tijd gaande. Rebekah was moe. Ze was al sinds zes uur 's ochtends op de been en wenste nu haast dat ze niet was gekomen. Maar toen zette een strijkkwartet een stuk van Beethoven in en meteen boog ze zich naar voren, ademloos en roerloos, als een kind dat haar eerste pantomimevoorstelling bijwoont. Voor het eerst in haar leven hoorde ze muziek die tot haar eigen wereld leek te behoren. Ze voelde de vreugde opwellen van iemand die over een zonovergoten Karoo-vlakte rijdt en niets anders dan de ritmische klop van de paardenhoeven hoort.

De strijkmuziek kwam ten einde. Een vrouw, een bekende zangeres die bij het gezelschap hoorde, met een strakke witte zijden jurk en veel armbanden, maakte een buiging voor het publiek, vouwde haar bladmuziek open en begon te zingen. Een donderend applaus deed de zaal schudden toen ze klaar was. Weer maakte ze een buiging, weer zong ze. Rebekah leunde landerig achterover en vroeg zich af hoe de vrouw erin slaagde de triviale, verstikkende sfeer op te roepen van een theekransje waarin de japonnen van de aanwezigen werden besproken.

De pauze brak aan en de mannen dromden naar het buffet. Rebekahs oog viel op een man twee stoelen verderop die niet was weggelopen. Behalve dat er een partituur op zijn knie lag waaruit hij kennelijk met de muziek had zitten meelezen, en dat hij niet Zuid-Afrikaans leek te zijn, kreeg ze niet veel hoogte van hem. Toen merkte ze zijn hand op. Die kwam haar wonderlijk vertrouwd voor en riep herinneringen op aan haar jeugd en haar vroegere leven. Ze keek onderzoekend naar zijn gezicht. Zijn huid was gebruind, alsof hij gewend was aan de buitenlucht. Zijn baard was donker en kortgeknipt. Zijn haar lag dicht op zijn schedel en was, ook al leek hij niet ouder dan vijfendertig, doorschoten met grijs. Ze wist zeker dat ze hem nooit eerder had gezien. Maar toen ze nog een blik op zijn hand wierp, had ze opnieuw dat vreemde vertrouwde gevoel. Pas later besefte ze dat hij haar deed denken aan haar eigen hand.

Frank keerde terug naar zijn stoel en zat de rest van de pauze om zich heen te kijken terwijl hij haar vertelde wie uit hun kennissenkring aanwezig was en wie niet.

'Dus mevrouw Drummond is toch niet gekomen,' zei hij zachtjes.

'Misschien zit ze op het balkon.'

'Nee. Die lege stoel naast jou is van haar. Dat is haar man, die daar zit.'

Dus dit was de man bij wie het Herculesbeeldje vandaan kwam, het beeldje dat al tien jaar in de hoek van haar kamertje stond! Dit was de man wiens notities in de marges van zijn boek ze had gelezen en herlezen en waarop ze soms had gereageerd! Dus dit was de man van mevrouw Drummond!

De tijd waarin het noemen van de naam van mevrouw Drummond haar nog iets deed lag ver achter haar. Maar geen enkel wezen dat in de kern van ons leven is gekropen en zich heeft gevoed met het bloedende weefsel dat het daar heeft gecreëerd, kan ons ooit helemaal onverschillig laten.

De muziek ging verder en ze vergat de man van mevrouw Drummond, of was zich hoogstens lichtelijk bewust van zijn aanwezigheid.

Toen het concert bijna afgelopen was en de vrouw in het wit haar laatste lied bracht, klonk het geraas van regen op het dak, die in zo'n stortvloed neerdaalde dat het gezang van de vrouw er bijna door werd overstemd. Mensen keken bezorgd om zich heen. Degenen die geen koets hadden besteld, vroegen zich af hoe ze ooit thuis of bij het station zouden komen. Nog voordat de laatste noten waren weggestorven stond het publiek en masse op en haastte zich naar de deuren, met de bedoeling de eerste de beste huurkoets te bemachtigen die eventueel buiten stond te wachten.

Vanaf hun stoelen op de eerste rij duurde het lang voordat Rebekah en Frank de entreehal bereikten. Tegen die tijd was een groot deel van het publiek al in een of ander vervoermiddel gestapt, of had men de regen getrotseerd. Maar er stond nog steeds een drom mensen te wachten op de mogelijkheid dat er een huurkoets terugkeerde of dat de regen zou afnemen.

Rebekah tuurde de straat in. Het goot nog steeds van de regen, er was nergens een vervoermiddel te bekennen.

Links van de zaal, waar een afdak uitstak boven het trottoir, had een bont gezelschap zijn toevlucht gezocht: zwarte jongens en mannen, witte lanterfanters, zwarte en witte vrouwen in opzichtige kledij, lachend of vloekend terwijl ze zich verdrongen om te schuilen voor de regen.

'Ik denk,' zei Frank, terwijl hij zijn jas dichtknoopte, 'dat we beter kunnen wachten tot het ergste voorbij is.'

'Ik kan niet wachten,' zei ze. 'De kinderen zijn alleen thuis. Ik wil de laatste trein niet missen. Ik ren wel naar het station.'

'Nou, ik denk dat ik vanavond maar in de stad blijf. Ik heb nog een hoop te doen morgenochtend als ik om vier uur wil vertrekken.'

Ze stond op het punt zich naar het station te begeven toen iemand vlak achter hen Frank aansprak. Terwijl hij antwoord gaf, stak Frank zijn hand uit. De man die hem had aangesproken leek het niet op te merken.

'Mag ik u voorstellen aan mijn vrouw,' zei Frank nogal gehaast. 'Rebekah, dit is de man van mevrouw Drummond.'

De man maakte een buiging. 'Neemt u mij niet kwalijk dat ik zo vrijpostig ben,' zei hij, 'maar aangezien we allemaal zo dicht op elkaar staan, kon ik niet voorkomen dat ik hoorde dat u, meneer, hebt besloten vanavond niet naar de buitenwijken te gaan. Het toeval wil dat er een gesloten rijtuig op me staat te wachten. Als uw vrouw mij de eer wil bewijzen, zal ik haar met alle plezier voor haar huis afzetten, dat zich als ik het wel heb naast datgene bevindt waar ik verblijf.'

Voordat Rebekah haar mond kon opendoen, had Frank het aanbod aanvaard. De man baande zich een weg door de menigte om zijn koets te roepen. Frank greep haar bij de arm en volgde hem. 'Natuurlijk moet je meegaan,' zei hij. 'Anders ben je doorweekt tegen de tijd dat je bij het station bent.'

De man stond naast het rijtuig en hield het portier open. Toen ze had plaatsgenomen stapte hij ook in en ging tegenover haar zitten. Frank deed het portier dicht en wilde net het raampje omhoog doen toen er vanuit het groepje onder het afdak een langdurige, luide, roekeloze gorgellach weerklonk, onmiskenbaar van een vrouw.

Ogenblikkelijk sprong Rebekah op en probeerde de portierkruk om te draaien. 'Laat me eruit! Laat me eruit!' riep ze, terwijl ze aan het portier rammelde omdat de kruk weigerde te draaien. Toen vloog het portier open en sprong ze naar buiten. Frank stak een hand uit om haar tegen te houden, maar ze ontweek hem. 'Het is Bertie!' zei ze hees, en ze rende het trottoir over dat inmiddels diep onder water stond, terwijl haar sleep en mantel achter haar aan wapperden.

De man in het rijtuig staarde door het raampje. Frank zette de kraag van zijn jas op en leunde tegen het rijtuig om te schuilen voor de regen. 'Ik moet u verzoeken het mijn vrouw niet kwalijk te nemen,' zei hij. 'Over het algemeen is ze uiterst verstandig en praktisch van aard, maar er is één ding waardoor ze van de kaart raakt: een zus van haar die jaren geleden de benen naar Engeland heeft genomen in het gezelschap van een Jood. Zij en haar familie hebben een klein fortuin gespendeerd aan het zoeken naar haar. Ze hebben zelfs iemand naar Zuid-Amerika gestuurd om haar op te sporen en kwamen er toen achter dat ze daar nooit was geweest, dat ze al die tijd bij die Jood in Londen had gezeten en er daarna met een andere man vandoor was gegaan. Het laatste wat ze over haar hoorden was dat ze in een bordeel in Soho was beland. Sindsdien hebben ze nooit meer enig nieuws over haar vernomen. Mijn vrouw is bezeten van het idee dat ze hier op een dag in Kaapstad zal opduiken. Het is waanzin, pure waanzin. Ik heb al meegemaakt dat ze om drie uur 's nachts uit bed sprong en naar buiten stormde omdat ze haar voetstappen meende te horen. Hoorde u die vrouw lachen? Ze beeldde zich in dat het haar zus was en is gaan kijken. U zult uiteraard niet doorvertellen wat ik u zeg – dingen worden sneller vergeten als er niet over wordt gepraat – maar omdat u hebt gezien wat er net gebeurde, leek het me beter om het maar uit te leggen.'

De man duwde hem aan de kant en klom uit het rijtuig. 'Gaat u haar niet helpen zoeken?' vroeg hij kortaf.

'Welnee, over een paar minuten ziet ze haar vergissing wel in.'

Ze bleven naar de in elkaar gedoken mensen onder het afdak staan kijken. 'Het is de zus natuurlijk niet,' zei Frank, 'al klonk de lach wel een beetje als die van haar. Wat ik mijn vrouw maar niet aan haar verstand kan brengen, is dat het voor iedereen veel beter zou zijn als haar zus nooit meer opduikt!' Hij trok de kraag van zijn jas nog wat verder omhoog. Hij zou graag zijn gaan schuilen in de huurkoets, maar deed dat liever niet zolang de man naast hem in de regen bleef staan. 'Ik denk dat er niet één louche plek in Kaapstad of Simonstad is waar mijn vrouw haar niet is gaan zoeken. Ze was een erg mooi meisje, een van de mooiste vrouwen die ik ooit heb gezien, maar ze deugde niet bepaald, vrees ik. Wilt u niet weer instappen? U wordt vreselijk nat.'

De man leek hem niet te horen. Zijn gezicht was naar het afdak gewend.

Toen zagen ze Rebekah terugkomen door de regen. Ze liep langzaam, en haar sleep slierde achter haar aan door de modder. 'Ik ben te nat om in het rijtuig te stappen,' zei ze. 'Ik loop wel naar het station.'

'Doe niet zo belachelijk, Rebekah!' zei Frank. 'Dan mis je de laatste trein zeker.' Hij greep haar bij de arm en tilde haar half naar het opstapje. De man hield het portier open. 'En,' voegde Frank er op fluistertoon aan toe, 'laten we onszelf niet nog langer zo te kijk zetten.'

Ze liet zich op de achterbank zakken. De man stapte in en Frank sloot het portier en stak zijn hoofd door het raampje. 'Als je zorgt dat de hutkoffer en het valies om halfdrie klaarstaan, ben ik op tijd om om vier uur aan boord te gaan. Goedenavond!'

Hij trok zijn hoofd terug en droeg de koetsier op te gaan rijden, waarna hij zich omdraaide om een huurkoets aan te houden die gelukkigerwijs voorbijreed.

Rebekah en de man zwegen tot ze langs het station reden. Toen trok hij zijn jas uit. 'Uw mantel is doorweekt,' zei hij. 'Wilt u hem niet uittrekken en mijn jas om u heen slaan? Die is nauwelijks nat.'

Ze schudde haar hoofd en sloeg zijn aanbod bijna onhoorbaar af. De weerslag van de intense opwinding enkele ogenblikken eerder, na een lange vermoeiende dag, had haar uitgeput. Ze liet haar hoofd verder in de hoek zakken. Ze was zich niet bewust van haar natte kleding, of van iets anders dan de rustgevende beweging van de koets.

De man vouwde zijn jas op en legde hem op de vloer. 'Zet uw voeten er maar op, tussen de plooien,' zei hij. Hij schoof de lange natte sleep van haar jurk verder van haar af.

'Twaalf jaar reizen in vaak primitieve omstandigheden heeft me geleerd,' zei hij op korte, scherpe, zakelijke toon, 'dat het geheim van een goede gezondheid schuilt in het weghouden van natte stof bij de voeten. Wanneer we beschaafd zijn, zullen we onze voeten in een warm klimaat onbedekt laten.'

Het zicht door het met regen bespikkelde glas was slecht, en toen ze uiteindelijk de buitenwijken bereikten, was de verlichting sporadisch. Desondanks leek de man volledig in beslag genomen door het landschap. Ze reden bijna drie kwartier door de modder van drijfnatte wegen. Rebekah zat er roerloos bij, alsof ze sliep.

Geleidelijk werden de bomen hoger en dikker, en ten slotte draaiden ze de laan op die naar Rebekahs huis leidde. Op een steenworp van haar hek boog hij zich voorover. 'Vergeef me dat ik zo vrijpostig ben,' zei hij langzaam en duidelijk, 'maar toen u het rijtuig had verlaten, vertelde uw man me dat u een vriendin was gaan zoeken die u al lang geleden bent verloren en had gehoopt te vinden.' Hij was even stil. 'Ik besef dat ik onvergeeflijk vrijpostig ben, maar als ik van nut zou kunnen zijn door u te helpen zoeken, zou dat me een eer zijn. Ik heb hier nog een week voor de boeg zonder iets omhanden. Helaas staat het een man in onze hedendaagse wereld vrijer in bepaalde richtingen op onderzoek te gaan dan een vrouw. Als u mij kunt gebruiken, zou dat me deugd doen. Er is geen huis, hoe verdorven ook, dat ik niet voor onderzoek zou kunnen betreden.'

Het rijtuig stopte voor Rebekahs hek. Terwijl hij naar voren leunde om het portier open te doen fluisterde hij kort: 'Mocht u na enig nadenken tot de conclusie komen dat ik van nut kan zijn, wilt u dan details voor me op papier zetten die als leidraad kunnen dienen? Stuur me een foto of wat dan ook dat me zou kunnen helpen bij de identificatie. Alles wat u in een envelop doet en naar het huis hiernaast stuurt zal me vinden.'

Hij deed het portier open, stapte uit en draaide zich om om haar te helpen. Achteraf had ze het idee dat hij haar bijna naar buiten had getild en op de grond gezet. Hij maakte het hek open, ze liep erdoorheen, hij deed het weer dicht. 'Goedenacht,' zei hij zonder zijn hand uit te steken, en hij stapte weer in het rijtuig.

Ze liep langzaam het pad op en bleef staan op het trapje. Ze bedacht dat ze hem niet had bedankt voor zijn aanbod of voor de rit naar huis.

Ze ging naar binnen. De twee oudste jongens lagen in hun bed op de vloer. Een paar motten fladderden nog om de lamp. Op de twee bedjes in de hoeken sliepen de kleinste jongens.

In haar eigen kamer liet ze de natte mantel en jurk op de vloer vallen. Zonder nog meer natte kledingstukken uit te trekken ging ze aan de kaptafel zitten en sloeg het schrift open dat dienstdeed als huishoudboekje. Even dacht ze na. Daarna begon ze te schrijven. Werktuiglijk schreef ze de signalementen op en nummerde ze: haarkleur, lengte, manier van lopen, formaat van handen en voeten. Ze haalde de gouden ketting van haar hals met het medaillon waarin een foto zat van Bertie zoals ze er kort voor haar vertrek had uitgezien. Ze deed er een papier omheen, scheurde het vel waarop ze had geschreven uit het schrift, vouwde het dubbel en legde beide op de tafel. Na een tijdje pakte ze het medaillon weer uit, borg het op in de la, verscheurde de bladzij die ze had beschreven en liet de snippers op het kaptafelkleedje vallen. Daarna trok ze haar vochtige kleren uit, deed haar nachtjapon aan en ging de slapende kinderen instoppen.

ZEVENTIEN

Frank vertrok de volgende dag. Nadat er enkele dagen waren verstreken, ging Rebekah naar het boerderijtje om te werken en nam Sartje mee. Toen ze aan het eind van de middag thuiskwam, verwachtte ze dat de jongens terug zouden zijn van school, aan het cricketen op het erf, maar het erf was leeg. Toen hoorde ze stemmen en de hoge, klingelende lach van Hughie. Ze gluurde over de haag.

Croquet was uit de mode geraakt en het voormalige croquetveld van mevrouw Drummond was nu een woestenij van hoog gras. Ze zag hoe de kinderen zich onder een grote eik over iets in het gras bogen. Het poortje scharnierde stroef. Het pad dat ooit zo diep was uitgesleten, viel nu nog maar moeilijk te onderscheiden.

Onder de boom lag, in zijn volle lengte uitgestrekt en met zijn handen onder zijn hoofd gevouwen, de man van mevrouw Drummond. Kleine Bertie zat zijn haar te strelen. Links van hem knielde Hughie, terwijl de oudste jongens vlakbij zaten met hun rug naar haar toe. Meneer Drummond sprak en ze luisterden allemaal zo aandachtig dat ze haar voetstappen niet hoorden. Toen zag Charles haar, en hij kwam overeind. 'Hij heeft ons gevraagd hier te komen, moeder,' zei hij. 'Onze bal vloog over de haag en hij zei dat we hem mochten komen zoeken.'

Ook meneer Drummond kwam overeind. 'Hopelijk heb ik ze niet verleid om hun boekje te buiten te gaan,' zei hij. 'Ze hebben me zo aangenaam beziggehouden.'

'Hij heeft op een eiland gewoond, een groot eiland,' zei Frank, 'meer dan twee jaar lang, zonder witte mensen, en hij ging gekleed als een zwarte met alleen een katoenen doek om, en op een keer is hij op een boomstam een rivier afgezakt...'

'Ik vrees dat u niet makkelijk meer van ze afkomt als u ze eenmaal verhalen begint te vertellen,' zei Rebekah.

'O, ik ben niet de enige die voor vermaak heeft gezorgd. Charles hier' – hij legde zijn hand op de schouder van de jongen – 'heeft me dingen verteld die mij meer interesseerden dan mijn verhalen hem.'

Een blos steeg naar Charles' wangen. 'Ik dacht dat u het niet erg zou vinden, moeder,' zei hij. 'Ik heb geprobeerd hem wat verhalen te vertellen die u ons vertelde over Afrika. Hij is zelf in Centraal-Afrika geweest en heeft die enorme mierenhopen gezien waar u het over had.'

'Moeder,' onderbrak Frank hem, 'hij zegt dat we morgen terug mogen komen en dat hij ons dan over een oorlog zal vertellen die ze in Afrika hebben gehad en hoe hij eens een jongetje heeft gevonden waar drie pijlen van Bosjesmannen in staken!'

'Ik ben bang dat meneer Drummond zich zal gaan voelen zoals de Britten nadat ze de Picten en Schotten hadden uitgenodigd om over de muur te klimmen en daarna niet meer van ze af konden komen,' zei Rebekah.

'O nee, niks van aan!' zei Frank. 'Hoe laat zullen we morgen komen?'

'Ik zal hier rond vier uur zijn. Dan geef ik wel een fluitje, als jullie van je moeder mogen komen.'

'O ja, net als de Lap die de rendieren floot, zoals u zei! U fluit en wij komen met zijn allen aandraven als rendieren.'

'Als ze u maar niet tot last worden,' zei Rebekah. 'Stuur ze alstublieft weg als u ze beu bent.'

'Kinderen en dieren ben ik niet gauw beu,' antwoordde hij.

Rebekah wendde zich tot de kinderen. 'Jullie moeten nu thuiskomen voor het thee-uurtje.' Ze stak haar hand uit naar kleine Bertie. Hij pakte haar vinger, maar draaide zich om naar de man en bleef verwachtingsvol naar hem op staan kijken.

'Kijk dan, Bertie wil u een kus geven!' zei Hughie.

Meneer Drummond bukte zich, tilde het kind op en drukte zijn besnorde lippen zachtjes op die van hem. 'Dag!' riepen de kinderen. 'Tot morgen!' antwoordde hij.

Tijdens het thee-uurtje praatten de kinderen honderduit. Hughie zei dat hij als hij groot was samen met de man de wereld rond ging reizen. Frank zei dat hij had beloofd hem een echte boemerang te laten zien en uit te leggen hoe de wilden die gebruikten. Charles zei dat hij ze had uitgenodigd om zijn kamer aan de andere kant van het grote huis te bezoeken, waar hij alle spullen bewaarde die hij naar musea in Europa ging sturen: fossielen en gedroogde planten en foto's en werktuigen en bakjes met insecten. Sartje vroeg fluisterend aan Rebekah of zij, als ze gingen, ook mee mocht. Alleen Bertie zat zwijgend in zijn kinderstoel en nuttigde zijn brood en melk met grote oplettende ogen.

De volgende middag luisterden de kinderen of ze het fluitje hoorden en gingen er toen in draf vandoor. 's Avonds kwamen ze terug vol van verhalen die ze hadden gehoord en dingen die ze hadden gezien.

'En moeder,' zei Charles, terwijl hij zijn arm om haar heen sloeg, 'hij verzint verhalen net als u. Hij heeft een kist vol manuscripten, en van eentje heeft hij me wat laten lezen. Het was mooi en ik kon het ook begrijpen.' Maar ze vroeg hem er niet verder naar.

De volgende dag stonden de kinderen in de voortuin te wachten, maar er kwam geen fluitje, en de volgende dag evenmin. Rebekah maakte daaruit op dat de man was vertrokken.

Op de derde dag gingen de kinderen zoals gewoonlijk naar school en bleef Rebekah thuis achter met Sartje. Ze had zich voorgenomen de bijkeuken een beurt te geven. Echt nodig was dat niet – er lag naaiwerk dat eerder haar aandacht vereiste – maar ze wilde niet stilzitten. Ze was stapels borden en schalen uit de kast aan het halen toen er op de voordeur werd geklopt. Ze riep het dienstmeisje in de keuken dat ze moest gaan kijken wie het was. Het meisje kwam terug en zei dat het de heer van het naastgelegen huis was die haar even wilde spreken. Hij had niet willen binnenkomen, hij wachtte op de veranda.

Rebekah snelde naar haar slaapkamer, rukte haar blauwe schort af en pakte de witte geborduurde japon die ze 's middags vaak droeg. Ze keerde zich naar de spiegel: haar haar zat wat in de war door het werk van die ochtend. Ze begon het te borstelen, stopte toen. Als er een gewone neringdoende voor de deur had gestaan, zou ze zijn gegaan zoals ze was. Was het een officiële bezoeker geweest, dan zou ze zich zorgvuldig hebben gekleed. Maar waarom zou ze er voor deze man beter willen uitzien dan gewoonlijk? Waarom zou hij haar niet op haar onvoordeligst mogen zien? Dus deed ze het blauwe schort weer voor en ging terug zoals ze gekomen was.

De voordeur stond open. De man stond met zijn rug naar haar toe naar de tuin te kijken. Hij draaide zich om en lichtte zijn hoed. 'Hopelijk stoor ik u niet door zo vroeg langs te komen,' zei hij.

Nee, dat was niet zo, antwoordde ze.

Hij wierp weer een blik op de tuin. 'Wat een verbazingwekkende kleurexplosie!'

'Als je maar weinig ruimte hebt,' zei ze, 'geeft het een zeker genoegen om te kijken hoeveel erin kan leven.'

'Ja. Ik heb weleens bedacht dat een leven beter zou gedijen als het nauw door hagen was omgeven. Een horizon kan ook te weids zijn, met te veel gelegenheid tot uitbreiding, zodat alles vervliegt.'

'Maar als de hagen er te dicht omheen staan, zullen ze de groei misschien verstikken,' antwoordde ze.

'Ja, dat is waar. De reden dat ik langskom is dat ik, hoewel u me geen toestemming hebt gegeven, meende dat u het me misschien niet kwalijk zou nemen als ik probeerde de zoektocht te vervolgen waarmee u op de avond van onze ontmoeting een begin hebt gemaakt. Ik heb een foto van de vermiste persoon verkregen, plus de verdere informatie die ik nodig had, overigens zonder uw naam te noemen. Ik heb alle plekken bezocht die licht op de zaak leken te kunnen werpen, plekken waartoe u zelf volgens mij niet gemakkelijk toegang zou hebben verkregen. De afgelopen twee dagen ben ik in Simonstad geweest. Ik dacht dat ik op het goede spoor zat, maar het liep dood.'

'Dank u,' zei ze, 'maar ik heb eigenlijk geen hoop.'

'Zeg dat niet,' zei hij op de ernstige toon die men tegen een klein kind zou gebruiken. 'Wanneer we al onze verlangens één kant op richten, zullen we uiteindelijk vinden waar we naar dorsten. Dat geloof ik tenminste. Ik zal u niet langer ophouden. Als ik iets hoor, zal ik het u laten weten.'

Hij tikte tegen zijn hoed en liep het trapje af. Ze volgde hem. Bij een hoge rozenstruik bleef hij staan. 'Wat vreemd,' zei hij. 'Eén witte roos terwijl de rest roze is.'

'Dat is altijd zo geweest bij deze struik,' zei ze.

'Toch is het nogal vreemd.' Hij boog zich eroverheen. 'Misschien komt het door een kwetsuur of woekering. Mag ik haar mee naar huis nemen om te onderzoeken?'

Rebekah knipte de roos voor hem af met de schaar die aan haar riem hing.

'U zei me eerder dat u over een week zou vertrekken,' zei ze. 'Uw verblijf is weldra ten einde, nietwaar?'

'Nee. Ik blijf hier al met al drie weken.'

'Dank u wel voor wat u hebt gedaan,' zei ze.

'O, het is nu evenzeer mijn zorg als de uwe.'

In de bijkeuken zette Rebekah de borden en schalen weer op de planken, waarna ze terugkeerde naar haar studeerkamertje en in de leunstoel ging zitten. Na een poosje werd haar ademhaling zacht en gelijkmatig als die van een kind. Maar van in slaap vallen was geen sprake.

Ze stelde zich voor dat ze haar tuin inliep en de man daar zag staan, en dat hij tegen haar zei: 'Ik kwam even bij u langs.' Waarna ze naar hem toe ging zoals een kind naar een ander kind dat is komen spelen, en zei: 'Kom, dan laat ik mijn spullen zien.' Daarna nam ze hem mee naar haar studeerkamertje, naar de hoek waar het beeldje van Hercules stond. Ze zei hem wat ze van het beeldje vond, hij zei haar waar hij het vandaan had en wat het precies was. Daarna leidde ze hem naar haar vitrinekast en toonde hem haar fossielen. Van elk ervan vertelde ze hem waar ze het gevonden had. Ze vertelde hem met name over de dicynodontenschedel die ze in de rivierbedding had opgegraven, over wat ze had gevoeld toen het laatste steen verkruimelde en ze de oude kop in haar hand hield die zoveel miljoenen jaren onder het zand had gelegen, na al die tijd naar boven gekomen om te baden in het zonlicht waar hij ooit zoveel van hield, het licht van diezelfde oude zon, hetzelfde kloppende oude leven in haar hand dat ooit in de oude blinde kop had geklopt.

Ze toonde hem het fraaie fossiel van een gevleugeld reptiel dat al heel wat jaren een grote rol in haar denksysteem speelde, want het was het eerste voorwerp dat haar dwong te erkennen hoeveel schoonheid en hoeveel goeds voor altijd was weggevaagd door de uitoefening van brute dierlijke kracht. Ze legde hem uit wat ze daarvan vond, en hij besprak het onderwerp met haar.

Daarna gingen ze naar haar boekenplank en pakte hij het fysiologische handboek dat ze als kind had gekocht van haar opgepotte penny's, en hij leek te begrijpen hoe dierbaar en waardevol dat voor haar was geweest. Ze toonde hem zijn eigen exemplaar van *Huisdieren en cultuurplanten* met zijn eigen aantekeningen erin, en haar aantekeningen die daartegenin gingen, en ze discussieerden over veel van de punten waarover ze al vele jaren met hem in discussie wilde gaan. Ze toonde hem grote stapels aantekeningen over de Vrouw, en ze gingen zitten discussiëren... Maar op dat moment kwam het meisje vanuit de keuken zeggen dat het water kookte en dat het tijd was om pudding te maken.

De twee dagen daarop hoorde ze niets meer van meneer Drummond. In de ochtend van de derde dag, net toen de kinderen naar school waren vertrokken, kwam Hughie terughollen. 'Moeder, moeder,' riep hij, 'die man zegt dat hij u wil spreken!' En zonder nog een woord te zeggen draafde hij weg om zich bij zijn broertjes te voegen.

In haar studeerkamertje trof Rebekah de man aan voor haar vitrine met fossielen. 'Ik hoop maar dat de jongen niets verkeerds heeft gedaan,' zei hij. 'Hij heeft me hiernaartoe gebracht en me voor de vitrine geposteerd, ik neem aan omdat ik hem heb verteld dat ik graag uw verzameling stenen eens zou willen zien.' Hij zweeg even. 'Ik kom u om een gunst verzoeken: of u het goed zou vinden als uw stalknecht me kwam helpen om de dozen dicht te binden die ik inpak voor Europa.'

'Ik stuur hem meteen,' zei ze, en ze maakten aanstalten om weg te gaan.

Maar hij had zich weer omgedraaid naar de vitrine. 'U hebt hier enkele heel interessante dingen. Dat is een fraaie kop. Ik heb drie soortgelijke van toen ik eerder in Afrika was, maar die van u is groter en in volmaaktere staat.'

Ze haalde de sleutel van het haakje en ontsloot de vitrine. Hij nam de kop eruit en vroeg waar die gevonden was. Op een boerderij in het binnenland, antwoordde ze.

'De mijne kwamen ook uit die contreien. Mag ik de rest ook bekijken?'

Ze zette het deurtje wijd open en hij haalde de fossielen er een voor een uit: stukjes van een enorm dijbeen en reusachtige klauwen en pootafdrukken. Daarna pakte hij het stuk leisteen waarin haar gevleugelde reptiel was ingebed. 'Dit is heel merkwaardig, heel waardevol,' zei hij. 'Waar is het gevonden?'

'Zo'n vijftig meter van de kop, in dezelfde bedding van een bergstroom.'

Hij bekeek het aandachtig.

'Wat denkt u dat het is?' vroeg ze.

'Ik weet het niet. Ik heb nog nooit zoiets gezien. Heeft u het zelf gevonden?'

'Ja.'

Hij wilde het net weer in de vitrine leggen toen ze zei: 'Wilt u het niet hebben? Ik heb het niet nodig.'

'O, dat kan ik niet aannemen. Het is de kroon op uw verzameling.'

'Maar ik gun het u graag.'

Hij aarzelde: 'Ik verzamel niet zelf, weet u. Ik stuur mijn verzamelingen naar een vriend in Wenen, die ze aan zijn eigen collectie toevoegt of over openbare collecties verdeelt zodat anderen er wat aan hebben. Voor mij is het een soort bloedgeld, ziet u. Een mens moet iets teruggeven aan de wereld, nietwaar? Als ik dat doe, voel ik me vrij om met de rest van mijn leven te doen wat ik wil, met een zuiver geweten.' Hij lachte, met de steen nog in zijn hand.

'Uw manier is beter,' zei ze. 'Dan heeft iemand er misschien nog iets aan. Ik zal dat nooit hebben.'

'Dank u, dan neem ik het mee. Is het u opgevallen hoe prachtig de adertekening in de vleugels te zien is? Maar ik houd u niet langer op, u hebt het vast druk. De knecht is op elk uur van de dag welkom.' Toen was hij weg.

Ze sloot de kast af en begon te ijsberen. Nu was hij hier geweest en had ze hem niets laten zien!

Die avond, toen de kleinste kinderen in bed waren gestopt en de twee oudste jongens zich amuseerden in de voorkamer, en Rebekah onder de lamp de sokken van die week zat te stoppen, ging het voorhek plotseling open en kwam meneer Drummond het pad op.

'Goedenavond!' zei hij. 'Wees gerust, ik kom niet om een bepaalde reden, ik kom gewoon even langs. Mag ik gaan zitten?'

Ze trok een stoel voor hem bij.

'Nee, ik ga liever hier zitten,' zei hij, en hij nam plaats op de rand van de voorstoep. 'Alle buitenlucht die een mens kan krijgen is welkom. Vindt u het goed als ik rook? U zou ook moeten leren roken. Mensen die een heel druk leven leiden, zouden moeten roken om tot rust te komen.'

Hij bracht de pijp naar zijn lippen en nam enkele lange trekken.

'Natuurlijk zult u zeggen, hoe onbeduidend het ook is – ik bedoel dat fossiel van u, dat gevleugelde reptiel – dat men niet het recht heeft het voor zichzelf te houden. In plaats van op zoek te gaan naar meer fossielen zou men het in de juiste wetenschappelijke vorm moeten beschrijven en een uitgever moeten benaderen: "Hoeveel heeft u ervoor over, een pond of twee pond of drie pond per pagina? Wat is het u waard?" Maar dat zou net zoiets zijn als een kind naar de veiling brengen. "Ja, ze is heel mooi, haar armen zijn fraai en stevig, maar haar neus is aan de lange kant en er zit weinig krul in haar haar." Brr, weerzinwekkend! Natuurlijk, wie hongerlijdt zal haar misschien moeten verkopen, maar het is toch een beetje alsof je je eigen vlees en bloed opeet!'

Hij klopte zijn pijp krachtig uit tegen het baksteen en stopte hem opnieuw.

'Ik heb ooit iets gepubliceerd,' vervolgde hij. 'Het is vele jaren geleden, toen ik student was. Uiteindelijk kreeg ik vijftig pond. De uitgever verdiende er honderden aan. Ik kreeg tientallen brieven van over de hele wereld. Eén vrouw schreef me een liefdesbrief, ze schreef dat ze zeker wist dat we voor elkaar bestemd waren en ze had een inkomen van vierduizend per jaar. Eén man, een Amerikaan, stuurde me een exemplaar van het boek dat op duur papier was gedrukt in een velijnen band en vroeg me het te signeren en er een opdracht in te schrijven. Hij verzekerde me dat het dan een ereplaats in zijn bibliotheek zou krijgen. Wat zulke mensen niet begrijpen is dat hun lof even aanstootgevend is als hun kritiek.'

Hij rookte zwijgend. Toen boog hij zich opeens naar haar over. 'Ik wil u iets vragen. Ik was niet helemaal eerlijk toen ik zei dat ik niet om een bepaalde reden kwam, dat ik gewoon even langskwam. Ik heb tien jaar geleden een stuk geschreven. Zou u het willen lezen als ik het morgen stuurde? Ik heb het overgeschreven in mijn mooiste ronde schooljongenshandschrift, dus het zal niet moeilijk te lezen zijn. U hoeft geen commentaar te geven. Ik wil alleen dat u het leest.'

'Dat zal ik doen,' zei ze. 'Is het een verhaal?'

'Nou, ja en nee. Er zitten personages in, mannen en vrouwen, maar u zult zien dat het eigenlijk over Afrika gaat. Ik heb anderhalf jaar – ik spreek nu over tien jaar geleden – met paard en wagen het hele binnenland bereisd, helemaal tot aan de Kalahari en het Ngamimeer. Ik heb in veel landen gewoond, maar het is altijd Afrika dat me aantrekt. Het is alsof Afrika een persoonlijke band met me heeft. Ik heb altijd gedacht dat ik er begraven moet worden. Ik heb niet over mijn ervaringen geschreven toen ik daar was, men schrijft niet over dingen in het heden, weet u. Ik begon met schrijven toen ik weer thuis was in Engeland. Ik zat in een pensionnetje aan de kust, druk bezig met het sorteren en catalogiseren van mijn specimens om naar mijn vriend in Wenen te sturen. Het was een regenachtige dag en ik zat aan mijn bureau te werken aan een beschrijving van de Bosjesmannen en hun gewoonten zoals ik die had waargenomen. Ik zette net de precieze maten van enkele schedels op papier en voelde me nogal gedeprimeerd en zwaarmoedig, toen plotseling, als door een bliksemflits, het hele idee voor me oplichtte. Kent u die opgevouwen afbeeldingen van kustplaatsen die je koopt in de vorm van een boek, en die als je dat opentrekt een voor een tevoorschijn flitsen? Nou, zo was het: alle beelden ontrolden zich plotseling voor mijn ogen, alsof iets buiten mijzelf ze aan me had laten zien. Ik schreef de hele nacht door om die beelden, die taferelen op papier te zetten. Toen ik ze de volgende dag overlas, zag ik meteen dat ze Afrika wáren. Ik stopte het stuk in een kist bij mijn andere krabbels en heb er sindsdien niet meer naar omgekeken, maar ik heb het altijd het mooiste van allemaal gevonden. Ik hoop dat u het ook mooi vindt.' Hij wierp een zijdelingse blik op haar, haast als een kind dat waardering zoekt. Toen stak hij zijn pijp weer aan en leunde achterover tegen de verandapaal.

'Naar mijn ervaring,' zei Rebekah, 'is het gedeprimeerde gevoel dat een mens plotseling lijkt te overvallen vaak de voorbode van een plotselinge flits van inzicht. Waarom? Misschien omdat een onbewust deel van de hersenen zich hard heeft ingespannen, zodat het bewuste deel van de hersenen maar weinig bloed krijgt toegevoerd. Dan barst er iets en stroomt wat onbewust is geweest het bewustzijn binnen. Ik denk dat Socrates daarop doelde toen hij over zijn Daimon sprak. We hebben het gevoel dat de flits van ergens buiten onszelf komt. Dat heb ik als klein kind al ervaren.'

'Maar zijn het zelfs wel de hersenen?' zei meneer Drummond. 'Ik heb de overtuiging, misschien heel onterecht, maar ik kan haar niet van me afschudden, dat het helemaal niet in de hersenen is waar het werk van denkbeeldige aard wordt gedaan, of waar zich ongewilde geestelijke processen voltrekken: het proces voltrekt zich veeleer in de ruggengraat en de ingewanden. Zijn het wél de hersenen, dan moet het de achterkant van de hersenen zijn, boven de ruggengraat. Waarom zou het anders, als je zes uur lang verhalen hebt verzonnen, nooit de voorkant van de hersenen zijn die pijn doet maar altijd de onderrug? De wetenschap zal op een dag wel met een oplossing komen.'

Hij rookte een poosje zwijgend verder.

'En toch kan men, tot op zekere hoogte, de komst van die mentale beelden bepalen,' zei Rebekah. 'Men kan zichzelf in een ontvankelijke toestand brengen. Wanneer ik, als klein meisje, gelukkig wilde zijn, ging ik onder een perelaar liggen of op en neer lopen, en dan kwamen de beelden bijna altijd.'

'Je kunt jezelf misschien in een toestand brengen waarin ze kúnnen komen,' antwoordde de man, 'maar je kunt niet bepalen óf ze zullen komen. Stel dat er in een Griekse stad een beloning was uitgeloofd voor een standbeeld van Nikè, de godin van de overwinning. Een bepaalde beeldhouwer stopt zijn energie in het project, en in zijn dromen ontspringt een honderdtal visioenen van de Overwinning. Hij kan niet zeggen waar ze vandaan komen, maar hij herkent er één als het beste, neemt het ter hand en belichaamt het in marmer. Dan, door de eeuwen heen, blijft dat standbeeld de belichaming van de Overwinning. En waarom? Omdat het ín de man zat, omdat er niets uit hem kan komen wat niet eerst ín hem zat. De Overwinning wachtte al in zijn ziel. Waarom is sommige kunst profetisch? Hoe kan het dat een mens visioenen heeft die hem, voor zover hij kan beoordelen, door niets worden ingegeven wat hij ooit heeft gezien of gekend, en dat toch, jaren nadien, diezelfde gezichten die hij in zijn visioenen heeft gezien, die zo onwaarschijnlijk leken toen hij ze voor het eerst zag, hem aanstaren vanuit het echte leven?'

'Is dat niet,' zei Rebekah, 'omdat wij geen geïsoleerde nomaden zijn, maar voortvloeisels, wij allemaal, van het leven van onze soort, van de mensheid, van alle levende wezens op aarde? Is een kunstenaar niet gewoon een mens in wie iets van het verzamelde leven van zijn soort is opgeslagen? Komt het niet door het merkwaardige vertrouwen van de kunstenaar in zijn eigen gelijk omdat hij wordt gedreven door een zekere aangeboren noodzaak?'

'Ja,' zei hij, 'maar dat vertrouwen is meer dan alleen de uitdrukking van een erfelijk soortgebonden instinct. Een kunstenaar ziet wat zijn soort nooit eerder heeft gezien. Neem nu vleugels. Eeuwenlang hebben kunstenaars van over de hele wereld hun goden als gevleugeld beschouwd. Voor de oppervlakkige beschouwer heeft het geen zin om te zeggen dat hun vleugels nooit hun gewicht zouden kunnen dragen, dat hun borstspieren niet sterk genoeg waren. De kunstenaar zegt: "Dat is wat ik zie!" En op een dag zal de man van de wetenschap de droom van de kunstenaar bevestigen en verwezenlijken. De scheppende kunstenaar herinnert zich niet zozeer het leven van de soort, hij schildert de toekomst ervan!'

'Ja,' zei Rebekah, na een pauze, 'maar zijn u en ik het werkelijk oneens? De beweging van één enkele vinger is volstrekt onbegrijpelijk tenzij je weet dat die bij een hand hoort en als een onderdeel daarvan fungeert. En een hand is onbegrijpelijk tenzij je weet dat die onderdeel is van een complex levend lichaam. Wij kennen het individu, en wij kennen tot op zekere hoogte de soort, en het leven op aarde waaraan individu en soort uitdrukking geven. Maar het grotere leven waarvan zij onderdeel zijn, de drijvende kracht, daarvan weten wij niets. Ik denk vaak,' vervolgde ze, 'dat de reden waarom mensen de aard van kunst zo verkeerd begrijpen, gelegen is in het feit dat er drie verschillende processen moeten worden doorlopen voordat het kunstwerk wereldkundig wordt gemaakt. En mensen verwarren die met elkaar, ook al zijn ze eigenlijk heel verschillend. Het eerste is de plotselinge flits, of het langzaam groeiende en intensiverende inzicht, waarover wij, zoals u zegt, geen controle hebben. Het eerste stadium is het echte creatieve stadium, maar mensen verwarren het met het tweede stadium. In het tweede stadium moet de kunstenaar een beroep doen op zijn wil, bewust of onbewust, om het beeld naar buiten te brengen. Dan komt het derde stadium. Nu is het werk zo ver voltooid als mogelijk is. Het wordt gescheiden van de kunstenaar, de streng wordt doorgeknipt, het kind wordt gespeend. Maar wat moet hij ermee doen? Hij kan het verbranden of vernietigen, hij kan het verkopen of zelf houden, het publiceren of tentoonstellen, het bewaren om na zijn dood wereldkundig te worden gemaakt, het aan één mens tonen of aan de wereld, naargelang zijn wens. Dit stadium, de fase van het wereldkundig maken van kunst, is het enige dat voor de onwetende zichtbaar is. Deze veronderstelt dat, omdat een mens vrij is om te beslissen of hij het boek al dan niet zal publiceren, of hij het schilderij al dan niet zal tentoonstellen, zijn wil even onafhankelijk was bij het bepalen van wat het werk zou moeten zijn. Persoonlijk ben ik ervan overtuigd dat er, in het geval van de ware kunstenaar, welke andere motieven er ook mogen spelen, altijd de wil moet zijn, bewust of onbewust, om het kunstwerk niet te laten sterven. U hebt in mijn studeerkamertje het beeldje van Hercules gezien die een zuigeling in zijn armen houdt en daar glimlachend op neerkijkt. Dat beeldje was vroeger van u, zo zult u zich misschien herinneren, ik heb het van uw vrouw gekocht in ruil voor een lap groene zijde. Dat beeldje is níét dood. Wanneer ik het betast en de schoonheid ervan voel, is het leven dat erin klopt door alle eeuwen heen als een tastbare klop in mij voelbaar. Wanneer je zoiets voelt, het voelt en aanraakt – je parallelle leven – dan lijkt al het leven een ogenblik verweven door de tijd heen. Ik kan niets schaamteloos ontdekken aan de wens dat, wanneer wij doodgaan, datgene wat wij hebben gemaakt, datgene waarvan we houden, zijn eigen leven zal blijven leiden. Dat gevoel kan zelfs een vrouw hebben wanneer ze een kind baart. Ze houdt misschien niet van de man die het verwekt heeft, ze is misschien niet in verwachting van het kind geraakt omwille van het goeds dat het in de toekomst zal doen, of van de schoonheid waarvan het blijk zal geven, maar zelfs dan, zelfs in de hoogste barensnood, zal de gedachte met plotselinge vreugde door haar heen flitsen: misschien zal dit kind voortleven wanneer ik er niet meer ben en het mooie en goede voor anderen belichamen.'

'Ja,' zei hij, 'dat is waar. Zelfs bij mijn eigen onbeduidende krabbels, die wellicht nooit van enige waarde zullen zijn voor iemand anders dan mijzelf, heb ik altijd, diep in mijn hart, het merkwaardige gevoel gehad dat ik niet wil dat zij ook sterven. Ik heb een oude grenen kist die gevuld met houten blokken uit Duitsland is gekomen. Het meeste wat ik heb geschreven is in die kist beland. Ik vermoed zelfs dat ik de laatste tijd niet zoveel geschreven heb omdat de kist bijna vol zit.' Hij lachte. 'Maar op een dag zal ik orde op zaken stellen, al zal het spul misschien pas gepubliceerd worden als ik dood ben.'

'Het leven is zo kort,' zei ze.

Hij lachte weer. 'Ik ben veertig. Ik ben maar één keer in mijn leven ernstig ziek geweest. Ik haal de tachtig wel, denk ik!'

Ze dacht na. 'Het is weleens bij me opgekomen,' zei ze, 'dat het vreselijk zou zijn als, wanneer ons laatste uur geslagen heeft, alle gedachten en visioenen rond ons bed zouden komen staan die we in ons leven hebben gehad, maar die we, om welke reden dan ook, naar de achtergrond hebben verdrongen. "Wij zijn naar jou toe gekomen,” zeggen deze fantomen verwijtend. “Jij, alleen jij, had ons tot leven kunnen wekken. Nu zijn we voor altijd dood. Het plichtsbesef waarvoor je ons hebt opgeofferd, is dat het waard geweest? Had je dat niet moeten opofferen om ons tot leven te wekken?”’

‘Ja,’ zei de man. ‘Het is moeilijk om altijd het goede te doen.’

‘Dat wordt gezegd. Ik persoonlijk heb dat nooit zo ervaren. Zodra ik weet wat goed is, doe ik wat goed is. Nee, dóén wat goed is, is best makkelijk – het moeilijke is wéten wat goed is.’

‘Waarom volgt u dan uw daimon niet?’ zei hij. ‘Dat doe ik ook.’

‘Ook ik volgde vroeger mijn daimon,’ antwoordde ze. ‘Lang, lang geleden wist ik het altijd absoluut zeker, niet wat de juiste weg voor iemand anders zou zijn, maar beslist de juiste weg voor mij. Ik wist het en ik volgde hem. Maar het leven wordt zo vreselijk gecompliceerd met het klimmen der jaren! Steeds vaker dient zich de gedachte aan: stel dat ik de verkeerde keus maak?’

Op dat moment sloeg de klok in de hal halftien en kwamen de twee oudste jongens, voor wie het bedtijd was, naar buiten gestormd. Zodra ze Drummond zagen hieven ze de oorlogskreet aan die hun afgesproken manier was geworden om hem te begroeten. Ze smeekten om nog tien minuten te mogen opblijven en gingen naast hem zitten op de stoep.

Charles nam het woord. ‘Ik heb geprobeerd zo’n rendier te schilderen als waarover u ons vertelde, dat haar jong verdedigde toen het gewond was. Het rendier lukt me wel, maar het lukt me niet om de sneeuw te laten glinsteren. Is het –’

‘O, schei toch uit over dat schilderijtje van je!’ onderbrak Frank hem. ‘Laat hem ons een avontuur vertellen, iets korts!’

Toen hun tien minuten voorbij waren dropen de jongens gehoorzaam af naar hun bed.

‘Ik moet ook weer eens gaan,’ zei meneer Drummond. ‘Ben ik te vrij als ik u vraag of ik uw fossielen nog een keer mag komen bekijken? Ik heb ze laatst maar half gezien, en sommige zijn heel nieuw voor me.’

‘U mag komen wanneer u wilt. De deur is bijna nooit op slot. Is dat wel zo, dan vindt u de sleutel op de richel boven de deur. De sleutel van de vitrine ligt in de bovenste linkerla van het bureau. Kom wanneer u wilt.'

'Dank u wel. Goedenavond.'

Hij was bijna bij het hek toen hij zich omdraaide. 'Zou u mijn eigen fossielen willen komen bekijken?' vroeg hij. 'Ik heb ze nog niet helemaal ingepakt. Ik kan ze u gemakkelijk laten zien.'

Rebekah aarzelde even. 'Nee, dank u,' zei ze.

'Ze liggen in een voorkamer aan de andere kant van het huis. Ik heb twee kamers. U zou niemand storen.'

'Nee, dank u,' zei ze.

'Goed dan. Goedenavond!' En hij draaide zich om en ging weg.

ACHTTIEN

Op de eenzame weg die zich noordwaarts van Kaapstad uitstrekt naar de Saldanhabaai en verder, tot in de Hantam-Karoo en Boesmanland, doemde een door één paard getrokken karretjie op. Erop zat een man van middelbare leeftijd, ondanks de zomerhitte gekleed in een donker pak met das. Dit was zijn derde dag onderweg. Hoewel hij maar traag vorderde, was hij niet ongeduldig. Soms neuriede hij bij zichzelf en spitste het paard een oor, alsof het iets hoorde.

Hij was onderweg naar aanleiding van een tip, een terloopse opmerking van een kramer op de vismarkt: dat er een witte vrouw woonde in Paternoster, de nederzetting die zo was gedoopt door Portugese zeelieden die, nadat ze daar eeuwen geleden schipbreuk hadden geleden, een kruis oprichtten in het zand en daarvoor neerknielden om tot hun hemelse Vader te bidden hen te komen redden.

Deze witte vrouw, vroeg hij de kramer, hoelang was die al in Paternoster? Dat kon de kramer niet zeggen. Had ze een naam? Dat wist hij niet. Ze woonde bij een van de vissers, zei hij. Een grote vrouw, zei hij. *So lekker dik.* En hij grijnsde.

De man op het karretjie was Ludovicus Dapper. Als zoon van vrome ouders, geboren in het jaar 1875 in Wuppertal, had hij op de school van de Moravische zendelingen leren lezen en schrijven. Bij de zendelingen had hij zich ook bekwaamd in het schoenmakersvak. Op zijn eenentwintigste werd hij bezocht door een engel die hem beval alles op te geven en de Heer te volgen. Zonder ook maar een ogenblik te aarzelen verliet hij Wuppertal en nam, met zijn schaarse bezittingen in een doek gewikkeld, de weg in zuidelijke richting helemaal tot aan de Kaap, waar hij zich aansloot bij de kudde van

Broeder Appolis en in tongen leerde spreken. Daarna, toen zijn tijd gekomen was, verliet hij Broeder Appolis, zegde ook het schoenmaken vaarwel en werd zelf prediker, met een almaar groeiende eigen kudde, nederig volk dat werd aangetrokken door zijn krachtige, melodieuze stem, een stem die hij maar al te graag bezigde, zowel in zang als in gebed.

Aanvankelijk verzamelde hij zijn kudde in het kale veld. Later, toen hun aantal toenam, stelden hun giften en arbeid hem in staat een bescheiden kerk te bouwen. Het Huis Onzer Verlosser werd deze gedoopt, in zorgvuldig aangebrachte krulletters boven de deur. Hij nam een van zijn gemeenteleden als vrouw, een weduwe ouder dan hijzelf, de vruchtbare leeftijd voorbij.

De engel die Ludovicus Dapper in Wuppertal had bezocht, bezocht hem nooit meer. Desondanks klonk de engelenstem nog in hem na, helder als een trompet. Ze spoorde hem aan te prediken tegen zonde, tegen dronkenschap en ontucht, tegen het begeren van het bezit uws naasten, tegen elke van de grote ondeugden. Hij gruwde van dronkenschap, hij gebruikte nooit alcohol. Wat ontucht betreft, daarvoor was hij in vroeger dagen meermaals bezweken. Elke keer had hij de misstap bitter betreurd, elke keer had hij gezworen nooit meer te bezwijken.

Wanneer hij in gedachten de zonden liet passeren, leek wellust hem altijd de verraderlijkste, warm en vochtig en lonkend. Toch was het in de vochtige aarde van de wellust, zo had het leven hem geleerd, dat het zaad van de genade het snelst ontkiemde en bloeide, terwijl in de stenige aarde van de hebzucht, de kilste, droogste en persoonlijkste zonde, zelfs het dapperste zaad maar moeilijk ontsproot.

In genade, in de helende kracht van genade, geloofde hij van ganser harte. Niemand was onontvankelijk voor genade, zelfs de hardnekkigste zondaars niet. Genade die als regen neerdaalde van boven, ongevraagd.

Ludovicus Dapper was niet louter een zondagsprediker, maar vervulde zijn bevlogen roeping ook in de stad, in de achterafstraatjes en in de haven. Aan de vrouwen met opgemaakte gezichten en opzichtige kleren die de haven afschuimden en paradeerden voor buitenlandse zeelieden verkondigde hij het verhaal van Maria, de lichte vrouw uit Magdala, die het woord des Heren hoorde, berouw kreeg en gered werd. Maar weinig vrouwen sloegen acht op zijn preken. Sommigen lachten hem zelfs in zijn gezicht uit. Maar in de loop van de tijd raakten diezelfde vrouwen verknocht aan hem, aan zijn krachtige basstem, zijn volharding, zijn onkreukbaarheid. 'Broeder Ludo', noemden ze hem. '*Kom ons maak 'n draai by Broeder Ludo.*'

Via de vrouwen uit de haven ontmoette hij de Engelsman. Aanvankelijk hield hij hem voor een van hun klanten en stond hij op het punt te zeggen dat de man zich moest schamen. Maar zodra ze een woord konden wisselen, zag hij zijn vergissing in. De Engelsman wijdde zich in de haven aan een roeping die vergelijkbaar was met de zijne, door overal in de stad naar een verdwenen zuster te speuren. Hij toonde hem, Broeder Ludo, een foto van haar: een kind met een mollig gezicht en krullende lokken dat haar ogen dichtkneep tegen de zon, haar armen voor haar borst gevouwen als om deze af te schermen. De foto was jaren geleden gemaakt, toen ze vijftien was, zei de Engelsman, maar de trekken zullen niet veranderd zijn. Ze heet Albertina, maar wie weet onder welke naam ze nu door het leven gaat.

Hij, Broeder Ludo, schudde zijn hoofd. Hij kende geen Albertina, had zo'n meisje niet in de straten van Kaapstad gezien.

De Engelsman gaf hem een kaartje waarop zijn naam en adres waren gedrukt: John Drummond. Hij gaf hem ook een biljet van een pond. 'Als u haar ooit ziet,' zei hij, 'als u ooit over haar hoort, laat u het me dan weten?'

Even overwoog hij het geld terug te geven. Beschouwt u me als iemand die niet uw gelijke is, geen zwoeger onder God zoals u? overwoog hij te zeggen. Maar toen antwoordde hij, in zijn onbeholpen Engels: 'Ik neem het geld aan als een gift aan de kerk.' En de Engelsman leek te begrijpen dat hij was terechtgewezen en boog het hoofd.

'U moet begrijpen,' zei de Engelsman, 'dat ik handel namens de familie. De familie heeft me gevraagd om te doen wat ik kan. De jongedame zelf, Albertina, is mij niet bekend.'

'Ik begrijp het,' zei Broeder Ludovicus. Maar begreep hij het echt? Handelen namens de familie, wat betekende dat? Was deze man,

John Drummond, een advocaat? En wat voor achteloze familie liet een meisje zo ver afdwalen, niet alleen ver afdwalen, maar ook nog vérdwalen?

Het was niet in de haven, noch op die andere reusachtige maalstroom van zonde, de Grote Parade, dat hij over een witte vrouw hoorde spreken die al dan niet de verdwenen Albertina kon zijn, maar op de markt in Zoutrivier, door de voornoemde kramer, die de kost verdiende door met een handkarretje *bokkoms* uit te venten.

En het was het spoor van het afgezaagde verhaal van de kramer (*So lekker dik!*) dat hij nu volgde, langs de grimmige westkust omhoog, getrokken door een paard dat hij voor vijf pond bij het hek van het erf van een paardenvilder had gekocht, een grijze merrie met lange gele tanden en maar één goed oog die hem, sinds de dag dat hij haar voor het mes had behoed, trouw en zonder klagen had gediend, en via hem de Heer.

Het was op het middaguur van de derde dag dat hij de cairn van witgekalkte stenen bereikte die de afslag naar Paternoster aangaf. De zon was al aan het zakken en het paard aan het puffen en wankelen toen hij de nederzetting zelf in het oog kreeg: twee dozijn huisjes met rieten daken, in een halve cirkel verspreid tussen de duinen. Bij de nadering van het karretjie brak er geblaf uit en kwamen kinderen hem blootsvoets tegemoet gerend, te midden van een meute honden.

Dapper stapte af, strekte zijn ledematen, al hield hij zijn hand op de zweep omdat het paard nerveus werd van happende honden. '*Wees gegroet, lammetjies,*' zei hij, '*Gaan roep gou die grootmense. Sê daar is 'n mansmens uit verre gewestes aangekom wat herberg soek.*'

De kinderen verroerden zich niet, maar verslonden met hun ogen de onbekende man in het donkere pak.

'*Toe! Loop! Maak gou!*' zei hij en hij klapte in zijn handen.

Onmiddellijk maakten de kinderen zich uit de voeten, en de honden ook, op één na, een zwarte reu die net buiten zijn bereik bleef en met een dreigende blik naar hem loerde.

Hij sloeg met de zweep in de richting van de hond. De hond trok zich terug, dook weer waakzaam ineen.

In de deuropening van het dichtstbijzijnde huisje verscheen een gebogen figuur, leunend op een stok.

'*Dag, outa,*' groette hij de oude man, en hij kwam naderbij.

'*Dag,*' werd met beverige stem geantwoord.

Nu zijn ogen aan de schaduw gewend raakten, kon hij niet met zekerheid zeggen of de man niet blind was.

'*Dapper heet ek,*' zei hij. '*Ek kom 'n lang pad, op soek na 'n dame, 'n sekere juffrouw Albertina. Ken outa so 'n dame?*'

De oude man gaf geen antwoord.

Nu kwamen de kinderen terug, vergezeld door een vrouw die jong genoeg was om hun zus te zijn.

'*Dagsê, suster,*' zei hij. '*Ek kom 'n heel ent, van die Kaap af, op soek na 'n juffrouw Albertina, 'n engelse dame, wat glo hier in Paternoster woon. Of so sê die mense.*' En toen, zonder pauze: '*Maar meer dringend, kan ek uitspan? Die perd het water en weiding erg nodig. Geseënd as julle kan help.*'

'*Mis Bertie?*' zei de jonge vrouw. '*Meneer is op soek na Mis Bertie?*'

'*Ja, Mis Albertina.*'

Ze wendde zich tot de kinderen. '*Loop gou, sê vir Mis Bertie daar's 'n meneer vir haar!*'

De kinderen stoven weg.

'*Oulike kinders,*' zei hij. '*Maar wat van die perd? En hoe maak ons met die honde? Soos jy kan sien, is die perd sku vir hulle.*'

De jonge vrouw draaide zich naar de zwarte hond, klapte in haar handen en stampte met haar voeten. De hond droop af. '*Water. Ja,*' zei ze. '*Daar is mos die dam.*'

Het was inderdaad dom van hem dat hij ze niet had opgemerkt: boven de struiken, op slechts honderd meter afstand, de wieken van een windwatermolen.

Hij was begonnen met het losmaken van het gareel toen een stem achter hem zei: '*Meneer?*'

Hij draaide zich om en herkende onmiddellijk het meisje van de foto, al was ze geen meisje meer maar een volwassen vrouw – een vrouw van zekere omvang – en was het donkerblonde haar bijeengebonden in een doek.

Hij lichtte zijn hoed. '*Dapper heet ek, mevrouw, van die Kaap af. Ek dra 'n boodskap van mevrouw se suster.*'

'*My suster?*' Haar stevige bouw in aanmerking genomen, en ook haar lengte, was de stem verbazingwekkend hoog, meisjesachtig.

'*Van mevrouw se suster in Rondebosch.*' Hij gebaarde naar de kinderen, naar het meisje dat al dan niet hun oudere zus kon zijn. '*Maar as mevrouw nie omgee, laat ek gou met die uitspan klaarmaak.*'

'*Omgee?*'

Aarzelend schakelde hij over op Engels. 'Ik kom juffrouw Albertina een brief brengen van haar zuster in Rondebosch,' zei hij. Uit zijn binnenzak haalde hij de brief en legde die in haar hand.

Met een bedenkelijke blik bekeek ze de brief, maar maakte geen aanstalten hem te openen. 'Komt u helemaal vanaf de Kaap?' vroeg ze met haar hoge stem.

Hij knikte.

'En mijn zus... is alles goed met haar?'

Hij knikte. Hij dacht: lees de brief, vrouw, dan hoef ik al die vragen niet te beantwoorden!

'Helemaal vanaf de Kaap, dan zult u wel moe zijn,' zei ze. 'Volg me maar, laat me u een verfrissing aanbieden. En uw paard... wat doen we met uw paard?'

Verfrissing: zo onverwacht, deze uiterst Engelse hoffelijkheid op zo'n desolate plek, van een vrouw met een schort en, opmerkelijker nog, blote voeten (haar voeten, zag hij, waren heel erg klein, als van een kind).

'Het paard maakt het goed, mevrouw, ze heeft alleen water nodig. Maar de honden... ik maak me zorgen over de honden.'

Het was niet waar, wat hij net had gezegd. Het paard maakte het helemaal niet goed. Het paard had niet alleen water nodig, maar ook voer, goed voer. Normaal gesproken zou het paard wel grazen om aan haar trekken te komen, maar niet hier, niet op dit schaarse, zilte kustgras, en zeker niet onder de voortdurende dreiging van honden. Hij had een halve zak haver in het karretjie liggen, maar het paard had meer nodig dan haver, had tijd nodig om weer op krachten te komen voor de lange tocht terug naar de Kaap.

Al die moeizame kilometers omwille van een brief die ze zich niet verwaardigde te lezen!

Hij had nog een tweede brief op zak, van Drummond, geschreven in zulk verheven Engels dat het wel een vreemde taal leek. Deze was geadresseerd Aan Wie het Betreft en luidde: 'Gelieve de brenger van dit schrijven, Ludovicus Dapper, prediker, alle bijstand te verlenen gedurende zijn reizen. Alle gemaakte kosten zullen door ondergetekende worden gerestitueerd.'

Tot dusver had hij de tweede brief niet nodig gehad. En wat had hij eraan in een oord als dit? Alle bijstand!

'Ziet u dat huis daar, dat met die rode deur?' zei juffrouw Albertina. 'Kom nadat u uw paard heeft verzorgd naar dat huis. Dan kunnen we rustig praten.'

Hij knikte instemmend.

Het betreffende huis bleek een onooglijk klein geval van kleisteen, en de rode deur was zo laag dat hij bij binnenkomst moest bukken. Onmiddellijk was hij terug in zijn jeugd in Wuppertal: dezelfde geuren van houtas en moerasriet en gedroogd bloed, hetzelfde vage, rokerige licht.

'Gaat u zitten,' zei de vrouw.

Hij nam plaats aan de tafel en keek om zich heen. In het gietijzeren fornuis knapperde een vuur. Boven de geelhouten keukenkast hing een rij elegante theekopjes met een blauwe rand, allemaal eender en toch allemaal net iets anders. Door het enige piepkleine raampje ving hij een glimp op van geraniums, scharlakenrood en roze, knikkend in de wind.

Ze zette een bord voor hem neer, een geëmailleerde theepot, een grote mok, een suikerpot, een jampot, reuzel. Ook de brief lag op de tafel, ongeopend.

'Brood van vandaag,' zei ze. Ze drukte het tegen haar volle boezem en sneed plakken af. 'Tast toe.'

Hij sloot zijn ogen, dankte en begon te eten, met zijn hoed naast zich op de aarden vloer. Hij at brood en dronk thee. Dingen van de Heer, die de wereld die hij had geschapen bezag en goed bevond.

'De brief van mijn zus,' zei ze, 'dank dat u die hebt gebracht.'

Hij knikte, met zijn mond vol lekker brood.

'Ik hoef hem niet te lezen. Ik weet wat erin staat. Mijn zus wil dat ik naar haar toe kom, naar de stad. Misschien wil ze zelfs wel dat u me terugbrengt, ik weet het niet. Nou, ik kom niet. Zeg haar dat maar.'

Hij wachtte op meer.

'U zult wel willen weten waarom niet. Nou, ik ben niet van plan om alles wat ik hier heb' – ze wuifde afwezig – 'op te geven en bij u in uw mooie karretjie te klimmen om me naar mijn zus te laten terugrijden, om bij haar en haar leuke man en kinderen in hun mooie huis te gaan wonen tussen alle andere mooie huizen en alleen maar mooie dingen om me heen te hebben. Nou, ik kan u zeggen, meneer, er was een tijd dat ook ik uitkeek naar een mooi leven met een hoop mooie dingen om me heen, en ook ik was bereid daarvoor de prijs te betalen, zoals mijn zus de prijs betaalt. Maar nu niet meer, nu niet meer!'

Ze plofte tegenover hem neer aan de tafel, plantte haar ellebogen erop en staarde hem recht aan.

Vanwaar deze plotseling oplaaiende woede? Voor wie zag ze hem aan? Voerde ze een toneelstukje op, probeerde ze hem bang te maken? Nou, hij was niet bang. Hij had al eerder met getroebleerde zielen van doen gehad.

'De Heere geeft en de Heere neemt,' zei hij. 'Zo gaat de Heere te werk. Hij neemt ons onze mooie dingen af.' Hij had willen zeggen: de mooie dingen die we niet verdienen, maar kon niet op het Engels komen. *Laat ons asseblief ophou kerm, laat ons ophou kla. Want wat verdien ons eintlik, ons arme skepsels?* 'Opdat wij leren. De Heere is onze leraar. We moeten met open oor naar hem luisteren.'

Ze schudde haar hoofd heen en weer. Haar doek had ze afgenomen, de donkerblonde krullen vlogen alle kanten op. 'Nee, meneer, nee, nee, nee, de Heere is mijn leraar niet meer. Hij is niet mijn leraar en hij is ook mijn herder niet. De Heere heeft me lang geleden losgelaten, in het donker, om mijn eigen weg te gaan, helemaal alleen. En dat doe ik: ik ga mijn eigen weg!'

Hij wachtte op meer, maar ze was kennelijk uitgesproken.

De stilte nam toe. Stap voor stap keerde er een soort kalmte terug.

'Maar nu is het uw beurt,' zei ze. 'Zeg eens, hoe heeft u me gevonden? En bent u echt wie u zegt? Bent u misschien geen rechercheur? Heeft mijn zus u misschien niet in de arm genomen om me op te sporen en in de boeien te slaan?'

'Ludovicus Dapper, prediker,' zei hij. 'Geen politieman.'

'Prediker,' zei ze. 'Een soort priester dus? Waar is uw Bijbel?'

Voordat hij kon antwoorden zwaaide de deur open en kwam er een man binnen, een potige kerel wiens trekken hij aanvankelijk niet kon ontwaren in het vage licht. Wel zag hij het opgeluchte gezicht van juffrouw Albertina. De boze wolken verdwenen op slag. 'We hebben bezoek, schat,' zei ze, terwijl ze opstond. 'Laat me je voorstellen aan meneer Dapper. Hij is priester, zegt hij, en hij is helemaal vanaf de Kaap gekomen met een brief van mijn zus.'

De nieuwkomer stak een hand uit zo ruw als schuurpapier. Zijn leeftijd viel moeilijk te raden, zo verweerd was zijn gezicht, maar hij kon in de vijftig zijn. Hij droeg een dikke wollen trui en een wollen muts die hij niet onmiddellijk afnam. 'Aangenaam,' zei hij.

'Meneer Fransman is mijn man,' zei ze tegen hem, Broeder Ludo, de prediker. 'En dit is ons huis.' Ze herhaalde het zwaaiende gebaar dat de hele ruimte omvatte, inclusief de verste, door een gordijn afgeschermde hoek, waar hij het echtelijk bed vermoedde. 'Mijn zus zou het niet bevallen, je kunt je hier niet afzonderen en mijn zus zondert zich graag af, maar wij zijn hier gelukkig, en geluk is het belangrijkste in het leven, nietwaar?'

Hij hield zijn mond. Het zou onhoffelijk zijn, zelfs voor een prediker, om gastvrijheid te belonen met een kil lesje in deugdzaamheid. Maar was geluk inderdaad het belangrijkste? Geluk kwam en ging naar zijn beleving als de wind.

Hij pakte zijn hoed. '*Verskoon,*' zei hij, zich tot de man, meneer Fransman, richtend. '*Ek moet vir die perd gaan sorg.*' En tegen haar, in het Engels: 'Dank u, mevrouw, voor de maaltijd.'

De zon ging onder boven de zee. Er was tijd genoeg om zijn kamp op te slaan in de bush voordat het donker werd.

Hij had het paard gevoerd en was brandhout aan het sprokkelen toen er gekraak klonk in de struiken en Fransman verscheen. '*Ag nee!*' zei hij. '*Dit kan ons mos nie toelaat nie! Kom, volg, daar's plek vir jou by ons!*'

Een volstrekt gemoedelijk gekissebis volgde – hij had niets tegen Fransman, de bron van het geluk van juffrouw Albertina, niets tegen geluk zelf, hoe vluchtig de aard daarvan ook was – met als resultaat dat hij zijn bezittingen bijeengaarde en, met het paard aan de teugel, terugkeerde naar het huis met de rode deur.

Het zou hem niet hebben verbaasd als Fransman op zijn hoede was geweest, achterdochtig – hij was tenslotte een onbekende die uit het niets was opgedoken om zijn vrouw weg te halen – maar de man had niet oprechter en openhartiger kunnen zijn, niet nieuwsgieriger naar nieuws van de Kaap, niet scheutiger met verhalen over de zee en zijn leven op zee. Hij was geboren op de Kaap en had jaren als dekknecht op vrachtschepen gewerkt die heen en weer voeren tussen de Tafelbaai en de Algoabaai, en later op een treiler vanuit Houtbaai. Maar nu hij zich in Paternoster had gevestigd, waar hij zijn eigen boot had, voelde hij zich het prettigst. '*Dis lekker, die rus en kalmte,*' zei hij, '*noudat 'n mens nie langer so jonk is nie.*'

'*En hoe lank ken julle mekaar, jy en mejuffrou Albertina?*'

Fransman aarzelde. '*Nee, dis seker al vyf jaar,*' zei hij. Hij wendde zich tot de vrouw. '*Dis al vyf jaar, nê, skat?*'

Ze knikte.

'*En julle bly ongetroud?*'

'*Ja-nee, nie in die kerk nie. Vir pastoor is dit seker 'n sonde, maar hierrond is ons nie sulke wafferse kerkmense nie, as pastoor my sal verskoon, en die kerk lê nog ver, in Saldanha.*'

'*En kinders?*'

'*Nee, soos pastoor kan sien is ons nie so geseën nie.*'

Plotseling zei achter hen de vrouw – hij had niet gedacht dat ze luisterde – in het Engels: 'De Heere geeft, de Heere neemt. Dat zei u toch?' Ze zette een dampende pan voor hen neer. 'Vanavond geeft de Heere.'

De maaltijd was heel wat smakelijker dan de beskuit met biltong waarmee hij zich eerder al had verzoend. Daarna volgde een onverwacht verkwikkende nachtrust op een bed van *riempies* dat Fransman buiten zette, op een plek onder de sterren waar de merrie geruststellend dicht onder handbereik was en hij bovendien op geen enkele wijze hoefde in te stemmen met een ongeoorloofde verbintenis.

Het was nog donker toen hij werd gewekt door een hand op zijn schouder. '*Ek sal totsiens sê, pastoor,*' zei Fransman. '*Laat dit goed gaan. En voorspoedige reis.*'

'*So vroeg?*' mompelde hij.

'*Ja, so vroeg.*' Hij maakte aanstalten om weg te gaan, maar Dapper hield hem tegen.

'*Broer Fransman, Mis Bertie weier om saam te reis, maar dis nie die einde van die saak nie, dit weet jy seker. Haar swaer is 'n groot sakeman in die Kaap. Sulke mense duld dit nie dat jy die kleurgrens met hul vroumense oortree nie. Hulle sal jou agtervolg. Hulle sal jou smyt. En Mis Bertie – hulle sal haar kom weghaal. Hulle sal sê sy is geestelik belemmerd, hulle sal sê sy is swak van verstand. Hoe maak jy dan?*'

'*Laat hulle kom,*' zei Fransman. '*Ons pla hulle nie. Waarom moet hulle vir ons kom pla?*'

'*Ek sê maar my sê: daar wag nog moeite vir julle.*'

'*Laat hulle kom,*' herhaalde Fransman koppig, en hij liep over het pad het donker in.

Bij het eerste daglicht kleedde Dapper zich aan, pakte zijn spullen bijeen en klopte op de deur. Juffrouw Bertie deed open. In het fornuis brulde een vuur. Ze liet hem plaatsnemen, serveerde hem mieliepap, koffie. 'Ik heb een brood voor u ingepakt, en gekookte eieren en abrikozen en wat gerookte vis. Ik hoop dat u een veilige reis hebt. Het zal heet worden onderweg.'

'Er is Iemand die mij beschermt,' zei hij. 'Ik vrees niet.'

'Dat is mooi. Ik vertrouwde vroeger ook op Iemand, maar nu niet meer.'

'Dat kan altijd weer.' Hij stond op, pakte het voedselpakketje. 'Ik zie mevrouw Rebekah als ik terug ben op de Kaap. Moet ik haar een boodschap overbrengen?'

'Ja, ik heb een brief geschreven die u kunt meenemen. Hij is op bruin papier geschreven, het enige papier dat ik kon vinden. U mag hem lezen als u wilt, want hij gaat ook over u.'

Het handschrift van de vrouw was duidelijk, de regels waren recht, de letters goed gevormd, haast op het kinderlijke af. Hij las:

Mijn liefste Rebekah,

Je moet niet denken, vanwege mijn stilzwijgen, dat ik je vergeten ben. Ik ben nooit de slimste van ons twee geweest, ik ben nooit goed geweest met woorden, dus geloof me alsjeblieft als ik zeg dat je voortdurend in mijn gedachten bent. Ik bid voor je geluk en het geluk van je kinderen.

Je hebt die aardige meneer Dapper gestuurd om me thuis te brengen. Maar, lieve Rebekah, naar wat voor thuis zou dat zijn? Zul je je vriendinnen durven uitnodigen om me te begroeten, diezelfde vriendinnen die me hebben verstoten, die achter mijn rug fluisterden dat ik hun dochters zou bederven? Zul je je in het openbaar met me durven te vertonen om je bloot te stellen aan de starende en meesmuilende blikken van de hogere kringen? En als je kinderen vriendjes mee naar huis nemen van school, zal ik me dan moeten opsluiten in een achterkamertje als een gekkin?

Ik moet je meedelen, lieve Rebekah – meneer Dapper zal het beamen – dat ik getrouwd ben. Ja, getrouwd in Gods ogen en met een goede man, die je misschien ooit nog eens zult ontmoeten, Hendrik Fransman, die me uit de goot heeft gehaald en zich over me heeft ontfermd toen niemand anders dat deed, die ik liefheb met heel mijn hart en heb gezworen nooit te verlaten. Nu vraag ik: zou je mijn man net zo in je huis verwelkomen als mij? En Frank, zou Frank hem ook verwelkomen, en hem de hand schudden, en hem broer noemen? Ik denk het niet.

Nee, mijn liefste, ik weet dat het uit liefde voor mij is dat je je boodschapper met zijn paard en karretije hebt gestuurd, maar ik kan het eenvoudige, eerlijke leven dat ik hier leid niet opgeven om terug te gaan naar jouw Rondebosch, naar de roddels en kleinzieligheid van de Kaapse hogere kringen, die nooit vergeten en nooit vergeven.

Als je ooit in staat bent de wegen te trotseren en ons te komen bezoeken, dan zul je het warmst mogelijke welkom genieten van je liefhebbende zus Bertie.

Staande in de deuropening in het vroege-ochtendlicht las hij de brief, las hem nogmaals.

'Moet ik hem aan mevrouw Rebekah geven?'

Ze knikte.

Hij vouwde de brief met de rafelranden in vieren en borg hem op in zijn borstzak.

'Hebt u geen vragen, meneer Dapper? Geen vragen over wat ik heb geschreven?'

Hij wachtte om te horen waar ze heen wilde.

'Heeft mijn zus u mijn geschiedenis niet verteld, meneer Dapper, voordat ze u achter mij aan stuurde? Dat verbaast me. Wat onnadenkend van haar. Heeft ze u niet verteld hoe ik, jaren geleden, uit Kaapstad ben verjaagd en daarna uit de hele Kolonie?'

Haar stem steeg. Weer kon hij iets in haar voelen, iets onrustigs wat zich roerde en opsteeg.

'U kent de kracht van de roddel niet, meneer Dapper! U bent een man, en een man begrijpt zulke dingen niet. Maar Rebekah heeft het u niet verteld, dus wilt u van mij horen waarom ze me hebben weggejaagd? Het was omdat ik me te schande had gemaakt. Omdat er een smet op me rustte. Omdat ik was gevallen. Dat was het woord dat ze gebruikten. Een gevallen vrouw. Vanwege één enkele val die me overkwam toen ik nog een onwetend kind was, daarom hebben ze me het land uit gejaagd! Ja, het land uit! Wat moest ik beginnen, helemaal alleen? Niemand wilde me onderdak geven. Ik hield me zo goed mogelijk staande, ging van hand tot hand, van man tot man. Tot dat leven was ik veroordeeld, meneer Dapper! Totdat die goede man, mijn echtgenoot, me vond en opnam. Mijn zus wil dat ik thuiskom. Nou, zeg maar tegen mijn zus dat ik al thuis ben. Dit is mijn thuis, dit huisje, dit hoekje van de wereld, niets opzienbarends, waar de buren hun neus niet voor me ophalen, en als we soms ruzie hebben, is het de volgende dag weer vergeten. "Hier in Paternoster zitten we allemaal in hetzelfde schuitje," zegt mijn man altijd. Dus zeg maar tegen mijn zus dat als ze komt, ze welkom zal zijn, ze mag bij ons in het schuitje stappen, ze mag ook de kinderen meenemen, we zijn allemaal gelijk.'

De stortvloed van woorden liep ten einde, maar haar borst deinde nog na, haar ogen schoten nog vuur, haar gezicht gloeide nog van pure opwinding. *Daar roer in haar een of ander gees!* – daar was hij nu wel van overtuigd. Maar wat voor geest?

Ze had in een *bordel* gewerkt, aldus de Engelsman, de Engelsman wiens geld alles betaalde. Ging van de ene man naar de volgende. Zelf was hij nooit in een bordeel geweest, maar hij wist waar hij ze in de stad moest zoeken. Als hij het soort man was geweest dat bordelen bezocht wanneer hij geld overhad, zou hij dan een vrouw als deze hebben gekozen? Hij dacht het niet. Te getroebleerd vanbinnen, te getroebleerd en troeblerend. Te rusteloos, te grillig, te moeilijk. 'Er niet helemaal bij.' Dat waren de woorden van de Engelsman, woorden die hij pas nu ten volle begreep, woorden die de Engelsman in goed vertrouwen moest hebben overgenomen van mevrouw Rebekah, aangezien hij beweerde dat hij de verloren zuster zelf nooit had gezien. 'Er niet helemaal bij' op deze aarde van ons. Heen en weer schietend tussen deze en een andere, donkerder plek.

Hoe kon het dat hij had geraden, nog voor haar man het bevestigde, dat ze onvruchtbaar was? Zo groot, zo warm, zo moederlijk, maar tegelijkertijd kinderlijk, niet helemaal volwassen. Was er in het bordeel misschien iets met haar lichaam gebeurd, had ze een poeder of pil of geneesmiddel gekregen om het zaad van de mannen te doden, of was er misschien iets in haar baarmoeder gestopt om die te verzegelen tegen leven?

Uit het Hantam van zijn jeugd herinnerde hij zich de steriele ooien, gemeden door de kudde, die dag in, dag uit alleen graasden, tobbend, terwijl de *skaapsdolheid* ziedde in hun kop.

Ook herinnerde hij zich een verhaal over Jezus: hoe deze met één woord een boze geest uit een vrouw had verjaagd die jarenlang in haar had gehuisd, haar ledematen in zijn klauwen vatte, haar dubbelvouwde. Hoe de vrouw daarna rechtop ging staan, haar armen ten hemel hief en de Heer loofde. Zijn hele roeping lang had hij nooit zo'n wonder verricht, nooit een geest uitgebannen of uit de keel van de gereinigde een krachtig loflied horen komen.

Zijn gedachten werden onderbroken. 'Meneer Dapper? Tijd om afscheid te nemen, denk ik. Dank dat u ons helemaal hier bent komen bezoeken. U bent een goed mens. We zullen u niet vergeten, mijn man en ik.'

Bij de deur aarzelde hij. 'Juffrouw Bertie, kunnen we samen bidden?'

'Bidden? Goed, als ik u daarmee een plezier doe.'

'Kunnen we knielen?'

Hij knielde neer op de vloer van aangestampte aarde. Onhandig, onwillig zakte de zware vrouw voor hem neer.

'Laat U seëning val oor hierdie dogter U dienster, Here. Bewaar haar teen die bose en bring haar tot bekering, soos U dit goedsien. En laat U naam geloof word, in die ewigheid. Amen.'

De acht kilometer terug naar de cairn die de afslag aangaf, over het slechtste stuk weg, leidde hij het paard bij de teugel. Daarna klom hij op het karretjie en aanvaardden ze de tocht naar huis.

NAWOORD

Olive Schreiner (1855-1920) was een begaafd schrijfster wier roman *The Story of an African Farm* (1883), in 1892 in het Nederlands vertaald als *Op een hoeve in Afrika,* een dominante rol speelde en nog altijd speelt in de karige Engelstalige Zuid-Afrikaanse literatuur van vóór 1910, het jaar van de Unie. Ze was ook een wegbereider van de feministische gedachte en een energiek sociaal hervormer, die in haar latere jaren haar aanzienlijke internationale reputatie inzette om haar favoriete onderwerpen voor het Zuid-Afrikaanse politieke voetlicht te brengen.

Hoewel ik niets ten nadele van haar activistische carrière kan en wil zeggen, blijft het een feit dat ze energie heeft besteed aan het veranderen van de wereld die (mijns inziens) beter besteed had kunnen worden aan haar fictie, met name aan het vervolmaken en op een bevredigende manier afronden van haar 'grote' roman *Van man tot man,* die zes jaar na haar dood uiteindelijk het daglicht zag in een editie die door haar echtgenoot was samengesteld uit het materiaal dat ze had nagelaten.

In deze ongereviseerde en onvolledige vorm is *Van man tot man* de afgelopen eeuw diverse keren heruitgegeven, maar het boek heeft nooit een groot lezerspubliek bereikt en is nooit vertaald. Schreiner onderkende terecht dat het staaltjes van haar beste proza bevat. Maar helaas ook staaltjes van het saaiste proza dat ooit onder haar naam is verschenen.

De voorliggende geredigeerde en ingekorte versie van de roman is tot stand gekomen vanuit bewondering voor en (naar ik geloof) loyaliteit aan het literaire genie van Schreiner, dat (zo geloof ik ook) door

Schreiner zelf is verloochend en verspild. Als haar echtgenoot goed genoeg had kunnen schrijven, en dapper genoeg was geweest, zou hij het werk dat ik ter hand heb genomen zelf naar behoren hebben kunnen verrichten: het corrigeren, verbeteren en bovenal inkorten van haar manuscript.

Ik heb geprobeerd hier recht te zetten wat haar echtgenoot als tekstbezorger heeft nagelaten. Bovendien heb ik een hoofdstuk toegevoegd om een roman af te ronden die in zijn oorspronkelijke vorm een afdoend, overtuigend slot ontbeert. In het hoofdstuk dat ik heb toegevoegd heb ik op geen enkele manier geprobeerd de schrijfstijl van Schreiner te imiteren (die overigens behoorlijk eentonig kan zijn), evenmin als haar narratieve modus operandi, behalve in één opzicht: hoewel mijn eigen voorkeur uitgaat naar een verhaalvorm in de tegenwoordige tijd, heb ik hier voor de verleden tijd gekozen, net als zij.

Als gevolg van de vooroordelen die haar moeder jegens Afrikaners koesterde heeft Olive nooit Afrikaans geleerd. Ik heb de dialoog in het toegevoegde hoofdstuk in het Afrikaans geschreven, de taal van de meeste personages die erin voorkomen.

Wat ik in deze editie met het magnum opus van Olive Schreiner heb gedaan zal door veel Schreiner-geleerden als aanmatigend, rivaliserend en zelfs verraderlijk worden beschouwd: 'Wat voor vijanden heeft ze nog nodig met een vriend zoals hij?' Het is een oordeel waarmee ik bereid ben te leven.

Van man tot man is het verhaal van twee zusters die halverwege de negentiende eeuw zijn geboren op een boerderij in een afgelegen deel van de Kaapprovincie. De oudste zuster, Rebekah, trouwt met een succesvolle zakenman en brengt haar kinderen groot in een buitenwijk van Kaapstad. De jongste, Albertina (Bertie), wordt op haar vijftiende verleid door een huisonderwijzer en vervolgens uitgestoten door de gemeenschap. Ze wordt de maîtresse van een rijke diamanthandelaar die haar meeneemt naar Londen, waar hij haar na verloop van tijd de deur wijst, dakloos en berooid.

Gemeten naar de conventies van de negentiende-eeuwse roman

is *Van man tot man* een onvoltooid werk: tegen de tijd dat de laatste bladzij is bereikt is er noch uitsluitsel over de complicaties van de twee parallelle plots, noch over het lot van de twee hoofdpersonages, ondanks het feit dat de auteur veertig jaar op het boek heeft gezwoegd. Waarom ze de roman niet kon afronden waarvoor ze als begintwintiger al een eerste opzet had gemaakt onder een andere titel, vormt een eerste, niet onaanzienlijk raadsel.

Niet dat Schreiner geen idee had hoe ze het boek moest afsluiten. In een brief uit 1886 schetst ze een einde waarmee ze tevreden lijkt. Rebekah, gevangen in een ongelukkig huwelijk, wijst desondanks de avances af van een aanbidder die intellectueel haar gelijke is en van wie ze is gaan houden. De twee gaan in onmin uit elkaar. Maar jaren later brengt het toeval hen weer bij elkaar in een mystieke (seksuele maar niet fysieke) verbintenis, waarna ze gesterkt elk huns weegs gaan.

Wat Bertie aangaat, zij wordt gered uit een bordeel in de buurt van Kaapstad en doodziek naar huis gebracht; ze wordt verpleegd door Rebekah en sterft ten slotte in haar armen. Rebekah geeft haar een openbare begrafenis en wekt daarmee de woede van haar echtgenoot, die vindt dat, gezien het schandaal rond haar zuster, de begrafenis in besloten kring had moeten plaatsvinden. Na een persoonlijke confrontatie met haar man, waarin ze verklaart dat het huwelijk dat zij heeft ondergaan alleen maar prostitutie onder een andere naam is, verlaat ze hem en trekt zich terug in de Karoo. Daar bereikt haar het nieuws dat haar geliefde in een afgelegen woestijn is overleden. Ze kijkt uit naar een leven waarin ze zich kan inzetten voor de vooruitgang van de mensheid.

In zijn in 1926 uitgegeven editie van de roman geeft Schreiners echtgenoot een samenvatting van het slot dat ze hem naar zijn zeggen heeft toevertrouwd. In zijn versie, die qua details en nadruk verschilt van haar versie uit 1886, wordt Bertie ontdekt in een bordeel, 'geveld door een weerzinwekkende en vreselijke ziekte', en naar huis gebracht om te sterven. Op haar sterfbed verwerpt ze de troost van de religie. Ondertussen neemt Rebekahs liefde voor haar minnaar zodanig toe dat ze beseft dat die onverenigbaar is met haar huwelijkse staat. Ze wijst hem af en ze gaan voorgoed uit elkaar. Vervolgens verlaat ze haar man en verhuist naar de Karoo, waar ze zich wijdt aan de opvoeding van haar kinderen, inclusief haar aangenomen dochter.

Maar de onvoltooidheid van de roman betreft niet alleen een ontbrekend laatste hoofdstuk, het hoofdstuk dat Schreiner schijnbaar keer op keer moeiteloos voor haar geestesoog heeft laten passeren maar nooit heeft opgeschreven. De eerste editie, na haar dood door haar echtgenoot samengesteld uit materiaal dat ze had nagelaten (de eerste helft als typoscript, de rest in een handgeschreven kladversie), is van wisselende kwaliteit. Sommige hoofdstukken of delen van hoofdstukken zijn terdege onder handen genomen, andere zijn herhalend qua inhoud, overladen met details, onuitgesproken qua stijl.

De fletsheid van het proza vormt een tweede raadsel: hoe is het mogelijk, als je bedenkt dat Schreiner decennialang in talloze brieven heeft beweerd dat ze druk bezig was met de revisie van het boek, dat grote stukken van de gepubliceerde tekst ons ongeredigeerd voorkomen en daarom, in een tweede betekenis, onvoltooid?

Om te begrijpen hoe *Van man tot man* ons in onvoltooide staat heeft kunnen bereiken, kan het helpen om na te gaan hoe de roman is ontstaan. Schreiner begon in 1873 te schrijven aan het werk dat uiteindelijk *Van man tot man* zou worden, lang vóór de publicatie van *Een plaats in Afrika* (1883), het boek waarop haar reputatie voornamelijk berust. Het feitelijke schrijven verliep zo vlot dat ze zei te hopen dat ze het boek eind 1877 zou kunnen afronden. In haar brieven van de jaren daarna komen we herhaaldelijk beloften tegen, gericht aan vrienden maar nog meer aan zichzelf, dat het manuscript weldra gereed zal zijn voor publicatie. Uiteindelijk bekent ze echter, in een cruciale brief uit 1884, dat ze in een impasse is geraakt. Nadat ze de fatale vergissing heeft begaan de roman 'te ontleden', is ze de weg kwijtgeraakt: ze vervloekt zichzelf dat ze het manuscript niet heeft ingeleverd voordat ze bedenkingen kreeg. Nu kan ze niet besluiten of ze haar energie moet besteden aan het 'aanpassen van *Van man tot man* aan mijn normen' of dat ze er geheel de brui aan moet geven.

In de jaren daarna blijft ze aan het boek werken, dat ze 'honderdmaal beter' zegt te vinden dan *Een plaats in Afrika*. Ze is vooral ingenomen met de Prelude, die ze op haar eigen vroege kinderjaren heeft gebaseerd; naar haar idee behoort dit veertigtal bladzijden tot het beste wat ze ooit heeft geschreven. Maar rond diezelfde tijd begint ze ook te klagen dat haar zwakke gezondheid haar creatieve energie verzwakt.

In een onthullende brief uit 1889 beschrijft ze haar modus operandi en laat ze onbedoeld doorschemeren waarom ze zo weinig voortgang boekt met de roman. Ze houdt niet van reviseren, zegt ze, in de zin van met een pen in de hand en een kritisch oog herlezen wat ze geschreven heeft, met het doel verbeteringen aan te brengen. In plaats daarvan volgt ze een alles-of-niets-strategie. Ze overdenkt een scène van begin tot eind, vormt een heldere en gedetailleerde reeks geestelijke beelden en gaat dan achter haar bureau zitten om deze beelden verbaal vorm te geven door ze op papier te zetten. Als het geschrevene haar bij herlezing ondeugdelijk voorkomt, corrigeert en verbetert ze het niet maar verscheurt het en begint van voren af aan.

Voor zover deze door haarzelf gegeven beschrijving voor haar algemene schrijfpraktijk geldt, wordt het begrijpelijk waarom ondanks alle jaren die Schreiner aan het 'reviseren' (in haar betekenis van het woord) van de tekst van *Van man tot man* zegt te hebben besteed, zo'n groot deel ervan als een vroege kladversie leest.

Rond deze tijd merken we dat de nadruk in haar brieven over de vordering van de roman op een subtiele manier wordt verlegd: ze begint zich in feite te verontschuldigen voor het feit dat die vordering uitblijft. 'Alleen al de gedachte dat ik zal moeten publiceren (...) lijkt funest voor mijn productiviteit,' schrijft ze. Ze kan alleen nog maar met een gerust hart aan de roman werken, bekent ze, als ze in de juiste stemming is of, zoals ze het elders uitdrukt, 'onder hoge druk staat'. De voetangel, zegt ze, is dat ze zichzelf vanwege haar precaire gezondheidstoestand niet kan toestaan langdurig onder hoge druk te werken. Ten slotte, in 1898, stopt ze ermee: gezien de doktersattesten, zegt ze, valt niet te voorspellen of ze de roman ooit zal voltooien.

Haar artsen bleken al te pessimistisch: ze had nog twintig jaar te gaan. Tijdens die levensjaren verzekert ze herhaaldelijk in brieven dat ze nog altijd werkt aan het boek, waarin ze het vertrouwen nooit heeft verloren en dat ze ondanks alles als haar magnum opus zegt te beschouwen. Ze zegt zelfs schertsend tegen haar broer dat ze zich erop verheugt dat het boek zoveel succes zal hebben dat het haar miljonair zal maken. Maar in 1912 erkent ze tijdens een helderder moment dat ze 'geen (creatieve) kracht meer heeft'.

Naast haar gezondheidstoestand is er nog een reden waarom de drijvende kracht achter het project geleidelijk verdween of verpieterde, een reden die Schreiner zelf niet zag of zichzelf niet toestond te zien, namelijk dat de boodschap van de roman, een boodschap die rond 1870 misschien nieuw en urgent en relevant leek, met elk jaar dat verstreek aan frisheid inboette. Die boodschap betrof het huwelijk en man-vrouwrelaties in het algemeen, en ze bestond uit twee delen. Het eerste was een kritiek op de zelfprostitutie ('parasitisme' in de woorden van Schreiner) waartoe vrouwen door sociale en economische druk werden gedwongen. In Zuid-Afrika laat Bertie zien hoe competent en creatief ze kan zijn in allerlei vormen van huishoudelijk werk; in Londen is de enige vorm van werk die voor haar is weggelegd sekswerk. Het tweede deel bood een profetisch visioen van een toekomst waarin mannen en vrouwen als vrije en gelijkwaardige wezens met elkaar om zouden gaan en waarin alle vormen van geërfde onderwerping – inclusief de onderwerping van gekoloniseerde volkeren – tot het verleden zouden behoren.

De eerste helft van de boodschap, een kritiek op sekserelaties, wist ze goed over te brengen in haar parallelle verhalen over de twee zusters, de gehuwde zuster die het bed deelt met een man die affaires heeft met andere vrouwen, en de ongehuwde (en onhuwbare) zuster die alleen kan overleven door haar lichaam te verkopen. Maar het vinden van een manier om de tweede helft van de boodschap, haar visioen van een ideale toekomst, in romanvorm over te brengen, bleek Schreiners schrijverscapaciteiten te boven te gaan. Ze is hooguit in staat om haar visioen in de vorm van een onsamenhangend historisch-filosofisch vertoog te gieten, of een reeks van zulke vertogen, die ze onderdeel maakt van de dagboeken van Rebekah, die ze op haar beurt in vereenvoudigde en verkorte vorm aan haar kinderen doorgeeft in de hoop burgers van een verlichte toekomst van hen te maken (althans van sommigen van hen, want één lijkt onverbeterlijk naar zijn vader te aarden).

Datzelfde gebrek (aan verbeeldingskracht, aan techniek) is waarneembaar in Schreiners visioen van hoe gelijkwaardige relaties tussen mannen en vrouwen eruit zullen zien. Rebekah en haar aanbidder, de heer Drummond, moeten deze gezegende toestand belichamen, of er in elk geval uitzicht op bieden. Maar in haar poging hun verhaal te schrijven stuit Schreiner op een bakstenen muur: in haar handen lijken de geliefden meer op een intellectueel aan elkaar gewaagde broer en zus dan op een mogelijk huwelijkspaar. Hoe bereid en zelfs gretig ze in haar niet-literaire leven ook geweest mag zijn om de vrouwelijke seksualiteit te onderzoeken, als romanschrijfster lukte het Schreiner niet om op een manier over seks en seksuele gevoelens te schrijven die tegen de tijd van haar overlijden, niet lang voor de publicatie van *Ulysses* van James Joyce (1922), niet onuitstaanbaar deugdzaam was.

Zo blijft het in het verhaal over Bertie, die in Londen in de watten wordt gelegd door een man die duidelijk dolverliefd op haar is, en met wie ze het bed deelt, ongewis welke vorm de fysieke relatie tussen haar en haar weldoener aanneemt, en zelfs of er überhaupt sprake is van geslachtsgemeenschap. De dreiging van zwangerschap, waarover Bertie zich na de seks met haar eerste verleider duidelijk zorgen maakte, lijkt geen probleem meer te zijn.

Naar de reden waarom seks zo streng onder het tapijt wordt geveegd in een boek dat nota bene over prostitutie handelt, kunnen we alleen maar gissen. Maar hoewel Schreiners eigen seksuele geschiedenis in veel opzichten ongebruikelijk was, stonden de normen van respectabele victoriaanse fictie hooguit uiterst summiere kijkjes toe in het seksleven van personages en heeft Schreiner zich nooit tegen die normen afgezet. *Van man tot man* blijft een typisch victoriaanse roman; dat die in 1926 werd gepubliceerd, op een moment dat het modernisme op zijn hoogtepunt was, was niet meer dan een uitzondering op de regel.

Mijn eigen betrokkenheid bij *Van man tot man* komt voort uit de vooronderstelling dat hoewel grote stukken ervan tot Schreiners beste werk behoren, de roman in zijn oorspronkelijke vorm nooit een substantieel lezerspubliek zal bereiken: de monologen van Rebekah zijn niet om door te komen, het verhaal is te traag, herhalend en vergeven van overbodige details, het proza is te alledaags en monotoon. Als bewonderaar van Schreiner (van *Een plaats in Afrika*, een buitengewoon stoutmoedige en profetische prestatie van een autodidactische jonge vrouw uit de wildernis van Zuid-Afrika, van de energie en de moed waarmee ze een plaats wist te bemachtigen tussen de Britse intelligentsia, van haar vooruitziende analyse van de zich ontwikkelende crisis in het twintigste-eeuwse Zuid-Afrika) doet het me pijn om bladzijden lang proza te moeten lezen dat onder lage druk (om op haar eigen metafoor te variëren) uit haar pen is gevloeid, proza dat lijkt voort te komen uit de onnadenkende overtuiging dat een eenvoudig en ongevarieerd verbaal dieet het beste is (het werkwoord '*look*' komt in al zijn vormen 686 keer voor in Schreiners tekst, het zelfstandig naamwoord '*table*' 254 keer, het bijvoeglijk naamwoord '*little*' 929 keer). Haar syntaxis lijdt al evenzeer aan een gebrek aan variatie en bestaat voor een groot deel uit eenvoudige zinnen die worden verbonden door het voegwoord '*and*', dat ze 7316 keer gebruikt, oftewel 17 keer per bladzij.

'Ik denk dat dit het vrouwelijkste boek is dat er ooit is geschreven,' vertrouwde Schreiner een van haar correspondenten toe. En inderdaad lezen we in *Van man tot man* veel over vrouwenkleding, modieus en onmodieus, over meubilair en woninginrichting, over naaien en verstellen en jam maken en broodbakken en andere huishoudelijke taken. Maar aan haar opmerking dat het een 'vrouwelijk' boek was voegde Schreiner nog iets toe: 'God weet dat ik het anders heb gewild.' Ik heb deze toevoeging als carte blanche beschouwd om vrouwelijke details te schrappen wanneer die het verhaal ophouden. Ook heb ik het aantal passages beperkt waarin Rebekah met haar kinderen voorkomt, passages die ik van een zoetige sentimentaliteit vind getuigen.

Schreiner had een scherp oog voor bedrog: *Vrouwen hoed u voor vrouwen* had een alternatieve titel voor het boek kunnen zijn. In haar behandeling van mevrouw Drummond en Veronica Grey, de vrouwen die hun afgunstige best doen om Bertie te gronde te richten, toont ze zich op haar scherpst en blinkt ze uit in levendig proza. Desondanks deed Schreiner zelf geringschattend over haar talent voor sociale satire, die ze ten onrechte afdeed als een vorm van 'sarcastische bitterheid' waaraan ze niet probeerde toe te geven. Typisch een voorbeeld van hoe de romanschrijfster in haar werd gesmoord door de idealiste.

Op een vergelijkbare manier komt Rebekah, de heldin van het verhaal, minder duidelijk uit de verf als romanfiguur dan haar echtgenoot Frank. Wat de lezer in Franks geval bijblijft, zijn het narcisme en het harteloze egoïsme die schuilgaan onder zijn amicale, luidruchtige air van bon vivant. Rebekah daarentegen zal de lezer bijblijven op een manier die Schreiner onmogelijk bedoeld kan hebben: als iemand die van geen ophouden weet, uit wier pen de woorden onophoudelijk blijven vloeien.

Bij het redigeren van *Van man tot man* heb ik, om vaart in het verhaal te houden, grote stukken van Rebekahs monologen geschrapt. Haar ideeën (die de ideeën van Schreiner zelf zijn) over de noodzaak om een culturele en filosofische erfenis te omarmen die breder is dan de westerse traditie, over Europees kolonialisme en de (zelden vervulde) plicht daarvan om de ontwikkeling van onderworpen volkeren te bevorderen, over de ahistorische aard van het westers triomfalisme zoals die tot uitdrukking komt in de doctrine van de superioriteit van het witte ras, over het principe van moederschap en de rol daarvan in de evolutie – allemaal zijn ze van groot belang voor wie wil weten waar Schreiner en intelligente, progressieve tijdgenoten van haar over spraken in het Londen van rond 1880, maar ze horen niet thuis, althans niet in ongewijzigde vorm, in een roman.

Blijft de kwestie van het nooit geschreven laatste hoofdstuk, waarvoor we maar één vroege schets hebben die rechtstreeks van Schreiners eigen hand is. Kern van die schets lijkt te zijn dat de onderbroken liefdesverhouding van Rebekah en Drummond uiteindelijk op enigerlei wijze wordt geconsummeerd. Maar de consummatie of het mystieke huwelijk dat ze in gedachten had lijkt me zo vergeven van geëxalteerde emotie, zo abstract en uiteindelijk zo onbegrijpelijk, dat iedere poging om die tot leven te wekken me onvoorstelbaar lijkt.

Evenmin accepteer ik het idee dat Bertie geen levensvatbare toekomst heeft en daarom door een fatale ziekte moet worden getroffen. Door haar keuze voor deze ontwikkeling lijkt Schreiner zich op geen enkele manier te verzetten tegen de meest puriteinse en onverzoenlijke uitwas van de victoriaanse morele code.

Bertie is, in het tegenwoordige taalgebruik, een witte slaafgemaakte. De handel in vrouwen tussen Europa en de explosief gegroeide steden van de Nieuwe Wereld en de Britse overzeese koloniën kwam in de dagen van Schreiner tot grote bloei. Schreiner zelf was altijd erg geïnteresseerd in het fenomeen prostitutie. In de jaren tachtig van de negentiende eeuw sprak ze een tijdlang prostituees op straat aan, nam ze mee naar haar huurkamer, bood ze eten en onderdak, en misschien ook geld, en luisterde naar hun levensverhaal. In 1907 schreef ze aan haar echtgenoot: 'Je zult zien, als je [*Van man tot man*] leest, dat alle andere zaken me onbeduidend lijken in vergelijking met seks, en prostitutie is het meest hartverscheurende kernthema.' Zowel hier als elders hanteert ze het begrip prostitutie voor zowel mannen als vrouwen: de man die een vrouw als voorwerp of instrument behandelt, en dus niet als gelijke, prostitueert zich door zijn ideale zelf te verlagen en te verraden.

Maar het verhaal van Bertie is alleen in zijn laatste fase, de fase die in Schreiners roman niet aan bod komt, het verhaal van een witte slaafgemaakte: nadat ze door de diamanthandelaar aan de dijk is gezet belandt ze eerst in een bordeel in Soho en vervolgens, op niet nader verklaarde wijze, in een bordeel in de Kaapkolonie. Wat Berties verhaal memorabel maakt als verhaal over hoe een vrouw (een vrouwenlichaam) van man tot man gaat, is ten eerste dat nauwkeurig in kaart wordt gebracht hoe haar zonde aan het licht komt en ze daarna wordt achtervolgd door de waakhonden van een preutse protestantse ethiek, waakhonden die des te geduchter zijn omdat de bekrompen koloniale samenleving waarin Bertie verkeert zo weinig ruimte biedt om zich te verbergen; en ten tweede dat Schreiner stap voor stap, op een volstrekt onsentimentele manier die getuigt van een scherp psychologisch inzicht, beschrijft hoe een argeloos meisje uit de koloniën, gespeend van iedere vorm van doortraptheid, ten onder gaat in een grote stad waar ze even slecht op haar plaats is als een vlinder in een vleesfabriek.

In het hoofdstuk dat ik heb toegevoegd om het boek af te ronden heb ik Schreiners schets dan ook buiten beschouwing gelaten en mijn eigen dramatische logica gevolgd.

Nog een laatste opmerking van taalkundige aard. In overeenstemming met het spraakgebruik van witte Zuid-Afrikanen van haar generatie gebruikt Schreiner woorden waarover men tegenwoordig in beschaafde kringen de wenkbrauwen fronst, zoals '*kaffir*', '*nigger*', '*Hottentot*', '*boy*' (voor mannelijke bedienden) en '*girl*' (voor vrouwelijke bedienden). Haar behandeling van de Joodse diamanthandelaar die Bertie als maîtresse neemt berust ook op botte antisemitische stereotypen: om te beginnen krijgt de man nooit een naam, maar wordt hij eenvoudigweg '*the Jew*' genoemd.

Als de voorliggende tekst een wetenschappelijke editie van de roman was geweest, zou ik Schreiners woordgebruik hebben gehandhaafd. Maar dat is niet het geval. Zoals ik mezelf de vrijheid heb gegund om Schreiners proza te verbeteren wanneer het me te alledaags voorkwam, heb ik ook niet geaarzeld om aanstootgevende termen door gematigder synoniemen te vervangen en om de Jood een naam te geven.

De voorliggende ingekorte, gereviseerde en hier en daar herschreven versie van *Van man tot man* is gebaseerd op de enige wetenschappelijke uitgave van de roman, bezorgd door Dorothy Driver en in 2015 gepubliceerd door de University of Cape Town Press. De citaten uit Schreiners brieven zijn afkomstig uit de door Driver als appendix toegevoegde passages, pp. 429-468.

J.M. Coetzee, 2022

AFRIKAANSE WOORDENLIJST

Beskuit	Traditionele harde, dubbel gebakken koek die in Zuid-Afrika vaak 's ochtends bij de koffie of thee wordt gegeten
Biltong	Gedroogde reepjes vlees
Bobotie	Zuid-Afrikaanse ovenschotel met gehakt, rozijnen en specerijen, afgetopt met een eimengsel
Bokkoms	Gerookte harder
Bokwagen	Sterke wagen bedoeld voor goederenvervoer
Frikkadel	Gebakken of gefrituurde gehaktbal met specerijen
Geloofje	Bijgeloof
Harpuisbossie	In Zuid-Afrika veelvoorkomende struik met bloemen, waarvan de gom wordt gebruikt om huismiddeltjes van te maken
Kapje	Grote stoffen zonnehoed voor meisjes en vrouwen, met een brede bovenband en franje of flap om de nek te beschermen
Karretjie	Licht rijtuigje
Kokkeviet	Bosklauwier
Koppie	Heuvel
Mielie	Mais
Nagmaal	Het Heilig Avondmaal
Nek	Bergpas
Pampoenkoekies	Gefrituurde beignets van pompoen, bloem en ei, vaak als bijgerecht gegeten met suiker en kaneel
Riempie bed	Bed dat is bespannen met leren riempjes
Sosaties	Spiesjes gegrild lams-, varkens- of kippenvlees,

	vaak aangevuld met paddenstoelen of gedroogd fruit
Stoep	Veranda
Ting-ting-kie	Karooprinia: klein, levendig zangvogeltje dat veel in Zuid-Afrika tussen het gras en in lage bosjes leeft
Vastrap	Uitbundige volksdans van de Khoi
Velskoen	Schoen van ongelooid leer
Vetkoek	Traditionele Zuid-Afrikaanse snack vergelijkbaar met de oliebol

AFRIKAANSE TEKST IN HOOFDSTUK ACHTTIEN

So lekker dik.	Lekker mollig.
Kom ons maak 'n draai bij Broeder Ludo.	Kom, we gaan langs bij Broeder Ludo.
Wees gegroet, lammetjies. Gaan roep gou die grootmense. Sê daar is 'n mansmens uit verre gewestes aangekom wat herberg soek.	Gegroet, lammetjes. Ga gauw de grote mensen halen. Zeg maar dat er een man is aangekomen van verre, die onderdak zoekt.
Toe! Loop! Maak gou!	Hup! Ga eens gauw! Schiet op!
Dag, outa.	Dag, opaatje.
Dapper heet ek. Ek kom 'n lang pad, op soek na 'n dame, 'n sekere juffrouw Albertina. Ken outa so 'n dame?	Dapper is de naam. Ik kom van verre, op zoek naar een dame, een zekere juffrouw Albertina. Kent u zo'n dame?
Dagsê, suster. Ek kom 'n heel ent, van die Kaap af, op soek na 'n juffrouw Albertina, 'n engelse dame, wat glo hier in Paternoster woon. Of so sê die mense. Maar meer dringend, kan ek uitspan? Die perd het water en weiding erg nodig. Geseënd as julle kan help.	Goedendag, zuster. Ik kom van heel ver, van de Kaap, op zoek naar een juffrouw Albertina, een Engelse dame, die hier misschien in Paternoster woont. Dat wordt tenminste gezegd. Maar dringender: zou ik kunnen uitspannen? Het paard heeft water en voer nodig. Gezegend bent u als u kunt helpen.

Mis Bertie? Meneer is op soek na Mis Bertie?	Juffrouw Bertie? Meneer is op zoek naar juffrouw Bertie?
Ja, Mis Albertina.	Ja, juffrouw Albertina.
Loop gou, sê vir Mis Bertie daar's 'n meneer vir haar!	Hup, ga eens gauw tegen juffrouw Bertie zeggen dat er een meneer voor haar is!
Oulike kinders. Maar wat van die perd? En hoe maak ons met die honde? Soos jy kan sien, is die perd sku vir hulle.	Wat een lieve kinderen. Maar hoe zit het met het paard? En wat doen we aan die honden? Zoals u kunt zien wordt het paard er nerveus van.
Water. Ja, daar is mos die dam.	Water. Natuurlijk, daar is het stuwbekken.
Dapper heet ek, mevrouw, van die Kaap af. Ek dra 'n boodskap van mevrouw se suster.	Dapper is de naam, mevrouw, van de Kaap. Ik heb een boodschap van mevrouw haar zuster.
My suster?	Mijn zus?
Van mevrouw se suster in Rondebosch. Maar as mevrouw nie omgee, laat ek gou met die uitspan klaarmaak.	Van mevrouw haar zuster in Rondebosch. Maar als mevrouw het niet erg vindt, zorg ik eerst gauw dat het uitspannen gebeurd is.
Laat ons asseblief ophou kerm, laat ons ophou kla. Want wat verdien ons eintlik, ons arme skepsels?	Laten we alstublieft stoppen met zeuren, laten we stoppen met klagen. Want wat verdienen we nu eigenlijk, wij arme schepsels?
Verskoon. Ek moet vir die perd gaan sorg.	Excuseert u mij. Ik moet voor het paard gaan zorgen.
Ag nee! Dit kan ons mos nie toelaat nie! Kom, volg, daar's plek vir jou by ons!	Nee! Dit kunnen we niet toestaan! Kom, volg mij, er is plek voor u in ons huis.

Dis lekker, die rus en kalmte, noudat 'n mens nie langer so jonk is nie.

Het is fijn, de rust en stilte, nu we niet meer zo jong zijn.

En hoe lank ken julle mekaar, jy en mejuffrou Albertina?

En hoelang kennen jullie elkaar al, u en juffrouw Albertina?

Nee, dis seker al vyf jaar. Dis al vyf jaar, nê, skat?

Al zeker vijf jaar nu. Al vijf jaar, toch, lieverd?

En julle bly ongetroud?

En jullie zijn nog steeds niet getrouwd?

Ja-nee, nie in die kerk nie. Vir pastoor is dit seker 'n sonde, maar hier-rond is ons nie sulke wafferse kerkmense nie, as pastoor my sal verskoon, en die kerk lê nog ver, in Saldanha.

Ja en nee, niet in de kerk. Voor meneer pastoor is dit vast een zonde, maar hier zijn we niet echt van de kerk, als meneer pastoor het niet erg vindt dat ik het zeg, en de kerk ligt ook nogal een eind weg, in Saldanha.

En kinders?

En kinderen?

Nee, soos pastoor kan sien is ons nie so geseën nie.

Nee, zoals meneer pastoor kan zien zijn we daar niet mee gezegend.

Ek sal totsiens sê, pastoor. Laat dit goed gaan. En voorspoedige reis.

Ik neem nu afscheid, meneer pastoor. Het ga u goed. En heb een veilige reis.

So vroeg?
Ja, so vroeg.

Zo vroeg?
Ja, zo vroeg.

Broer Fransman, Mis Bertie weier om saam te reis, maar dis nie die einde van die saak nie, dit weet jy seker. Haar swaer is 'n groot sakeman in die Kaap. Sulke mense duld dit nie dat jy die kleurgrens met hul vroumense oortree nie. Hulle sal jou agtervolg. Hulle sal jou smyt. En Mis Bertie – hulle sal haar kom weghaal. Hulle sal sê sy is geestelik belemmerd, hulle sal sê sy is swak van verstand. Hoe maak jy dan?

Broeder Fransman, juffrouw Bertie weigert om met me mee terug te gaan, maar daarmee is de kous niet af, dat zult u wel snappen. Haar zwager is een voornaam zakenman op de Kaap. Zulke mensen pikken het niet dat u de kleurgrens schendt met hun vrouwen. Hij zal achter u aan komen. Hij zal u vermorzelen. En juffrouw Bertie – die zullen ze meenemen. Ze zullen zeggen dat ze niet bij haar volle verstand is. Wat zult u dan doen?

Laat hulle kom. Ons pla hulle nie. Waarom moet hulle vir ons kom pla?

Laat ze maar komen... Wij vallen hen niet lastig. Waarom moeten zij ons zo nodig lastigvallen?

Ek sê maar my sê: daar wag nog moeite vir julle.

Ik moet in elk geval mijn zegje doen: er komt nog gedonder aan voor jullie twee.

Laat hulle kom.

Laat ze maar komen.

Daar roer in haar een of ander gees!

Er roert zich een of andere geest in haar!

Laat U seëning val oor hierdie dogter U dienster, Here. Bewaar haar teen die bose en bring haar tot bekering, soos U dit goedsien. En laat U naam geloof word, in die ewigheid. Amen.

Moge Uw zegen rusten op deze dochter, Uw dienares, o Heer. Bescherm haar tegen het kwade en red haar, overeenkomstig Uw wil. En moge Uw naam geprezen zijn tot in de eeuwigheid. Amen.

INHOUDSOPGAVE

Eveneens verschenen bij Uitgeverij Cossee
Dorothy Driver – *De strijd van Olive Schreiner. Een Zuid-Afrikaanse geschiedenis*
Non-fictie
Vertaald door Peter Bergsma en Anna Helmers-Dieleman
Paperback

Olive Schreiner maakte met haar oeuvre als eerste Zuid-Afrikaanse schrijver internationaal naam en faam als vooraanstaand intellectueel, suffragette en gelijkheidsstrijder. Veertig jaar lang, tot haar overlijden in 1920, werkte ze aan haar magnum opus *Van man tot man*.

Gedurende die veertig jaar – met de Boerenoorlog en de daaropvolgende klassenstrijd als historische kantelpunten – maakte de auteur een ideologische ontwikkeling door: haar politieke opvattingen werden bitterder en verloren hun eerder vanzelfsprekende optimisme.

In *De strijd van Olive Schreiner. Een Zuid-Afrikaanse geschiedenis* toont Dorothy Driver haarfijn aan hoe Schreiners ontwikkeling ook haar werk tekende. Het is een vertelling over de twijfels van een pionier, en biedt inzicht in het Zuid-Afrika van de negentiende eeuw.

Eveneens verschenen bij Uitgeverij Cossee
J.M. Coetzee – *Wachten op de barbaren*
Roman
Vertaald door Peter Bergsma
Paperback, 240 blz.

Tientallen jaren bestuurt de oude, beschaafde magistraat naar ieders tevredenheid het dorpje aan de grens van het Rijk. Wanneer de regering het decreet uitvaardigt dat de barbaren in het grensgebied moeten worden vervolgd, kan de oude man daar niet veel begrip voor opbrengen. Hij voelt meer sympathie voor die zogenaamde barbaren, een nomadenvolk dat niemand kwaad doet. Aanvankelijk probeert hij de machthebbers dan ook tot rede te brengen, maar hij raakt daardoor steeds meer in het conflict betrokken. Als hij een erotische relatie krijgt met een van de slachtoffers van het overheidsgeweld – een door martelingen van haar ondervragers kreupel en blind geworden meisje – voelt hij zich geroepen tot een wilde actie. Hij komt in de gevangenis terecht en wordt zelf als een barbaar behandeld.

Eveneens verschenen bij Uitgeverij Cossee
J.M. Coetzee – *Wereld en wandel van Michael K*
Non-fictie
Vertaald door Peter Bergsma
Paperback, 224 blz.

De jonge tuinman Michael K besluit zijn oude, zieke moeder naar huis te brengen, zodat ze haar geboortedorp nog één keer kan zien. Op zijn reis door het Zuid-Afrikaanse platteland komt hij in aanraking met een burgeroorlog die zijn begrip te boven gaat. Hoewel hij probeert niet betrokken te raken, raakt hij er telkens in verzeild – van problemen om een reispas te bemachtigen tot de confrontatie met de plaatselijke guerrilla's.

'Een ijzingwekkende studie van het maatschappelijke leven als gevangenis. J.M. Coetzee is een genadeloos schrijver.' – NRC

Meer informatie over Olive Schreiner, J.M. Coetzee en de boeken van Uitgeverij Cossee vindt u op www.cossee.com.

Wilt u op de hoogte blijven van alle uitgaven en activiteiten van Uitgeverij Cossee, meld u dan aan voor de nieuwsbrief op www.cossee.com en volg ons op Facebook en Instagram.

De vertalers ontvingen voor deze vertaling een projectsubsidie van het Nederlands Letterenfonds.

De uitgever ontving voor deze uitgave in het kader van schwob.nl een subsidie van het Nederlands Letterenfonds.

Nederlands letterenfonds
dutch foundation for literature

Deze publicatie is mede mogelijk gemaakt dankzij het Vertaalslagenfonds en het Wilhelmina Alida Fonds.

het cultuurfonds

Oorspronkelijke titel *From Man to Man*

Omslagontwerp Irwan Droog
Omslagbeeld © Eternal Resolve, John Meyer (South Africa)
Auteursfoto Olive Schreiner © Met dank aan Amazwi
South African Museum of Literature
Auteursfoto J.M. Coetzee © Hollandse Hoogte
Typografie Perfect Service, Reeuwijk
Druk Wilco bv, Amersfoort

ISBN 978 94 6452 174 0 | NUR 302
E-ISBN 978 94 6452 175 7